À PROPOS D'AMOUR

DU MÊME AUTEUR

Alors, heureuse ?, Belfond, 2002 ; Pocket, 2004
Chaussure à son pied, Belfond, 2004 ; Pocket, 2006
Envies de fraises, Belfond, 2005 ; Pocket, 2007
Crime et couches-culottes, Belfond, 2006 ; Pocket, 2008
La Fille de sa mère, Belfond, 2009 ; Pocket, 2011
Des amies de toujours, Belfond, 2011 ; Pocket, 2012

JENNIFER WEINER

À PROPOS D'AMOUR

Traduit de l'américain
par Hélène Colombeau

belfond
12, avenue d'Italie
75013 Paris

Titre original :
FLY AWAY HOME
Publié par Atria Books,
une division de Simon and Schuster, Inc., New York

Ce livre est une œuvre de fiction. Les noms, les personnages, les lieux et les événements sont le fruit de l'imagination de l'auteur ou utilisés fictivement. Toute ressemblance avec des personnes réelles, vivantes ou mortes, des événements ou des lieux serait pure coïncidence.

Si vous souhaitez recevoir notre catalogue
et être tenu au courant de nos publications,
vous pouvez consulter notre site internet,
www.belfond.fr
ou envoyer vos nom et adresse,
en citant ce livre,
aux Éditions Belfond,
12, avenue d'Italie, 75013 Paris.
Et, pour le Canada,
à Interforum Canada Inc.,
1055, bd René-Lévesque-Est,
Bureau 1100,
Montréal, Québec, H2L 4S5.

ISBN 978-2-7144-5076-0

Belfond | un département **place des éditeurs**

place
des
éditeurs

À Joanna Pulcini et Greer Hendricks

PREMIÈRE PARTIE

À propos d'amour

SYLVIE

Les petits déjeuners des hôtels cinq étoiles se ressemblaient tous. Voilà ce que pensait Sylvie Serfer Woodruff tandis que l'ascenseur descendait du sixième étage. Les portes s'ouvrirent sur le hall étincelant du Four Seasons de Philadelphie. Après trente-deux ans de mariage, dont quatorze comme épouse du sénateur senior de l'État de New York, des voyages sur tous les continents, des passages dans les plus grandes villes du monde, peut-être aurait-elle pu livrer une réflexion plus profonde sur la nature humaine, mais tel était son point de vue. Ce n'était sans doute pas grand-chose, mais c'était mieux que rien. Et si l'on insistait, Sylvie pouvait également formuler quelques observations très perspicaces sur les salons d'affaires des aéroports.

Elle inspira profondément, mal à l'aise dans sa jupe trop serrée. Glissant la main dans celle de son mari, elle le suivit jusqu'au restaurant. Il était quand même rassurant de savoir que, où que l'on se trouve, à Londres, Los Angeles ou Dubai, tant qu'on descendait dans un bon hôtel, un Four Seasons ou un Ritz-Carlton – en voyage, Richard et elle séjournaient presque toujours dans l'un ou l'autre –, on ne risquait pas d'être surpris par le petit déjeuner.

Cela commençait invariablement par la carte, proposée ce jour-là par une jeune fille en tailleur noir impeccable. Depuis le pupitre dressé sur la somptueuse moquette de l'entrée, elle accueillait les clients avec un sourire radieux, comme si leur arrivée représentait le couronnement de sa journée, peut-être même de son existence. Richard refusait les menus d'un geste de la main.

« Nous prendrons le buffet, annonçait-il, sans même demander s'il y en avait un – il y en avait toujours un.

— Bien sûr, monsieur », murmurait avec déférence le serveur, le maître d'hôtel, ou, aujourd'hui, la fille au tailleur noir.

On les conduisait dans une pièce luxueuse aux lourds rideaux de soie retenus par des embrasses et ornés de glands, où d'autres clients richement vêtus discutaient à voix basse en prenant leur café. Richard posait sa mallette et ses journaux sur leur table, puis ils s'avançaient vers le buffet en acajou.

S'y trouvaient toujours un assortiment de fruits frais – morceaux de melon, de pamplemousse et d'orange, rondelles de kiwi – présentés comme des bijoux sur des plats de porcelaine blanche ; des croissants et des pains au chocolat, des muffins au son, à la myrtille ou à la farine de maïs, des bagels (même à Dubai), des verrines de yaourt et de muesli, des tranches de pain et des muffins anglais à côté d'un grille-pain, des œufs brouillés, du bacon, des saucisses et des pommes de terre sautées servis dans des assiettes brûlantes. Un chef en toque et veste blanches préparait des omelettes. Richard en commandait une (aux épinards, pour le côté diététique, mais aussi aux champignons et au cheddar ; il aimait les oignons, mais ne pouvait se permettre d'avoir mauvaise haleine toute la journée). Puis, il laissait son plateau à Sylvie et allait s'asseoir à leur table, où il pouvait feuilleter son *New York Times* et son *Wall Street Journal*, et consulter son cher BlackBerry. Sylvie, elle, attendait l'omelette.

La première fois que sa mère, l'honorable Selma Serfer, l'avait vue s'acquitter de cette tâche, elle l'avait dévisagée, bouche bée, dévoilant une trace de rouge à lèvres sur une de ses dents de devant.

« Sérieusement ? » avait-elle demandé avec son accent grinçant de Brooklyn. Sylvie avait tenté de la faire taire – en vain, comme d'habitude. « Sérieusement, Sylvie ? Tu lui apportes ses œufs ?

— Il est occupé, avait-elle murmuré en ramenant ses cheveux derrière son oreille. Ça ne me dérange pas. »

L'honorable Selma, major de sa promotion (qui ne comptait que sept femmes) à la faculté de droit de Yale, ancienne juge en chef de l'État de New York, n'avait rien ajouté. Sylvie n'aurait pas dû s'abaisser à servir son mari et elle aussi aurait dû être occupée. Comme sa mère, Sylvie avait fait ses études à Barnard et à Yale, et elle aurait dû suivre ses traces jusqu'à la Cour suprême, ou au moins exercer le droit. La fille unique de Selma et de David Serfer méritait mieux que de servir de bonne à son mari, de s'occuper des enfants et de jouer aux dames patronnesses.

Peu importe, pensa Sylvie tandis que le chef jetait un morceau de beurre dans la poêle. Elle était heureuse, même si sa mère n'approuvait pas ce genre de vie. Elle aimait son mari, était fière de ce qu'il avait accompli et satisfaite du rôle qu'elle avait joué dans sa carrière. Sans compter qu'il y avait bien pire. Partout dans le monde, des femmes étaient maltraitées ou voyaient leurs enfants souffrir. Des femmes que Sylvie avait rencontrées, dont elle avait même fait sauter les bébés sur ses genoux. Il lui semblait malvenu de se plaindre des petits désagréments qu'elle subissait parfois. Des heures passées en talons hauts à faire campagne, par exemple, debout derrière son mari, le sourire collé aux lèvres, les cheveux sagement coiffés au carré et le ventre comprimé par ses collants.

En temps normal, cela ne la dérangeait pas, mais il lui arrivait parfois de ressentir une bouffée de mécontentement quand un élément extérieur venait lui rappeler ses capacités inexploitées. Quelques mois plus tôt, elle avait reçu par mail une invitation à la trente-cinquième réunion des anciennes élèves de Barnard. Une enquête sur la vie après l'université avait été jointe au courrier. « Parlez-nous de vos occupations. Si vous travaillez, décrivez-nous votre emploi. » Sans réfléchir, Sylvie avait répondu : « Mon boulot consiste à surveiller mon poids en permanence pour que je puisse rentrer dans des tailleurs St John taille 38. » Elle avait aussitôt effacé sa réponse et l'avait remplacée par un paragraphe sur son travail de bénévole, sur les fonds qu'elle collectait pour les sans-abri, le ballet, la recherche sur le cancer du sein, la bibliothèque et le musée d'Art moderne. Elle avait ajouté une phrase sur ses filles : Diana, urgentiste à Philadelphie, et Lizzie, qui leur avait causé tant de soucis mais qui était sobre depuis plusieurs mois (ce que Sylvie n'avait pas mentionné), qui avait retrouvé sa blondeur et retiré tous ses horribles piercings. Sylvie avait terminé par un petit couplet sur la chance qu'elle avait de parcourir le monde depuis quatorze ans en compagnie de son mari, Richard Woodruff, sénateur démocrate de l'État de New York. Mais parfois, tard dans la nuit, elle se disait que sa première réponse avait été la bonne. Quels qu'aient été les rêves qu'elle avait caressés, à cinquante-sept ans, Sylvie Serfer Woodruff était devenue une professionnelle des régimes, une femme dont le vrai travail, depuis que ses filles étaient parties, consistait à s'affamer pour tenter d'être plus mince qu'elle ne l'était lorsqu'elle était étudiante à la fac de droit.

Certes, elle s'était un peu sacrifiée, songea-t-elle, tandis que le chef ajoutait du fromage dans la poêle. Certes, sa vie n'avait pas été parfaite. Mais n'avaient-ils pas construit quelque chose ensemble, Richard et elle ? Et ce qu'ils avaient bâti n'était-il pas plus précieux que ce que Sylvie aurait pu accomplir seule ? Quelle carrière aurait-elle eue, de toute façon ? Elle n'était pas aussi bonne avocate que sa mère. Si elle était vive, intelligente et cultivée, elle n'avait pas le même dynamisme, la même combativité que Selma. Elle reconnaissait qu'elle n'était guère ambitieuse ; il lui manquait un petit quelque chose, peut-être de l'agressivité ou de la ténacité. Elle n'en avait pas moins trouvé une place dans le monde. Elle avait éduqué ses filles, épaulé son mari, lui servant de cobaye pour ses nouvelles idées, organisant ses déplacements et son emploi du temps, écrivant ses discours et l'accompagnant en voyage et en campagne. Quelle importance alors si elle avait parfois l'impression qu'il ne resterait de son passage sur terre que les kilomètres enregistrés sur son tapis de course et un chiffre de plus en plus difficile à maintenir sur la balance ? Quelle importance si...

« Madame ? » Le chef la dévisageait, la spatule en l'air. Dans la poêle, l'omelette formait un demi-cercle parfaitement doré.

« Excusez-moi », dit-elle, et elle tendit son assiette vide, comme une orpheline dans un roman de Dickens.

Sylvie récupéra les tranches de pain complet qu'elle avait fait griller, ajouta sur le plateau une plaquette de beurre, une barquette de confiture, quelques morceaux de melon auxquels Richard ne toucherait pas, et une tranche de bacon bien cuit, comme il l'aimait (il en aurait voulu toujours plus, mais il fallait veiller à son cœur). Richard lisait le journal tout en parlant au téléphone, le coude appuyé sur la table, à côté de sa tasse de café fumante. Il était si absorbé qu'il leva à peine les yeux vers elle. Sylvie posa le plateau devant lui et lui tapota l'épaule.

« Mange. »

Richard lui sourit et passa un bras autour de sa taille.

« Merci, chérie.

— Je t'en prie. »

Elle retourna au buffet chercher son triste repas : un yaourt à zéro pour cent, un pruneau, une miniboîte de Special K, un verre de lait écrémé, et, en guise de récompense, une cuillère du porridge délicieusement onctueux auquel elle ne pouvait jamais résister. Avec un peu de beurre, de cassonade et de crème, cela ressemblait plus à un dessert qu'à un petit déjeuner.

Sylvie commençait à peine à manger quand Richard jeta sa serviette froissée sur les restes de son omelette. Comme prévu, il n'avait pas touché au melon mais n'avait rien laissé du bacon.

« Tu es prête ? » demanda-t-il.

Elle ne l'était pas, mais elle acquiesça et se leva, en se retenant au tissu raide de la veste de Richard, tandis qu'il l'embrassait rapidement sur les lèvres. Le planning de la journée se trouvait dans une enveloppe kraft, au fond de son sac à main et lui avait été également transmis sur son iPhone, en même temps que son discours. Richard devait assister à une collecte de fonds en faveur d'un sénateur d'État, une étoile montante au sein du parti que l'on destinait à de plus hautes fonctions. Il participait ensuite à un déjeuner au palais des Congrès avec les directeurs de quelques-uns des plus gros hôpitaux du pays désireux d'obtenir un allègement des taxes à l'importation pour leurs appareils d'IRM fabriqués au Japon. Pendant ce temps, Sylvie, qui détestait parler en public, tenterait de maîtriser les tremblements de ses genoux et de cacher ses mains moites tandis qu'elle s'adresserait aux Colonial Dames de Philadelphie, une association de femmes dans la veine de la Junior League : elle leur expliquerait que si chacune d'elles se contentait de donner à la bibliothèque publique l'équivalent de ce qu'elle dépensait chaque mois chez le coiffeur et dans les salons de thé, des centaines de livres pourraient être achetés, et des milliers d'enfants connaîtraient les joies de la lecture. Elle avait déjà prononcé ce discours des dizaines de fois, et le prononcerait sans doute encore avant la fin du troisième mandat de son mari, dans quatre ans. Et ensuite ?

« La limite, c'est le ciel », disait Richard quand ils étaient jeunes et qu'ils rêvaient, allongés sur le mince matelas de leur appartement de Court Street à Brooklyn, où le sol penchait tellement que si l'on avait posé une bille contre un mur, elle aurait roulé jusqu'à celui d'en face.

À l'époque, la seule mention de leur adresse leur valait un sourire gêné. Richard ne possédait alors que deux costumes, l'un bleu marine et l'autre marron, tous deux achetés pendant les soldes chez Bloomingdale's, en partie grâce aux chèques-cadeaux que Sylvie avait reçus de ses parents à l'occasion de Hanoukka pour l'aider à constituer sa propre garde-robe professionnelle. Il alternait les costumes du lundi au vendredi, avant de les porter chez le teinturier le samedi. Tous les matins, Sylvie et lui partaient ensemble jusqu'au métro. Elle le regardait descendre les marches, sa mallette se balançant joyeusement au bout de son bras, et pensait à la chance qu'elle avait d'avoir trouvé cet homme aux larges épaules, au bassin étroit et aux épais cheveux châtain clair qu'il n'arrivait pas à discipliner – les cheveux d'un petit garçon au réveil. C'est mon mari, songeait-elle. Elle avait envie de le crier à tout le monde, au moins aux femmes qui le regardaient avec intérêt avant d'apercevoir son alliance. Il est à moi.

« Mon mari », chuchota-t-elle en se hissant sur la pointe des pieds. Avec son mètre quatre-vingt-sept, Richard la dépassait de vingt centimètres – une taille de président, pensait-elle parfois. Alors qu'elle approchait ses lèvres de son oreille, elle le sentit frissonner presque imperceptiblement.

« Ma femme », murmura-t-il à son tour.

Richard avait toujours été chatouilleux. Au lit, il lui suffisait de promener le bout de la langue le long de son oreille et de lui mordiller le lobe pour qu'il se mette à trembler et à bredouiller son prénom. Enfin, c'était ce qu'il faisait avant. Sylvie fronça les sourcils – du moins elle essaya, le Botox qu'on lui avait injecté dans le front la semaine précédente rendant ce geste quasi impossible – et tenta de se rappeler à quand cela remontait. Ces derniers mois, peut-être même ces dernières années, leurs rapports s'étaient espacés. Sylvie ne s'en inquiétait pas, s'imaginant qu'il en allait de même pour tous les couples mariés depuis longtemps. Ils faisaient l'amour une ou deux fois par semaine, avec des périodes d'abstinence d'une semaine ou deux (voire trois ou quatre, lors des sessions du Congrès, pendant lesquelles Richard logeait dans une maison de ville qu'il louait à Georgetown). Cela lui manquait parfois, mais Sylvie se disait que ce qu'ils avaient connu au début – lorsqu'ils faisaient l'amour tous les soirs, parfois à plusieurs reprises, et même une fois dans le sauna heureusement désert de l'hôtel où un copain de fac célébrait son mariage – était le propre des jeunes couples, que les choses se tassaient ensuite. Elles se tassaient forcément : comment les gens trouvaient-ils le temps de travailler ou d'élever des enfants, sinon ?

Richard la serra brièvement dans ses bras et planta un dernier baiser sur son front paralysé et empoisonné (« C'est absolument sans risque », lui avait assuré le dermato quand il était venu à l'appartement avec sa valise pleine d'aiguilles).

« On se revoit ce soir », dit Richard.

Sylvie le regarda partir, son BlackBerry dans une main et sa mallette dans l'autre, et sortir dans la rue pour rejoindre la voiture qui l'attendait toujours. Mon mari, songea-t-elle. Son cœur se gonfla, comme lorsque, jeune mariée, elle regardait Richard s'engouffrer dans le métro, prêt à conquérir le monde.

À 16 heures, elle lisait les dernières nouvelles du Moyen-Orient dans *The Economist*, installée à l'arrière de sa luxueuse berline personnelle qui avançait au ralenti sur l'autoroute surchargée du New Jersey. Une vague de chaleur typique du mois d'août s'était abattue sur la région, rendant l'air humide comme un bain de vapeur d'où tout le monde ressortait poisseux et de mauvaise humeur, même après la plus brève des sorties. Sylvie était en train de planifier son passage de la voiture à l'immeuble de façon à rester le moins de temps possible dans l'humidité – elle devait assister à un cocktail et n'avait pas envie de se recoiffer – lorsque son téléphone sonna. Ou plutôt éructa. Lizzie, sa fille cadette, l'avait réglé ainsi, et Sylvie n'avait pas su comment modifier les paramètres. L'appareil sonna violemment une deuxième fois, et le visage de sa meilleure amie s'afficha sur l'écran. La photo, prise devant la pâtisserie Buttercup, montrait Ceil dévorant à belles dents un petit gâteau qui lui avait laissé une trace de glaçage rouge sur le bout du nez. Sylvie l'avait menacée de poster l'image sur Facebook. Elle ne comprenait pas vraiment comment fonctionnaient ces choses-là, mais la menace avait suffi à faire rire Ceil. Alors qu'elle s'apprêtait à décrocher, elle s'aperçut que Richard avait essayé de l'appeler deux fois. Elle décida qu'elle tenterait de le joindre après avoir répondu à son amie.

« Allô ?

— Oh ! là, là ! chuchota Ceil. Tu as vu ?

— Quoi ? »

Sylvie sourit pour la première fois de la journée. Ceil faisait sans doute allusion aux dernières frasques d'une star qu'elle avait dû voir à la télévision ou sur Internet.

Lorsqu'elles s'étaient rencontrées à la fac, à Barnard, Ceil Farraday avait une coupe courte à la Mia Farrow et un visage aussi rond et doux qu'un bol de riz au lait. Elle était arrivée à la cité universitaire avec une valise remplie de pulls Fair Isle et de jupes plissées écossaises qu'elle s'était empressée d'apporter au dépôt-vente le plus proche dès que le break de ses parents avait tourné au coin de la rue. Avec la centaine de dollars qu'elle en avait obtenus, elle s'était acheté des collants et des cols roulés noirs, une paire de bottes en daim à franges, un poncho mexicain et quatre grammes d'une excellente herbe.

À Barnard, où elle avait étudié l'art dramatique, Ceil avait passé de longs moments à incarner un arbre, le vent, ou l'essence féminine. « Je vais peut-être jouer Ève, avait-elle dit à Sylvie tout en soufflant la fumée de sa cigarette dans la nuit, perchée sur le rebord de la fenêtre. Le metteur en scène me dira ça lundi. »

Elles avaient tout de suite sympathisé.

« Tu es tellement exotique ! s'était exclamée Ceil en découvrant la tignasse noire et bouclée de Sylvie, son teint d'olive et ses yeux noisette.

— Par exotique, tu veux dire juive ? » avait demandé Sylvie, un peu perplexe.

Ceil avait tapé dans ses mains, tout excitée.

« Tu es juive ? C'est génial ! Viens. »

Elle l'avait entraînée vers le lit du bas, sur lequel sa mère avait installé une couette fleurie et des oreillers en duvet parfumés.

« Viens t'asseoir, et raconte-moi tout ! »

Sylvie lui avait alors parlé d'elle et de sa famille, et Ceil, stupéfaite, avait écarquillé les yeux.

« Ta mère est juge ? avait-elle dit. Waouh ! La mienne a bien tenté de devenir présidente de l'association de parents d'élèves, mais elle n'a pas réussi. »

Sylvie avait expliqué à sa camarade de chambre que ses parents étaient tous deux issus de la classe ouvrière de Brooklyn et enfants d'immigrés – la famille de son père était d'origine russe, celle de sa mère ukrainienne. Ils s'étaient rencontrés au prestigieux lycée de Bronx Science. Vifs et travailleurs, ils avaient passé leur enfance à servir d'interprètes à leurs parents qui ne s'exprimaient qu'en yiddish, à la banque, à la poste ou au supermarché. Dès qu'ils avaient été en âge de comprendre, Dave et Selma n'avaient cessé d'entendre qu'ils étaient « destinés à un grand avenir dans le Nouveau Monde ».

Selma était allée à Barnard, puis à Yale, tandis que Dave avait obtenu une bourse pour étudier à l'université de Columbia, avant d'intégrer l'école de commerce de Wharton. À trente ans, il avait gagné son premier million dans l'immobilier commercial. Selma et lui avaient conçu Sylvie l'année suivante. Fille unique, Sylvie concentrait tous leurs rêves et leurs espoirs, et la liste était longue. Si l'on avait attendu d'eux une brillante réussite, Sylvie devait quant à elle devenir au moins présidente à quarante-cinq ans, si elle n'avait pas déjà été nommée impératrice à vie. Dans l'appartement de la 82e Rue Est où elle avait grandi, l'espoir qu'on mettait en elle tenait lieu d'oxygène, saturant chaque particule de l'atmosphère. L'avenir de Sylvie était tout tracé : elle serait avocate.

« Alors vous êtes riches ? » avait demandé Ceil avec sa franchise caractéristique.

Sylvie avait hésité avant de répondre. Elle revoyait les Farraday qui venaient de quitter la cité universitaire, apprêtés comme pour un déjeuner mondain à leur club, la mère de Ceil, blonde et élégante, portait une robe droite Lilly Pulitzer et un collier de perles, et son père, un homme chaleureux aux yeux bleus, un pull en coton noué sur les épaules. Ils avaient probablement croisé dans l'escalier la mère de Sylvie, vêtue, comme à son habitude, d'une jupe noire, d'un chemisier blanc et de chaussures plates – selon elle, il ne servait à rien de dépenser de l'argent en vêtements, puisque ses robes de juge couvraient tout –, et son père, qui mesurait à peine plus d'un mètre cinquante-cinq et gardait toujours un cigare coincé entre ses dents jaunies. Sylvie doutait que les parents de Ceil fréquentent beaucoup de juifs ; quant à Selma et Dave, la ville de Shaker Heights dans l'Ohio devait leur sembler aussi proche que la lune.

« On ne manque de rien, avait admis Sylvie en se tournant vers le placard pour y ranger ses vêtements.

— Vous habitez un hôtel particulier ?

— Un appartement. »

Sylvie s'était sentie soulagée. Vivre dans un appartement n'avait rien d'ostentatoire, et Ceil ne penserait pas à poser les questions évidentes pour un New-Yorkais : dans quel quartier, combien de pièces, et avaient-ils vue sur Central Park ?

Ceil et Sylvie avaient partagé la même chambre pendant leurs quatre années d'études à Barnard, au grand désarroi des parents de Sylvie (qui avaient surnommé Ceil la princesse goy, d'abord dans son dos, puis carrément devant elle). Après la remise des diplômes, Sylvie était allée à Yale, où elle avait trouvé un appartement lumineux dans Edgewood Avenue, qu'elle partageait avec une étudiante en médecine, Danielle. Outre les chambres minuscules, le logement comprenait un salon avec une vraie cheminée et une petite cuisine, le tout pour soixante-quinze dollars par mois. Mais Sylvie ne s'était jamais liée d'amitié avec Danielle comme elle l'avait fait avec Ceil, sans doute parce qu'elles passaient toutes les deux beaucoup de temps à la bibliothèque (et peut-être aussi parce que sa nouvelle camarade de chambre manquait totalement d'humour). Sylvie brunchait le dimanche dans un petit restau d'Elm Street et suivait des cours de yoga au YMCA, au bout de la rue. Pendant ce temps, Ceil avait emménagé à Greenwich Village, où elle prenait des cours de danse et de théâtre. Elle n'avait fait qu'un peu de figuration à Broadway et avait joué – le terme était sans doute un peu trop noble – dans une pub pour un laxatif, avant de se marier, de connaître les joies de la maternité et de mener la vie facile d'une femme dont les seules activités se résumaient à déjeuner en ville, faire les magasins et signer de gros chèques pour des associations de bienfaisance. Mais Ceil n'avait jamais perdu sa capacité de théâtralisation des situations les plus banales. Ainsi ce mail urgent à Sylvie, dont le message – JE DOIS TE PARLER TOUT DE SUITE – était entièrement écrit en majuscules. Un acteur venait probablement de quitter sa femme (elle aussi star de cinéma) pour la nounou de dix-neuf ans et avait dû l'annoncer le jour même dans l'émission *The Howard Stern Show*, à laquelle Ceil était accro.

« C'est croustillant ? » demanda Sylvie en calant son téléphone contre sa joue. Elle possédait bien l'un de ces écouteurs qui se placent dans l'oreille, mais n'avait jamais réussi à le faire fonctionner correctement et n'osait solliciter une fois de plus l'aide de ses filles ou de son assistante.

Ceil marqua une pause.

« Tu n'es pas au courant ?

— Je suis sur l'autoroute du New Jersey. Qu'est-ce qui se passe ? »

Sylvie s'installa plus confortablement dans son siège, se préparant à la tirade que Ceil ne manquerait pas de lui faire à propos du New Jersey. Ceil détestait les banlieues et le conformisme, même si sa propre vie était on ne peut plus conventionnelle, avec son mari Larry, ex-joueur de football américain des Cornhuskers, ses jumeaux Dashiell et Clementine, et sa petite-fille Lincoln qu'elle amenait tous les mardis au cours de musique des Petits Mozart (une normalité pimentée, insistait-elle, par le fait que sa fille était lesbienne et que Suri Cruise avait assisté à l'un des ateliers de maquillage de Lincoln).

« Mon Dieu », murmura Ceil. Sylvie comprit aussitôt au ton de sa voix qu'elle n'avait pas appelé pour lui parler des derniers ragots. « Il faut que tu trouves une télé au plus vite. Ils disent que…

— Quoi ? »

Les hypothèses se bousculèrent dans la tête de Sylvie : une nouvelle attaque terroriste ? Une bombe ? Un accident d'avion ? Un assassinat ? Quelque chose à voir avec ses filles ? Avec Lizzie ? (Malgré sa panique, elle savait qu'on ne parlerait jamais de Diana à la télé, sauf peut-être dans le cadre d'une découverte scientifique ou d'une avancée médicale que Sylvie ferait semblant de comprendre tout le reste de sa vie.)

« Tu me fiches la trouille.

— C'est Richard », dit Ceil d'une voix tremblante.

Le sang de Sylvie se glaça dans ses veines.

« Il lui est arrivé quelque chose ? » demanda-t-elle, sachant, en posant la question, qu'il allait bien. Dans le cas contraire, on l'aurait prévenue. Son chauffeur, Derek, ou son assistante, Clarissa, assise à côté de lui, raide comme un piquet, l'auraient avertie, s'il s'était passé quelque chose de grave, de vraiment grave. Sylvie entendit de nouveau la voix de Ceil à l'autre bout du fil :

« Tu sais quoi ? Viens chez moi, d'accord ? Viens directement et ne regarde pas la télé, Syl, promets-moi de ne pas la regarder.

— Mais enfin, qu'est-ce qu'il y a ? »

Sylvie tenta de se ressaisir.

« Tu me fais peur. Dis-moi ce qui se passe. »

À plus de cent kilomètres de là, son amie poussa un soupir.

« Je suis devant CNN. Ils disent que Richard a eu une liaison avec l'une de ses assistantes législatives. Il est parti en vacances aux Bahamas avec elle et lui a trouvé une bonne planque à Washington dans le cabinet d'avocats pour lequel il travaillait. »

Sylvie serra le téléphone dans sa main droite, crispant l'autre sur sa cuisse. Elle avait l'impression de tomber du haut d'un gratte-ciel. En chute libre. Pas Richard. Pas son Richard.

« Sylvie ? Tu es toujours là ? » Ceil, la joyeuse Ceil capable de faire rire toute une assemblée en rejouant son rôle de Constipée Anonyme, semblait au bord des larmes.

« Écoute, Sylvie, j'aurais préféré ne pas devoir t'annoncer ça, je...

— Je te rappelle », répondit Sylvie avant de raccrocher.

Alors qu'elle se penchait en avant, elle sentit ses trois ceintures – celles de sa jupe, de ses collants ventre plat et de la gaine qu'elle portait au-dessous – s'enfoncer dans sa chair, comme si elles tentaient de l'étouffer.

« Pouvons-nous nous arrêter ? » demanda-t-elle.

Au même instant, son téléphone sonna de nouveau et le visage de son mari apparut sur l'écran.

Elle ignora l'appel. Sa voix avait légèrement tremblé, mais pas au point que son chauffeur et Clarissa s'en rendent compte – du moins l'espérait-elle. Et puis son ton était aimable. Car Sylvie était toujours polie. Sans doute en réaction à la grossièreté de sa mère, qui n'avait pas hésité un jour, devant des journalistes, à lancer à un avocat qu'il devrait au moins l'inviter à dîner avant d'essayer de la baiser. Sylvie avait pris soin d'apprendre à ses filles, Diana l'obstinée et Lizzie la rêveuse, les bonnes manières. Même lorsque sa fille cadette se droguait, Sylvie aimait à penser qu'elle avait dit « S'il te plaît » et « Merci » à son dealer.

À l'avant de la voiture, Derek et Clarissa échangèrent un regard, et Sylvie comprit que ce que son amie lui avait dit était vrai. Elle dut se retenir pour ne pas crier. Son mari avec une autre femme. Et cela passait à la télé. Elle avait les mains moites. Ses genoux tremblaient. Elle avait envie de manger quelque chose. Un cookie aux pépites de chocolat, un milk-shake à la fraise, un baklava dégoulinant de miel, un énorme bol de porridge avec du beurre fondu par-dessus... Du calme, se dit-elle en prenant son sac à main sur ses genoux. Tu fais ta Syllie[1]. C'était ce que Ceil lui disait les rares fois où Sylvie se laissait submerger par ses émotions. Ceil, l'éternelle comédienne capable de transformer l'ouverture d'une brique de soupe en véritable spectacle, lui conseillait alors de se calmer et d'arrêter de « faire sa Syllie ».

« Je dois vraiment descendre », répéta-t-elle en touchant l'épaule de son assistante.

Clarissa se retourna, les yeux si écarquillés qu'on voyait le blanc tout autour de ses iris bleus. Elle avait les joues rouges, et ses cheveux d'ordinaire si bien lissés et coiffés en chignon étaient ébouriffés au-dessus de son oreille gauche.

« S'il vous plaît », dit Sylvie à Derek d'un ton plus ferme.

1. *Silly*, en anglais, signifie « idiot ». *(Toutes les notes sont de la traductrice.)*

DIANA

« Bonjour ! » lança Diana en ouvrant la porte de la salle d'examen. Le patient, un homme d'une vingtaine d'années plutôt mignon, attendait sur la table. Elle parcourut sa fiche et lui adressa un sourire cordial. Lors de sa dernière évaluation, ses étudiants avaient très bien noté ses compétences et son enseignement, mais ils avaient estimé que son attitude avec les patients laissait à désirer. « Elle me fait peur, avait écrit l'un des étudiants, et je ne suis même pas malade ! »

« Monsieur Vance ? dit-elle, faisant l'effort de l'appeler par son nom. Qu'est-ce qui vous amène ? »

Il lui renvoya son sourire, les yeux rivés aux siens. En jean, baskets et T-shirt à manches longues, il respirait la santé, à la différence de la plupart de ses patients, dont les heures d'attente dans une salle miteuse et mal éclairée n'amélioraient pas la mine. Sans compter l'odeur d'hôpital dont ils étaient imprégnés. Mais il émanait de celui-ci une bonne odeur de savon et de peau masculine.

« Je me sens bizarre, ces temps-ci, expliqua-t-il.

— Bizarre ? répéta Diana en glissant sa fiche dans la pochette plastique accrochée à la porte.

— Fiévreux », précisa-t-il.

Il souriait toujours, plein de vitalité. Il avait d'épais cheveux bruns, des épaules musclées et de longues jambes, et la regardait d'un air appréciateur, très à l'aise, comme s'il pouvait voir à travers sa blouse blanche ses sous-vêtements de dentelle noire.

« On va vérifier ça. »

Comme elle se détournait, Diana se sentit submergée par une vague de chaleur. Elle tenta de se ressaisir tout en prenant une bandelette de température dans un tiroir, qu'elle appliqua sur le front du jeune homme.

« Ouvrez votre chemise, s'il vous plaît. »

Il se déshabilla avec lenteur en la fixant intensément des yeux. Il ne portait rien sous sa chemise. Des poils doux et bouclés, de la même couleur que ses cheveux, recouvraient son torse, et sa peau était lisse et bronzée. Diana avala sa salive et vérifia la température sur le thermomètre frontal.

« Vous n'avez pas de fièvre.

— C'est étrange. Je me sens très chaud, pourtant…

— Je vais vous examiner », dit-elle en se penchant vers lui pour écouter avec son stéthoscope les battements forts et réguliers de son cœur. Elle se tenait tellement près de lui qu'elle sentait son souffle sur ses cheveux. « Inspirez. » Sa cage thoracique se souleva, et elle fit glisser le stéthoscope dans son dos. « Vous avez d'autres symptômes ?

— Eh bien… » Il marqua une pause avant de refermer sa main chaude autour du poignet de Diana et de lui faire toucher son entrejambe. « J'ai cette bosse, là. »

Diana rougit et retira sa main.

« Je vous en prie, monsieur Vance, je suis médecin ! »

Mais il s'était déjà levé et plaquait son torse brûlant contre sa blouse blanche impeccablement repassée, les bras serrés autour d'elle, sa « bosse » pressée de manière irrésistible contre son ventre.

« S'il vous plaît, docteur. Vous devez m'aider. »

Il lui reprit la main, plus doucement cette fois, et la glissa dans son jean. Elle sentit la chaleur de sa peau, les boucles de ses poils pubiens, puis ses doigts se refermèrent autour de sa vigoureuse érection.

« Seigneur Jésus, souffla-t-elle.

— Vous voyez ? murmura-t-il contre son oreille. Ce n'est pas normal, n'est-ce pas ? Vous pensez que c'est une tumeur ?

— Je n'en suis pas certaine, répondit-elle, tandis qu'il enfouissait son nez dans son cou et lui mordillait la peau. Je ferais peut-être mieux de regarder.

— Oh, docteur, soupira-t-il comme elle déboutonnait sa braguette. Est-ce que mon assurance couvre ce genre de problème ?

— Je suis sûre qu'on peut trouver une solution. »

Elle fit glisser son boxer sur ses hanches, et son sexe chaud et lisse vint lui effleurer le visage. Il retint son souffle lorsqu'elle frotta sa joue contre sa peau soyeuse.

« Suce-moi », murmura-t-il, les doigts dans ses cheveux.

Diana posa une main sur la courbe parfaite de ses fesses, l'autre sous ses testicules. C'est à cet instant que son BlackBerry se mit à bourdonner.

« Merde !

— Ne réponds pas, dit Doug. C'est ta pause, non ?

— Je suis obligée. »

Elle se releva, l'entrejambe brûlant et palpitant, pour sortir l'appareil de sa poche. Mais ce n'était pas l'accueil qui la prévenait que la dame victime d'une intoxication alimentaire avait besoin d'une perf, ou que le type qui se plaignait de douleurs à la poitrine faisait une crise cardiaque. L'indicatif de Washington, le numéro 202, apparaissait sur l'écran. Diana sentit son cœur s'accélérer encore. Son père savait qu'elle était très occupée. Il ne l'appellerait pas sur son portable alors qu'elle était de garde, à moins d'avoir quelque chose de très important à lui dire.

« C'est mon père », ajouta-t-elle. Doug acquiesça tout en reboutonnant son jean.

« On se voit plus tard », chuchota-t-il. Elle lui fit un petit signe distrait avant qu'il referme la porte et retourne en cours.

Doug était un interne de vingt-cinq ans qu'elle avait rencontré trois mois plus tôt dans cette même salle d'examen. Et elle, Diana Katherine Woodruff, était mariée et mère d'un petit garçon de six ans. Oublie ça, songea-t-elle. Oublie ça pour le moment.

« Oui, papa ? dit-elle en décrochant.

— Diana ? »

La voix de son père tremblait légèrement. Lizzie, pensa-t-elle aussitôt en serrant les poings. Sa sœur devait une fois de plus avoir des problèmes. Et dire qu'elle lui avait confié son fils…

« Qu'est-ce qui se passe ? demanda-t-elle en se recoiffant avant de sortir dans le couloir. C'est Lizzie ? Milo va bien ?

— Non. Non, ma chérie, ce n'est pas Lizzie. C'est… »

Il s'interrompit, ce qui surprit Diana. Son père était un véritable orateur capable de faire un discours sur n'importe quoi, depuis la politique de l'armée américaine vis-à-vis des homosexuels jusqu'au programme de prime à la casse, sans la moindre hésitation ni le moindre « hum ».

« Je vais passer à la télé, ce soir. »

Cela n'avait rien d'exceptionnel. Mais, habituellement, le chef de cabinet envoyait un mail à toute la famille, aux amis et aux plus grands sympathisants (c'est-à-dire : aux plus gros donateurs) pour les prévenir.

« Pourquoi ? Qu'est-ce qui se passe ? »

Il s'éclaircit la gorge. « J'ai quelque chose à t'annoncer, ma chérie. »

Diana se raidit. Son père ne lui avait jamais semblé aussi peu sûr de lui. Même lorsqu'elle était tombée de vélo et qu'elle avait eu besoin de se faire recoudre le menton, ou lorsqu'il avait prononcé son discours télévisé après les attentats du 11 Septembre, sa voix était restée chaude et sonore. Il avait toujours su la rassurer, mais, à cet instant, il semblait presque effrayé. Était-il malade ? Était-ce pour cela qu'il l'appelait ? Elle parcourut mentalement la liste des maladies potentielles – problèmes cardiaques, hypertension, hypertrophie de la prostate… Beurk.

« L'année dernière, ajouta son père, j'ai eu une nouvelle assistante législative à Washington, et nous… elle et moi… »

Diana ouvrit la porte de la salle de repos d'un coup d'épaule. Comme toujours, la pièce sentait le vieux burrito, la sueur et l'adrénaline, avec une légère touche de ce qu'elle avait fini par appeler l'« eau d'urgences » – cette odeur de sang, d'urine, de matières fécales et de vomi caractéristique de la maladie et de la peur.

« Quoi ? demanda-t-elle, sa voix résonnant dans la pièce vide. Qu'est-ce que tu veux dire ?

— On a eu une liaison. Ça n'a pas duré longtemps et c'est fini, mais je l'ai aidée à trouver un boulot, quelqu'un l'a découvert – nous a découverts –, et ça va probablement passer aux infos, ce soir. »

Diana s'appuya contre la rangée de casiers bleu pâle, son BlackBerry collé à l'oreille.

« C'est fini, répéta son père. C'est ça qui est important. Ça n'a pas duré longtemps, et ça n'a jamais été... Je n'ai jamais eu l'intention de... »

Diana laissa planer son pouce au-dessus de la touche qui mettrait fin à l'appel. Elle avait envie de presser cette touche, de réduire au silence la voix de son père, d'oublier ce qu'il venait de lui annoncer. Elle aurait voulu revenir cinq minutes plus tôt, au moment où elle se trouvait dans la salle d'examen, à genoux devant Doug Vance, en train d'ausculter sa bosse mystérieuse.

« Je voulais te le dire avant que tu l'apprennes par quelqu'un d'autre, continua son père. Je suis désolé, Di. Je suis désolé. » Sa voix se brisa.

Elle se demanda d'où il appelait. De son bureau à Washington, avec le gros fauteuil en cuir, les photos de famille sur la table de travail, et une copie encadrée du Bill of Rights sur l'étagère ? De l'arrière d'une voiture, avec un dossier sur les genoux et les journaux à côté de lui ?

Diana prit la télécommande et alluma le téléviseur fixé au mur. Lorsque CNN apparut sur l'écran, elle découvrit son père – à Washington sans doute – aux côtés d'une jeune femme potelée aux cheveux frisés qu'il tenait par la taille. Il se penchait pour lui murmurer quelque chose à l'oreille, et elle se mettait à rire. « Selon nos sources, commentait une voix, le sénateur Woodruff aurait payé des lobbyistes pour obtenir un emploi à son ancienne assistante et présumée maîtresse Joelle Stabinow, dans la succursale washingtonienne de son ex-cabinet d'avocats de New York. »

« Tu lui as trouvé un boulot ? À elle ?

— Je n'ai rien fait d'illégal, répondit son père d'une voix plus calme. Elle avait les qualités requises pour ce travail. Elle a fini major de promo à la fac de droit de Georgetown.

— Excellent, dit Diana d'un ton cassant, comme sa mère quand elle avait passé trop de temps à accueillir des invités. Tu lui transmettras mes félicitations.

— Diana, tu n'es pas obligée d'être désagréable.

— Ah oui ? Tu veux peut-être que je saute de joie ?

— Bien sûr que non. Je ne suis pas fier de ce que j'ai fait. J'ai vraiment merdé, avec ça.

— Tu crois ? »

Elle était mal placée pour lui reprocher quoi que ce soit. Comment pouvait-elle le condamner, vu ce qu'elle était en train de faire au moment où il l'avait appelée ? À genoux devant un étudiant en médecine, un homme qui n'était pas son mari et qu'elle n'avait aucun droit de toucher... Mais au moins, elle avait su rester discrète et avait fermé la porte.

« Ça ne durera pas, continua son père. Les médias passeront vite à autre chose. Il n'y a pas eu conflit d'intérêts, je n'ai pas touché à l'argent des contribuables...

— Tu l'as dit à maman ? l'interrompit Diana.

— J'ai essayé de la joindre, mais elle ne répond pas. Lizzie non plus. »

Lizzie. Diana sentit son cœur se serrer.

« Peux-tu essayer de prévenir ta sœur ? lui demanda son père. Elle va être effondrée, si elle apprend ça par la télé.

— D'accord », dit-elle sèchement.

Nous y revoilà, songea-t-elle. On lui demandait encore de jouer le rôle de la grande sœur responsable protégeant la petite Lizzie de la cruelle réalité.

La porte de la salle de repos s'ouvrit et Doug Vance passa la tête dans l'entrebâillement. Il regarda Diana, puis l'écran, où passait une publicité pour un régime.

« Tout va bien ? chuchota-t-il.

— Je te rappellerai », dit Diana à son père.

Elle raccrocha, rangea le téléphone dans sa poche et se tourna vers son… Comment appeler Doug, exactement ? Son petit copain ? Son amant ? Son deuxième homme ?

« Tout va bien », répondit-elle, tâchant d'avoir l'air convaincue.

Doug lui décocha un regard perplexe.

« On se voit plus tard ?

— Je t'enverrai un texto. »

Ils communiquaient ainsi, tels deux adolescents amoureux, échangeant des messages truffés d'abréviations : G ENVI 2 TE VOIR. J T DS LA PO. Des petites phrases idiotes, dont elle chérissait pourtant chacune des lettres. Personne, pas même son mari, ne l'avait jamais autant émue.

Soudain, son téléphone se mit à vibrer dans sa poche.

« Bonjour, chéri, dit-elle en décrochant.

— Diana ? demanda Gary de sa voix grave, éraillée par les allergies et le rhume des foins qu'il traînait environ dix mois sur douze. Il renifla, puis se racla la gorge. Euh, tu es au courant pour…

— Oui, j'ai vu. »

Gary hésita.

« Et… ça va ?

— Très bien. »

Elle traversa la pièce et ouvrit son casier, dans lequel elle trouva les baskets, le short, le soutien-gorge de sport et le T-shirt sale qu'elle avait rangés là deux jours plus tôt après avoir couru huit kilomètres pendant la pause-déjeuner. Ça ferait bien l'affaire. Coinçant le téléphone sous son menton, elle commença à déboutonner sa blouse.

« Je vais très bien, répéta-t-elle. Pourquoi ça n'irait pas ? Je n'ai rien fait de mal.

— Oui, bien sûr », bégaya-t-il.

Un grand bègue, son Gary.

« Enfin, bien sûr que non. C'est juste que…

— … c'est choquant, le coupa Diana en mettant ses baskets avant de se pencher pour tirer d'un coup sec sur les lacets. C'est monstrueux.

— Je ne m'y attendais pas du tout, confia Gary. Je pensais que ton père était un type bien. »

Il semblait au bord des larmes. Une habitude chez lui. Il avait pleuré lors de leur mariage et à la naissance de Milo, tandis que Diana gardait les yeux secs (même si, il est vrai, dans le second cas, la péridurale l'avait complètement assommée). Plus le temps passait, plus elle se disait que Gary était plus féminin qu'elle.

« Écoute, reprit-il tandis que Diana enfilait son soutien-gorge. Je sais qu'on était censés sortir, ce soir…

— … et on va sortir, l'interrompit-elle en grimaçant après avoir reniflé son T-shirt.

— Tu es sûre ? On peut reporter. »

Elle secoua la tête. Il cherchait toujours une bonne excuse pour rester à la maison sur le canapé.

« On ne peut pas. On l'a déjà fait deux fois, et le chèque-cadeau expire la semaine prochaine. » Ils avaient gagné ce dîner lors d'une vente aux enchères organisée par l'école de Milo, l'année précédente. Diana avait fait une offre beaucoup trop élevée, mais elle s'en fichait – les bénéfices étaient reversés à une association, et elle savait que Gary ne l'emmènerait jamais de lui-même dans un endroit chic.

« Tu ne crois pas qu'on va nous regarder ? demanda-t-il d'une toute petite voix.

— Eh bien, qu'on nous regarde, répondit-elle en claquant la porte du casier. Il faut que j'y aille.

— On se retrouve au restaurant », dit-il avant qu'ils raccrochent.

Le téléphone de Diana se remit aussitôt à vibrer. Elle rouvrit le casier, jeta l'appareil dans son sac à main, sortit son iPod et passa rapidement devant la réceptionniste, une jeune femme effacée prénommée Ashley.

« Je prends ma pause », annonça-t-elle.

Ashley se ratatina sur son siège et acquiesça.

Diana ajouta aussitôt :

« Je voudrais que vous appeliez ma sœur, Lizzie Woodruff. Je serai de retour dans trois quarts d'heure, dites-lui de me rejoindre ici.

— Très bien, docteur », murmura Ashley.

Diana poussa la porte et descendit les marches deux par deux. Elle courut aussi vite qu'elle le pouvait le long de Spruce Street, tout droit vers le Delaware, jusqu'à ce qu'elle ait un point de côté et la gorge en feu, jusqu'à ce que la douleur chasse toutes les pensées de son esprit.

LIZZIE

Ce fut la course pour sortir Milo de la piscine, le traîner aux vestiaires et lui remettre son pantalon de toile, sa chemise, ses chaussures et le bonnet de ski qu'il tenait à porter, même en plein été. Lizzie se hâta d'enfiler son débardeur et sa jupe longue en dentelle blanche, de glisser ses pieds dans ses tongs, de passer le vieux Leica autour de son cou et de prendre son sac à main. Puis elle attrapa le sac à dos de Milo et se précipita dehors pour héler un taxi dans Lombard Street.

Lorsqu'ils arrivèrent à l'hôpital, avec un quart d'heure de retard, Lizzie était dans un piètre état – les joues rouges, les cheveux en bataille et un truc collé sous la chaussure, peut-être un chewing-gum, peut-être pire. Et elle avait oublié son soutien-gorge. Elle venait de s'en rendre compte, mais c'était le genre de détail qui n'échappait pas à Diana. Elle transpirait et avait un goût désagréable de cuivre dans la bouche. Ashley ne lui avait pas dit ce que voulait sa sœur, mais, Lizzie n'ayant jamais été sommée de la rejoindre sur son lieu de travail en pleine journée, elle en avait aussitôt conclu que les nouvelles étaient mauvaises : elle avait encore raté quelque chose et allait se faire engueuler.

Diana l'attendait à l'accueil des urgences, parfaite, comme à son habitude, avec sa blouse blanche boutonnée, sa jupe droite gris perle et ses talons hauts, aussi soignée que le matin même, mis à part son teint écarlate et ses cheveux mouillés et relevés en chignon.

« Ça va, maman ? » demanda Milo de sa voix râpeuse.

Diana s'adoucit – ce qu'elle ne faisait qu'avec son fils –, et se pencha vers lui pour l'embrasser sur le front, écartant les cheveux bruns de ses yeux.

« Ça va, répondit-elle. Tu as apporté ta console vidéo ? Tu veux bien nous attendre dans la salle d'attente, comme un grand ? J'ai besoin de parler avec tante Lizzie. »

Dès que Milo fut installé sur le canapé, Diana entraîna sa sœur dans la salle de repos déserte.

Lizzie s'était préparée, croyant connaître la raison de ce rendez-vous impromptu.

« Écoute, je sais ce que tu penses du McDo, dit-elle alors que Diana refermait la porte, et j'ai lu tous les papiers que tu m'as donnés. »

C'était un peu exagéré : elle avait jeté un coup d'œil à un seul article parmi la pile que Diana avait posée sur son lit, mais les descriptions des mauvais traitements infligés aux bêtes et des conservateurs présents dans la viande l'avaient tellement dégoûtée qu'elle avait fourré le papier dans le tiroir de la commode et ne l'avait plus jamais regardé.

Diana haussa un sourcil – oui, elle savait faire ça, hausser un seul sourcil à la fois. Lizzie continua :

« Il m'a dit qu'il était le seul de sa classe à n'y être jamais allé. Je l'ai amené là-bas une seule fois, j'ai payé avec mon argent, il a mangé ses Chicken McNuggets avec du lait, pas avec du soda, et je lui ai donné une pomme en dessert… »

Diana l'interrompit d'un geste de la main. Ses ongles étaient parfaitement limés. Lizzie cacha les siens, rongés et couverts d'un vernis rouge qui s'écaillait, au fond de ses poches.

« Papa a appelé. »

Lizzie cligna des yeux. « Qu'est-ce qui se passe ? » Le ton de Diana avait éveillé en elle une sensation familière, comme si une trappe s'ouvrait dans son ventre. Depuis des années, Lizzie considérait ses parents et sa sœur comme des dieux grecs distants, capricieux et impénétrables, enclins à darder leurs foudres et leurs décrets du haut de l'Olympe sans se soucier des dégâts qu'ils causaient sur les gens normaux comme Lizzie. Elle avait fait de son mieux pour échapper à leur attention, comme d'autres mortels futés avant elle. Elle se montrait polie et enjouée quand on lui parlait, et tentait de rester discrète le reste du temps.

Diana attrapa la télécommande sur la table et la dirigea vers le poste de télévision. L'écran s'alluma sur CNN et sur l'image de leur père, le sénateur démocrate Richard Woodruff de l'État de New York, un bras autour de la taille d'une femme qui n'était pas leur mère.

« Oh ! » Tandis qu'elle regardait fixement l'écran, Lizzie sentit son estomac se soulever en entendant les mots « liaison extraconjugale ». Elle connaissait bien cette nausée, cette moiteur sous les aisselles et au bas du dos : à vingt-quatre ans, Lizzie Woodruff savait ce qu'était la honte. Mais elle n'avait jamais eu l'occasion d'en éprouver pour un autre membre de sa famille – jamais pour l'impeccable, la brillante et combative Diana ; jamais pour sa mère, toujours courtoise et élégante ; et certainement pas pour son père, cet homme que tout le monde admirait et respectait. Elle eut de la peine à avaler sa salive et essuya la sueur qui perlait sur sa lèvre supérieure.

« Oh, répéta-t-elle. Oh, mince.

— Oui. Oh, mince », dit Diana avec une moue dédaigneuse.

Lizzie regardait toujours l'écran, où l'on voyait une photo de la même femme en train de rire, vêtue d'un Bikini et assise en tailleur à l'avant d'un voilier.

« Bon sang, grommela Diana. On aurait pu croire qu'une greluche dans son genre porterait un maillot une pièce.

— Est-ce que tu as parlé à maman ? Elle va bien ? » murmura Lizzie.

Elle s'attacha les cheveux avec un élastique, puis se mit à faire les cent pas.

Diana sortit son téléphone de sa poche et composa un numéro.

« Maman ? dit-elle au bout de quelques secondes. Ne raccroche pas, je vais appeler Lizzie en même temps. »

La mélodie saccadée de « Just Dance » de Lady Gaga se fit entendre au fond du sac à paillettes que Lizzie avait acheté dix dollars dans Canal Street. Diana grimaça – à cause du sac, de la sonnerie ou de sa sœur qui n'arrivait pas à retrouver son téléphone, Lizzie n'en savait trop rien. La tête lui tournait. Elle fouilla parmi les bâtons de rouge à lèvres, les billets froissés, les mouchoirs et les jeux vidéo de Milo, prise d'une furieuse envie de se réfugier dans une pièce sombre sentant la bière et le tabac, de boire un vin blanc tellement frais que le premier verre lui donnerait une migraine aussitôt guérie par le deuxième, ou un rhum-Coca, son ancien péché mignon, si agréable à avaler et si enivrant.

Elle réussit enfin à mettre la main sur son téléphone.

« Allô, maman ?

— Les filles ? dit Sylvie d'une petite voix pincée.

— Qu'est-ce qui se passe ? demanda Diana.

— Je n'en sais rien. Je suis en voiture, je rentre à New York. J'ai eu Ceil au téléphone, mais à part ça, je ne sais pas ce qui se passe.

— Papa m'a appelée, dit Diana d'un ton sec. Il m'a dit qu'il avait eu une liaison avec une femme et qu'il lui avait trouvé un boulot. Et il est désolé. Évidemment.

— Oh, mon Dieu..., murmura Sylvie. Dès que j'aurai parlé à votre père, je vous rappellerai. D'ici là, soyez prudentes. Les journalistes risquent d'essayer de vous joindre, ne leur dites rien.

— Ah bon, vraiment ? fit Diana, l'air ironique. Tu ne crois pas que je devrais aller faire une déclaration ?

— Diana ! »

Celle-ci se contenta de lever les yeux au ciel.

« Ce n'est peut-être pas ce que l'on croit, dit Sylvie. Cette femme avait peut-être juste besoin d'une figure paternelle. Si ça se trouve, il ne s'est rien passé entre eux, ils sont juste amis.

— Oh, arrête ! » s'exclama Diana.

Le mépris qui s'entendait dans sa voix aurait pu être mis en bouteilles et vendu comme arme chimique.

« Les sénateurs de cinquante-sept ans ne sont pas amis avec leurs assistantes d'une vingtaine d'années ! »

Elle soupira bruyamment.

« Je parie qu'il y a des mails. Ou d'autres photos. Il y a toujours quelque chose. Sans compter que la presse va certainement s'intéresser à nous aussi », ajouta-t-elle en lançant à sa sœur un regard qui en disait long.

Lizzie se demanda quand les détails seraient révélés, tout en s'étonnant de la capacité de sa sœur à toujours voir le pire dans toutes les situations… y compris celle de Lizzie, évidemment. Elle se souvenait du jour où leurs parents les avaient emmenées à une fête foraine pour son anniversaire. Lizzie avait huit ans, et elle était tout excitée à l'idée de pouvoir faire du manège et manger de la barbe à papa. Diana, à quatorze ans, ne voulait pas y aller, et elle avait passé tout le trajet en voiture à regarder par la fenêtre en poussant de gros soupirs.

Cette journée avait été merveilleuse. Le maire de Plattsburgh, en costume et nœud papillon, les avait accueillis chaleureusement sur le parking. « Alors c'est ton anniversaire ? » avait-il demandé à Lizzie en se penchant pour se mettre à son niveau. Il les avait fait passer devant tout le monde à toutes les attractions. Elle avait pu grâce à lui manger tout ce qu'elle voulait – saucisses et poivrons grillés, citron pressé, brochettes de steak, glace à l'italienne et beignets – et il l'avait serrée contre lui, tout sourire, pendant qu'un journaliste prenait une photo.

De retour dans la voiture, épuisée, les mains collantes et l'estomac rempli, Lizzie avait dit à sa sœur : « C'était le plus beau jour de ma vie. » Et Diana, toujours tournée vers la fenêtre, avait répliqué : « Tu sais que ce n'était qu'une opération de relations publiques. » Elle avait expliqué à sa sœur que son père avait besoin du vote des habitants de Plattsburgh, et que c'était pour cette raison qu'elle, Diana, avait été obligée de passer son samedi dans ce trou paumé alors qu'elle aurait pu rester en ville avec ses copains. Lizzie avait réussi à retenir ses larmes jusqu'à ce qu'il fasse trop sombre dans la voiture pour que ses parents ou sa sœur remarquent qu'elle pleurait. Elle croyait que le monsieur avait été gentil avec elle et l'avait prise en photo parce que c'était son anniversaire ; qu'ils avaient tous été aux petits soins avec elle, et non pas avec son père.

Pendant ce temps, Sylvie conseillait à Diana de se montrer patiente, de ne pas porter de jugement avant que l'on sache exactement ce qui était arrivé.

« Vous allez bien, toutes les deux ? demanda-t-elle. Lizzie, ça va ?

— Moi, je vais très bien », répondit Diana.

Elle s'assit sur une chaise en métal et croisa énergiquement ses jambes musclées et bronzées.

« Merci de t'inquiéter pour moi.

— Ça va », dit Lizzie, qui savait pourquoi sa mère s'était d'abord adressée à elle.

Bien sûr que Diana allait bien. Diana allait toujours bien. Le monde pouvait s'écrouler à leurs pieds, Diana irait quand même courir dans les décombres. Lizzie s'efforça de respirer profondément tandis que la télé montrait une fois de plus son père tenant cette autre femme par la taille. « Selon certaines sources, le sénateur aurait accordé d'importantes augmentations à Mlle Stabinow lorsqu'elle travaillait pour lui, et l'aurait ensuite aidée à décrocher un emploi au sein d'un cabinet d'avocats à Washington. Son revenu annuel dépasserait les cent mille dollars », disait le journaliste, alors qu'apparaissait à l'écran une photo de la jeune femme lors de sa remise des diplômes, rayonnante dans son costume universitaire.

« Je vais bien, répéta Lizzie d'une voix plus assurée.

— Tu iras à une réunion, ce soir ? » demanda sa mère.

Diana décroisa et recroisa les jambes en jetant un regard mauvais à la rangée de casiers, comme si eux aussi l'agaçaient. Diana ne croyait pas aux réunions des Alcooliques anonymes. Elle considérait que, quand on avait un problème, il fallait le régler seul, avec des douches froides et des joggings de huit kilomètres.

« Oui, j'irai, répondit Lizzie en essayant d'avoir l'assurance de sa sœur.

— Je vous rappellerai bientôt. Je vous aime, les filles. »

Diana et Lizzie lui répondirent qu'elles l'aimaient aussi, puis Diana raccrocha et éteignit la télévision.

« Je n'arrive pas à y croire. »

Lizzie n'y arrivait pas non plus. Et elle n'en avait pas envie.

« Ce n'est peut-être pas vrai. »

Diana leva les yeux au ciel, une fois de plus. Son talent pour anéantir les espoirs de Lizzie n'avait pas diminué avec le temps.

« Bien sûr que c'est vrai ! Papa l'a dit.

— Pas à moi, fit remarquer Lizzie, têtue.

— Et il y a une vidéo.

— Elle a peut-être été montée avec Photoshop. »

Ce genre de chose arrivait. Comme cette histoire de vidéo porno impliquant une star qui s'était révélée truquée, au final. Et la fois où la tête d'une présentatrice de talk-show avait été collée sur le corps d'une autre personne dans un magazine.

« Non, elle n'a pas été truquée, bon sang ! » s'écria Diana en se relevant brusquement.

Lizzie s'approcha de la fenêtre. En regardant son téléphone, elle s'aperçut que son père avait essayé de l'appeler deux fois, sans doute au moment où elle tentait de convaincre Milo de sortir de l'eau. Elle vit aussi qu'il était presque 17 heures.

« Milo va bientôt avoir faim.

— Très bien, répondit Diana d'un ton sec. Emmène-le chez McDo. Ou chez Wendy's. Achète-lui une pizza, tout ce qu'il veut. Je m'en fous.

— Tu vas lui dire ? »

Diana se passa la main sur le front d'un air soudain hésitant. Elle rejoignit Lizzie à la fenêtre. Le ciel s'était assombri, soulignant les angles du visage de Diana et la ligne de ses lèvres. Lizzie eut envie de prendre son appareil photo, mais elle se ravisa. Diana détestait qu'on la prenne en photo. Ce n'était vraiment pas le moment, même si Lizzie ne se souvenait pas d'avoir vu sa sœur aussi belle, ni aussi triste.

« Je ne sais pas », répondit Diana. Puis elle surprit Lizzie en lui demandant : « Tu crois que je devrais lui dire ? »

Lizzie réfléchit. Si Milo avait été à l'école, les autres enfants en auraient peut-être parlé, après avoir surpris des conversations entre leurs parents. Mais c'étaient les vacances, et Milo avait refusé de partir en colonie, ce qui signifiait qu'il pouvait passer plusieurs jours sans parler à personne en dehors de ses parents et de Lizzie. Il ne regardait pas beaucoup la télé, hormis quelques documentaires animaliers, que Diana approuvait, et quelques émissions de cuisine, qu'il adorait.

« On ne devrait peut-être pas lui dire tout de suite », répondit Lizzie.

— OK, dit Diana. Emmène-le manger. Je vais passer à la maison pour me changer. Tu te souviens que je sors avec Gary, ce soir ? »

Lizzie acquiesça et glissa son téléphone dans son sac à main. Elles se dirigèrent vers la salle d'attente, où elles découvrirent Milo, la console abandonnée sur les genoux et le regard fixé sur la télévision.

« Je crois qu'on est tous lassés des scandales, disait une rousse vêtue d'un pull que Lizzie trouvait trop décolleté et trop moulant pour la télé, ou pour quelqu'un d'aussi vieux et émacié. Giuliani, Spitzer, Edwards, Sanford… On en est arrivés à un point où l'homme politique exceptionnel, c'est celui qui n'a pas de maîtresse ni d'amant. » Elle eut un petit rire guilleret tandis qu'une image apparaissait à l'écran, montrant le papi de Milo en train de parler à l'oreille d'une dame aux cheveux frisés. « Ce qui nous intéresse, maintenant, c'est de voir comment sa femme va réagir. Va-t-elle participer à la conférence de presse ou l'envoyer dormir dehors ?

— Ce sont les seules options ? demanda le présentateur, amusé. Soutenir son mari ou l'envoyer dormir dehors ?

— Personnellement, j'aurais beaucoup de respect pour ces femmes si elles disaient à leur mari d'aller dormir avec les poissons, répondit la rousse en riant.

— Il faut quand même rendre justice au sénateur, intervint le jeune homme au nœud papillon assis à côté d'elle. Au moins, il n'a pas utilisé l'argent des contribuables pour se payer des prostituées, et il n'a pas prétendu auprès de ses électeurs qu'il faisait le Sentier des Appalaches. »

La rousse leva les pouces en l'air en signe d'approbation. La peau de son visage était aussi tendue que celle d'un tambourin, mais Lizzie voyait des veines bleues qui saillaient sur le dos de ses mains, et ses doigts maigres ressemblaient à des serres.

« Oui, un bon point pour lui », dit-elle.

Et si c'était ton père ? eut envie de lui crier Lizzie, en supposant que cette vieille bique toute sèche ait eu un père, qu'elle n'ait pas été créée dans le laboratoire d'un groupe de réflexion conservateur. Ça te ferait quoi, si c'était ton père et si je me moquais de lui à la télé ?

Lizzie se dirigea à grands pas vers le poste et se hissa sur la pointe des pieds pour changer de chaîne.

« Mademoiselle, fit la femme de l'accueil. Vous n'avez pas le droit !

— Si, elle a le droit », répliqua Diana avant de s'agenouiller devant Milo et de le rassurer.

Lizzie éteignit le téléviseur, puis elle fit signe à Milo, encore plus pâle et plus grave que d'habitude. Il ressemblait à un banquier miniature chargé d'apprendre aux jeunes couples que leur demande d'emprunt était refusée.

« Maman doit retourner travailler, lui expliqua Diana. Tata Lizzie va te ramener à la maison. »

Elle se pencha pour le serrer dans ses bras.

« Je t'aime gros comme ça.

— Gros comme ça », répéta Milo.

Elle lui tapa dans la main, vers le haut, vers le bas et poing fermé, avant de lisser sa frange et de lui enfoncer solidement son bonnet sur les oreilles. Lizzie faillit attraper son appareil photo – elle aurait adoré immortaliser cette scène, sa sœur qui se montrait gentille et douce. Mais une fois de plus elle se retint. Diana se força à sourire, fit un signe de tête à Lizzie et s'éloigna.

« Tata Lizzie ? demanda Milo tandis qu'ils longeaient le couloir main dans la main. Pourquoi papi est passé à la télé ?

— Tu sais bien, il est sénateur.

— Oui, il fait des lois à Washington. Mais c'était qui, la dame ? Ils ont dit que c'était sa maîtresse.

— Tu sais quoi ? Parlons plutôt de ce que nous allons manger. On s'en fiche, de ce que fait papi. »

SYLVIE

Dès que la voiture s'arrêta sur l'aire d'autoroute, Sylvie ouvrit sa portière et sortit du véhicule. Ignorant le regard peiné de Clarissa et le « Madame ? » de Derek, elle traversa rapidement le parking sous le soleil écrasant, monta les marches et entra dans le bâtiment.

Là, dans la vaste entrée carrelée qui sentait la friture et le désinfectant, Sylvie se figea, le regard rivé sur le poste de télévision allumé. Les voyageurs affluaient autour d'elle : des mères se pressaient vers les toilettes avec leurs bébés, des personnes âgées se dirigeaient lentement vers le restaurant ou s'arrêtaient pour observer les cartes géantes affichées au mur. Mais Sylvie ne les voyait pas, entendant à peine leurs « Pardon », « Attention, madame » et « Dites donc, vous ne pourriez pas vous pousser un peu ? ». Le même petit bout de film passait en boucle : une femme aux cheveux bruns frisés entrait dans un immeuble, tête baissée, puis l'on voyait Richard (en costume bleu et cravate Hermès rouge et or que Sylvie lui avait offerte à Noël, l'année précédente), debout sur une tribune, prononçant ce qui devait être un discours standard (ensemble, ils en avaient écrit un sur l'éducation et l'environnement, et même un sur « Nos dirigeants de demain », qui pouvait être adapté aussi bien à un public d'école élémentaire qu'à celui d'un lycée, et étoffé pour une remise de diplômes universitaires). Les paroles s'échappaient des haut-parleurs, mais Sylvie ne parvenait plus à en saisir le sens. Son esprit, telle une plante carnivore, avait ingurgité les informations et s'était refermé complètement. « Selon nos sources... Joelle Stabinow, une ancienne assistante législative diplômée de la faculté de droit de Georgetown qui a souvent voyagé avec le sénateur... Des vacances dans les tropiques financées par les donateurs... »

Les images défilèrent une fois de plus à l'écran : la jeune femme, puis Richard. Les cheveux bruns de l'une, la cravate rouge de l'autre. Apparut ensuite une autre photo de la fille, vêtue d'un Bikini blanc que Sylvie n'aurait jamais osé porter, même pendant sa période la plus mince. La fille – ou la femme, plutôt, c'était le terme politiquement correct – était assise en tailleur sur le pont en bois d'un bateau. Son ventre tendait l'élastique de son bas de Bikini, sa poitrine débordait de son haut. Pour elle, pas de Special K ni de lait écrémé au petit déjeuner ; pas de leçons à 5 heures du matin avec un nazi du Pilates qui aboyait : « CONCENTRE-TOI ! », comme si Sylvie était un chien que l'on dressait.

Ceil et Diana avaient donc raison. C'était vrai. Sylvie dut pousser un gémissement car Clarissa, qui était apparue à côté d'elle, la regarda tristement sans rien dire. Qu'aurait-elle pu dire, de toute façon ? Sylvie était certaine qu'à Vanderbilt, où Clarissa avait obtenu ses diplômes, la question « Que faire quand le conjoint de votre patronne est pris dans un scandale sexuel ? » n'avait pas été abordée.

« Je crois que... » Elle fut interrompue par un homme qui s'était arrêté à côté d'elle. En jean et chemise écossaise, il portait des bretelles rouges et tenait à la main un sac Burger King.

« Voilà ! s'exclama-t-il, comme si Sylvie avait entamé la conversation, comme si elle avait attendu toute la journée de parler avec lui. C'est reparti ! Des cochons. Tous des cochons !

— Des cochons, répéta Sylvie.

— C'est vrai, intervint une jeune femme en jean et lunettes à monture noire. Je suis d'accord, mais pourquoi perdent-ils leur temps à faire des reportages là-dessus ? On est en guerre, quand même. Il y a des gens qui meurent. »

Elle fit un geste vers l'écran, où les mots SCANDALE SEXUEL défilaient sous le nœud de cravate de Richard.

« Les journalistes n'ont que ça à faire ? Suivre les hommes politiques pour savoir avec qui ils couchent ? Ça intéresse qui, franchement ?

— Oui, qui ? répéta Sylvie comme un perroquet.

— En plus, elle n'est pas si bonne que ça », observa un type qui portait un T-shirt des Giants.

Sylvie découvrit sans grande surprise qu'il avait le menton fuyant et les dents toutes tordues. Nous sommes tous des critiques, disait toujours Ceil.

« Enfin, merde, reprit le fan des Giants. Si j'étais sénateur, je me ferais Miss Univers.

— Charmant, dit la fille aux lunettes, suffisamment bas pour que le type n'entende pas.

— Moi, je trouve ça honteux, reprit l'homme au sac Burger King. Il a certainement des filles du même âge qu'elle.

— Des filles », répéta Sylvie.

Elle était à peu près sûre que, derrière elle, Clarissa lançait un regard désespéré à Derek. Ils devaient intervenir avant qu'elle dise ou fasse quelque chose qui aggraverait la situation. Clarissa venait de poser une main hésitante sur son épaule en murmurant : « Madame ? » quand le sac de Sylvie (un Prada mais discret, avec juste une petite étiquette cousue sous la poignée) lui échappa et tomba par terre. Le type au sac Burger King se baissa pour le ramasser.

« Vous vous sentez bien, madame ? »

Sylvie regarda ses collants satinés, ses chaussures à talons et son tailleur bleu marine hors de prix, un peu trop serré au niveau du buste. (« Des abdos ! répétait sans cesse son entraîneur. Des pompes ! Des haltères ! » Et, bien sûr : « Un régime ! ») Mon mari couche avec une assistante législative, eut-elle envie de répondre. Soudain, elle sentit les larmes lui monter aux yeux. Ce n'était pas le meilleur endroit pour perdre pied. Pourtant, c'était exactement ce qui se passait. La vie qu'elle avait bâtie depuis des décennies aux côtés de Richard, sa vie d'épouse, était en train de s'effondrer là, sur une aire de repos de l'autoroute du New Jersey.

Sylvie plaqua son poing sur ses lèvres. Elle aperçut vaguement le visage inquiet de Clarissa, penché vers elle.

« Madame Woodruff ? fit-elle avant de jeter un coup d'œil par-dessus son épaule et de baisser la voix. Sylvie ? Est-ce que ça va ? »

Son téléphone se mit à sonner. Priant pour que ce soit Ceil, qui saurait trouver les mots pour la réconforter, Sylvie fouilla dans son sac afin de prendre l'appareil.

« Allô ?

— Cette raclure ! hurla sa mère avec son accent de Brooklyn à couper au couteau. Je savais qu'il te ferait du mal ! Je l'ai su dès la première fois que tu l'as ramené à la maison ! Je n'ai jamais aimé son odeur !

— Maman... »

Ce simple mot l'avait épuisée. Sylvie pressa le téléphone contre sa joue, en espérant que personne dans la foule ne l'avait reconnue. C'était peu probable : l'Américain moyen étant sans doute incapable d'identifier un juge de la Cour suprême parmi une brochette d'individus, il y avait peu de risques qu'il repère une femme de sénateur. « Je vais aux toilettes », souffla-t-elle à Clarissa, avant de s'enfermer dans une cabine. Sa mère continuait à parler :

« L'insecticide. J'ai mis des années à trouver, mais c'est exactement ce qu'il sent. La bombe antimoustiques. Tu aurais dû épouser Bruce Baumgardner. Tu te souviens des Baumgardner ? Ils habitaient Seventeen Street. Les magasins de tapis. »

Sylvie ne répondit pas.

« Tu vas divorcer ? lui demanda Selma. Dans ce cas, préviens-moi d'abord. Je connais les meilleurs avocats en affaires familiales. »

Sylvie secoua la tête. Voilà qui était surprenant. À sa connaissance, sa mère avait toujours aimé Richard. Il lui envoyait des fleurs pour son anniversaire, pour la fête des Mères et pour l'anniversaire de la mort du père de Sylvie. Il prenait des plats à emporter au Carnegie Deli lorsqu'ils allaient dîner chez elle, une fois par mois, il lui tenait toujours la porte, lui proposait de porter ses sacs et achetait régulièrement ses chocolats préférés.

Assise sur le siège des toilettes, Sylvie entendit de nouveau la voix de sa mère :

« Bruce vit dans le New Jersey. Sa femme le trompait avec un type qu'elle avait rencontré à son cours de yoga...

— Yoga », répéta Sylvie d'une voix caverneuse.

Sa jupe remontait de manière peu flatteuse sur ses hanches. Le mot « yoga » lui avait toujours paru étrange, mais jamais autant qu'à ce moment précis.

« Ils se sont séparés, et il s'est installé au sous-sol en attendant que la maison soit vendue. » Sa mère marqua une pause, comme si elle se rendait compte que vivre à la cave ne plaçait pas Bruce sous un jour très favorable.

« C'est un sous-sol aménagé. Avec une petite salle de bains.

— Maman, ce n'est pas le meilleur moment...

— Sylvie, écoute-moi, je veux te dire quelque chose d'important. Si tu fais une interview pour *60 Minutes*, ne porte pas de turquoise. »

Sylvie avait la tête qui tournait. Le mot « turquoise » lui semblait bizarre, aussi étranger que « yoga ».

« Quoi ?

— Du turquoise. Hillary a porté du turquoise. Tu sais, après cette histoire avec Gennifer Flowers... Quand Bill a déclaré qu'il avait causé du tort à son couple. Le turquoise ne lui allait pas, et il ne t'irait pas non plus.

— Maman...

— Ça t'affadit complètement. Mets du rouge. Le rouge montre que tu es forte et que tu ne vas pas te laisser faire. Et tu ne vas pas te laisser faire. N'est-ce pas ? »

Elle reprit son souffle.

« Ah, et fais en sorte que ce soit Lesley Stahl qui mène l'interview, pas l'Afro-Américain avec une boucle d'oreille. Il est très abrupt.

— Maman. »

Sylvie se laissa glisser contre la cloison. Du bout des doigts, elle toucha la peau distendue sous ses yeux, ces poches que le Dr Botox n'avait pas réussi à arranger.

« L'Afro-Américain en question, c'est Ed Bradley, et il est mort. Je ne vais pas faire d'interview à *60 Minutes*. Et s'il te plaît, ne traite pas mon mari de raclure. »

Sous la porte de la cabine, elle aperçut les talons noirs et les chevilles fines de Clarissa. Celle-ci frappa doucement.

« Madame Woodruff ? chuchota-t-elle.

— Maman, je dois te laisser.

— Je peux donner ton numéro à Bruce Baumgardner ?

— Non ! »

La voix grinçante de sa mère s'adoucit, comme si elle venait de se rappeler qu'elle n'était pas en train de se mesurer à un avocat de la partie adverse, ni d'interroger un témoin. Avant, le père de Sylvie se chargeait de la calmer en lui murmurant un mot doux en yiddish, mais Dave était mort cinq ans plus tôt.

« Est-ce que ça va ? »

Sylvie réfléchit. Elle venait d'apprendre que son mari avait une liaison avec une assistante législative, une femme sans doute deux fois moins âgée qu'elle et qui, songea-t-elle avec horreur, était peut-être enceinte, qui avait en tout cas l'âge de l'être, comme la maîtresse de John Edwards. Donc non, ça n'allait pas.

« Pauvre Sylvie. Tu devrais appeler Jan pour avoir les clés.

— Quelles clés ?

— Celles de la maison dans le Connecticut, répondit sa mère, comme si cela coulait de source. Je viendrai te voir quand tu seras installée. Rappelle-toi ce que je t'ai dit à propos du turquoise. »

Elle marqua une pause, comme elle le faisait jadis avant de conclure ses plaidoiries.

« Je t'aime, ma chérie. Je t'aimerai toujours. Je suis là si tu as besoin de moi. »

Sylvie raccrocha et rangea le téléphone dans son sac avant de sortir de la cabine. Clarissa resta à une distance respectueuse tandis qu'elle se lavait les mains. Puis Sylvie suivit son assistante jusqu'à la voiture, la tête baissée comme pour se protéger d'un vent violent. Derek s'empressa de descendre pour lui ouvrir la portière.

Sur la banquette arrière, elle ôta ses chaussures puis se tortilla pour retirer ses collants qui avaient creusé des sillons rouge vif sur ses hanches. Tandis qu'elle les jetait par terre, elle songea à son mari qu'elle aimait depuis si longtemps et qu'elle pensait si bien connaître. Elle se souvint de la première fois que Richard l'avait ramenée chez lui, dans la maison proprette de quatre pièces où il avait grandi et où ses parents vivaient encore. Le père de Richard, un homme direct et chaleureux, avait un torse puissant et une voix tonitruante. Il vouait un amour éternel aux Eagles de Philadelphie.

« Alors, comment tu le trouves, mon garçon ? » avait-il demandé à Sylvie en flanquant une grande claque entre les omoplates de Richard (Sylvie avait découvert plus tard que les tapes dans le dos servaient de moyen de communication entre les membres masculins de la famille Woodruff). Cindy, la mère de Richard, une petite femme timide, était restée quasi muette après avoir chuchoté son « bonjour ». (Sylvie s'était demandé si Richard Senior ne lui envoyait pas des bourrades à elle aussi, ce qui aurait pu expliquer son attitude méfiante et craintive.) Pour le dîner, elle avait préparé un gratin de steak haché à la crème de champignons – le plat préféré de Richard, avait-elle murmuré en les servant dans de fines assiettes en porcelaine. Après avoir reposé celle de Sylvie, elle s'était soudain figée, comme si elle venait de commettre un impair.

« Oh non… est-ce que cela vous convient ? Vous pouvez en manger ? avait-elle demandé si doucement que Sylvie avait eu du mal à l'entendre. Je peux vous préparer autre chose, ce n'est vraiment pas un problème… »

Sylvie, un peu surprise, lui avait assuré qu'il n'y avait aucun souci, et avait ajouté, après y avoir goûté, que le plat était délicieux.

Plus tard, lovée contre Richard dans son lit d'enfant, elle lui avait demandé pourquoi Cindy s'était inquiétée. Richard lui avait répondu que c'était sans doute parce qu'il y avait du fromage mélangé au bœuf dans le plat, et que sa mère avait dû craindre que Sylvie ne refuse de manger de la viande avec des produits laitiers, à cause de sa religion.

« On devrait écrire un livre, avait suggéré Sylvie en se serrant contre lui, la joue contre son torse et les mains autour de son cou. Ça s'appellerait *Ma première juive.* »

Il lui avait frotté le haut de la tête.

« Je cherche tes cornes.

— Je cherche la tienne », avait-elle murmuré en glissant une main dans son bas de pyjama.

Ils avaient fait l'amour longuement, lentement, sans faire de bruit. Comme d'habitude, Richard s'était endormi tout de suite après, mais Sylvie était restée éveillée et l'avait écouté respirer dans cette petite maison inconnue. Le vent sifflait à travers les arbres. Pourtant, elle ne s'était jamais sentie aussi en sécurité, aussi comblée et aimée.

Son téléphone se mit à vibrer au fond de son sac. Elle regarda l'écran, espérant une fois de plus qu'il s'agissait de Ceil. Mais c'est le visage de Richard qui apparut – Richard dans leur chambre, tout sourire devant le papier peint bleu et blanc. À présent, ses cheveux étaient presque complètement gris, mais son sourire n'avait pas changé depuis qu'elle l'avait rencontré. Sylvie appuya sur la touche IGNORER. Elle n'était pas prête pour cette conversation. Pas encore.

« Des vacances dans les tropiques financées par les donateurs », avait dit le présentateur. Elle se souvenait d'un week-end de trois jours, au printemps précédent, que Richard avait passé sur l'île de Martha's Vineyard, lors d'une de ces Conventions nationales où les députés pouvaient découvrir les petits nouveaux du parti et décider lesquels avaient de l'avenir, lesquels obtiendraient leur soutien lors de la prochaine campagne. Richard lui-même avait été couronné à l'occasion d'un événement de ce genre sur la côte de Caroline du Sud. En temps normal, Sylvie l'aurait accompagné, mais c'était l'anniversaire de Ceil et elles avaient prévu d'aller au musée d'Art moderne, au spa et dans un restaurant de sushis. Tandis que Richard remontait ses clubs de golf de la cave, Sylvie avait glissé un flacon de crème solaire dans sa valise, parce qu'il l'oubliait toujours. Il était revenu le lundi après-midi avec le front rouge vif, comme elle s'y attendait (le lendemain, il commencerait à peler, et elle lui rappellerait de se faire un gommage sous la douche et de s'hydrater la peau ensuite). Lorsqu'il l'avait embrassée avant d'aller poser sa valise dans la chambre pour qu'elle la défasse, elle n'avait rien remarqué d'anormal. Pourtant, il venait de passer trois nuits dans les bras de son assistante.

Sylvie tira sur la taille de sa jupe trop serrée, regrettant de ne pouvoir l'enlever elle aussi. Elle avait à nouveau l'impression d'étouffer. Son téléphone se remit à vibrer. C'était encore Richard. Elle ignora l'appel, songeant aux courriels et aux photos, se demandant jusqu'où cette histoire pouvait aller. La torpeur gagnait tout son corps, elle se sentait comme paralysée. En revanche, son esprit, lui, tournait à plein régime, faisant remonter des scènes et des petites phrases tirées de scandales politiques précédents. L'histoire de ce sénateur, par exemple, qui avait été arrêté dans les toilettes d'un aéroport pour racolage (et ce envers des hommes...). Comme Sylvie avait plaint sa pauvre femme, debout à côté de lui pendant qu'il criait au malentendu, jurant qu'il n'était pas homosexuel ! Ou l'histoire de ce gouverneur dont les assistants avaient prétendu qu'il arpentait le sentier des Appalaches alors qu'il était parti voir sa maîtresse en Argentine. Ce scandale avait alimenté les conversations pendant plusieurs semaines chez Sylvie.

« Est-ce que tu te rends compte, avait-elle dit à Richard, assise en tailleur dans le fauteuil de son bureau, que je ne serai jamais la mystérieuse Argentine de personne ? Tu comprends à quel point c'est tragique ?

— Ce n'est pas sûr, avait répondu Richard en l'embrassant. Tu as encore du temps devant toi. »

La trompait-il déjà, à l'époque ? S'était-il fichu d'elle, comme ce sénateur et ce gouverneur l'avaient fait avec leurs femmes ? Elle serra les poings en entendant son téléphone sonner une fois de plus. Richard, encore. Elle pressa la touche IGNORER, puis, à partir de l'écran minuscule, chercha sur Internet les informations les plus récentes. « Selon nos sources, le sénateur aurait offert à sa maîtresse, aux frais du contribuable, un long week-end aux Bahamas pendant lequel ils auraient savouré des salades de crabe frais et des fruits exotiques, et joué au backgammon dans une cabine de plage. »

« Nos sources. » De qui s'agissait-il ? D'un ancien assistant, d'un membre du personnel mécontent, de quelqu'un qui n'avait pas été promu assez vite ? Elle poussa un soupir – pas trop fort, pour que Clarissa et Derek ne l'entendent pas – et cliqua jusqu'à ce qu'elle tombe sur une photo de la fille, Joelle. Elle l'observa un long moment, se demandant ce que Richard avait trouvé à cette femme ordinaire mais pas vilaine du tout qui le regardait, les yeux pétillants. Sylvie fut tout de suite frappée par la ressemblance. Lorsqu'elle avait rencontré Richard, elle aussi était forte de poitrine et large de hanches. À l'époque, elle portait des colliers de perles colorées qu'elle achetait à de petits vendeurs dans les rues de New York, et des boucles d'oreilles bon marché qui finissaient toujours emmêlées dans ses cheveux. Elle buvait du vin, fumait des cigarettes en soirée et de l'herbe de temps en temps. Son armoire était remplie de collants noirs et de jupes aux couleurs vives, d'écharpes à franges, de tuniques et de chemisiers à dentelles. Elle attachait ses cheveux bouclés avec un crayon. Ma petite sauvage, disait Richard en l'embrassant, une main sur sa nuque.

Ils s'étaient rencontrés à la fac de droit. Sur leur promo de cent soixante-dix élèves, on comptait vingt-trois filles, dont une qui allait devenir première dame (son mari, le futur président, était arrivé l'année suivante). Tout le monde savait que Sylvie était la fille de la juge Selma Serfer, qui avait enseigné à Yale et revenait chaque année donner un cours aux étudiants de troisième année. Richard, qui avait joué au football à Harrisburg et à l'université de Pennsylvanie, était grand et musclé, avec des cheveux bruns épais et indisciplinés. Il était intelligent, bien sûr – pour intégrer Yale, il fallait l'être. Mais il n'avait pas l'air blasé, contrairement à la plupart des garçons. En cours, pendant que les autres se laissaient aller sur leurs chaises, les jambes traînant avec désinvolture dans les allées, les manches de chemise déboutonnées et usées, lui restait concentré, comme s'il ne voulait rien rater, sa veste soigneusement posée sur le dossier de sa chaise, sa chemise boutonnée jusqu'au cou. Quand les professeurs demandaient des volontaires, il levait aussitôt la main, révélant quelques centimètres de ses poignets blancs… Mais, lorsqu'il parlait, sa voix était grave, chaude et persuasive. Il n'était jamais nerveux, jamais pris au dépourvu, et semblait rechercher l'attention que Sylvie, elle, redoutait.

Les profs la repéraient toujours parmi les autres étudiants, mettant un point d'honneur à prononcer son nom bien fort.

« Mademoiselle Serfer, disaient-ils, insistant sur le "s" de "Serfer". Voulez-vous nous résumer l'affaire *Griswold versus Connecticut* ? »

Elle répondait toujours correctement. Parfois, elle se montrait même un peu insolente. Quand on lui demandait de lire tel ou tel avis, elle disait :

« Eh bien, c'est ma mère qui l'a écrit. Donc, non, je ne préfère pas. »

Pendant la première année de droit, Sylvie était sortie avec quelques garçons. Neil, par exemple, un New-Yorkais dont les parents connaissaient ceux de Sylvie et qui avait étudié à Columbia pendant qu'elle était à Barnard ; mais elle avait fini par se rendre compte qu'il recherchait plus une associée qu'une amoureuse. (Quand il s'était pointé à leur dixième réunion des anciens élèves avec un danseur de ballet qu'il avait présenté comme son partenaire, elle n'avait pas été surprise.) Il y avait aussi eu Evan, un garçon élégant et si sympathique qu'il avait fallu plusieurs mois à Sylvie pour comprendre que ce qui l'intéressait vraiment, c'était de savoir si son père avait besoin d'un nouvel avocat dans son cabinet.

Richard était arrivé à New Haven avec une copine, une petite blonde qui l'avait suivi depuis l'université d'État de Pennsylvanie et s'était inscrite à l'école d'infirmières de Yale. Sylvie les voyait tous les deux sur le campus, Richard avec sa démarche sautillante et ses grands gestes, la petite blonde marchant à ses côtés, le regard levé vers lui. Puis elle avait disparu.

Sylvie et Richard s'étaient croisés en cours, à la bibliothèque et même probablement en soirée, mais c'est lors de l'enterrement d'un camarade de classe, en décembre de leur deuxième année de droit, qu'ils s'adressèrent la parole pour la première fois. Leonard King, un garçon mince et sérieux aux yeux sombres, était tombé du toit d'un bâtiment de quatre étages. (« Tombé » étant la version officielle, celle que l'on avait pu lire dans le *Yale Daily News* et le *New Haven Register*, qui avaient qualifié sa mort de « tragique accident ». Dans sa classe, tout le monde savait que Leonard s'était suicidé.)

Tous les élèves de deuxième année avaient assisté à une messe du souvenir dans la chapelle du campus. Les parents de Leonard étaient effondrés. Sa mère avait manqué de s'évanouir, et le mari et le fils, une copie de Len en plus jeune et avec des lunettes, avaient dû la soutenir pour suivre le cercueil. Sylvie, vêtue d'une jupe noire ornée de dentelle et d'un chemisier un peu plus clair – les vêtements les plus appropriés qu'elle avait pu trouver –, avançait en frissonnant sur la neige fondue quand Richard était subitement apparu à côté d'elle.

« Laisse-moi t'aider, avait-il proposé en tendant la main vers elle.

— Ça va, merci. »

À cet instant, Richard, qui portait des chaussures de ville à fines semelles, avait glissé sur une plaque de verglas et était tombé les quatre fers en l'air.

« Aïe ! Zut ! » Son pantalon était complètement trempé. En lui prenant la main pour l'aider à se relever, Sylvie avait perdu l'équilibre à son tour et était tombée sur lui à plat ventre. Alors qu'ils étaient allongés au milieu de la boue glacée, elle s'était mise à rire et à pleurer en même temps. Elle se sentait ridicule, mais la journée avait été éprouvante et cela faisait du bien.

Richard avait fini par se relever, avant d'aider Sylvie.

« Ça va ? »

Elle avait acquiescé, les joues rosies par le froid, et peut-être aussi par le souvenir de son torse musclé contre sa poitrine. Il avait ramassé son sac, puis ils s'étaient dirigés vers le campus.

« Pour être franc, ce n'est pas comme ça que j'imaginais notre première conversation. »

Elle lui avait jeté un coup d'œil en biais. Il avait donc imaginé une conversation avec elle ? Voilà qui faisait plaisir à entendre.

« Tu es la fille de Selma Serfer, c'est bien ça ? »

Sylvie s'était rembrunie. Les autres étudiants ne lui parlaient jamais de sa mère, feignant d'être surpris quand elle l'évoquait, comme s'ils ne savaient pas déjà qui elle était.

« Attention, ne fais pas comme moi, avait-il conseillé en montrant une flaque gelée. J'imagine que ce n'est pas facile d'avoir une mère aussi… connue.

— Honnêtement, j'aimerais juste qu'elle sache mieux cuisiner. »

À peine les mots étaient-ils sortis de sa bouche qu'elle les avait regrettés – c'était horrible de dire ça, et complètement antiféministe –, mais Richard s'était contenté d'acquiescer.

« C'est une question de choix, non ? Juriste éminente ou femme sachant cuisiner un poulet aux herbes. D'ailleurs, en parlant d'herbe… »

Elle s'était mise à rire.

« Je fais une fête, vendredi soir, avec mes colocataires » avait-il ajouté.

Sylvie avait haussé un sourcil – elle s'était longuement entraînée devant sa glace pour y parvenir.

« Ah oui ?

— Vers 21 heures, avait-il précisé après lui avoir indiqué son adresse. Ça te dit ? »

Elle avait acquiescé.

Plus tard, lorsqu'elle avait répondu à des interviews pour des magazines féminins qui souhaitaient publier un portrait de la femme du sénateur, agrémenté d'une photo d'elle et de sa recette de biscuits à la mélasse, Sylvie avait raconté les choses différemment. Elle avait dit qu'elle avait rencontré Richard à la bibliothèque, et non à la sortie d'un enterrement, ce qui aurait pu être interprété comme un mauvais présage. De même, elle n'avait confié à personne que Richard avait glissé sur une plaque de verglas et qu'elle s'était retrouvée à plat ventre sur lui. Elle avait passé sous silence le fait qu'ils avaient parlé de l'honorable Selma et que leur premier rendez-vous avait eu lieu lors d'une soirée typique de la fac de droit, bien arrosée et bien enfumée.

Richard vivait dans une maison biscornue avec une véranda à moitié pourrie à l'avant et un canapé en décomposition à côté de la porte d'entrée. Tout dans la cuisine – des verres, des assiettes et des couverts au mixeur dans lequel une fille préparait des margaritas, était couvert d'une fine couche de crasse.

Sylvie était arrivée juste après 22 heures. En voyant que Richard l'attendait dans la cuisine, elle s'était sentie grisée, comme après une coupe de champagne. Il lui avait pris la main pour l'entraîner dans un étroit couloir jusqu'à sa petite chambre, que Sylvie avait eu la surprise de découvrir aussi bien rangée qu'une cellule de moine.

« C'est plus calme, ici », avait-il crié par-dessus la musique.

Une vieille affiche de la campagne Kennedy/Johnson était punaisée au-dessus du bureau, un drapeau américain décorait le mur d'en face, et un disque de Janis Joplin passait sur la chaîne. Sur le lit, Sylvie avait remarqué un édredon usé, en tissu écossais vert et rouge. Elle s'était assise, les jambes croisées. Elle était certaine qu'il s'agissait de l'édredon que Richard avait eu enfant, qu'il l'avait emporté avec lui à l'université, puis à New Haven. Et elle était certaine également que ses parents ne l'avaient pas remplacé ; que, quelque part à Harrisburg en Pennsylvanie, se trouvait un lit avec juste un drap dessus, peut-être recouvert de piles de linge ou de vêtements destinés à être donnés, dans une maison bien différente de l'appartement des parents de Sylvie dans le quartier de l'Upper West Side, où sa propre chambre en rose et blanc, avec son bureau à cylindre et son lit à baldaquin, attendait toujours son retour.

« Je te sers quelque chose ? »

Richard était tout rouge. Il sentait à la fois la sueur, le savon, le shampooing et l'alcool. Il tenait un verre rempli de glaçons et d'un liquide ambré – un seven-and-seven, apprendrait-elle plus tard, un mélange de whisky Seagram et de 7up. La plupart des hommes qu'elle connaissait prenaient du whisky pur, ou bien ce qu'elle appelait la « bière du prolétariat » (de marque Pabst, Schlitz ou Old Bohemian), mais

Richard aimait sa boisson sucrée et refusait d'en changer. Ce fut l'une des premières choses qu'elle avait admirées chez lui.

« Je prendrai comme toi », avait-elle répondu.

Quand il avait ouvert la porte, la chaleur et le bruit de la fête s'étaient engouffrés dans la chambre. Les Doors avaient remplacé Janis Joplin. En revenant, Richard lui avait tendu un verre avant de s'asseoir à côté d'elle sur le lit.

« Alors, Sylvie Serfer. » Du bout de l'index, il avait suivi le décolleté de son chemisier brodé, qu'elle portait avec une jupe en jean, des collants et une paire de bottes à franges trois tailles trop grandes qu'elle avait achetées dans une friperie, et dans lesquelles elle était obligée de mettre trois paires de chaussettes.

« J'aime bien ta chemise.

— Merci. »

Elle s'était un peu écartée de lui, troublée par cette intimité inattendue ; encore plus troublée que cela lui plaise autant. Elle avait envie que Richard Woodruff pose sa main contre sa peau, qu'il la pousse en arrière sur le lit et l'embrasse. Il sentait l'alcool. Les yeux brillants, il s'était levé pour faire une imitation très réussie et un peu cruelle de l'un de leurs profs de droit.

« Alors, avait-elle dit en posant son verre sur la table de nuit qui croulait sous les livres (des ouvrages de droit qu'elle connaissait bien, et un exemplaire tout écorné de *Catch 22*, le roman culte des opposants à la guerre du Vietnam). Dis-moi pourquoi tu veux devenir avocat. »

Il s'était passé la main dans les cheveux avant de boire une gorgée de son cocktail.

« Ah, c'est le contre-interrogatoire qui commence. Pourquoi pas toi, d'abord ?

— Oh, moi, je n'ai pas eu vraiment le choix. »

Mais elle n'avait pas non plus proposé d'autres idées de carrière à ses parents. Elle était intelligente, savait écrire : le droit était apparu comme une évidence. Cependant, même si Sylvie ne mâchait pas ses mots, même si elle pouvait faire preuve d'humour (et parfois, comme Richard, de cruauté), elle était d'une nature beaucoup plus douce que Selma. Bien que sensible aux injustices, elle ne possédait pas la passion et l'énergie de sa mère, toujours prête à se lancer dans la bataille. Petite, elle avait été fascinée par les nonnes, par l'idée que l'on puisse se retirer dans un lieu isolé du monde et passer son temps à prier et à fabriquer du pain ou du fromage. (Évidemment, Selma avait fait de cette histoire l'une de ses anecdotes préférées. « Ma fille, la première nonne juive », disait-elle à ses amis et aux personnes qui venaient lui rendre visite.) Tandis que Sylvie terminait son verre, sentant la brûlure du whisky dans sa gorge, elle s'était demandé, l'esprit un peu embrouillé, si un homme pouvait faire office de cloître, de monastère, de lieu où l'on pouvait se réfugier.

« Et toi ? » avait-elle demandé.

Il l'avait regardée pensivement, debout au milieu de la chambre. Pieds nus, il ressemblait encore plus à un petit garçon à qui on aurait permis de veiller.

« En fait, je veux être président. »

Elle l'avait dévisagé un long moment avant d'éclater de rire. Président ! Ce garçon était surprenant. La plupart des étudiants auraient parlé de la souffrance, et de la loi comme outil pour la combattre ; ils auraient évoqué leurs stages d'été à Harlem dans le cadre du programme « Head Start » contre la pauvreté, ou une anecdote personnelle : un oncle ruiné parce qu'il ne pouvait pas rembourser l'hospitalisation de sa femme, un champ ou une forêt abîmés par des promoteurs.

« Président ? » avait-elle répété.

Richard avait haussé les épaules d'une manière charmante.

« Il y a une chose que tu dois savoir à mon sujet, Sylvie… » Soudain, il était revenu s'asseoir à côté d'elle, et sa main s'était posée sur son décolleté. « Je suis très ambitieux. »

À cet instant, elle aurait pu le repousser et se relever, s'exclamer d'un air indigné qu'elle n'était pas celle qu'il croyait, qu'ils n'étaient même pas allés au cinéma ensemble, qu'il ne lui avait même pas offert ne serait-ce qu'un sandwich. Mais elle se sentait à la fois excitée et désarçonnée par ce garçon brillant et à moitié soûl. Voulait-il sérieusement devenir président ? S'intéressait-il sérieusement à elle ?

« Explique-moi comment tu comptes t'y prendre. » Il l'avait embrassée sur la joue, avant de libérer délicatement une de ses boucles d'oreilles en cuivre qui s'était prise dans ses cheveux. « Tu vas avoir ton diplôme de droit...

— J'ai déjà un boulot qui m'attend. Au bureau du procureur de Manhattan, cet été, avait-il expliqué d'une voix grave et confiante qu'elle sentait vibrer contre sa peau. Ils me prendront à plein temps dès que j'aurai fini mes études. »

Il l'avait repoussée en arrière sur le lit pour s'allonger sur elle. Tandis qu'il l'embrassait dans le cou, elle avait entendu une toute petite voix, dans la partie de son cerveau qui fonctionnait encore, lui souffler : « Paroles d'ivrogne. » Et pourtant... Il fallait bien que quelqu'un soit président. Pourquoi pas Richard ? Il était doué et séduisant. Sa scolarité dans le public plairait aux classes moyennes, et son diplôme de droit à Yale enchanterait les snobs et l'intelligentsia. On avait vu pire.

« Ensuite, je travaillerai dans un cabinet privé pendant quelque temps. Histoire de me faire un peu d'argent, de constituer mon trésor de guerre. » Il s'était penché pour lui retirer ses bottes et, s'il avait remarqué les trois paires de chaussettes de sport blanches qui étaient parties avec, avait eu la délicatesse de ne rien dire.

« Après, je me présenterai à l'Assemblée de l'État de New York. Puis au Sénat.

— Et ils vont voter pour toi ? avait-elle murmuré tandis qu'il s'allongeait à côté d'elle. Ils n'aiment pas les étrangers.

— Oh, mais les bonnes gens de New York voteront pour moi, c'est sûr, avait-il répondu en glissant une main sous son chemisier pour décrocher son soutien-gorge. D'ici là, ça fera des années qu'on habitera à Manhattan. »

Elle l'avait repoussé un peu, se soulevant sur un coude pour pouvoir observer son visage dans l'obscurité.

« On ?

— Ça fait longtemps que je suis attiré par toi, Sylvie. Tu es une perle. »

Avant qu'elle ait eu le temps d'apprécier le compliment, de savourer le mot « perle », il avait ajouté : « Tu es aussi la personne la plus organisée que je connaisse. Tes cahiers sont épatants.

— Tu es amoureux de mes cahiers ? » avait-elle demandé, de plus en plus amusée.

Il fallait reconnaître que ceux-ci valaient le coup d'œil, avec leurs tableaux et leurs couleurs différentes pour chaque cours et pour chaque thème.

« Tu as déjà vu les miens ? » Il avait attrapé un cahier noir et blanc tout usé sur son bureau. Son écriture était brouillonne, ses notes presque illisibles, et Sylvie avait remarqué qu'il n'utilisait que du noir. « Quand j'ai vu tes cahiers, je me suis dit : "C'est la fille qu'il me faut." »

Plus tard, elle se demanderait pourquoi, au juste. Parmi toutes les filles de Yale, qui étaient nombreuses à très bien prendre des notes, pourquoi l'avait-il choisie, elle ? Peut-être parce qu'elle était la fille de Selma Serfer, et que son statut social (elle était relativement riche, issue d'une famille cultivée et influente, native de New York, peut-être la seule ville des États-Unis où être juif n'était pas d'emblée un désavantage politique) rendrait encore plus impressionnante, en comparaison, son histoire de modeste boursier originaire d'une petite ville. Mais ce soir-là elle ne lui avait pas posé la question. Elle l'avait laissé faire lorsqu'il lui avait retiré son haut et avait pressé son torse nu contre sa poitrine en murmurant son prénom. Elle s'était dit qu'il avait ce qui lui manquait : des idées, des projets. Cela ressemblait presque à un conte de fées : il était une fois un garçon qui venait de Harrisburg, en Pennsylvanie, et qui devint président. Richard écrirait l'histoire ; il dessinerait le plan. Elle l'aiderait, et, bien sûr, ils se marieraient et auraient beaucoup d'enfants. « Tu veux me faire confiance ? » lui avait-il demandé lors de leur deuxième rendez-vous – il l'avait invitée à une pièce de théâtre en matinée puis au restaurant chinois. Ils se trouvaient dans son lit, nus sous l'affiche de Kennedy, s'apprêtant à faire l'amour pour la première fois (un autre détail qu'elle n'avait jamais confié à aucun journaliste), et lorsqu'il lui avait posé cette question, elle avait répondu telle une mariée : « Oui, je le veux. »

Ils avaient célébré leur mariage dans la chapelle de Yale juste après la remise des diplômes, au cours d'une cérémonie présidée par un juge de la Cour suprême, un ami de Selma. Sylvie se souvenait du père de Richard qui parlait trop fort, flanquant sans arrêt de grandes claques dans le dos de son propre père et portant un toast d'une voix avinée en appelant Sylvie « la petite dame », lors du dîner de répétition. Selma avait souri d'un air pincé et la mère de Richard lui avait murmuré des excuses dans les toilettes, mais, en son for intérieur, Sylvie ne s'était pas sentie offensée. Cette appellation lui avait plutôt fait plaisir.

Les parents de Sylvie leur avaient proposé de payer la caution pour un logement près de chez eux, dans l'Upper West Side, mais Richard avait refusé.

« Je sais que ça part d'un bon sentiment, avait-il dit alors qu'ils étaient dans son lit étroit, dans son appartement à New Haven. Mais ça me mettrait mal à l'aise, et je ne sais pas comment le leur dire sans avoir l'air d'un ingrat.

— Attends, on va y réfléchir. »

Elle s'était levée pour aller s'asseoir en tailleur sur le seul siège de la pièce, une chaise pliante en métal. Pendant ce temps, Richard s'était allongé sur le dos, les bras, les jambes et même les doigts écartés comme si les mots lui viendraient plus facilement ainsi. Sylvie avait pris un cahier et un stylo.

« On va commencer par leur dire qu'on est vraiment émus et reconnaissants.

— Reconnaissants, avait-il répété en acquiesçant. Émus.

— Ensuite, on leur dira… »

Elle avait marqué une pause, repensant à ce que Richard avait dit.

« … que tu penses que c'est important de faire ton petit bout de chemin dans la vie, comme ils l'ont fait. D'apprendre au fur et à mesure.

— Je ne vais pas passer pour un trou du cul, en disant ça ?

— Pas du tout. »

Ce fut le premier discours d'une longue série qu'elle allait écrire avec lui… même si, en réalité, elle aurait été heureuse d'accepter la proposition de ses parents et de quitter ce taudis à la salle de bains vétuste.

Ils emménagèrent ensuite dans un appartement de Court Street, dans le quartier de Carroll Gardens à Brooklyn. Comme prévu, Richard travailla au bureau du procureur, et Sylvie décrocha un job d'été au service succession et fiducie de Richter, Morgan et Katz. Deux ans plus tard, elle accoucha de Diana. L'année d'après, Richard devint associé d'un important cabinet en ville. Son gros salaire leur permit de quitter Brooklyn, et ils emménagèrent à Manhattan dans un sept pièces avec trois salles de bains, une chambre de bonne et un immense salon à grandes baies vitrées, logement qu'un collègue de Richard leur avait trouvé et qui était parfait pour recevoir. Avec sa cuisine exiguë, ses chambres minuscules et son manque de placards, il se révéla bien moins pratique pour élever une famille, mais Richard ne sembla pas le remarquer, et Sylvie ne s'en plaignit pas. Des années plus tard, quand il lui dit, en lui rendant visite à la maternité pour la naissance de Lizzie, qu'il annoncerait sa candidature aux élections de l'assemblée le lendemain, et lui demanda si elle se sentait prête, elle reposa dans le berceau son bébé qu'elle venait de nourrir et de changer, se redressa autant que ses points de suture le lui permettaient, et répondit : « Absolument. »

Au fil des ans, Sylvie décora l'appartement en choisissant des meubles et de la vaisselle suffisamment chic pour des dîners à douze et des cocktails à quarante, mais capables de résister aux agressions des enfants ; deux canapés recouverts de housses en toile, quelques beaux tapis persans. En revenant de la maternité avec Lizzie, elle embaucha une nounou, Marta, qui habitait à deux stations de métro de leur ancien appartement de Brooklyn. Le travail de Richard, ses campagnes, les recherches à effectuer, les plannings à programmer et les discours à rédiger occupaient Sylvie autant qu'un emploi à plein temps, et l'aide de la nourrice se révéla inestimable. Les filles, surtout Lizzie, adoraient Marta. Elles adoraient aussi les œufs à la coque et les mouillettes qu'elle préparait pour le petit déjeuner, et le poulet au riz qu'elle cuisinait à midi. Les week-ends, elles ne demandaient qu'à aller chez elle, dans l'appartement que Marta occupait avec son mari et leurs deux fils adolescents.

Dès qu'elle fut remise de l'accouchement, Sylvie troqua ses vêtements de grossesse contre des tailleurs de cadre sup aux épaulettes imposantes, qu'elle portait avec des collants noirs satinés et des tennis, les chaussures les plus adaptées aux kilomètres qu'elle parcourait sur les trottoirs pour distribuer des affiches aux commerçants et des tracts aux passants. Elle remplaça ses colliers colorés et ses grosses boucles d'oreilles bon marché par les perles que Richard lui avait offertes pour son anniversaire et toute une collection de foulards Hermès. Lorsqu'il fut élu, elle géra son bureau de district, aida à traiter les demandes des électeurs et à écrire les discours et les projets de lois. Elle pratiqua le step dans les années 1980, le body bike dans les années 1990, le yoga et le Pilates au nouveau millénaire. Elle suivit le régime Atkins, le Miami et le Weight Watchers, puis le Weight Watchers en ligne. Elle réussit à perdre ses dix kilos en trop et à ne pas les reprendre, et fit réaliser quelques améliorations supplémentaires. N'importe quelle femme l'aurait fait en découvrant sa photo dans le *Times*, prise lors d'une conférence de presse, les cheveux ébouriffés, la bouche ouverte et le double menton bien visible. À présent, Sylvie se faisait défriser chimiquement tous les trois mois et teindre tous les deux mois. Elle avait subi une réduction mammaire et une liposuccion abdominale à trente-cinq ans, puis une lipo du menton et des joues dix ans plus tard. Elle n'était pas mince – du moins pas autant que certaines dames du monde et épouses d'hommes politiques qu'elle avait rencontrées, des femmes qui, en vrai, paraissaient à peine plus épaisses que les silhouettes cartonnées du président à côté desquelles les gens posaient dans la file d'attente du Washington Monument –, mais elle l'était suffisamment pour ne pas tiquer chaque fois qu'elle voyait sa photo quelque part.

Évidemment, tout le monde n'approuvait pas ses choix.

« Tu as l'air tellement ordinaire ! » s'était lamentée Ceil, quelques années plus tôt, après un repas bien arrosé. Ceil lui avait aussitôt présenté ses excuses, pensant l'avoir blessée, mais au fond d'elle, Sylvie avait apprécié le qualificatif. « Ordinaire », c'était bien. « Ordinaire », cela voulait dire que personne ne la remarquerait, ne posterait sa photo sur Internet, ne se moquerait d'elle. Si elle était ordinaire, on les laisserait tranquilles, elle et ses filles, et Sylvie ne demandait que ça.

Sa mère avait été encore moins impressionnée par ses efforts.

« Que t'est-il arrivé ? » avait-elle demandé en la dévisageant, perplexe, comme si elle n'arrivait pas à reconnaître sa propre fille. Sylvie se souvenait de sa réaction la première fois qu'elle avait ramené Richard à la maison, trois mois après les funérailles de Leonard King. Selma avait étudié le futur mari de sa fille alors qu'il luttait avec son rôti de bœuf, tellement cuit que les tranches étaient dures comme des semelles.

« Il ira loin, avait-elle déclaré en tapotant ses lèvres rouges de son index, pendant que Sylvie faisait la vaisselle et que Richard et Dave regardaient un match de foot au salon. Mais je crois qu'il est du genre à avoir besoin d'une femme pour l'accompagner. »

Sylvie n'avait rien répondu. Elle savait qu'en vérité Richard avait aussi besoin de son aide, de son avis, de ses conseils en coulisses… et contrairement à sa mère, elle n'avait jamais recherché la lumière des projecteurs. Cela ne la dérangeait pas d'être invisible.

De plus, elle détestait le métier de juriste. Elle avait survécu à la fac de droit, où l'on pouvait étudier les grands procès, débattre des procédures, des précédents et de la justice. Mais être juriste, surtout au sein d'un service succession et fiducie, n'avait rien à voir avec la justice ; cela consistait surtout à déplacer des montagnes de paperasses d'un côté à l'autre du bureau. À la naissance de Diana, Sylvie avait cessé de travailler et s'était accrochée à son nouveau rôle de mère comme un noyé à une branche d'arbre. Douze semaines s'étaient écoulées, puis six mois, un an, trois ans, quatre ans. Lorsque Diana avait eu cinq ans, Sylvie était retombée enceinte, pas totalement par accident, même si Richard pensait le contraire.

Diana lui avait donné du fil à retordre : têtue et autoritaire, elle avait marché à neuf mois et prononcé son premier mot – « Encore ! » – à dix. Quant à Lizzie, elle était née toute chétive après une grossesse difficile et une césarienne pratiquée en urgence. Elle ressemblait à un vieillard minuscule et triste dans les robes roses que Selma avait apportées à la maternité. Lizzie avait une santé fragile, elle était allergique à tout sauf à l'air – et parfois même à cela aussi, se disait Sylvie. Avec ses deux filles – Diana et ses exigences, son emploi du temps et ses cours pour enfants surdoués, Lizzie et ses reflux gastro-œsophagiens et son asthme –, personne, pas même Selma, ne s'attendait à ce que Sylvie reprenne le travail. Il y avait les rendez-vous médicaux, les activités, les devoirs à vérifier et au moins un trajet en urgence tous les mois chez le médecin ou à la pharmacie pour acheter de la pénicilline ou remplacer un inhalateur perdu.

Au bout d'un moment, Marta avait pris le relais. C'était elle qui accompagnait les filles dans le métro, conduisait Diana à ses entraînements et à ses répétitions, et s'occupait des leçons de musique et des sautes d'humeur de Lizzie. Marta, qui avait l'âge de la mère de Sylvie, était une petite femme qui ne s'en laissait pas conter ; elle portait ses cheveux gris tirés en chignon, des chaussures orthopédiques à lacets et des gilets de laine. Après avoir eu deux garçons, elle était ravie d'avoir deux petites filles à habiller et à dorloter. Marta avait la patience qui manquait à Sylvie. Cela ne la dérangeait pas de passer des après-midi à jouer, elle se rappelait les noms des autres mamans et se souvenait de la posologie des médicaments que Lizzie prenait contre ses allergies. Pendant ce temps-là, Sylvie se concentrait sur le travail de son mari. Marta s'occupait des filles, mais seule Sylvie pouvait prendre soin de Richard.

Et voilà où cela l'avait menée, songea-t-elle tandis que la voiture remontait Eighth Avenue, passant devant les fast-foods, les teintureries, les drugstores et les cafés qui avaient poussé à tous les coins de rue. Voilà où elle en était, maintenant. La torpeur qui l'enveloppait depuis l'aire de repos commençait à l'inquiéter. Ce n'était pas normal. Ne devrait-elle pas pleurer, gémir au téléphone, supplier son mari de laisser tomber sa maîtresse ? Mais elle n'avait pas envie de pleurer, ni de quémander. Elle se sentait anesthésiée.

Soudain, elle songea que ses filles allaient être elles aussi traînées dans la boue. Elle se sentit submergée par une vague de fureur, ce qui l'inquiéta aussi, car cela ne lui ressemblait pas. Il lui arrivait de s'agacer – quelle épouse ne s'agaçait jamais ? –, mais elle pouvait compter sur les doigts d'une main le nombre de fois où elle s'était vraiment mise en colère contre Richard.

La voiture s'arrêta devant leur immeuble. Une dizaine de photographes étaient agglutinés sur le trottoir, en sueur, certains avec des caméras, d'autres avec des appareils photo numériques. Elle aperçut aussi des journalistes munis de leurs calepins et de leurs dictaphones. Dans cette affaire, pensa Sylvie, tout le monde connaissait l'histoire. C'étaient les images qu'ils recherchaient : la photo qui vaudrait de l'or où l'on verrait la femme déshonorée.

Derek freina et se retourna vers elle.

« Voulez-vous que nous fassions le tour ?

— Non », répondit-elle.

Elle refusait de se laisser intimider, d'entrer furtivement par des portes dérobées comme si c'était elle qui avait commis une erreur. Alors qu'elle relevait la tête en se rappelant qu'elle était la fille de Selma Serfer, un photographe repéra la voiture. En un instant, ils furent encerclés.

« Sylvie !

— Madame Woodruff !

— Sylvie, un commentaire sur la liaison du sénateur ? »

Clarissa tressaillit. Derek redressa les épaules et descendit de voiture pour ouvrir la portière à Sylvie.

« Restez près de moi. »

Elle attrapa son sac à main, laissa ses collants en boule par terre dans la voiture, remit ses chaussures, baissa la tête et sortit, jambes nues, sur le trottoir. Elle tenta de se faire aussi petite que possible, le menton rentré dans la poitrine, les bras serrés le long du corps, ignorant les cris des journalistes.

« Madame Woodruff !

— Est-il vrai qu'il a payé cette jeune fille pour qu'elle garde le silence ?

— Étiez-vous au courant de leur liaison ?

— Depuis combien de temps la fréquentait-il ?

— Avez-vous l'intention de divorcer ? »

Derek, aussi solide et imposant qu'un char d'assaut, la conduisit de l'autre côté des lourdes portes vitrées. Le vacarme s'estompa dès que celles-ci se furent refermées. Il n'y avait personne dans le hall en dehors de Juan, le portier, assis derrière son bureau. Lorsqu'elle le regarda, il baissa les yeux. Sylvie se demanda si Joelle était venue ici, si Richard l'avait ramenée discrètement de Washington pour un petit après-midi de plaisir, profitant du fait qu'elle était partie visiter une colonie de vacances pour enfants cancéreux ou acheter, chez Bloomingdale's ou chez Saks, un tailleur quelconque de plus qu'elle porterait pour une manifestation quelconque de plus, pendant laquelle elle resterait debout derrière son mari, à dodeliner de la tête comme ces poupées dont elle ne se rappelait pas le nom, celles que les chauffeurs de taxi posaient parfois sur la plage arrière de leur voiture.

« Ça va aller, madame ? lui demanda Derek.

— Des Bobbleheads », murmura Sylvie.

Voilà comment s'appelaient ces poupées. Une fois, elle en avait vu une, à l'arrière d'un taxi, qui ressemblait à un chihuahua. Diana avait demandé un chien pour son dixième anniversaire. Sylvie lui avait dit : « Un jour, peut-être. » Diana, toujours très à cheval sur les détails, avait voulu savoir quand. Sylvie lui avait répondu : « Quand Lizzie ne sera plus en maternelle », puis : « Quand Lizzie ne sera plus en primaire. » Finalement, Diana avait changé d'avis : elle préférait avoir un poney, ce qui avait permis à sa mère de ne pas lui révéler l'une des pénibles vérités de son mariage : elle s'occupait de Richard, ce qui lui laissait très peu de temps pour s'occuper d'autre chose – d'un chien ou d'elle-même, et parfois même de ses filles.

« Madame ? »

Derek la dévisageait, l'air inquiet. Sylvie fut si touchée par son expression qu'elle en eut les larmes aux yeux. Qu'avait-elle fait dans sa vie pour mériter qu'un brave homme comme Derek, un homme qui avait sa propre famille et sûrement ses propres soucis, s'inquiète pour elle ?

Elle lui prit la main et la lui serra.

« Merci, dit-elle.

— Je prierai pour vous et pour vos filles. »

Voilà cinq ans que Derek la conduisait partout, et c'était la phrase la plus longue qu'elle l'ait jamais entendu prononcer. La gorge nouée, elle ne put qu'acquiescer. Il poussa les portes vitrées – cacophonie de questions, crépitement des flashs –, puis elles se refermèrent sur lui. Sylvie traversa le hall au sol en damier blanc et noir, passa devant les palmiers en pot et les miroirs aux cadres dorés, et appela l'ascenseur.

Les portes s'ouvrirent sur le dixième étage. Lorsque Sylvie entra dans l'appartement, ses talons claquant sur le parquet, elle eut l'impression de découvrir les lieux pour la première fois. Elle s'aperçut qu'au fil des ans elle avait recréé le décor de ces chambres d'hôtel chic où Richard et elle dormaient en voyage. Tout était comme il faut, depuis les planches botaniques vert et ivoire au-dessus de la cheminée jusqu'à l'éléphant en teck gravé, au milieu de la table de la salle à manger (« Original ! avait dit son décorateur. Très fantaisie ! »). Elle aurait pu aimer cet éléphant, avec ses pattes robustes et sa trompe en l'air, si Richard et elle l'avaient dégoté dans un lointain marché aux puces, ou si l'une de leurs filles le leur avait offert comme cadeau d'anniversaire ; mais, à cet instant, elle dut se retenir de le briser. Cet éléphant n'avait rien à voir avec elle, avec sa famille ; et cet appartement, ce n'était pas un chez-soi, c'était une autre version du bureau de Richard, un autre lieu prévu pour son usage et son confort.

En avançant dans le couloir, elle eut la sensation de planer en dehors de son corps, comme si tout se passait dans un film qu'elle était en train de regarder. La porte du bureau de Richard était fermée, la télé allumée, et elle entendait une voix de femme, la sienne, sortir des haut-parleurs. Elle grimaça et étouffa un grognement. C'était cette interview ridicule qu'elle avait donnée au *Today Show* pour la Saint-Valentin, lorsqu'ils avaient demandé à de vieux couples de leur parler d'amour.

Sylvie ne voulait pas y aller – elle détestait passer à la télé presque autant que faire des discours –, mais le chef de cabinet de Richard l'avait convaincue que ce serait bon pour sa marque. Autrefois, ils parlaient d'« image », mais maintenant tout était question de marque, et celle de Richard avait besoin d'être réhabilitée depuis qu'il avait voté, avec une poignée de démocrates, contre la réglementation financière que le président avait tenté de faire passer en force au Congrès, à l'automne précédent.

« Racontez-nous l'un de vos souvenirs préférés sur votre mari », lui avait demandé la journaliste, une blonde élégante au visage discrètement lifté. Sylvie, qui connaissait la question à l'avance, avait évoqué l'anecdote qu'ils étaient en train de rediffuser maintenant aux infos : un trajet catastrophique en avion, de Miami à LaGuardia, qu'elle avait vécu avec ses deux filles, lorsqu'elle était jeune maman.

« Lizzie, la plus jeune, était malade. Elle s'est mise à hurler tout de suite après le décollage, et elle ne s'est arrêtée que pour vomir. J'avais l'impression que tout le monde me regardait, que tout le monde se disait : “Elle ne peut pas faire quelque chose ?” Je me suis sentie… » Sylvie s'entendit inspirer profondément à la télévision. « Je me suis sentie nulle. La plus mauvaise mère du monde. » La journaliste – qui n'avait pas d'enfants, si Sylvie avait bonne mémoire – avait poussé un petit soupir compatissant en lui tapotant le genou. « Quand nous sommes descendues de l'avion, j'ai tendu Lizzie à Richard, et je me souviens qu'il nous a toutes serrées dans ses bras en disant : “Ne t'inquiète pas, tout va bien se passer.” Et à la façon dont il l'a dit, à voir comment Lizzie lui souriait, je l'ai cru.

— C'est magnifique », avait murmuré la blonde.

Sylvie avait souri, tout en songeant qu'elle ne s'était pas vraiment sentie rassurée sur le coup, dans l'aéroport, alors qu'elle transpirait à grosses gouttes dans son chemisier couvert de vomi séché. En réalité, elle s'était dit que son mari ne savait pas ce qu'était la honte. Elle-même avait été horriblement gênée – à cause de la dame assise derrière elle qui avait demandé des boules Quies en élevant la voix pour couvrir les cris de Lizzie, à cause de la vieille rombière, en face dans l'autre allée, qui avait fait remarquer, assez fort pour que Sylvie l'entende, qu'à son époque les enfants ne se comportaient pas aussi mal. En sortant de l'avion, elle avait su qu'elle se souviendrait des commentaires de ces femmes pendant des jours, voire des semaines, alors que Richard, à sa place, ne les aurait probablement même pas entendus. Il aurait fait sauter Lizzie sur ses genoux en lui chantant « New York, New York », très fort et très faux, indifférent aux regards et aux soupirs de ses compagnons de voyage. Richard ne pouvait pas être gêné. Il était immunisé contre la honte, de la même manière que certains n'attrapent jamais de rhumes. Voilà pourquoi elle le voyait bien devenir président, un jour : contrairement à la majorité des gens, il était capable de résister à une campagne électorale et à tout ce que ses opposants diraient sur lui ; il croyait en lui, et aucune critique, si virulente soit-elle, ne pourrait le convaincre qu'il avait tort.

« C'était une interview de l'épouse du sénateur, commenta le présentateur. Un brin ironique, au vu des événements du jour. »

Sylvie inspira profondément et entra dans le bureau de son mari.

DIANA

« Je pars », lança sèchement Diana à la fille de l'accueil – sans même regarder si c'était Ashley ou sa remplaçante. Elle sortit dans la chaleur de la nuit. Elle aurait bien aimé courir, mais elle avait déjà fait treize kilomètres dans la journée : ses huit kilomètres habituels du matin, plus cinq autres dans l'après-midi, après avoir appris la nouvelle. Si elle courait encore, elle n'arriverait pas à dormir, et elle avait besoin de sommeil. Elle retournait aux urgences le lendemain.

Son téléphone se mit à vibrer dans sa poche. C'était encore Gary.

« Oui ? » Elle détestait le ton abrupt qu'elle employait avec lui, comme s'il n'était qu'un vulgaire étudiant de première année, mais elle savait que, si elle ne le poussait pas à aller droit au but – en supposant, comme toujours, qu'il en ait un –, elle l'écouterait se racler la gorge et renifler pendant plusieurs minutes qu'elle n'avait pas à perdre.

« C'était juste pour être sûr que tu n'avais pas changé d'avis.

— Je t'ai dit que je t'appellerais, si je changeais d'avis », répondit-elle tout en contournant un groupe de mamans à poussettes.

Il y eut un blanc.

« Si tu es sûre…

— Je suis sûre », le coupa-t-elle. Elle raccrocha avant qu'il ait eu le temps de lui dire que lui ne l'était pas.

Elle accéléra le pas, regrettant de ne pouvoir aller assez vite pour distancer sa tristesse et ses mauvaises actions. En juin, Gary et elle avaient fêté leur septième anniversaire de mariage. Son histoire avec Doug correspondait peut-être simplement à la crise des sept ans ; ce n'était peut-être qu'une petite folie très banale. Elle considéra cette possibilité, avant de la rejeter. Ce qu'elle vivait avec Doug était bien mieux que tout ce qu'elle avait partagé avec Gary, d'où cette question qu'elle se posait de plus en plus souvent : pourquoi avait-elle choisi Gary, au départ ?

À cause de ses parents. Oui, c'était un cliché : de nos jours, tout le monde rejetait la faute sur ses parents, pour tout et n'importe quoi. Mais le fait de les avoir observés avait obligatoirement influencé sa vision du monde et les décisions qu'elle avait prises, surtout en ce qui concernait l'amour, le mariage et la manière de construire sa vie et sa famille.

Dans ses plus anciens souvenirs, elle se réveillait avant l'aube, alors que la ville ressemblait encore à un paysage lunaire et gris derrière sa fenêtre, lorsque son père sortait dans le couloir à pas de loup. C'est le croquemitaine, songeait-elle, pétrifiée, avant que son esprit endormi lui souffle : Non, c'est papa qui part. Elle entendait le parquet craquer, le frigo s'ouvrir et se fermer, la cafetière chuchoter, la porte du placard grincer quand il prenait son pardessus et sa mallette. À ces bruits se joignaient ceux des pas plus légers de sa mère, d'une tasse tintant sur le plan de travail, d'une assiette posée sur la table. Tous les deux, ils parlaient à voix basse, un murmure ponctué de rires, jusqu'à ce que la porte d'entrée se referme. Un instant plus tard, sa mère faisait couler de l'eau, rangeait quelque chose dans le frigo, puis se recouchait. Marta arrivait à 7 heures, avec son chemisier blanc, son gilet et son pantalon en polyester à taille élastiquée, ses grosses lunettes et son chignon gris. C'était elle qui servait le petit déjeuner aux filles, inspectait leurs uniformes et s'assurait qu'elles s'étaient bien brossé les dents, avant de les accompagner à l'arrêt de bus, les jours d'école.

Tels avaient été les points de repère de son enfance : sa mère qui adorait son père et avait très peu de temps à consacrer à Lizzie et Diana ; et son père, trop souvent absent, qui ratait les repas des Girl Scouts, les matchs de football et les cérémonies de remise de prix. Un jour, elle était allée le voir dans son bureau pour lui poser la question :

« Papa, pourquoi tu n'es jamais là ? »

Il l'avait invitée à s'asseoir dans le gros fauteuil de cuir en face de lui, avant de fermer la porte et de lui expliquer très sérieusement, comme s'il s'adressait à une adulte, qu'il travaillait pour le peuple et que, parfois, servir le peuple – le Peuple avec un grand P – signifiait qu'on avait moins de temps pour ceux qu'on aimait.

« C'est dur pour moi », lui avait-il dit. Diana le soupçonnait de mentir. Elle avait observé les pères de ses amis, elle en avait surpris certains en train de bâiller ou de plaisanter pendant les matchs de football en disant qu'ils avaient mis de l'alcool dans la Gatorade ; elle en avait vu s'éclipser pendant le concert d'hiver de la chorale pour suivre les résultats sportifs, et l'un d'eux était même tombé de sa chaise pliante après s'être endormi pendant la remise des diplômes de sixième. Ce que faisait son père à Washington était sûrement plus amusant que regarder des enfants de huit ans courir après un ballon, ou les écouter interpréter des chants de Noël (et une chanson obligatoire sur Hanoukka) ; il retirait sans doute de son travail une satisfaction qu'il ne trouvait pas avec ses filles.

De retour dans sa chambre, ce soir-là, Diana était restée allongée si longtemps sur son lit que sa mère était venue la voir pour s'assurer que tout allait bien.

« Tu as mal au ventre ? » lui avait-elle demandé, d'un air inquiet. Diana avait répondu que non. « Il y a quelque chose qui te tracasse ? » Elle avait secoué la tête, puis s'était retrouvée seule à nouveau. Sur ses draps qui sentaient l'assouplissant, elle avait pris deux décisions importantes, qui détermineraient le cours de sa vie. Premièrement, elle allait devenir si exceptionnelle, si remarquable, une telle fierté pour son école, son équipe, sa chorale et sa famille que tous les parents rêveraient de l'avoir comme fille. Les siens seraient forcés de faire attention à elle. Ils seraient obligés de l'aimer face au flot continu de bonnes notes et d'éloges qu'elle recevrait de ses professeurs et de ses entraîneurs, et parce que tous les parents la citeraient en exemple.

Deuxièmement, lorsqu'elle serait grande, elle épouserait un homme qui n'aurait pas besoin de se préoccuper du Peuple avec un grand P, qui se contenterait de prendre soin des gens qu'il aimait.

Lorsqu'elle avait rencontré son mari au début de ses études de médecine, Diana avait déjà tenu sa première promesse. Elle avait été une excellente élève, non pas parce qu'elle était la plus intelligente ou la plus douée, mais parce qu'elle travaillait plus que n'importe qui d'autre, passait des heures à la bibliothèque et se privait de fêtes, de jeux et d'après-midi shopping pour revoir ses exposés et donner un dernier coup de fer à ses vêtements.

Elle ne serait jamais menue ni sexy, n'aurait jamais la peau parfaite de sa sœur, ses cheveux blonds comme le miel et son charme adorable qui poussait les garçons à vouloir la protéger. Diana avait plutôt hérité de mamie Selma – une mâchoire volontaire, un grand nez, un visage qui, sans être déplaisant, ne pouvait pas être qualifié de joli (une fois, elle avait entendu quelqu'un parler de sa beauté « masculine » ; elle avait passé des années à essayer de l'oublier). Courir lui permettait de garder un poids idéal. Elle ne pouvait pas faire grand-chose contre sa taille : à un mètre soixante-quinze, elle dépassait certains hommes qui auraient pu être des candidats potentiels. De même, il lui était impossible de raccourcir ses mains et ses pieds, mais elle pouvait au moins s'habiller avec goût et teindre ses longs cheveux épais d'une jolie couleur auburn. Elle se faisait faire des soins du visage et des manucures, et se maquillait avant de partir de chez elle – eye-liner noir, ombre à paupières satinée et mascara, grâce auxquels ses yeux enfoncés paraissaient plus grands et plus brillants, et rouge à lèvres qui tirait le meilleur parti de sa bouche trop fine.

Elle avait rencontré Gary dans un bar au coin de sa rue, là où elle s'était réfugiée quand Hal l'avait plaquée.

Hal, son petit copain à l'université de Columbia, était un garçon grand et pâle, couvert de taches de rousseur, à l'humour pince-sans-rire, qui assistait du fond de la classe au cours de psychologie qu'elle avait choisi pour compléter sa formation. Selon la rumeur, Hal participait à la revue underground drôle et caustique que l'on retrouvait sur les marches de la bibliothèque à intervalles irréguliers. Trop bien pour moi, avait-elle songé, et elle avait essayé de ne pas trop le regarder et de ne pas trop penser à lui. Mais un jour, après le cours, Hal s'était approché d'elle.

« Excuse-moi, Diana », avait-il dit d'une voix étonnamment grave pour quelqu'un de si maigre.

Elle avait senti son cœur palpiter – il connaissait son prénom !

« J'ai une proposition à te faire.

— Ah oui ? »

Elle voulait paraître cool, mais sa bouche était aussi sèche que ses mains étaient moites. Hal cherchait une fille qui accepterait de poser devant un urinoir pour illustrer un article dans leur revue, est-ce que cela l'intéressait ?

Diana avait éclaté de rire.

« Tu veux que je pose devant un urinoir ? Pourquoi ?

— Juxtaposition ironique », avait-il répondu.

Et elle avait de nouveau ri, avant d'accepter. Après la séance photo, pendant laquelle il lui avait demandé, l'œil collé au viseur de son Nikon, de prendre un air un peu plus désespéré, il lui avait offert un café.

« C'était très convaincant », avait-il dit de sa voix envoûtante en lui touchant le bout du nez.

Rien qu'en l'effleurant, il avait réussi à l'enflammer tout entière. Oh, avait-elle songé tandis qu'elle le regardait, muette, le cœur battant la chamade. Il lui plaisait comme jamais aucun garçon ne lui avait plu.

« Hé », avait-il murmuré, et elle s'était tournée vers lui comme une fleur vers le soleil. À la façon dont il l'observait, un demi-sourire aux lèvres, elle avait compris qu'elle n'était pas en train de rêver ; il l'aimait bien, lui aussi. « Tu veux aller au ciné, vendredi soir ? »

Et c'est ainsi qu'ils étaient devenus un couple, à la manière des étudiants. Ils se baladaient sur le campus de Columbia main dans la main. Après les cours, ils allaient dans la minuscule chambre individuelle de Hal, et faisaient l'amour deux ou trois fois avant de s'endormir, enlacés sur son lit étroit.

Hal était capable de la faire rire aux éclats à tout instant. Il pouvait la faire frémir d'un simple baiser sur la joue, lui faire perdre la tête en lui mordillant la nuque. Ils avaient commencé à sortir ensemble à Halloween de leur dernière année, avaient vécu l'enfer des partiels et la tornade de la remise des diplômes, puis un été idyllique à visiter les Hamptons et la côte du New Jersey, à pique-niquer dans Central Park et à faire l'amour partout où ils le pouvaient. À la rentrée, Diana était partie pour Philadelphie afin d'entamer ses études de médecine, tandis que Hal était resté à New York, travaillant comme auxiliaire juridique dans la journée et comique le soir. Ils s'étaient parlé au téléphone pendant six semaines, en attendant qu'elle ait deux jours consécutifs de libres. Alors, elle avait pris le train jusqu'à Penn Station, armée de zinc et de vitamine C pour le rhume que Hal se plaignait d'avoir attrapé.

Au lieu de la conduire à son appartement, dont elle avait entendu parler mais qu'elle n'avait jamais vu, Hal l'avait emmenée dans une pizzeria, s'était assis avec elle dans un box, lui avait pris les mains et annoncé que c'était fini.

« Mais… qu'est-ce qui s'est passé ?

— Je ne sais pas vraiment. »

Hal avait eu l'air angoissé, tout pâle et fatigué.

« C'est juste que je ne ressens plus les mêmes choses. C'est comme si mon cerveau avait changé. C'est peut-être les médicaments. »

Diana avait senti son cœur bondir. « Tu prends des médicaments ? » Oh, mon Dieu, avait-elle pensé en se rappelant les soirs où elle avait retrouvé Lizzie en train de vomir ou inconsciente, les cures de désintox et les séances de thérapie familiale avec les médecins bien intentionnés qui parlaient d'une voix douce. Elle se voyait déjà tenant la main de Hal pendant qu'il lui avouerait qu'il avait fumé de la marijuana à onze ans. Mais ces images s'étaient vite estompées.

« Tu sais bien que je prends des médicaments, avait-il répondu, impatient. De l'Actifed et de la Claritine.

— C'est la Claritine qui a modifié tes sentiments pour moi ? »

Il avait tripoté la croûte de sa pizza sans répondre.

« Je ne suis qu'en première année de médecine, mais quand même, ça me semble peu probable. »

Elle avait attendu qu'il sourie, en vain.

« Je me sentirais un peu mieux si c'était à cause d'une substance illégale que tu ne m'aimais plus. Parce que tu ne m'aimes plus, n'est-ce pas ? »

Elle avait marqué une pause, priant pour qu'il réponde : « Mais si, je t'aime encore ! » Hal n'avait rien dit.

« Tu ne m'aimes plus », avait-elle répété.

Elle avait l'impression de s'effondrer intérieurement. Elle aurait dû aller à la fac de médecine de Manhattan. Elle aurait dû venir le voir plus tôt. Elle aurait dû…

« Je serai toujours là pour toi, avait dit Hal en baissant les yeux.

— *Je serai toujours là pour toi.* La devise officielle de Mouiseville. Nombre d'habitants : moi. »

Hal avait grimacé – ils avaient souvent regardé *Les Simpson* ensemble, et, en temps normal, une telle référence l'aurait fait sourire. Là, il avait juste l'air triste.

Diana s'était levée et avait quitté la pizzeria la tête haute. Elle avait réussi à tenir le coup dans le métro, puis jusque chez ses parents. C'est dans sa chambre que les larmes étaient venues, et avec elles, sa résolution. Hal avait été sa première relation, son premier amour, et même si elle n'était pas du genre à rêver de robe blanche et de mariage, elle s'était tout de même imaginée dans le rôle d'une jeune épouse et d'une jeune mère, fondant une famille avec Hal et vieillissant à ses côtés.

De retour à Philadelphie, Diana avait éliminé toutes les traces de son ex chez elle. Les livres qu'il lui avait offerts, les pulls et les caleçons qu'il avait laissés sous le lit de sa chambre d'étudiante, la carte de la Saint-Valentin accrochée dans un coin du miroir : elle avait tout mis dans un grand sac-poubelle qu'elle avait solidement fermé avant de le jeter.

Elle ne voulait plus revivre ça. Plus d'histoire d'amour, plus de rupture qui faisait souffrir. Plus de garçon comme Hal, qui l'avait embrassée comme s'il se noyait et cherchait dans sa bouche le dernier souffle d'air sur la terre. Et certainement pas d'hommes comme son père, beaux et charismatiques, qui attendaient de leurs femmes qu'elles se comportent comme de petits chiens dociles. Plus jamais.

Elle s'était coiffée, maquillée, et avait enfilé une robe noire moulante. Je vais me bourrer la gueule, avait-elle songé en mettant des chaussures à talons hauts. Puis elle était sortie d'un pas décidé.

Dans le bar du coin, il y avait un type au comptoir, assez grand, de la taille de son père. Il avait interrompu sa conversation avec le barman et s'était tourné vers elle tandis qu'elle descendait son premier verre de vin blanc.

« Hé, avait-il dit alors qu'elle finissait son deuxième verre. Ça va ?

— Ça va.

— Moi, c'est Gary. »

Elle avait d'abord trouvé son visage ingrat, avec ses petits yeux ternes et son grand nez pointu. Mais, après réflexion, elle avait tempéré son jugement. Il avait un joli sourire. Des dents blanches et bien alignées, l'air gentil. Lorsqu'il avait posé un billet de vingt dollars sur le comptoir, elle s'était dit que c'était mieux que Hal, qui insistait toujours pour tout partager. Elle avait bu encore du vin, lui avait souri, et avait songé : Hal, je l'emmerde. De toute façon, il n'était pas assez bien pour elle, ni assez fort. Ne l'avait-elle pas surpris un jour en train de dire : Diana en a de plus grosses que moi ? Et le pire, c'était qu'il l'avait dit en sachant qu'elle pouvait l'entendre, sur un ton qui suggérait qu'elle n'en serait pas choquée.

À travers les brumes de l'alcool, elle avait appris que Gary travaillait dans le service communication d'un fabricant pharmaceutique à Philadelphie. Il avait des histoires amusantes à raconter, notamment sur les spots publicitaires du dernier médicament contre le dysfonctionnement érectile dont il s'était occupé, et qui ne citaient pas une seule fois les mots « dysfonctionnement » et « érectile » parce qu'ils mettaient les hommes mal à l'aise. Il faisait ce travail depuis qu'il était sorti de l'école de commerce. Lorsqu'elle lui avait demandé si cela lui plaisait, il avait répondu en haussant les épaules :

« Ce n'est pas pour rien qu'on appelle ça un travail. »

Pas très ambitieux, avait-elle songé, tout en acceptant le verre qu'il lui offrait. Mais elle avait assez d'ambition pour deux. Peut-être même pour trois. Hal avait été clair là-dessus.

Ils avaient été les derniers dans le bar. Juste avant la fermeture, Gary l'avait attirée contre lui et avait voulu l'embrasser, mais ses lèvres avaient d'abord touché son nez. En sortant dans la nuit, titubant et gloussant presque à la manière de Lizzie, Diana avait pensé que c'était ce que faisaient les filles normales ; ses camarades de chambre, par exemple, qui se tapaient des mecs avec autant de détachement que lorsqu'elles essayaient des pulls chez Gap. C'était juste pour s'amuser, une façon inoffensive d'oublier Hal en ayant l'impression d'être une femme désirable et non une nana qui avait plus de couilles que son petit copain.

Gary avait un appartement dans Pine Street, dans le quartier de Society Hill, où il dormait sur un matelas posé à même le sol dans une pièce aux murs dépouillés. Il l'avait entraînée dans l'escalier en la tenant par la main (la sienne était toute moite), et l'avait regardée avec un respect mêlé de crainte tandis qu'elle enlevait sa robe noire et la lançait vers lui.

« Oh ! s'était-il exclamé. Tu es très sexy ! »

Elle avait vaguement songé qu'il ressemblait à un ado de quatorze ans bavant devant sa première photo de femme nue. Elle s'était vite retrouvée sur le matelas, et, seulement deux heures après leur rencontre, ils avaient fait l'amour en dix minutes. Gary avait terminé à bout de souffle, écarlate, son torse creux trempé de sueur, tandis que Diana était restée immobile sur le dos avec l'impression d'avoir subi une banale intervention dentaire : un peu forcée, légèrement irritée, étirée à des endroits qui n'avaient pas l'habitude de l'être, mais rien qui ne puisse s'arranger avec un peu d'Advil.

D'accord, ça n'avait pas été super, avait-elle pensé pendant qu'ils s'embrassaient en se cognant le nez et les dents ; des gouttes de sueur dégoulinaient du front de Gary jusque sur ses seins. (« Pardon ! avait-il crié en l'essuyant avec une taie d'oreiller.) Oui, Gary avait enfoncé ses doigts en elle comme s'il essayait d'extraire la dernière olive d'un bocal, et ses baisers ressemblaient aux bises sèches d'une tante célibataire. Mais elle ne regrettait rien. À la fin, Gary l'avait regardée amoureusement de ses yeux brun clair, une petite bulle de salive au coin de la bouche.

« C'était incroyable », avait-il déclaré, et il était sincère. Pour lui, c'était donc ça, prendre son pied. Qui sait, le problème venait peut-être d'elle. De toute façon, il fallait qu'elle arrête de réfléchir autant – un autre défaut que Hal lui avait reproché.

Gary avait passé la main sur son ventre et tiré légèrement sur ses poils pubiens, sensation pas franchement agréable.

« Qu'est-ce que je peux faire pour toi ? » avait-il demandé.

Tu peux te transformer en quelqu'un d'autre ? aurait-elle voulu répondre. Te transformer en Hal ? Elle avait bien vite chassé cette pensée, puis avait guidé Gary jusqu'à ce qu'elle ressente un léger spasme qu'on devait pouvoir définir, au moins techniquement, comme un orgasme.

Tu parles d'une aventure d'un soir, s'était-elle dit en enfilant sa robe pendant que Gary ronflait.

Lorsqu'elle était sortie dans la rue à 3 heures du matin pour chercher un taxi, sa culotte dans la poche, elle pensait qu'elle ne le reverrait jamais. C'était comme ça que les histoires de ses copines finissaient généralement. Il l'avait désirée, c'était le principal.

Quand Gary lui avait téléphoné le lendemain, quand il avait trouvé son adresse et lui avait envoyé des tulipes roses le jour d'après, elle avait été surprise et charmée. Il la poursuivait. Dans ses relations précédentes, c'était elle qui avait chaque fois aimé le plus. Peut-être allait-elle donner sa chance à Gary, pour voir ce que cela faisait d'être à la place de la personne désirée. Bien sûr, Gary, avec sa respiration sonore et son nez qui coulait, ne faisait pas palpiter son cœur, mais Diana se disait qu'elle verrait suffisamment de cœurs palpitants dans sa vie professionnelle. Ses baisers n'avaient rien d'envoûtant – la première fois qu'elle avait senti sa langue contre la sienne, elle avait même été un peu dégoûtée –, mais il n'y avait quand même pas que les baisers dans la vie. Et puis elle avait couché avec lui. Ça ne lui était arrivé qu'avec trois autres garçons : Hal, l'amour de sa vie, Craig, en colo, et Paolo, un étudiant étranger avec qui elle était sortie pendant six mois à Columbia, en deuxième année, qui avait l'habitude déconcertante de s'endormir tout de suite après l'acte et même, dans quelques cas humiliants, pendant. Pour Diana, le sexe signifiait quelque chose ; elle ne pouvait pas se débarrasser de Gary comme d'un livre qu'elle aurait commencé et qu'elle n'aurait pas envie de finir.

Elle l'avait fréquenté tout l'automne et tout l'hiver avant de le présenter à sa famille au printemps, à l'occasion de la Pâque juive. Elle se rappelait comment, assise en face de lui à la table de la salle à manger, elle avait su en le regardant dans les yeux qu'il ne la quitterait jamais. Cette certitude était rassurante, sans compter qu'elle venait contrebalancer l'idée qui lui avait traversé l'esprit juste avant et qui était : Il est peut-être un peu bête.

Évidemment, ce n'était pas vrai. Les gens stupides n'allaient pas à l'université de Pennsylvanie puis à celle de Rutgers, où Gary avait obtenu son master de commerce. S'il pouvait paraître un peu balourd sous certains angles – la bouche entrouverte, les yeux écarquillés et vitreux comme s'il butait sur un mot vraiment difficile pendant un concours d'orthographe –, c'était simplement dû au hasard de l'ossature et de la génétique. Elle pouvait compter sur lui, il l'aimait, il ne la quitterait jamais… et elle n'était pas amoureuse de lui au point de renoncer à ses objectifs et à ses rêves, de s'abandonner comme sa mère l'avait fait.

Sylvie avait fait préparer le repas par un traiteur. Gary, qui n'avait jamais goûté à la carpe farcie, en avait mangé une entière et en avait redemandé. Au moment de débarrasser, il avait presque bondi de sa chaise pour gratter les plats et mettre les restes dans des Tupperware.

« Il a l'air bien, ce garçon », avait observé le père de Diana, avant de s'éclipser dans son bureau pour prendre un appel du président du Comité des règles. La mère de Diana, comme d'habitude, avait regardé Richard partir et n'avait fait aucun commentaire à sa fille aînée, à part :

« Si tu es heureuse, je le suis aussi. »

Le lendemain, par un bel après-midi d'avril, Gary l'avait accompagnée à l'université de Columbia, où elle était invitée à un repas des jeunes diplômés. Elle s'apprêtait à l'embrasser pour lui dire au revoir lorsqu'elle avait aperçu une silhouette familière de l'autre côté de la rue : c'était Hal, main dans la main avec une blonde aux longues jambes. Diana avait senti son cœur s'accélérer. Elle connaissait bien Hal, ses moindres gestes et expressions, et elle devinait qu'il hésitait entre la saluer et continuer son chemin. Son premier réflexe avait été de prendre Gary par le bras pour l'entraîner vers le campus, faisant mine de ne pas avoir vu son ex qui l'avait plaquée si cruellement, mais elle n'en avait pas eu le temps.

« Salut, Diana ! » avait lancé Hal en traversant la chaussée.

Ils avaient fait les présentations d'un air gêné, debout sur le trottoir entre un vendeur de hot dogs et le mur de brique couvert de lierre qui séparait le campus de la rue.

« Voici Maeve », avait dit Hal.

En observant la fille – jean évasé, chemisier moulant, lunettes de marque et tennis –, Diana en avait conclu qu'elle devait être encore étudiante. En effet, elle attendait les résultats d'admission pour entamer un troisième cycle à l'automne. Hal portait un short, un T-shirt de rock alternatif et des baskets. Il est probablement incapable de se trouver une femme qui travaille, avait-elle songé. Mais elle s'était aussi demandé, le cœur serré, s'il avait utilisé la même stratégie qu'avec elle pour draguer cette fille, s'il l'avait attendue sur les marches de la bibliothèque pour lui parler de « juxtaposition ironique ».

Tandis que Maeve glissait sa main dans celle de Hal, Diana avait pris le bras de Gary. Avec son pantalon de toile et sa chemise, celui-ci paraissait plus mûr. Contrairement à Hal,

Gary avait laissé derrière lui les futilités de l'enfance. C'était un homme. Un homme, pas un garçon… Et juste après cette heureuse révélation, elle avait pensé : Je peux faire en sorte que ça marche. D'accord, il n'y avait pas vraiment de passion entre eux, mais qu'était la passion comparée à la compatibilité, à la maturité de deux adultes qui recherchaient la même chose ? Elle pouvait l'épouser et respecter son calendrier : un mariage avant vingt-trois ans, un bébé l'année d'après.

« Tu as l'air en pleine forme, lui avait dit Hal doucement.

— Toi aussi. »

Sa décision étant prise, elle pouvait se permettre d'être généreuse.

« Et l'humour, ça marche ? »

Ça ne marchait pas vraiment, visiblement. Hal avait essayé de paraître optimiste, évoquant quelques occasions qui se profilaient, un numéro régulier dans des soirées micro ouvert, un projet de spectacle sur lequel il travaillait, mais Diana avait rapidement compris qu'il gagnait toujours sa vie comme auxiliaire juridique, qu'il vivait toujours avec cinq colocataires dans un trois pièces d'un quartier glauque de Harlem… et, bien sûr, qu'il sortait toujours avec de petites étudiantes.

« Ça m'a fait plaisir de te voir », avait-elle dit en lui tendant la main, avant de lui expliquer qu'elle était attendue au repas des jeunes diplômés. Puis elle avait entrelacé ses doigts à ceux de Gary et l'avait embrassé, radieuse. Il avait toujours les lèvres trop minces et la bouche bien trop mouillée, mais cela n'avait pas d'importance. Elle avait pris sa décision. Elle voulait se marier avec Gary (il ne lui était jamais venu à l'esprit que Gary ne veuille pas l'épouser)… et sa volonté ne lui avait jamais fait défaut, que ce soit pour ses études ou le jogging. Elle ne lui ferait pas défaut maintenant.

« Alors, vous allez vous marier, tous les deux ? » avait demandé Lizzie un peu plus tard.

C'était au mois d'août, juste avant que Diana reprenne les cours ; Lizzie était venue passer le week-end à Philadelphie. Diana et Gary l'avaient emmenée bruncher dans leur café favori, avant de la traîner au musée d'Art, où elle s'était clairement ennuyée, puis au musée Mütter, spécialisé dans les bizarreries médicales, où elle avait passé des heures à photographier la collection de crânes syphilitiques et à prendre en gros plan quelques-uns des deux cents objets qui avaient été extraits de la gorge de patients.

« Peut-être », avait répondu Diana en tournant le dos à sa sœur. Elle avait décroché son soutien-gorge et l'avait fait passer à travers les manches de son chemisier.

« Et tu l'aimes bien ? »

L'incrédulité de Lizzie était aussi palpable que l'odeur d'encens et d'herbe qui émanait de ses vêtements.

« Oui, avait dit Diana en s'attachant les cheveux. Je l'aime bien. »

Lizzie regardait l'écran de son appareil photo numérique, le viseur dirigé vers le plafond. Ses cheveux blonds s'étalaient en éventail sur le couvre-lit.

« Pourquoi ?

— Parce que c'est quelqu'un de bien.

— Il est trop chiant, avait dit Lizzie en ponctuant son jugement par le "clic" de l'obturateur.

— Tu dis ça parce qu'il ne tombe pas ivre mort à table et qu'il ne vole pas l'argenterie de mamie ? »

Lizzie avait tripoté l'objectif, avant de prendre en photo le médaillon du plafond.

« Il est trop chiant », avait-elle répété en braquant son appareil sur Diana.

Celle-ci lui avait de nouveau tourné le dos. Diana détestait qu'on la prenne en photo. Elle détestait l'image de dominatrice que faisait ressortir l'objectif de Lizzie. Elle avait eu envie de dire à sa sœur que, contrairement à elle, elle ne pouvait pas se permettre de jouer les difficiles, parce qu'elle n'aurait jamais la chance de choisir parmi une dizaine de mecs. Après des heures en salle de sport et devant le miroir, où elle avait toujours quelque chose à épiler ou à gommer, Diana se considérait comme acceptable : six et demi, disons, sur une échelle de un à dix. Lizzie, sans faire le moindre effort, ressemblait à un lutin, une petite créature à poitrine généreuse faite pour porter une toge et une couronne de laurier et gratter sa lyre au sommet d'une montagne. Diana, comme son petit copain étranger le lui avait dit une fois, faisait plutôt penser à Diane la chasseresse, bâtie pour porter un arc et un carquois rempli de flèches sur ses larges épaules afin de tuer une bête pour le dîner.

Lizzie avait reposé son appareil photo, roulé sur le côté et dégagé ses cheveux de son visage.

« Tu sais qu'il postillonne ? »

Diana avait poussé un soupir. Oui, elle savait. On ne pouvait pas passer deux minutes avec Gary sans le savoir.

« Il ne le fait pas exprès, avait-elle dit en enfilant son bas de pyjama. D'ailleurs, tu aurais pu être un peu plus discrète. »

Pendant le brunch, devant leur pain perdu banane-ricotta et leur frittata aux épinards et au bleu, Gary avait demandé à Lizzie ce qu'elle comptait faire comme études, et elle s'était ostensiblement essuyé les joues avant de répondre.

Sa sœur renifla bruyamment pour montrer son désaccord. Lizzie faisait souvent ça, mais Diana le lui pardonnait : chez elle, c'était plutôt mignon.

« Discrète ? avait-elle répété. J'ai cru que j'allais me noyer. Comment peux-tu l'aimer ? C'est un vrai ringard.

— Il est gentil », avait protesté Diana en se sentant rougir.

Elle espérait que Lizzie n'en viendrait pas à critiquer le physique de Gary. Oui, il avait un regard doux, de belles dents et des cheveux bruns épais, et il était grand, mais son visage était vraiment très anguleux, et son corps tout aussi déplaisant.

« Trop chiant, avait répété Lizzie en reprenant son appareil. J'aimais bien Hal. »

Diana s'était détournée.

« Hal est passé à autre chose », avait-elle dit d'une voix tendue.

Elle s'était allongée à côté de sa sœur et avait fermé les yeux.

Peut-être l'amour n'était-il qu'un mythe, après tout, un mélange d'hormones et de fantasmes, un moyen que la nature avait trouvé pour rapprocher les hommes et les femmes suffisamment longtemps pour qu'ils se reproduisent, à l'époque où les filles tombaient enceintes à douze ans, passant les vingt années suivantes à allaiter ou à enfanter, avant de mourir de la peste à quarante ans. Diana recherchait quelque chose d'infiniment plus accessible que le véritable amour : un homme avec qui elle pourrait construire le partenariat dont elle rêvait, après toutes ces années passées à entendre son père s'éclipser à l'aube et revenir tard le soir, à voir sa mère le dorloter et n'avoir d'yeux que pour lui. Elle trouverait un homme qui la respecterait comme une égale ; un homme qui l'aimerait et ne la quitterait jamais, un homme qui, contrairement à son père, ne se contenterait pas de lui offrir une bague pour passer les dix, vingt, trente années suivantes à la dépouiller, à la ronger, petit bout par petit bout, à saper sa confiance et son indépendance jusqu'à ce qu'il ne reste d'elle qu'une coquille dans un tailleur St John.

Elle aurait un seul enfant, une fille, de préférence. Ils partiraient une semaine chaque été au bord de l'océan, et elle se baladerait main dans la main avec elle, en s'arrêtant pour observer les bois flottés, les coquillages et les verres de mer. Une maison douillette avec une cheminée et un petit jardin à l'arrière. Un mari, bien sûr : quelqu'un avec qui partager le pop-corn au cinéma, quelqu'un pour découper la dinde à Thanksgiving, accrocher les décorations de Noël, l'embrasser pour la nouvelle année, l'aider (c'était morbide, mais inévitable) à gérer le grand âge de ses parents puis leur mort, parce qu'il ne fallait pas compter sur Lizzie pour ce genre de choses. Lorsque Gary l'avait demandée en mariage – il avait sorti un écrin de sa poche en lui disant : « Tu veux être ma femme pour toujours ? » –, Diana s'était laissé passer la bague au doigt, s'était laissé embrasser, et avait chuchoté : « Oui » au creux de son oreille. Elle se disait qu'elle aurait exactement la vie qu'elle désirait, même si Gary ne correspondait pas tout à fait à l'homme dont elle avait rêvé.

Quand elle arriva dans leur maison en briques rouges, encore furieuse après la révélation de son père, son chemisier était trempé de sueur et son visage tout empourpré. Le salon était frais et silencieux, la télévision éteinte, les Lego de Milo soigneusement rangés dans un coin, et le canapé en cuir de

Gary avait été nettoyé. La pièce n'avait pas l'air finie, avec ses murs à nu et ses bibliothèques encastrées presque entièrement vides. Diana avait de grands projets – elle avait repéré un vase chinois bleu et blanc chez un antiquaire dans Pine Street, et une couverture en alpaga, douce comme un nuage gris, qui irait parfaitement sur le canapé ; elle avait également prévu de faire encadrer les photos en noir et blanc de Milo quand il était petit. Mais, jusque-là, elle avait eu du mal à trouver le temps pour que la pièce, et même la maison tout entière, cesse de donner l'impression qu'ils avaient emménagé la semaine précédente. « On ne pourrait pas acheter quelques chaises ? demandait parfois Gary. On est vraiment obligés de manger sur une table pliante ? » Diana lui expliquait patiemment que, s'ils devaient dépenser de l'argent, autant acheter les bonnes choses. Cela ne servait à rien de prendre la première table venue ou d'accrocher n'importe quoi aux murs (ou pire, le poster de Gary avec l'équipe des Phillies fêtant leur victoire aux World Series).

Milo et Lizzie étaient à l'étage. Diana entendait le bruit de l'eau dans la salle de bains et le rire de son fils tandis que Lizzie l'aidait à se déshabiller. Gary, Dieu merci, n'était pas là. Sentant qu'elle commençait à se détendre, Diana posa ses sacs et monta l'escalier. Elle avait vingt précieuses minutes pour elle, le temps de se préparer avant d'affronter Gary et le reste du monde.

LIZZIE

À la fin du mois de juin, on l'avait déclarée sobre, et aussitôt virée du centre dans le Minnesota. Un taxi l'attendait à 12 heures pour la conduire à l'aéroport – Lizzie avait été surprise de découvrir qu'en sortant de cure il fallait libérer la chambre à une heure précise, comme à l'hôtel. Elle avait patienté dans la salle d'attente jusqu'à son vol de 17 heures. Elle ne s'était pas sentie aussi visible depuis des années, même si, avec sa jupe longue et ses tongs, son débardeur et sa veste en jean, elle n'avait pas l'air très différente des autres jeunes femmes autour d'elle qui partaient rendre visite à leurs grands-parents ou commencer leur job d'été. C'était ce qu'il y avait de bien, avec les drogues – du moins avec les antidouleurs, son vice personnel : en les prenant, elle pouvait être à la fois présente et absente, visible et ailleurs. Dans l'aéroport, assise en tailleur dans un fauteuil en vinyle noir avec son appareil photo sur les genoux, elle s'était sentie plus *flagrante* qu'elle ne l'avait jamais été ; comme si elle était énorme et que tout le monde la regardait, comme si elle avait un tatouage sur le front que personne ne pouvait rater, un A écarlate, non pas pour « adultère » mais pour « accro ».

Elle pensait rentrer à la maison à New York, chez ses parents. Au lieu de ça, sa sœur avait accepté, à contrecœur, de l'employer pour l'été. Le plan, sans nul doute concocté par leur mère, consistait à ce qu'elle s'occupe de Milo, mais Lizzie n'était pas dupe : ses parents voulaient que sa grande sœur s'occupe d'elle. Lizzie devait travailler de 8 heures du matin à 6 heures du soir, toute la semaine sauf le mardi et le jeudi, jours de congé de Diana. Elle serait payée dix dollars de l'heure.

« Tu sais, avait-elle dit à sa sœur au téléphone, le tarif en vigueur est bien plus élevé.

— Je sais », avait répondu Diana avec son impatience et sa dureté habituelles.

Lizzie entendait les bruits de l'hôpital derrière elle, et son pager qui bipait.

« Mais tu seras nourrie et logée. Et je ne pense pas qu'ailleurs tu obtiendrais le tarif en vigueur. Vu tes antécédents. »

« Vu tes antécédents. » Elle pouvait faire confiance à Diana pour les lui rappeler, ses antécédents, et maintenir clairement la hiérarchie.

« Très bien », avait-elle dit avant de raccrocher. Elle avait fait sa valise, salué l'équipe et le conseiller qu'elle avait bien aimé. Elle avait passé son dernier après-midi au centre à prendre des photos avec son précieux Leica, un cadeau de ses parents pour ses vingt et un ans. (« Il faudra que tu y fasses attention », lui avait dit son père, comme si elle en était incapable.)

« Pourquoi tu fais des photos d'un endroit aussi moche ? » avait demandé un autre patient, alors qu'elle faisait la mise au point sur les cloisons en métal éraflé des cabines de toilettes sans portes. Lizzie avait haussé les épaules, sans prendre la peine d'expliquer qu'elle recherchait ce que tous les photographes qu'elle admirait avaient tenté de rendre : non pas la beauté – c'était trop facile – mais la vérité.

Elle avait pris en photo la salle de réunion avec son sol marqué de brûlures de cigarette, le matelas taché du lit étroit dans lequel elle avait dormi, le visage fatigué d'une infirmière, éclairé par les rayons obliques qui filtraient à travers les stores, tandis qu'elle distribuait les comprimés dans des gobelets en carton. Puis elle s'était envolée jusqu'à Philadelphie, où Gary, son beau-frère, était venu la chercher. Lizzie avait deviné à son expression qu'elle était la dernière personne qu'il avait envie d'accueillir sous son toit et à qui il avait envie de confier son fils. Elle l'avait salué gaiement, s'était même forcée à l'embrasser sur la joue, mais il n'avait presque rien dit pendant qu'il chargeait ses bagages dans le coffre du monospace et la conduisait chez lui, dans Spruce Street, à quelques rues de l'hôpital où travaillait Diana.

Lizzie avait tenu à montrer à sa grande sœur qu'elle n'était pas complètement paumée ; qu'elle était une adulte responsable qui avait laissé ses difficultés derrière elle. Elle était donc arrivée munie de guides et d'adresses de sites Internet, de listes de musées et d'activités adaptés aux enfants de l'âge de Milo. Elle lui avait proposé de réaliser un portrait de famille, ou une série de photos de Milo en train de jouer avec ses amis, quelque chose que sa sœur aurait pu accrocher sur ses murs vides. Mais Diana avait refusé.

« On a déjà fait faire un portrait par un professionnel à Noël », avait-elle répondu.

Quant à Milo, qui ne quittait jamais la maison sans un bonnet enfoncé sur ses oreilles et son *Guide des insectes* dans la poche, il ne semblait pas avoir d'amis. Tout ce que Lizzie lui avait proposé, aller au salon de thé japonais de Fairmount Park, au Please Touch Museum – un musée pour enfants –, au Franklin Institute ou même au parc aquatique couvert de Cherry Hill, l'avait laissé indifférent ; il avait même résisté à l'ultime chantage, la promesse de pouvoir essayer son appareil photo. Une seule chose intéressait Milo : rester enfermé dans la maison climatisée à lire les aventures complètes du *Capitaine Slip* et le *Journal d'un dégonflé*, et s'aventurer de temps en temps dans la rue, où il s'accroupissait devant un arbre planté dans un petit carré de terre, à la recherche d'insectes.

Lizzie passa une semaine à regarder Milo tourner les pages de son livre, allongé sur le canapé en short, T-shirt et chapka, et à attendre qu'il salisse une assiette pour pouvoir le laisser seul le temps de la laver. Puis, un beau jour, il se redressa, l'air chafouin.

« Tante Lizzie, chuchota-t-il. Tu crois qu'on pourrait… »

Il jeta un coup d'œil d'un côté, puis de l'autre.

« … regarder la télé ?

— Bien sûr », répondit-elle, un peu surprise.

Milo poussa un cri de joie et se précipita à la cuisine. Il revint en traînant un petit escabeau qu'il plaça devant le meuble TV, monta sur la dernière marche, se hissa sur la pointe des pieds et attrapa la télécommande sur l'étagère la plus haute, où elle avait été, de toute évidence, placée hors de sa portée.

Lizzie observa la scène avec une inquiétude croissante, tentant de se rappeler, parmi la tonne d'instructions que sa sœur lui avait laissées, ce que celle-ci lui avait dit concernant les loisirs de son fils. Elle feuilleta les cinq pages en interligne simple classées par ordre alphabétique, mais ne trouva pas d'entrée « télévision » comme il y en avait pour le COUCHER (deux histoires, extinction des feux à 20 h 30, vérifier un quart d'heure plus tard s'il dormait) ou le GOÛTER (bio uniquement, fruits et légumes de préférence, absolument rien qui contienne du sirop de glucose-fructose – ce que Lizzie trouvait idiot : Marta leur avait donné des gâteaux Little Debbie à tous les goûters jusqu'au lycée, et elles s'en étaient très bien sorties, du moins sur le plan pondéral). Il y avait peut-être quelque chose à ACTIVITÉS, mais elle préféra s'informer directement à la source.

« Dis, Milo. Tu as le droit de regarder la télé ? »

Son visage se décomposa.

« Seulement trente minutes par jour de temps d'écran, et il faut que ce soit éducatif.

— Ah. »

En regardant l'entrée TEMPS D'ÉCRAN, Lizzie constata qu'il disait vrai. C'était complètement hypocrite. Dès que l'affreux Gary passait la porte, et jusqu'à ce qu'il aille se coucher, la télé braillait tellement fort qu'on eût dit qu'un vieillard de quatre-vingts ans se trouvait dans la pièce.

« Et tu as déjà eu, euh… du temps d'écran, aujourd'hui ? »

Milo se mordit la lèvre.

« J'ai joué à Math Blaster sur ma console.

— Bon, voilà ce que je te propose : on regarde la télé vingt minutes, et demain, on commence par aller au parc.

— D'accord », répondit-il, les yeux plissés.

Milo se révéla très habile avec le matériel sophistiqué de ses parents. En quelques manipulations, il réussit à allumer l'écran et les haut-parleurs, et ils se retrouvèrent devant *Yo Gabba Gabba !*, un programme qui avait dû être réalisé, Lizzie en était certaine, par une bande d'adolescents défoncés (elle était très bien placée pour en juger).

« C'est qui, celui-là ? »

Un Noir tout maigre, habillé en orange avec un gros chapeau de fourrure sur la tête, venait d'apparaître en gambadant au milieu de l'écran ; il ouvrit une radiocassette argentée.

« C'est DJ Lance Rock ! » cria Milo, avec plus de vivacité qu'il n'en avait montré depuis que Lizzie s'occupait de lui.

À la télé, DJ Lance Rock était en train de sortir des poupées d'une valise : une toute rose avec une fleur sur la tête, un robot, et ce qui ressemblait à une pelote de laine verte avec des bras et des jambes élastiques.

« Ça, c'est Foofa, expliqua Milo. Et Plex, et Brobee.

— Mon Dieu, murmura Lizzie tandis qu'un personnage rouge en caoutchouc recouvert de picots se mettait à danser. Celui-ci ressemble à un gode !

— C'est quoi, un gode ?

— Hum. »

Cette discussion commençait mal.

« C'est un truc d'adultes. Dis, ça t'arrive de regarder *1, rue Sésame* ?

— C'est pour les bébés », répondit Milo.

Pendant ce temps, les marionnettes, qui s'étaient transformées en vrais personnages comme par magie, dansaient et chantaient une chanson sur le partage. « Un gode, un gode, un gode », répéta Milo à voix basse, et Lizzie ne put s'empêcher de glousser.

« Euh... Milo ? » dit-elle quand elle parvint à cesser de rire.

Son neveu leva les yeux vers elle ; avec son bonnet bordé de fausse fourrure, il était l'image même de l'innocence et de la confiance. Plus elle ferait d'histoires autour du mot interdit, plus il serait tenté de le prononcer. « Non, rien. Oublie. » Elle le laissa devant la télé et alla lui préparer son dîner à la cuisine

– des nuggets de poulet bio que Diana lui avait montrés dans le congélateur, des lamelles de poivron rouge, du raisin vert et la moitié d'une patate douce qu'elle fit cuire au micro-ondes, avant de l'écraser avec du beurre et de la cannelle. Elle disposa le tout sur une assiette, trouva un set de table et une serviette, et se félicita de l'effet produit. Milo était en train de manger lorsque la porte s'ouvrit. Diana déboula dans la pièce.

Lizzie retint son souffle tandis que sa sœur se penchait pour embrasser son fils.

« Tu t'es bien amusé, aujourd'hui ? »

Milo avala sa bouchée, acquiesça vigoureusement et lança :

« Maman, c'est quoi, un gode ?

— Excusez-moi, je dois aller aux toilettes », murmura Lizzie sous le regard meurtrier de Diana.

Elle fila à l'étage, pensant qu'il était plus prudent de les laisser seuls un moment, voire d'aller dîner ailleurs. Elle retira sa salopette, qu'elle remplaça par l'une des reliques qu'elle avait exhumées d'une malle au fond du placard de sa mère : une jupe longue blanche, seulement un peu usée et jaunie par le temps. Elle enfila un débardeur rose pâle et ses sandales, mit les bracelets et le collier en perles qu'elle avait aussi dénichés dans les affaires de sa mère, pendit son appareil photo autour de son cou et se fit un chignon lâche qui laissait retomber quelques mèches sur ses joues. Quand elle passa sur la pointe des pieds devant la chambre de Milo, elle retint son souffle en entendant Diana lui expliquer que certains mots étaient réservés aux adultes. Elle griffonna un mot – *Je reviens bientôt* –, qu'elle laissa sur la table de la cuisine, puis attrapa son sac à main et sortit dans la rue qui, avec ses maisons en briques rouges de trois étages, n'avait pas changé depuis un siècle en dehors des lampadaires et des skateurs.

Elle flâna dans les rues, ses bracelets tintant à chacun de ses pas. Dans Pine Street, elle s'acheta une part de pizza qu'elle mangea en se dirigeant vers l'Independence Hall, attirée par les clameurs d'une manifestation. Il faisait chaud et lourd, et l'odeur suave du shit flottait dans le vent. Lizzie aperçut la lumière d'un joint qui passait de main en main, comme une luciole clignotante. Elle détourna les yeux en s'efforçant de ne pas penser à la sensation délicieuse qu'on éprouvait après deux ou trois bangs, et elle prit quelques photos de la foule – une fille et un garçon enlacés sur une couverture, un feu d'artifice tiré dans le ciel noir. Puis elle redescendit Market Street et s'arrêta devant un glacier, le Franklin Fountain. Le nom était peint en lettres anciennes sur l'enseigne en bois, et le menu proposait des sodas et des milk-shakes. En regardant à travers la vitrine, elle fut séduite par le plafond victorien, le comptoir en marbre et sa vieille caisse enregistreuse, les pots en verre remplis de bretzels et les boîtes de chewing-gums et de bonbons anciens ; l'un des serveurs avait une vraie moustache en guidon de vélo. Un milk-shake, c'était tout à fait ce qu'il lui fallait. Lizzie entendait presque le cliquetis de la cuillère à long manche contre les bords d'une coupe en métal bien froide. Et puis elle avait de l'argent, son salaire de la semaine.

Des clochettes tintèrent lorsqu'elle poussa la porte. Les ventilateurs au plafond brassaient paresseusement l'air chaud, et elle sentait la fraîcheur du carrelage à travers les semelles de ses sandales. Après avoir acheté sa boisson et rangé la monnaie, elle se dirigea vers le fond du magasin, où elle avait repéré de la place. Malheureusement, la table voisine était occupée par quatre types bruyants en short et T-shirt. Des étudiants, peut-être même des lycéens.

« Bonjour, mademoiselle », lança l'un d'eux en l'observant des pieds à la tête, s'attardant sur la jupe longue, les perles et le foulard de sa mère qu'elle avait sorti de son sac et enroulé autour de ses cheveux en chemin. Elle lui sourit poliment, s'assit, but un peu de milk-shake et se concentra sur l'écran de son appareil photo, retouchant mentalement les clichés qu'elle avait pris en venant.

« Pas mal, l'appareil, fit remarquer l'un des garçons.

— Merci », répondit-elle sans le regarder, tout en faisant défiler les images du feu d'artifice, des cimes d'arbre et du couple sur la couverture.

Mon été à Philadelphie, songea-t-elle avec une pointe de tristesse. Quand elle leva les yeux, le garçon était encore en train de la dévisager.

« Ça vous dit de me prendre en photo ? demanda-t-il.
— Je ne fais pas vraiment de portraits. »
Puis elle ajouta : « Et ma pellicule est presque finie. »
Il n'avait peut-être pas remarqué qu'il s'agissait d'un appareil numérique. Elle pouvait se tromper, mais il n'avait pas l'air de s'y connaître.
« Oh, allez ! Je vais poser pour vous. »
Le type releva son T-shirt, révélant un torse poilu et des tétons d'un rose troublant, tandis que ses copains se mettaient à crier et à se taper dans les mains.
Lizzie posa son appareil sur la table et se leva, prête à demander au serveur de lui transvaser son milk-shake dans un gobelet à emporter pour rentrer chez Diana et Gary. Mais le garçon s'empara de l'appareil photo et la visa. En entendant le clic de l'obturateur, elle sentit sa gorge se serrer. Cet appareil avait coûté cher, et c'était à peu près le seul objet de valeur qu'elle n'avait pas jeté, perdu ou échangé contre de la drogue.
« Vous pouvez me le rendre, s'il vous plaît ? » demanda-t-elle en tendant la main.
Le garçon ricana et leva l'appareil photo au-dessus de sa tête, offrant à Lizzie une vue dégagée sur les aisselles jaunies de sueur de son T-shirt. Beurk.
« Monsieur, rendez-lui l'appareil, intervint l'un des serveurs derrière le comptoir.
— Seulement si elle me prend en photo », répliqua le jeune.
Il se retourna et se mit à mitrailler ses copains, qui soulevaient eux aussi leurs T-shirts pour l'encourager.
Soudain, un homme installé à une autre table se leva et s'approcha du garçon. S'arrêtant juste devant lui, il lui demanda d'une voix grave et forte :
« Rends-lui son appareil. »
Le petit voleur toisa l'homme des pieds à la tête. Celui-ci ne portait pas de short ni de T-shirt, mais un pantalon et une chemise kaki, avec une cravate verte. Une pièce représentant l'Independence Hall était cousue sur la poche de sa chemise.

Il avait le visage rond, les cheveux bruns et courts, et des lunettes à monture en métal.

« Sinon quoi ? lança le garçon d'une voix hargneuse.

— Sinon, je t'emmène dehors et je te le redemande », répondit l'autre.

Le jeune étudia son adversaire, remarquant peut-être, comme Lizzie, que malgré sa taille moyenne il avait de larges épaules et des avant-bras musclés.

« Et puis merde », marmonna-t-il en lançant l'appareil vers la table de Lizzie. Elle le rattrapa de justesse, mais renversa son milk-shake. La coupe atterrit par terre dans un grand bruit métallique qui déclencha des rires moqueurs à la table voisine. Lizzie se baissa pour ramasser et nettoyer. À genoux, avec sa jupe qui trempait dans la glace, elle eut envie de pleurer. Elle avait seulement voulu faire une pause, passer un peu de temps toute seule avant d'affronter les remontrances de sa sœur. Ce pauvre Milo avait sans doute été privé de télé jusqu'à la fin de l'été à cause de la leçon de vocabulaire de tata Lizzie. Pourquoi fallait-il toujours que tout tourne mal ?

Elle ferma les yeux très fort. En les rouvrant, elle vit que les gamins étaient en train de quitter les lieux. Elle vit aussi deux yeux bleus et doux qui la regardaient derrière des lunettes à monture d'acier. L'homme qui avait sauvé son appareil photo avait les épaules et les mâchoires carrées, comme Dick Tracy ou Clark Kent, comme un personnage imaginé par un dessinateur de BD.

« Ça va ? demanda-t-il. Je peux vous donner un coup de main ?

— Ça va », répondit-elle, la gorge nouée.

Il s'accroupit pour l'aider à rassembler les serviettes trempées. Le ventilateur remuait l'air au-dessus d'eux, faisant bouger ses cheveux. Il se releva, prit l'appareil photo et le tourna dans tous les sens.

« Il n'a pas l'air abîmé », dit-il en le lui tendant.

Malgré les protestations de Lizzie, le serveur lui prépara un autre milk-shake. Le type qui l'avait aidée alla chercher son banana split, après lui avoir demandé poliment s'il pouvait s'installer à sa table.

« Je m'appelle Jeff Spencer.

— Lizzie », répondit-elle en lui serrant la main.

Pendant qu'ils dégustaient leurs glaces, il lui apprit qu'il avait vingt-huit ans, qu'il avait servi six ans dans l'armée avant d'aller à l'université, qu'il avait obtenu une licence en sciences environnementales et passait un master en management des loisirs à l'université Temple, tout en travaillant comme gardien au parc de l'Independence Hall dans la journée.

« Qu'est-ce qui vous amène à Philadelphie ? » lui demanda-t-il, après avoir appris qu'elle venait de New York.

Lizzie lui livra une version édulcorée de son histoire, expliquant qu'elle avait vingt-quatre ans, qu'elle travaillait comme nounou pour l'été, et qu'à l'automne un photographe de New York la prenait comme assistante. Elle laissa de côté le fait qu'elle avait été recalée à l'université de Vassar et virée de celle de New York, et qu'elle avait fait quelques séjours en centre de désintox entre les deux. De même, elle ne précisa pas que son père était sénateur et sa sœur médecin, ni qu'elle était le vilain petit canard de la famille.

« Comment en êtes-vous venue à la photographie ? » lui demanda-t-il.

Aussi loin que remontaient ses souvenirs, Lizzie se revoyait avec un appareil photo à la main, dans la poche ou pendu au cou. Son premier, un petit Instamatic, avait dû lui être offert par Marta à l'occasion d'un anniversaire, à l'époque où l'on utilisait encore des pellicules. Quand ses parents s'étaient aperçus que cela lui plaisait, qu'elle était capable de capturer des images sous des angles inattendus et de créer des juxtapositions surprenantes, ils lui en avaient acheté d'autres, chaque fois de meilleure qualité. Ils étaient même allés jusqu'à lui proposer de transformer un grand placard en chambre noire. C'était avant qu'elle décide, à quatorze ans, qu'elle préférait la dope à la photo.

« J'en ai toujours fait », répondit-elle.

En observant les traits de son visage, ses mains carrées et ses dents bien alignées, elle eut envie de le prendre en photo, de trois quarts, peut-être avec une cape ondulant derrière lui. Cette idée la fit sourire, et il sourit à son tour. Lizzie baissa la tête. Elle avait peur qu'il ne s'imagine qu'elle était en train de le draguer. N'étant jamais sortie avec un mec sans avoir bu, fumé ou pris une quelconque substance au préalable, elle ne savait pas vraiment comment les choses se déroulaient en temps normal.

« Et vous, vous aimez faire des photos ?

— J'ai un appareil numérique, mais je ne suis pas très doué, répondit-il en haussant les épaules. Sur mes photos, tout le monde a les yeux rouges, et je ne sais jamais… Enfin, j'ai lu quelques trucs sur le sujet, mais je suis incapable de dire ce qui fait qu'une photo est meilleure qu'une autre. J'imagine que pour vous, ça fait de moi un philistin. »

Lizzie observait les poils blonds sur ses avant-bras, la manière dont ses sourcils se levaient lorsqu'il parlait. Elle ne savait pas ce qu'était un philistin – sans doute quelque chose en rapport avec la religion, pensait-elle –, mais elle savait à quoi l'on reconnaissait une bonne photo.

« Pour moi, répondit-elle lentement, une bonne photo montre quelque chose de nouveau. Ou quelque chose d'habituel, mais vu de manière totalement nouvelle. »

Il fronça les sourcils.

« Regardez. »

Elle lui montra l'écran de son appareil. En attendant son milk-shake, elle avait photographié en gros plan deux barquettes de glace, celles au chocolat et à la menthe-chocolat. À la manière dont elle avait cadré les images, avec l'objectif qui touchait presque la crème glacée, on aurait dit d'énormes cuves remplies d'une matière extraterrestre, ou bien le relief d'une autre planète où apparaissaient des crêtes formées par la cuillère, une montagne en chocolat, et un filon duveteux de cristaux de glace.

« Waouh ! s'exclama-t-il, les yeux rivés sur la photo. On dirait… Je ne sais pas… La lune, ou quelque chose dans le genre.

— C'est exactement ce que je recherchais », dit-elle en souriant, ravie.

Ils se regardèrent un long moment, jusqu'à ce que Lizzie baisse les yeux. Il lui plaisait. Du moins, elle aimait bien son allure, ses mains aux ongles propres et coupés court, ses yeux bleus, sa voix douce mais assurée qui lui rappelait celle de son père.

« Vous gardez combien d'enfants ? demanda Jeff.

— Un seul. Milo est mon neveu. Il est un peu bizarre, mais c'est un amour.

— Comment ça, bizarre ? »

Lizzie lui parla de la passion de Milo pour les insectes – comment il les identifiait, les attrapait et les enfermait dans de petites boîtes en plastique qu'il gardait sur le bord de sa fenêtre. Elle lui expliqua qu'il portait toujours un bonnet enfoncé sur les oreilles, parce que, sans ça, il disait que les bruits étaient trop forts ; et qu'elle avait été obligée d'utiliser la télé comme moyen de pression pour qu'il accepte de mettre un pied dehors.

« Dur, commenta Jeff. Vous devriez l'amener au parc de l'Independence Hall, un jour. Je vous ferais visiter.

— Ce serait super », répondit Lizzie, admirant une fois de plus ses yeux bleu vif.

Jeff lui tendit sa carte professionnelle qui portait, en relief, le logo doré du National Park Service.

« Ça vous dirait d'aller dîner, un soir ? » dit-il soudain.

Lizzie se demanda ce qu'il voyait en la regardant : une fille avec des cheveux blonds décoiffés et une jupe maculée de crème glacée ; une demoiselle en détresse, alors que Lizzie était plutôt un cheval de Troie. Elle pouvait faire bonne impression, comme une jolie chose qu'on aurait envie d'accueillir dans sa ville ou chez soi, mais en réalité elle n'était qu'un paquet d'ennuis. Jeff avait l'air d'être un type bien. Il méritait mieux qu'elle.

« Vous avez peut-être un petit ami ? » demanda-t-il, sans brusquerie.

Elle faillit lui dire qu'elle n'en avait jamais eu, mais elle se contenta de répondre :

« C'est surtout que je travaille souvent, le soir.

— Ah. Eh bien, j'ai été ravi de faire votre connaissance.

— Merci… »

Elle se leva, repoussa sa chaise sous la table et lissa sa jupe.

« Merci pour mon appareil photo.

— Oh, ce n'est rien. »

Il la salua gaiement. Les clochettes de la porte tintèrent lorsqu'il sortit. Lizzie rentra lentement à la maison, en écoutant de la musique sur son iPod – les Be Good Tanyas, qui disaient que les plus petits oiseaux chantaient les plus belles chansons –, et en se demandant si elle aurait la chance un jour d'être avec un type comme ça.

Le lendemain, alors que Lizzie mettait la table, Diana lui tendit une lettre.

« Tu as du courrier.

— Ah bon ? »

En effet, son prénom était écrit sur l'enveloppe, qui contenait une coupure de presse et une carte. Il s'agissait d'un article sur un restaurant italien qui servait d'excellents gnocchis et une bonne salade César. Sur la carte, décorée d'un rouge-gorge à l'encre de Chine, on pouvait lire : « Si jamais vous changez d'avis. » Elle était signée « Jeff Spencer », avec une adresse e-mail et un numéro de téléphone.

Lizzie regarda la carte pendant cinq bonnes minutes en la faisant tourner dans ses mains, avant d'aller s'enfermer dans les toilettes pour composer le numéro.

« Comment avez-vous eu mon adresse ?

— Je vous ai suivie. Ne paniquez pas, ajouta-t-il aussitôt, comme s'il devinait que c'était exactement ce que Lizzie s'apprêtait à faire. Je ne suis pas un pervers. Je voulais juste vous proposer une nouvelle fois d'aller dîner avec moi. Et je ne connaissais ni votre nom de famille ni votre numéro de téléphone, alors… »

Lizzie s'appuya contre la pile de serviettes parfaitement rangées en se demandant si ce type était un maniaque ou un fou, ou bien si c'était comme ça que les hommes normaux se comportaient lorsqu'ils s'intéressaient à une femme. Elle aurait aimé pouvoir en parler à quelqu'un d'autre que sa sœur.

« OK, dit-elle finalement. Un restau, pourquoi pas.

— Demain ?

— D'accord. »

Le lendemain soir, Jeff passa la chercher à 20 heures. Milo dormait, Diana était encore au travail, et Gary, comme d'habitude, regardait la télé avec son ordinateur portable sur les genoux.

« Tu es ravissante », lui dit Jeff. Elle portait une jupe en jean qui avait appartenu à sa mère (un peu grande, mais parfaite avec une ceinture), ainsi qu'une tunique satinée à manches longues, un collier et des boucles d'oreilles à plumes. Tandis qu'ils se dirigeaient tranquillement vers le sud de la ville, elle songea qu'ils formaient un drôle de couple – elle dans sa tenue de bohémienne, lui avec son pantalon repassé et sa chemise boutonnée –, mais il ne semblait pas s'en rendre compte, ou alors ça ne le dérangeait pas.

Le restaurant avait des murs blancs en stuc, un carrelage rouge au sol, et une minuscule cuisine ouverte où deux hommes en tablier blanc transpiraient devant un four à bois. Assis à une table, si petite que Lizzie sentait les genoux de Jeff effleurer les siens, ils commandèrent des gnocchis et une salade César, des blancs de poulet farcis –, la spécialité de la maison –, des fettuccine, et un tiramisu pour deux. Lorsque Jeff lui proposa un verre de vin rouge, elle répondit :

« Oh, il fait tellement chaud que je vais me contenter du thé glacé. »

Elle eut l'impression en le voyant acquiescer qu'elle venait de réussir une sorte de test.

Quand il lui demanda comment s'était déroulée sa journée, elle lui expliqua qu'elle avait permis à Milo de regarder *Dora* pendant une heure en échange d'une sortie à l'atelier de poterie de Bainbridge Street, où Milo avait peint un dinosaure en céramique et Lizzie un repose-cuillère pour la cuisine de sa sœur. Jeff lui raconta qu'il avait passé la journée à indiquer les toilettes aux gens et à écouter leurs mauvaises blagues sur la Cloche de la Liberté.

« Si j'étais payé un dollar chaque fois que quelqu'un dit “Hé, elle est cassée”, je pourrais partir à la retraite tout de suite.

— Et tu viens d'où ? » demanda-t-elle.

Il était né à Philadelphie – non pas à Center City, où habitait Diana, mais dans le nord-est de la ville. Il avait un frère aîné, et leur père travaillait pour l'Éducation nationale. Jeff ne précisa pas ce qu'il faisait exactement. Lizzie ne chercha pas à le savoir.

« Et ta maman ? »

Son visage se crispa.

« Disons qu'elle a des problèmes. »

Pour la première fois de la soirée, son regard se perdit dans le vague.

« Des problèmes de santé ? demanda Lizzie.

— Des problèmes d'alcool, en fait. »

Lizzie déglutit.

« Ah.

— Ça fait des années qu'elle essaie de s'en sortir, expliqua-t-il. Elle y arrive pendant un moment, et puis...

— Ç'a dû être dur, pour ton frère et toi », observa doucement Lizzie.

Au même instant, elle décida qu'elle ne le reverrait plus jamais. Un type qui avait une mère alcoolique n'avait pas besoin d'une petite copine toxico. Elle le laisserait la raccompagner, le remercierait pour cette belle soirée – car la soirée avait été belle, plus belle qu'aucune autre –, puis elle disparaîtrait.

Jeff but une gorgée d'eau, avant de hausser les épaules.

« On est partis le plus vite possible. C'était la seule chose à faire. »

Il vida son verre, puis, au prix d'un effort visible, il lui sourit.

« Enfin, peu importe. Et tes parents ?

— Mon père travaille pour le gouvernement, répondit-elle, ce qui n'était pas faux. Il n'est pas souvent là. Ma mère est très prise par ses activités bénévoles. On a été élevées par une nounou. »

Lizzie devina à son expression que leurs enfances avaient dû être très différentes. Elle lui parla de son école privée (qu'elle avait détestée), de ses leçons de patinage (qu'elle avait détestées encore plus), et du fait qu'elle se demandait encore, en toute honnêteté, ce qu'elle voulait faire quand elle serait grande.

Après le restaurant, ils allèrent chez lui dans un gratte-ciel qui dominait le parc de Washington Square, pour qu'il lui montre, avait-il prétendu, une vidéo très drôle, sur YouTube, d'un chat qui jouait du piano.

« C'était l'appartement de mon grand-père », expliqua-t-il dans l'ascenseur où se trouvaient, comme dans le hall de l'immeuble, quelques personnes âgées. Jeff baissa la voix tandis que les portes s'ouvraient. « Il est mort l'hiver dernier. Mon père a mis l'appartement en vente, mais en attendant je l'habite. C'est un peu le bazar », s'excusa-t-il en la conduisant au salon, qui était parfaitement bien rangé. Lizzie ne repéra aucune trace d'un vieil occupant décédé, ni visible, ni – elle renifla discrètement – olfactive. Des magazines de pêche traînaient sur la table basse (Jeff les empila rapidement) et elle aperçut une paire de baskets délacées près de la porte. Sur les murs étaient accrochés des photos de famille encadrées – celles du grand-père, sans doute – et quelques vieux posters qui devaient appartenir à Jeff. Lizzie se dirigea vers la fenêtre, attirée par la vue sur le parc dont les pelouses d'un vert profond étaient divisées par de larges allées en ardoise, avec une jolie fontaine au milieu.

Lorsqu'elle entra dans la chambre, elle poussa une exclamation de surprise et regarda autour d'elle, enchantée. On se serait cru dans une cabane construite en haut d'un arbre. Elle entendait le bruissement des feuilles agitées par le vent. Le lit de Jeff, immense, paré d'une couette bleu marine, était installé près de la fenêtre. Il y avait une petite étagère remplie de livres de cours et de romans d'espionnage, une télé démodée placée contre le mur, une guitare appuyée dans un coin. Une agréable odeur de cèdre s'échappait du placard.

Lizzie sortit son appareil photo de son sac.

« Tu peux te mettre devant la fenêtre ?

— Tu es sérieuse ? »

Jeff semblait à la fois flatté et intimidé.

« Rassure-moi, tu ne vas pas me demander d'enlever mes vêtements ? »

Il fallut un moment à Lizzie pour comprendre qu'il la taquinait.

« Je te promets qu'elles seront de bon goût », dit-elle avant de le placer exactement là où elle le voulait, de profil, avec son visage qui se découpait sur la lune et le feuillage dense des arbres. Pas Superman, mais Batman, songea-t-elle en le photographiant ; un super-héros au passé douloureux et attiré par l'obscurité. Sans penser aux signaux qu'elle risquait d'envoyer, elle grimpa sur le lit pour avoir un meilleur angle, tout en se disant qu'il y avait quelque chose de très intime à faire le portrait de quelqu'un, à lui montrer ce que l'on voyait de lui…

« Elles sont vraiment belles, dit Jeff alors qu'ils regardaient les images, assis sur le canapé. Très intéressantes. »

Lizzie jeta un coup d'œil à l'horloge, soudain consciente de la chaleur de sa jambe contre la sienne, de son bras autour de ses épaules.

« Il faut que j'y aille.

— Sinon tu vas te transformer en citrouille ? »

Il la taquinait de nouveau mais gentiment, un peu comme un grand frère.

« Je te raccompagne, Cendrillon. »

Au pied de l'immeuble, il l'embrassa – un baiser léger, rapide. Pas mal, pensa-t-elle. Elle avait envie de le revoir, même s'il risquait de la rejeter lorsqu'il saurait la vérité. Mais, avant cela, ils pouvaient peut-être encore aller dîner au restaurant, pique-niquer au parc, ou passer une nuit lovés sur le canapé de son grand-père à regarder des films, comme un couple normal.

Lorsque la liaison de son père fit la une des journaux télévisés, Lizzie connaissait Jeff depuis déjà plusieurs semaines. Ils s'étaient promenés, avaient dîné ensemble et fait l'amour une fois dans le grand lit de Jeff. Alors qu'elle quittait l'hôpital en tenant Milo par la main, son téléphone se mit à sonner.

« Ça tient toujours pour ce soir ? » demanda Jeff.

Il fallut un instant à Lizzie pour se rappeler qu'il devait venir ; ils avaient prévu une soirée film et pop-corn avec Milo.

« Écoute… »

Elle entraîna Milo dans une supérette. Jeff attendit patiemment sans rien dire.

« Tu as regardé la télé, aujourd'hui ? Tu as entendu parler du sénateur qui a trompé sa femme ? »

S'il avait fait une remarque désobligeante, s'il s'était moqué, elle aurait trouvé une excuse pour annuler leur soirée et peut-être même pour l'éviter jusqu'à la fin de l'été. Mais Jeff répondit simplement :

« Oui, vaguement.

— Eh bien, le sénateur, c'est mon père, en fait. »

Encore une fois, s'il avait ri, ou plaisanté, ou répété : « En fait ? », elle lui aurait raccroché au nez. Mais il n'en fit rien.

« Ah, dit-il doucement. Et ça va ? Tu veux quand même qu'on se voie, ce soir ? »

Lizzie réfléchit et s'aperçut que la réponse était oui.

Elle constata avec soulagement que, au moins pour l'instant, sa révélation n'avait rien changé à ce que Jeff ressentait pour elle. Elle avait déjà vécu ce genre de situation. Quelqu'un – un camarade de classe, les parents de celui-ci, l'ami d'un ami, une infirmière ou une aide-soignante – lisait son nom de famille, et le déclic se faisait, tellement évident qu'on pouvait presque l'entendre. « Elizabeth Woodruff ? Ton père ne serait pas… ? » Très vite, la personne cherchait un moyen de tirer parti de cette information. Lizzie était sans cesse stupéfiée par la variété et l'importance des demandes que de parfaits étrangers étaient capables de formuler. Il lui arrivait de penser qu'il n'y avait rien, absolument rien, que l'Américain moyen ne se sentait autorisé à réclamer.

« Tu crois que tu pourrais… Ce serait possible de… Est-ce que tu penses que… ? » Parfois, ils feignaient de s'intéresser à Lizzie pour multiplier leurs chances d'obtenir ce qu'ils voulaient : une poignée de main, une photo, une offre de marché public, ou simplement quelques minutes avec le grand homme, la chance de capter l'attention d'un sénateur le temps d'un verre, d'une danse ou d'un repas. Lorsque Lizzie était en deuxième année de lycée, Glenn Burkey, un étudiant de l'école Collegiate, lui avait proposé de sortir avec lui. Elle avait été aux anges, jusqu'au moment où il s'était présenté à leur porte : il lui avait à peine dit bonjour et s'était tout de suite dirigé vers le salon pour discuter pendant vingt minutes des sources d'énergie alternatives avec son père, afin de décrocher un stage durant l'été.

Parfois, le demandeur attendait seulement une petite faveur ou un renseignement que Lizzie pouvait délivrer. Un PV, un différend avec un propriétaire, un problème avec la Sécu ? Papa pouvait s'en charger, ou au moins diriger la requête vers les bons services. Mais, surtout après que Lizzie eut commencé sa descente aux enfers, il était arrivé que les choses se compliquent.

Au printemps précédent, un jour où elle était venue s'approvisionner au Village avec une bande de copains, le dealer l'avait reconnue. C'était vraiment pas de chance : comme l'avait dit Diana en apprenant l'histoire, il y avait normalement très peu de liens entre « les gens qui regardaient suffisamment CNN pour être capables de reconnaître la fille de leur sénateur » et « les gens qui vendaient du cristal meth dans des appartements au plancher troué ». Mais, cette nuit-là, Lizzie avait été extraordinairement malchanceuse.

« Oh, putain ! s'était exclamé le type, un fantôme aux yeux exorbités, en jean délavé et marcel miteux. C'est la fille du sénateur Woodruff ! »

Lizzie s'était levée de l'endroit où elle s'était effondrée après le rush, mais elle n'avait pas réussi à bouger assez vite. Pour tout dire, elle n'avait pu aller nulle part, car le dealer et l'un de ses potes l'avaient attachée à une chaise – en se servant des bas résille déchirés de la copine du dealer – avant d'appeler ses parents avec son téléphone portable pour exiger dix mille dollars payables sur-le-champ, sans quoi ils balanceraient des photos sur Internet. Au lieu d'envoyer l'argent, les parents de Lizzie avaient envoyé les flics. Le dealer et sa copine, qui n'avaient pas eu assez de jugeote pour cacher leur marchandise, s'étaient précipités aux toilettes pour tenter de se débarrasser de la came, pendant que les copains de Lizzie s'enfuyaient. Ils avaient tous été arrêtés, y compris Lizzie, et l'histoire avait été publiée dans les journaux : d'abord dans les pages locales du *Times*, puis dans la rubrique people du *New York Post* et sur quelques blogs. Avant que Lizzie ait eu le temps de comprendre ce qui se passait, elle s'était retrouvée dans une voiture avec son père, direction le centre de désintox du Minnesota.

Elle donna le bain à Milo puis lui servit son dîner. Diana partit en coup de vent rejoindre Gary pour une sortie en couple exceptionnelle, et à 19 h 30, Jeff arriva avec un paquet de grains de maïs et le DVD de *Y a-t-il un pilote dans l'avion ?* Il lança le film, prépara le pop-corn et l'apporta au salon avec un pichet de thé glacé.

« Ça va ? » demanda-t-il doucement.

Il s'assit sur le canapé à côté de Lizzie tandis que Milo, allongé par terre en pyjama et bonnet polaire, hurlait de rire devant les premières scènes.

« Je n'aurais jamais pensé... »

Elle tripota son collier en perles de verre, ne sachant pas quoi répondre. En parlant trop de son père, elle risquait de révéler des détails que Jeff ignorait et qu'elle n'avait pas envie de lui confier. Jeff avait encore l'allure et la façon de penser d'un militaire. Il était tellement droit et honnête qu'elle n'osait pas imaginer ce qu'il penserait s'il apprenait ce qu'elle avait pu faire. Lorsqu'il la regardait et lui caressait les cheveux, lorsqu'il lui disait qu'elle sentait le sucre à la cannelle, elle se rendait compte qu'elle lui plaisait, et elle n'avait pas envie de le décevoir en révélant sa vraie nature et en lui rappelant sa mère.

Jeff l'attira contre lui.

« Tu lui as parlé ? »

Elle secoua la tête. Diana avait eu leur père au téléphone, et Lizzie avait vu qu'il avait essayé de la joindre, mais elle ne l'avait pas rappelé, et n'avait même pas écouté ses messages. Que lui aurait-il dit ? Et que pouvait-elle lui répondre ? Qu'elle était dégoûtée par ce qu'il avait fait ? Qu'elle était déçue ? N'avait-il pas cent fois plus de raisons d'être déçu par elle ?

« Tu t'entends bien avec ton père ? » demanda Jeff.

Lizzie réfléchit un instant. Milo, allongé sur le côté, respirait profondément, tandis qu'à la télé l'aiguilleur du ciel annonçait qu'il avait choisi la mauvaise semaine pour arrêter de sniffer de la colle. Elle voyait tout à fait ce qu'il voulait dire.

« On allait chercher des bagels ensemble », répondit-elle enfin.

Lorsqu'elle était petite, tous les dimanches matin, son père et elle se levaient tôt pour aller acheter une douzaine de bagels à quelques rues de chez eux. Il la portait sur ses épaules, ou, plus tard, vers cinq ou six ans, elle marchait à côté de lui. Dans la boulangerie saturée de vapeur, dans les odeurs de pâte et d'ail, tandis que les gens se pressaient autour d'elle pour prendre leurs commandes, Lizzie tenait la main de son père. Parfois, elle enfouissait son visage dans son pardessus en tweed et respirait le parfum de la laine et de son après-rasage.

« Bonjour, monsieur le député ! » lançait la caissière, et les gens se retournaient, le saluaient, posaient des questions sur telle ou telle élection, tel ou tel projet de loi ; parfois, ils exprimaient leur désaccord, se plaignaient des PV ou des impôts. Son père les écoutait quelques instants, avant de les interrompre :

« Excusez-nous. Ma fille attend son petit déjeuner. »

Des mots capables de désarmer même le plus irascible des New-Yorkais. Il achetait des bagels et un pain bialy que Lizzie mangeait au parc.

Elle ferma les yeux en se remémorant la chaleur du petit pain rond dans ses mains, et son père, assis à côté d'elle sur le banc, qui lui apprenait le nom des arbres. À cet instant, elle eut l'impression d'avoir de nouveau six ans, l'âge de Milo, d'être de nouveau au parc avec son papa, à l'époque où tout allait encore bien. J'ai envie d'un cachet, pensa-t-elle. J'ai envie de fumer. J'ai envie de boire. J'ai envie de dormir.

Elle dut tressaillir car Jeff, qui riait devant la scène où Striker tente de poser l'avion, se tourna soudain vers elle.

« Ça va ? » demanda-t-il.

Dans l'obscurité, Lizzie acquiesça et s'obligea à respirer calmement, en se rappelant ce qu'on lui avait appris en cure, au printemps : « Quand tu te sens déprimée et vulnérable, quand tu as envie de prendre quelque chose, STOP ! Demande-toi d'abord si tu as faim, si tu es en colère, si tu te sens seule ou fatiguée. Donne un nom à tes émotions, au lieu de les étouffer en toi, de les cacher. » Voilà ce que les conseillers lui avaient dit. « Fais face à tes émotions et va de l'avant. »

Elle n'avait pas faim – Jeff avait préparé du pop-corn, et elle avait grignoté les bâtonnets de poisson pané que Milo n'avait pas voulus. Elle ne se sentait pas seule. Avec Jeff et Milo, qui s'était assoupi, elle avait le sentiment d'être plus entourée et en sécurité qu'elle ne l'avait été depuis des années. Elle n'était pas fatiguée : elle avait bien dormi dans la chambre d'amis de la taille d'un placard, au deuxième étage. Restait à savoir si elle était en colère. Oui, sans doute.

Elle se souvint du voyage qu'elle avait fait avec son père pour rejoindre le Minnesota, après la demande de rançon qui avait conduit à son arrestation (Joelle faisait-elle déjà partie du tableau, à l'époque ? se demanda Lizzie, avant de décider qu'elle préférait ne pas le savoir). Son père était en vacances, et ni lui ni sa mère ne lui faisaient assez confiance pour prendre un avion et trouver son chemin toute seule. Sans compter qu'on l'aurait repérée, dans un aéroport. Quelqu'un aurait pu la prendre en photo avec son téléphone portable, et les journaux auraient encore parlé de cette histoire. Sa mère lui avait donc fait ses valises, son père avait loué une voiture, et, malgré les circonstances, ils avaient passé un bon moment. Il avait choisi un énorme 4×4 que Lizzie avait surnommé la « bling-bling-mobile », si haut qu'il fallait un petit escabeau pour y monter, avec une sono d'enfer et des sièges en cuir crème avec lecteurs de DVD intégrés aux appuie-tête. Lizzie s'était allongée sur la banquette arrière, plongée dans une agréable léthargie grâce au Valium que son médecin lui avait prescrit pour qu'elle tienne le coup jusqu'au Minnesota. Elle avait gardé un sac plastique près d'elle, au cas où elle serait prise de nausées à cause du manque.

À peine sorti de la ville, son père s'était arrêté sur une aire d'autoroute pour acheter deux sacs remplis de cochonneries : chips, bonbons, gâteaux apéritif goût fromage, bœuf séché, sodas et pâtisseries au chocolat. Avec son jean, ses baskets et sa casquette, il ressemblait à n'importe quel père d'une cinquantaine d'années, costaud et toujours aussi séduisant, et Lizzie aurait pu être n'importe quelle fille, étudiante, serveuse ou nounou, en voyage avec son papa.

Ils avaient traversé le pays en grignotant et en écoutant la musique de Lizzie : Lucinda Williams, les sœurs McGarrigle, Shawn Colvin, k.d. lang et Patsy Cline. Pendant le trajet, il lui avait raconté des histoires, celle du sénateur radin qui gardait un matelas gonflable dans son bureau pour ne pas payer de loyer, ou des trois députés fraîchement élus qui vivaient en colocation dans un logement tellement sale qu'un rat occupait leur cuisine depuis des semaines, ou de ce membre du Congrès, démocrate et fervent catholique, qui engrossait sa pauvre femme chaque fois qu'il rentrait faire campagne chez lui.

« Ils ont cinq enfants, avait dit son père, et je crois qu'il ne les a rencontrés qu'une fois chacun. »

Bien sûr, Lizzie avait emporté son appareil photo, qu'elle avait réussi à lever vers la fenêtre tous les cent ou deux cents kilomètres pour immortaliser le monde qui défilait derrière, tout flou. Elle avait pris une aire d'autoroute, les champs envahis par les mauvaises herbes et jonchés de déchets qui s'étendaient derrière la bretelle d'accès, le « M » de McDonald's – photographié alors qu'elle était allongée sur le dos sur la banquette arrière – et le plastique hygiénique qui entourait la lunette des toilettes dans l'hôtel Best Western, où ils avaient passé la nuit.

Le lendemain matin, ils avaient pris le petit déjeuner dans un café. Lizzie, qui avait toujours la nausée et commençait à ressentir des douleurs jusque dans les os, avait siroté une boisson au gingembre, recroquevillée dans son pull à capuche. Alors que ses jambes tressautaient sous la table et qu'elle transpirait dans son T-shirt, son père avait mangé son omelette en lui parlant du jour où il avait attrapé la mononucléose à l'université et où il s'était endormi chez le coiffeur, en pleine coupe de cheveux.

« Bon, Lizzie, avait-il fini par dire en posant sa serviette. C'est quoi, ces histoires ? »

Elle avait contracté ses muscles, tentant d'empêcher ses jambes de trembler.

« Chais pas.

— Tu vas arrêter, cette fois-ci ? »

Lizzie avait pianoté sur la table sans répondre. Elle leur avait déjà promis qu'elle arrêterait avant ses deux précédents séjours en cure de désintoxication.

« Tu sais pourquoi tu as commencé ? » lui avait-il demandé gentiment.

Elle avait détourné les yeux. Elle savait ce qu'il pensait, ce que tout le monde pensait : comment une fille qui avait tout, l'argent, les écoles privées et des parents qui l'aimaient, avait-elle pu tomber dans la drogue ? À quoi voulait-elle échapper ? Quelle souffrance avait-elle besoin d'atténuer ? Elle ne pourrait jamais expliquer à personne, encore moins à son père, ce que cela lui faisait de savoir qu'elle n'était pas à la hauteur. Elle ne possédait ni l'intelligence de sa sœur, ni l'efficacité de sa mère, ni l'esprit combatif de son père. Elle n'était que Lizzie, l'ordinaire, la quelconque Lizzie ; l'élève médiocre, nulle en sport et incapable de chanter juste, qui n'accomplirait jamais rien, qui avait les yeux fermés et la bouche ouverte sur toutes les photos de famille lors des cérémonies d'investiture de son père et des fêtes pour célébrer ses victoires. C'était plus facile de se cacher en pleine lumière, ce que le Percocet et le Vicodin (et sans doute aussi son appareil photo) lui permettaient de faire. Elle n'avait pas répondu à la question de son père, et il n'avait pas insisté.

Il l'avait accompagnée aux toilettes, était resté derrière la porte pendant qu'elle vomissait, lui avait donné son Valium et avait acheté des magazines people à la station-service où il s'était arrêté pour remplir les deux réservoirs du véhicule.

« Alors, raconte-moi, avait-il demandé en reprenant le volant, avec le même intérêt qu'il montrait pour la réforme du délit civil ou Israël. Que se passe-t-il entre Spencer et Heidi ? »

Elle pensait qu'il reviendrait sur la question de la drogue, qu'il tenterait de savoir pourquoi elle en prenait, et même, peut-être, qu'il admettrait à contrecœur que Sylvie et lui n'avaient pas été assez présents, mais il n'en avait rien fait, et Lizzie lui en avait été reconnaissante. Tandis que le ciel s'assombrissait, elle s'était imaginée à bord d'une capsule spatiale, en train de voyager avec lui dans un monde immense et vide, seuls survivants d'une catastrophe planétaire. Cela pouvait paraître bizarre – tellement bizarre qu'elle n'essaya même pas de l'expliquer à Jeff –, mais ces dix-huit heures pendant lesquelles elle avait disposé de l'attention pleine et entière de son père comptaient parmi les plus heureuses de sa vie.

« Hé. »

Jeff la regardait en souriant. Lizzie cligna des yeux. Le générique de *Y a-t-il un pilote dans l'avion ?* défilait à l'écran, et Milo dormait par terre.

« Tu t'endors, toi aussi ?

— Oui, un peu. »

Elle avait cru qu'elle ne parviendrait pas à dormir cette nuit-là, que son esprit ruminerait les images de son père et de cette Joelle, tentant de concilier l'homme qui avait menti et trompé avec le père qui l'avait conduite dans le Minnesota et lui avait retenu les cheveux, une fois, pendant qu'elle vomissait.

Jeff monta coucher Milo dans sa chambre, puis il prit Lizzie dans ses bras et la porta jusqu'au deuxième étage.

« Mon héros », murmura-t-elle tandis qu'il la déposait sur son lit, lui retirait ses sandales et remontait la couette sous son menton. Il l'embrassa délicatement, sur les lèvres, sur le front. Elle lui ôta ses lunettes et les posa sur la table de nuit, avant de tendre les bras.

« Viens », chuchota-t-elle.

Diana et Gary ne devaient pas rentrer avant au moins une heure, et Milo avait un sommeil de plomb. Elle attira Jeff dans le lit, sans ressentir le doute ou l'hésitation qu'elle éprouvait d'ordinaire. Depuis sa première fois avec un garçon, qui ne s'était pas bien passée, elle craignait toujours que le type ne se jette sur elle, ne lui saisisse les poignets et ne plaque trop fort sa bouche sur la sienne. Mais Jeff ne lui ferait jamais de mal. Jeff l'aimait.

« Lizzie », souffla-t-il. Elle lui caressa les épaules et le dos, savourant sa chaleur, sa fermeté, et aussi son calme, cette façon qu'il avait de rester immobile en la tenant dans ses bras, comme s'il pouvait rester ainsi éternellement. Impatiente, elle défit les boutons de sa chemise et jeta son propre débardeur par terre, et ils se retrouvèrent peau contre peau.

Elle laissa courir ses doigts sur les muscles de son torse, sur ses abdominaux, jusqu'à ce qu'il s'allonge sur elle et lui fasse perdre la tête en la couvrant de baisers. Son érection se pressait contre son ventre. Elle releva les hanches vers lui.

« Il n'y a pas de risques ? » demanda-t-il doucement.

Lizzie secoua la tête sans trop réfléchir. Ses règles n'avaient jamais été régulières, elle ne se souvenait même plus de la dernière fois qu'elle les avait eues. Et puis c'était tellement agréable, elle n'avait pas envie que ça s'arrête.

« Ma douce, murmura Jeff en se glissant en elle. Ma belle Lizzie. »

Elle s'accrocha à lui, le visage enfoui dans son cou. Tandis qu'elle oubliait peu à peu cette affreuse journée, elle songea qu'elle n'aurait peut-être plus jamais besoin de drogues.

SYLVIE

La porte du bureau de Richard s'ouvrit brusquement. Ici, Sylvie connaissait tout par cœur, les meubles, les diplômes de son mari, la tasse que Diana lui avait peinte en maternelle et dans laquelle il rangeait ses stylos ; la photo du cinquième anniversaire de Lizzie et celle où on les voyait, Richard et elle, danser à côté du président et de la première dame lors du bal inaugural.

Son mari était assis sur le canapé, vêtu du costume bleu qu'elle l'avait vu enfiler le matin même dans leur chambre d'hôtel. (« C'est bien ? » lui avait-il demandé, et elle avait passé un coup de brosse sur les épaules et les revers de sa veste avant de le laisser partir.) La cravate desserrée et les bras ballants, il avait le visage défait. À côté de lui se trouvait Joe Eido, son chef de cabinet : un type petit, désagréable et chauve qui ressemblait à un lapin avec ses yeux pâles cerclés de rouge. Joe éteignit la télévision. Richard leva la tête vers Sylvie, avant de la baisser sans rien dire.

Elle le dévisagea, toujours en proie à cette étrange torpeur. Comment cela se passait-il pour les couples qui n'avaient pas de chef de cabinet comme témoin et arbitre ? Que disaient-ils, sachant que personne n'était là pour les regarder ? Comment la conversation débutait-elle ? Était-elle censée crier, lancer quelque chose, ou simplement attendre ?

« Je vais vous laisser, dit Joe au bout d'un moment.

— Non, restez », répondit Sylvie.

Elle eut un drôle de rire étranglé.

« Si tout le pays doit assister à mon humiliation, autant commencer par vous. »

Richard réagit enfin.

« Sylvie. »

Sa voix, d'habitude si forte, presque tonitruante, une voix faite pour s'adresser à une foule ou à une meute de journalistes, n'était plus qu'un souffle. Sylvie ne répondit pas. Elle resta dans l'embrasure de la porte. Tout lui était si familier chez lui, ses grandes mains, ses ongles, la petite tonsure qui s'était peu à peu formée à l'arrière de sa tête, à son grand désarroi. Elle était tellement habituée au son de sa voix, au goût de sa peau, au contact de ses joues lorsqu'il venait de se raser le matin, ou lorsque sa barbe avait un peu repoussé le soir et qu'il l'embrassait avant de dormir.

« Je suis désolé, dit-il. Je suis vraiment, vraiment désolé. »

Joe se leva et s'avança vers elle, les doigts croisés devant lui.

« Nous prévoyons une conférence de presse, lundi matin », murmura-t-il, l'air gêné.

Sylvie l'ignora.

« Comment as-tu pu ? » demanda-t-elle à son mari.

Voilà, les mots étaient sortis. Elle s'attendait à ce que sa voix se brise ou tremble. Après tout, c'était sa vie qui s'écroulait, une vie qu'elle croyait heureuse jusque-là ; elle ressentait de la tristesse mais aussi une honte viscérale de n'avoir pas suffi à son mari, car n'était-ce pas cela, au fond, l'adultère ? Un homme allait voir d'autres femmes lorsque la sienne n'arrivait plus à le combler. Mais Sylvie, dans sa torpeur, avait parlé posément, comme lorsqu'elle s'était adressée aux dames de la bonne société de Philadelphie dans son tailleur à deux cents dollars, les lèvres bien dessinées, le front et les cheveux lissés, aussi parfaite que si on l'avait commandée dans un catalogue d'épouses pour hommes politiques.

Elle fut satisfaite de constater que, de son côté, Richard avait l'air misérable, comme lorsqu'il attrapait la grippe à chaque printemps. Il se retirait alors dans la maison de ville de Georgetown, gémissait en se tenant la tête et en se plaignant de la douleur et de la fièvre. Elle le rejoignait en train et passait une semaine à lui apporter du thé, du bouillon de poule et ses mouchoirs imprégnés de lotion. Elle éteignait la sonnerie du téléphone et réglait toutes les affaires urgentes, le temps qu'il récupère.

« Comment as-tu pu ? » répéta-t-elle. Une fois de plus, il ne répondit pas. En trois pas rapides, elle se planta devant lui, leva la main et l'abattit à plat contre son oreille, bien fort – elle le *giflait*, songea-t-elle, c'était sans doute le terme approprié.

« Hé ! fit Joe Eido d'un air inquiet, sans pour autant tenter de l'arrêter. Pas le visage, d'accord ? »

Ignorant Joe, elle frappa encore Richard, du côté gauche puis du côté droit. Elle n'en éprouva aucune satisfaction, entendit juste le bruit mat de sa paume contre son oreille et sa joue, la joue qu'elle avait caressée, l'oreille au creux de laquelle elle avait murmuré : « Je t'aime », « Plus fort » et le prénom de leurs filles juste après leur naissance.

« Conard ! » cria-t-elle en laissant retomber ses bras.

Elle lui avait parlé, elle l'avait frappé. Que fallait-il faire, maintenant ? Hurler ? Jeter des objets ? Lui dire qu'elle allait lui coller le procès du siècle, qu'elle irait voir un avocat et qu'elle passerait dans l'émission *60 Minutes* ? Qu'il la dégoûtait, qu'il était infâme ?

Elle l'observa. Avait-il vraiment usé de son influence ou agi de façon malhonnête pour obtenir un emploi à cette femme ? Existait-il plusieurs Joelle ? Ses filles et elle seraient-elles soumises à un flot continu de révélations ? Verraient-elles défiler les unes après les autres des bimbos refaites ? Ou pire : il n'y avait peut-être qu'une maîtresse, non pas une magnifique Barbie mais une avocate, énergique et intelligente plus que sexy, une femme à qui Richard tenait vraiment. Allait-il les quitter, elle et les filles ? Que ferait-elle sans lui ? Elle s'était donnée entièrement à Richard comme une nonne s'en remettait à Dieu ; elle avait consacré sa vie à ses demandes, à ses besoins. Tout ce qu'elle avait fait, les vêtements qu'elle avait portés, les régimes et les cours de gym qu'elle avait suivis, chaque fois qu'elle avait sacrifié ses propres désirs et ceux de ses filles, ç'avait été pour lui, pour sa carrière, pour son avenir (dans lequel, bien sûr, elle avait été certaine d'avoir une place). Que ferait-elle, s'il la remplaçait ? Où vivrait-elle, comment occuperait-elle ses journées ? Qui serait-elle, si elle n'était plus Mme Richard Woodruff, l'épouse du sénateur ?

Elle regarda la photo de Hillary et de Bill en train de valser, l'air parfaitement amoureux. Elle tremblait. Sa peau, sa chair et même ses os ressentaient l'écho des gifles qu'elle venait d'assener à Richard, l'écho du silence emplissant cette pièce qu'elle avait aspirée, dépoussiérée et rangée des centaines, voire des milliers de fois durant leur longue vie commune.

Joe Eido jeta un rapide coup d'œil à son chef, avant de quitter discrètement le bureau. Richard leva la tête.

« Je suis désolé, répéta-t-il.

— Pourquoi ? demanda-t-elle d'une voix rauque.

— Je l'aimais bien.

— Ça, j'avais compris.

— Elle était… »

Sylvie s'attendait à ce qu'il dise « belle », « intelligente », « marrante » ou « vive », les qualités qu'il lui avait attribuées il y a tant d'années. Mais Richard ne prononça aucun de ces mots.

« Serviable, dit-il.

— Serviable ? répéta Sylvie. Serviable ? »

Elle ne parlait plus, elle criait. « Serviable » était le mot le plus terrible qu'elle ait pu imaginer, bien pire que « belle », « sexy », « intelligente » ou « vive », parce que « serviable » signifiait que cette femme, cette Joelle, avait aidé Richard. Peut-être correspondait-elle à une version plus jeune de Sylvie, peut-être écoutait-elle ses discours et arrangeait-elle son emploi du temps, peut être confirmait-elle ses rendez-vous et s'assurait-elle qu'il avait retenu les noms des enfants de ses plus gros donateurs, et même ceux de leurs chiens.

« Tu sais ce qu'on donne à quelqu'un qui est serviable ? Une augmentation. Une lettre de recommandation. Mais on ne la saute pas, bordel de merde ! »

Richard baissa la tête.

« Sylvie…

— Va te faire foutre ! »

Sylvie n'était pas du genre à être grossière, contrairement à sa mère et à Ceil. Ses filles aussi disaient parfois quelques gros mots. Sylvie, elle, en avait perdu l'habitude, mais peut-être était-ce comme le vélo. Peut-être n'oubliait-on jamais.

« Va te faire foutre, sale enfoiré de trouduc de fils de pute ! »

Bon, elle avait sans doute besoin d'entraînement. Mais quelque chose lui disait qu'elle aurait l'occasion de travailler son nouveau vocabulaire dans les jours et les semaines à venir.

Son mari, les oreilles rouges, gardait les yeux baissés.

« Écoute, finit-il par dire en se grattant la tête. Il faut qu'on décide ce qu'on va faire. »

Elle savait ce qu'il voulait dire – après toutes les années qu'elle avait passées avec lui, comment aurait-elle pu ne pas savoir ? Officiellement, un membre du congrès ou un sénateur avaient pour mission d'élaborer des lois, mais en vérité leur boulot consistait à récolter des fonds. Il fallait amasser de l'argent pour pouvoir se présenter aux élections, et dès que celles-ci étaient terminées, il fallait recommencer pour les suivantes. Une femme constituait un atout pour ce genre de tâches – une femme sur laquelle on pouvait compter pour organiser les soirées, se montrer aux pique-niques et aux défilés, gérer la liste des invités et dorloter les gros donateurs. Une femme pouvait prononcer des discours et se présenter à vos côtés ou même prendre votre place (et faire tout cela, bien sûr, sans avoir le privilège du titre ni du salaire). Si Sylvie ne voulait pas suivre Richard en tournée électorale, lui et ses conseillers avaient besoin de le savoir.

« Il faut que nous décidions…

— Il n'y a pas de “nous”, le coupa Sylvie. Plus maintenant.

— D'accord, répondit Richard. Il faut que je trouve une solution. »

Il inspira profondément, et sa voix retrouva son timbre habituel des grands discours.

« Pour moi, il s'agit d'une défaillance personnelle. Une faute terrible. Je n'ai pas l'intention de la minimiser, pas du tout, mais ce n'est pas une affaire publique. C'est une trahison qui n'a rien à voir avec ma fonction au service du peuple de…

— Tu lui as trouvé un emploi, l'interrompit Sylvie en martelant ses mots.

— Sylvie, écoute. Je sais que tu n'as pas envie d'entendre ça, mais ce n'est pas si grave. Ça va faire la une pendant une journée, tout au plus.

— Quelle joyeuse journée pour nous tous ! s'exclama-t-elle d'un ton cassant.

— Elle avait les qualifications requises, insista-t-il. Elle est diplômée en droit, elle a été bénévole au bureau de Washington l'an dernier, et elle a travaillé ensuite comme assistante législative.

— Quel bel esprit citoyen ! Et vous avez parlé de la réforme du système de santé, au lit ? »

Richard grimaça. Cette réforme était l'une de ses passions. Une de celles dont elle avait connaissance, en tout cas.

« Espèce de gros conard », dit-elle.

Cela lui fit du bien, même si son exclamation fut atténuée par les murs épais, les lourds rideaux de soie et le tapis moelleux. Ce tapis avait été leur première belle acquisition. Ils l'avaient acheté lorsque Richard avait reçu sa première prime annuelle, en 1983. Cinq cents dollars.

« Nous sommes riches ! » avait-il crié en montant les trois étages au pas de course jusqu'à leur appartement de Brooklyn, en agitant son chèque en l'air.

« Ça a duré combien de temps ? »

Le visage de Richard se décomposa. Sylvie eut l'impression de regarder une pomme se flétrir et se ratatiner en images accélérées.

« Sylvie... Je te jure que je n'ai jamais voulu vous faire du mal, à toi et aux filles. Je ne supporte pas de te voir souffrir à cause de moi.

— Combien de temps ? » hurla-t-elle.

Il baissa la tête.

« Six mois. Peut-être sept. Ça n'a jamais été sérieux. Juste une aventure. »

Il se leva et la prit par le coude. Il voulait l'amener jusqu'au fauteuil placé dans un coin de la pièce, là où elle s'asseyait pour leurs séances de stratégie, quand ils discutaient d'achat d'espace publicitaire ou de voyage de campagne, là où elle s'était assise lors de cette terrible nuit où ils avaient tout fait pour que les journaux ne parlent pas de l'arrestation de Lizzie pour possession de drogue. Mais, cette fois-ci, Sylvie refusa de s'y laisser conduire, refusa même de bouger. Elle resta immobile, plantée sur le tapis, pieds nus dans ses chaussures à talons, à le fusiller du regard. Au bout d'un moment, Richard se remit à parler, mais sa voix était hésitante. « Les groupes de discussion préliminaires révèlent que... l'état d'esprit des électeurs... des initiatives cruciales... ce projet sur les droits des personnes handicapées en commission... le travail qui reste à faire... »

Elle le dévisagea, incrédule. Son mari – son mari ! –, l'homme qu'elle avait juré d'aimer et de chérir, l'homme qui l'avait vue mettre leurs filles au monde et, ce faisant, déféquer sur le lit d'hôpital (c'était peut-être ça, le problème ? Peut-être que la génération de sa mère avait eu raison de laisser les hommes dans la salle d'attente, de les empêcher de voir le sang, la merde et les déchirures ? Peut-être qu'ils n'éprouveraient plus le besoin de sauter de jeunes avocates encore intactes ?), son mari, un homme d'une assurance sans limites et sans faille, tendait vers elle une main tremblante, comme un mourant sur son lit.

« Sylvie », dit-il.

Elle le repoussa brusquement. Elle aurait voulu le frapper encore, lui casser le nez, lui crever les yeux pour qu'il ne puisse plus jamais regarder une autre femme.

Est-ce que tu l'aimes ? Les mots s'agglutinèrent dans sa bouche sans en sortir, restant là comme un poids étouffant. Elle ne pouvait pas lui poser cette question.

« Ne me touche pas, dit-elle. Ne me touche plus jamais. »

Elle s'éloigna de lui et s'arrêta devant la porte, la main sur la poignée.

« J'irai à cette conférence de presse, je le ferai pour nos enfants. Pas pour toi. J'irai seule. Sans les filles. »

Elle lui lança un regard dur, un regard qu'il ne lui avait jamais vu.

« Ne pense même pas à les impliquer là-dedans, de quelque manière que ce soit. Ne t'imagine pas qu'elles vont monter sur scène et cautionner… (elle fendit l'air d'une main)… tout ça. »

Elle allait protéger ses filles. Voilà ce qui aurait dû être sa priorité depuis le début : ses enfants. Pas cet homme lâche et infidèle. Elle savait que Diana refuserait de prendre part à une telle mascarade, mais Lizzie le ferait, par loyauté et parce qu'elle courait après l'amour et l'approbation de son père, parce qu'elle voulait désespérément se racheter envers lui et redevenir sa gentille fille. Lizzie le ferait, et Lizzie ne survivrait pas aux commentateurs, aux présentateurs et à leurs sourires doucereux, aux blogueurs, aux commères et aux crétins avec leurs comptes Twitter, tous prêts à bondir pour donner leur jugement. Ils iraient fouiller le passé de Lizzie (*Le sénateur soutenu par sa fille toxico !*). Ils écriraient qu'elle avait des cheveux filasse et une sale peau ; ils publieraient et posteraient les photos d'elle les moins avantageuses ; ils agrémenteraient la vérité, déjà si écœurante, d'allusions graveleuses, et Lizzie, fidèle à elle-même, lirait probablement chacun de ces mots haineux et nauséabonds. Et Lizzie n'était pas forte.

« Je vais le faire, répéta-t-elle. Sans elles. »

Et après… « Appelle Jan pour les clés », avait dit sa mère. Ce n'était pas une mauvaise idée. Il fallait qu'elle parte, et le Connecticut était une destination comme une autre.

« Lundi matin, à 9 heures. »

Déjà, son esprit se mettait en marche, élaborait un plan. Elle avait été vive, jadis, à la fac de droit ; intelligente, organisée et jamais désemparée. Elle pouvait l'être à nouveau, mais pour son propre compte, pas pour le sien. Elle irait dans leur chambre, ferait son sac, se changerait et se trouverait une casquette – son mari en possédait une de toutes les équipes de baseball de l'État. Elle sortirait par-derrière, répondrait : « Pas de commentaires » aux journalistes éventuels, puis se rendrait chez Ceil.

« Je suis désolé », dit Richard, debout à l'autre bout de la pièce.

En l'observant, elle pouvait voir le fantôme du garçon qu'il avait été, pieds nus sur son lit étroit, celui qui avait glissé sur une plaque de verglas et qui l'avait séduite avec du whisky et des belles paroles, celui qui lui avait demandé : « Tu veux me faire confiance ? »

« Je t'aime encore, Sylvie. Je n'ai jamais cessé de t'aimer. »

Mais que signifiait l'amour pour Richard ? Qu'elle aussi était serviable ? Qu'il voulait qu'elle reste ?

Peu importe, songea-t-elle tandis que la torpeur s'abattait sur elle, l'enserrait comme une gaine, un collant ventre plat. Tout cela – l'appartement qu'elle habitait depuis des années, l'homme avec lequel elle l'avait partagé, le travail qu'ils avaient accompli, la vie qu'ils avaient bâtie ensemble –, tout cela était fini.

« Envoie les détails par mail à Clarissa, dit-elle. Après, je ne pense pas qu'on se reverra. »

« Entre, ma belle ! »

Ceil l'attendait devant la porte de son loft dans le quartier de Chelsea. Elle embrassa Sylvie dès que celle-ci fut sortie de l'ascenseur, puis l'entraîna dans la fraîcheur providentielle du salon. Ceil avait la même odeur qu'à l'université, un mélange de savon à l'amande et de Coco de Chanel. Elle n'avait pas non plus beaucoup changé physiquement. Elle avait conservé son teint frais et ses yeux rieurs, et portait toujours des leggings noirs et une tunique qui frôlait le haut de ses cuisses, même si ses cheveux courts tiraient plus sur le gris argenté que sur le blond, et si quelques rides étaient apparues autour de ses yeux. Sans un mot, Sylvie la serra dans ses bras, avant de la suivre à la cuisine.

« Tu en as mis du temps !

— J'ai pris le métro.

— Quoi ? »

Ceil la dévisagea comme si elle venait de lui annoncer qu'elle était venue à la nage en remontant l'Hudson. Sylvie retira sa casquette des Yankees et posa son sac marin près de la porte. Dans sa chambre – son ancienne chambre, songea-t-elle –, elle avait enfilé un pantalon de yoga, un gilet en cachemire à fermeture Éclair et des baskets. Elle était descendue dans le hall et avait demandé à Juan de lui ouvrir la porte de service, pensant que les reporters et les photographes se trouveraient devant l'immeuble et s'attendraient à voir sortir une dame bien habillée qui monterait dans une voiture ou un taxi. Ils ne chercheraient pas une femme avec une casquette sur la tête et un sac sur l'épaule, se hâtant vers la station de métro comme si elle était en retard pour son cours de yoga.

Le loft de Ceil était un grand rectangle avec une cuisine à un bout et trois chambres à l'autre, une très grande hauteur sous plafond et du parquet en bois brésilien, une espèce rare au nom imprononçable (un bois indigène récolté par les populations autochtones, avait expliqué à plusieurs reprises et dans le détail Larry, le mari architecte de Ceil, lors de leur crémaillère). Les meubles étaient tous gigantesques car Larry était très grand – il avait joué comme ailier défensif dans sa jeunesse. Des œuvres d'art énigmatiques décoraient les murs peints en blanc : des gribouillis noirs et des taches vertes sur d'immenses toiles blanches intitulées *Chanson du divorce II* et *Vérité et Beauté*. Dans un coin de la pièce se trouvait également une sculpture en verre soufflé qui ressemblait à de la pâte de dentifrice Aquafresh.

Si le loft était à l'image de Larry, la cuisine était le repaire de Ceil : douillette et basse de plafond, elle était équipée de casseroles en cuivre, de plans de travail en marbre et d'une longue table à tréteaux qui semblait tout droit sortie d'une ferme de la Nouvelle-Angleterre.

« Ça ne dérange pas Larry que la cuisine soit si différente du reste de l'appartement ? » avait demandé Sylvie pendant la crémaillère, alors que Larry expliquait, au salon, que les autochtones qui récoltaient le bois rare du Brésil recevaient un salaire décent et bénéficiaient d'une assurance maladie, grâce à la générosité des institutions de microfinance.

« Tu sais, la cuisine a toujours été mon domaine, avait répondu Ceil. Larry ne mange pas vraiment. »

Larry parvenait en effet à conserver sa corpulence de footballeur en se nourrissant d'expressos (il avait une machine à mille dollars dans son bureau), de barres protéinées et de sandwichs aux œufs.

C'était dans la cuisine que Ceil et Sylvie passaient le plus clair de leur temps. La pièce comprenait un petit canapé, une télé et des étagères remplies de livres de recettes et de photos de famille. Ce soir-là, Sylvie, abattue, s'appuya contre le plan de travail tandis que Ceil posait un bol et un batteur dans l'évier.

« Comment tu vas ? » lui demanda son amie.

Richard avait fait remarquer un jour qu'elle avait une voix aussi douce et gaie que celle d'un grillon dans un film de Walt Disney.

« Qu'est-ce que je peux te proposer ? Du café ? Du chocolat ? Des pâtes ? Quelque chose à boire ? Un flingue ? »

Ses yeux se mirent à pétiller.

« Écoute. Tu n'es pas obligée de te décider tout de suite, mais j'ai fait des recherches sur Internet sur les tueurs à gages, et il existe des tas de gens très bien qui, pour un montant que je trouve tout à fait raisonnable, sont prêts à régler ton problème de manière permanente.

— Ceil, soupira Sylvie en se laissant tomber sur un tabouret. La police me soupçonnerait, tu ne crois pas ?

— J'y ai pensé, justement. Si je m'occupe de passer le coup de fil et de payer…

— Alors la police se dira que c'est ma meilleure amie. »

Ceil réfléchit un instant.

« Dans ce cas, je demanderai à Larry de s'en charger. La police ne pourra jamais remonter jusqu'à lui. »

Elle inclina son visage tout rond en souriant.

Sylvie posa la tête sur ses mains. Comme d'habitude, une poussière jaune vif, brillante, recouvrait la surface des plans de travail. Ceil était accro au Crystal Léger, une boisson en poudre qu'elle surnommait Crystal Meth jusqu'à ce que sa petite-fille, Lincoln, se mette à le dire aussi. Comme elle refusait de l'acheter en dosettes individuelles – celles-ci étaient presque deux fois plus chères au kilo que les boîtes –, chaque fois qu'elle s'en servait un verre, elle faisait inévitablement tomber un peu de cette poudre jaune et sucrée sur le plan de travail.

Ceil, pieds nus, se pencha pour ouvrir le four. Une bouffée d'air chaud parfuma délicieusement la cuisine.

« Roulés à la cannelle et à la noix de pécan », annonça-t-elle. Elle leur servit à chacune un café, avant de sortir la crème du réfrigérateur.

Sylvie prit la lourde tasse entre ses mains. Ceil avait laissé son ordinateur portable sur le plan de travail. Elle l'observa, mal à l'aise. Ceil suivit son regard et s'empressa de refermer l'ordinateur.

« Oh non, dit-elle. N'y pense même pas. »

Sylvie déglutit.

« Qu'est-ce que… Qu'est-ce qu'ils disent ?

— N'importe quoi, j'en suis sûre. »

Elle versa la crème dans une cruche en forme de vache – la queue formait une poignée et le lait sortait par la bouche – et fit glisser les gâteaux, à l'aide d'une spatule, sur une assiette en porcelaine bleu et blanc. Elle posa celle-ci devant Sylvie, avant de se percher sur un tabouret en face d'elle.

« Dis-moi juste qu'on va lui faire du mal. Juste un peu. Rien de permanent. »

Sylvie but une gorgée de café en réprimant un sourire, tentant d'imaginer sa copine d'un mètre cinquante en train de faire du mal à quelqu'un. Ceil se servirait probablement de son mixeur. Elle croyait beaucoup aux vertus fortifiantes de la soupe, et utilisait son mixeur sans relâche de septembre à mai pour réduire légumes et viandes à l'état liquide.

« J'imagine que la presse se charge déjà de lui faire du mal, répondit Sylvie.

— Peut-être, mais je le déteste ! »

Sylvie n'en attendait pas moins de sa comédienne de copine. Sur le moment, elle le détestait elle aussi. Mais les choses n'étaient pas aussi simples : la haine, l'amour, la loyauté, l'embarras et la peur de la solitude, tout cela se mêlait dans sa tête et dans son ventre comme une mixture empoisonnée. Elle imaginait que Ceil, qui avait été sa demoiselle d'honneur et connaissait Richard depuis presque aussi longtemps qu'elle, ressentait la même chose. Sylvie grignota un bout de gâteau, puis posa la question qui l'avait amenée ici :

« Est-ce que tu étais au courant ?

— Pas du tout. »

Ceil avait répondu sans hésiter, et la sincérité se lisait dans ses yeux bleus. Elle tripota son gâteau du bout de sa fourchette.

« Mais honnêtement, si j'avais su, je ne suis pas sûre que je te l'aurais dit. Ce n'est pas mon rôle.

— Mais tu es ma meilleure amie !

— Oui, mais c'est ton mari. Et les mariages sont des mystères. »

Elle leva les paumes vers le ciel.

« Ce n'est pas mon rôle, répéta-t-elle. Mais je suis là pour toi, quelle que soit la façon dont tu veux gérer cette histoire. Quelle que soit ta décision.

— Je ne peux pas rester avec lui », dit Sylvie.

En prononçant ces mots, elle sut qu'ils étaient vrais.

Ceil acquiesça sans marquer de surprise.

« Tu veux qu'on appelle un avocat ? J'ai fait une liste. »

Elle ouvrit son bloc-notes.

« Plus exactement, j'ai trouvé une liste sur le site du magazine *People*. Il y a l'avocat que la femme de Charlie Sheen a pris quand son mari l'a agressée avec un couteau dans le Colorado, et celui que la mère de huit enfants a choisi lorsque son mari l'a trompée avec une fille qu'il avait rencontrée dans un bar… »

Sylvie avait la tête qui tournait.

« Pas d'avocat », réussit-elle à dire.

Elle but une gorgée de café pour reprendre ses esprits.

« Pour l'instant, je n'ai pas envie de le voir, c'est tout. »

Elle marqua une pause.

« Je l'ai frappé.

— C'est vrai ? demanda Ceil, les yeux brillants. Tant mieux ! Le poing ouvert ou fermé ?

— C'était plutôt une gifle. Sur le côté de la tête. Sur les oreilles… »

Elle ne termina pas sa phrase. Elle pensait aux oreilles de Richard, douces, roses et ourlées. Elle s'était toujours dit qu'il avait des oreilles de petit garçon. Alors que tout le reste avait vieilli et blanchi, elles étaient restées aussi tendres que lorsque Sylvie l'avait rencontré, aussi douces qu'elles avaient dû l'être quand il était petit. Et, Dieu merci, elles n'avaient jamais produit ces vilaines touffes de poils dont beaucoup d'hommes de son âge étaient affublés. Comment pouvait-elle le détester, alors qu'elle ressentait autant de tendresse pour une partie de son corps ?

Elle posa la tête sur le plan de travail ; un instant plus tard, elle sentit la petite main de Ceil sur son dos.

« Tu peux rester ici aussi longtemps que tu le veux. »

Sylvie réprima un frisson en pensant à la chambre d'amis, la fierté de Larry. Le lit était composé de branches de bouleau non vernies disposées grossièrement de manière à former un nid. Pour accéder au matelas, il fallait grimper sur les morceaux de bois pointus qui dépassaient dans tous les sens. Un tableau vraiment troublant était accroché au mur, une toile ovale peinte à l'huile, en blanc sur blanc, avec une unique tache rouge au milieu. Son titre : *Placenta*.

« Je vais peut-être rester quelques jours, répondit-elle. Ensuite, j'irai ailleurs. Richard ne doit pas savoir où.

— Je ne parlerai pas à Richard, à moins que tu m'en donnes la permission. Et à ce moment-là, j'aurai quelques remarques bien choisies à lui faire... Alors, tu penses aller où ? Au spa de Canyon Ranch ? À celui du lac Austin ? Du Rancho La Puerta ? Tu veux que je t'accompagne ? Je pourrais m'engueuler avec Larry et venir avec toi. »

Elle réfléchit en pianotant sur le marbre.

« Quelle que soit la destination que tu choisiras, il faudra peut-être demander à Clarissa d'appeler avant pour expliquer la situation. »

Elle pianota encore.

« Mais j'imagine que les gens connaissent déjà la situation. »

Sylvie regarda l'ordinateur portable et pensa tout à coup à une chanson de Leonard Cohen que Lizzie écoutait en boucle la nuit, et qui, avec le recul, avait peut-être été prémonitoire : « Everybody Knows ». Lorsque Eliot Spitzer avait eu ses ennuis, par compassion et aussi un peu par curiosité malsaine, Sylvie avait tapé le nom de Silda Spitzer dans Google, et ce qu'elle avait lu l'avait horrifiée (et un peu titillée). *Un scandale de plus chez les démocrates : Silda rejoint le club des ex.* « Qu'y a-t-il de plus écœurant qu'un homme politique menteur, malhonnête et infidèle ? avait écrit un blogueur indigné. Leurs épouses qui restent là, l'air ahuri, pendant que leurs maris adultères présentent leurs excuses au public. Ces femmes n'ont donc aucun amour-propre ? »

Aucun amour-propre, songea-t-elle. Mais que valait l'amour-propre face à une vie qu'elle avait aimée ? Que ferait-elle, toute seule, à son âge ? Comment pourrait-elle repartir de zéro, sans mari, sans travail, sans nulle part où aller ? Elle laissa Ceil la guider jusqu'à la salle de bains (marbre blanc, serviettes blanches et Jacuzzi blanc géant) et se déshabilla sans regarder son corps, car en voyant ses plis et ses rides, ses vergetures et ses cicatrices, elle penserait forcément à Joelle, dont la peau était sans doute aussi lisse qu'un pétale de rose. Les yeux fermés, elle monta dans la baignoire et resta dans l'eau jusqu'à ce qu'elle refroidisse. Puis elle s'enveloppa dans une serviette et rejoignit l'affreuse chambre d'amis. Ceil avait mis des draps à fleurs en flanelle dans lesquels Larry n'avait jamais dû dormir, si toutefois il en connaissait l'existence. Une tasse de thé fumant l'attendait sur la table de chevet, à côté d'un gâteau à la cannelle et d'une pile de romans écornés, dont certains dataient de leurs années de fac. Sylvie s'installa avec précaution sur le matelas. Elle avait mal dans le bas du dos et dans les jambes. Elle avait mal aussi à la poitrine, comme si on l'avait frappée à plusieurs reprises. Elle croisa sur son cœur ses mains tachées par l'âge mais aux ongles bien entretenus, et appuya pour tenter de soulager la douleur. Elle resta allongée sur le dos, immobile, jusqu'à ce que son amie se glisse dans la chambre pour éteindre la lumière.

DIANA

Gary était en retard. Cela lui ressemblait bien, un soir comme celui-ci, de la faire attendre dans sa petite robe noire et ses sandales à lanières et à talons hauts. Elle regardait dehors par les fenêtres ouvertes sur la douce nuit d'été, avec l'impression que tous les yeux étaient braqués sur elle.

Si l'on interrogeait ses amis et ses voisins, ils diraient sans doute qu'elle et Gary avaient l'air heureux. Au bout de sept années passées ensemble, leur vie sexuelle était toujours aussi insipide, mais les voisins ne le savaient pas et Diana faisait avec, se disant que sa libido n'était peut-être pas très développée et que, de toute façon, le désir finissait par diminuer chez tous les couples.

Elle aimait son quotidien, l'équilibre qu'elle avait trouvé entre son travail aux urgences et ses journées à la maison avec son fils. Milo avait été un bébé facile, toujours d'accord pour aller faire la sieste dans la chambre ensoleillée que Diana avait peinte et meublée elle-même, et toujours ravi de la voir lorsqu'elle venait le chercher dans son berceau. Elle adorait leur petite maison en brique, même si celle-ci était encore presque vide. Elle travaillait douze heures par jour, trois jours par semaine, et lorsqu'elle ne travaillait pas, elle emmenait Milo au parc, à l'éveil musical et à l'éveil corporel, chez le teinturier ou au supermarché. Après le déjeuner, elle lui chantait des chansons pour l'endormir et profitait de sa sieste pour faire du ménage, payer les factures ou plier le linge. Puis, quand elle commençait tout juste à s'ennuyer, à en avoir assez de lire *Poisson rouge, Poisson bleu*, de chanter « Tingalayo » et de jouer au Sorry, c'était le moment de retourner au travail, de retrouver la frénésie, les exigences et l'adrénaline du service des urgences d'une grande ville, où l'on ne savait jamais ce qui allait passer les portes. Ce rythme lui convenait parfaitement.

Ils habitaient un quartier agréable et animé. À une quinzaine de minutes à pied, on trouvait des bars, des cafés à la française et des restaurants vietnamiens, des pâtisseries et des glaciers, l'incontournable coffee shop à chaque coin de rue et une brasserie traditionnelle qui servait, selon elle, les meilleurs hamburgers végétariens. Le dimanche, ils testaient de nouvelles adresses de brunch, goûtaient à la pizza spécial petit déjeuner du Café Estelle et au pain perdu de chez Sabrina. Ils emmenaient Milo dans sa poussette ou, plus tard, le tenaient par la main, admiraient les rebords de fenêtres fleuris, jetaient un coup d'œil chez les gens à travers les stores pour voir comment était décoré leur salon, et s'arrêtaient au petit parc du quartier pour quelques descentes de toboggan avant de rentrer à la maison. Les voisins les saluaient, un après-midi agréable s'annonçait – Milo ferait la sieste ou jouerait avec ses Lego pendant que Gary regarderait la télé, ce qui laisserait à Diana le temps de courir et de prendre un bain –, et elle pensait, heureuse et même un peu fière, qu'elle avait exactement la vie qu'elle avait voulue : un mari, un enfant, une bonne situation. La plupart du temps, cela suffisait à faire taire la petite voix dans sa tête, cette voix moqueuse qui ressemblait beaucoup à celle de Lizzie et qui lui disait que Gary était insignifiant et qu'il n'était pas l'homme qu'il lui fallait, si tant est qu'on ait pu le considérer comme un homme.

À l'université, Diana avait lu dans un article que les mariages arrangés duraient plus longtemps que ceux dits « d'amour », parce que les personnes savaient qu'elles ne pouvaient pas compter sur les sentiments ou la passion pour les porter. Elles s'unissaient en ayant conscience que leur couple partait de zéro et qu'il faudrait travailler dur pour qu'il tienne. Diana trouvait cela tout à fait sage, elle qui avait, de fait, arrangé son propre mariage. Elle avait choisi Gary et construit son couple comme on monte une entreprise. Mais plus elle vieillissait, plus elle se disait que la passion, l'alchimie, l'attirance, peu importe le terme, était essentielle. Or il n'y en avait jamais eu entre Gary et elle.

Leurs rapports sexuels, qui n'avaient jamais été fantastiques, s'étaient dégradés et espacés dans les années qui avaient suivi la naissance de Milo. Même si elle n'était pas tout le temps épuisée, Diana n'en avait pas envie, et les choses n'auraient pas été différentes si, en revenant de l'hôpital ou d'une journée au jardin d'enfants, elle avait trouvé le lit fait, le linge plié, un dîner savoureux et la table mise, ou si quelqu'un avait été là pour emmener Milo au parc, à la bibliothèque ou au musée pendant une heure ou deux. Le plus souvent, le soir, elle restait allongée à côté de Gary jusqu'à ce qu'il s'endorme, en songeant avec angoisse qu'elle ressemblait de plus en plus à ces femmes qui ne ressentaient plus de désir pour leur mari et dont on pouvait lire les témoignages dans les magazines. À l'époque où elle sortait avec Hal, elle s'était dit que ces jeunes mamans étaient vraiment idiotes. Était-ce si difficile d'accepter quelques baisers, d'écarter les jambes et d'offrir deux ou trois gémissements pour la forme, pendant les cinq (ou trois) minutes qu'il fallait à l'homme pour finir son affaire ?

Mais, quand elle était devenue mère à son tour, elle s'était rendu compte qu'elle ne supportait plus ce genre de rapports sexuels que sa copine Lynette surnommait le « bal de charité ». Après avoir passé la journée à s'occuper de ses patients, qui venaient pour une écharde comme pour un parasite rare et difficile à diagnostiquer, après une nuit à s'occuper de son fils, elle n'avait plus envie de sentir encore une paire de mains ou de lèvres sur elle, de répondre encore à d'autres exigences.

Pourtant, elle essayait. Le samedi soir, elle s'épilait les jambes et se brossait soigneusement les dents, et si Gary lui souriait depuis les profondeurs du canapé, s'il refermait son ordinateur portable et demandait, d'un ton taquin et bon enfant, si elle était prête à remplir ses devoirs conjugaux, elle s'obligeait à lui sourire à son tour et se laissait entraîner dans la chambre. Parfois, ils avaient à peine le temps de commencer. (« Excuse-moi, disait son mari, vidé et ramolli contre sa cuisse. Excuse-moi, Diana, mais ça faisait longtemps. ») C'était malheureusement le meilleur cas de figure. Le pire, c'était quand cela s'éternisait. Diana restait allongée sous son mari, les mains sur ses maigres épaules, le visage enfoui dans son cou, pendant qu'il allait et venait, soufflait, haletait, transpirait. Parfois, elle poussait quelques gémissements pour accélérer les choses et parfois, cela marchait… mais il arrivait que Gary se retire sans avoir fini.

« Tu mouilles tellement », disait-il sur un ton à la limite de l'accusation. Il soupirait, les yeux rivés au plafond, avant d'empoigner son pénis glissant et de se masturber avec l'air accablé d'un homme qu'on a forcé à déneiger l'allée juste au moment où le match devenait intéressant. Diana attendait à côté de lui sans trop savoir ce qu'elle était censée faire. Fallait-il l'aider ? Si oui, comment ? Elle posait sa joue contre son torse et suivait les mouvements rapides de sa respiration, jusqu'au tressaillement final et à l'explosion de la chose poisseuse à l'odeur d'eau oxygénée.

« Tu peux me donner un mouchoir ? » demandait Gary, le souffle court, et elle se levait bien vite, contente d'avoir une excuse pour s'éloigner de lui.

C'était un type bien, assez agréable, mais les sujets qui le passionnaient – le sport, les bootlegs de musique qu'il faisait sur son ordinateur, les jeux de rôles en ligne qu'il trouvait plus captivants que la réalité – n'intéressaient pas Diana. Mais que pouvait-elle faire ? Elle avait fait une promesse, prononcé des vœux, eu un bébé. Elle s'était mariée en adulte, les yeux grands ouverts. Comme le disait le proverbe, elle avait fait son lit, et si elle le trouvait trop dur ou trop bosselé, elle ne pouvait s'en prendre qu'à elle-même. L'amour est un choix. Elle avait lu ça un jour, dans un roman qu'un des patients avait laissé dans la salle d'attente. Elle avait bien l'intention de faire ce choix, pour que son mariage tienne.

Dis-le-lui. Depuis des mois et même des années, malgré sa résolution, ces mots la hantaient. Dis-le-lui, pensait-elle en regardant ses e-mails ou en pliant les caleçons de son mari tandis qu'un film policier braillait à la télé. Dis-lui ce que tu ressens. Ce n'est pas juste de rester avec lui, de prétendre que tout va bien, que tu éprouves quelque chose pour lui alors que ce n'est pas vrai.

Sous la douche, en se brossant les dents, en ramassant le journal devant sa porte, elle répétait la scène dans sa tête. Gary, il faut qu'on parle. J'ai quelque chose à te dire. J'ai l'impression que… Et elle s'arrêtait là. Comment exprimer ce qu'elle éprouvait ? Les seuls mots qui lui venaient étaient : « En fait, je ne t'aime pas », mais ça n'allait pas. Jamais elle ne pourrait éconduire son mari, jamais elle ne pourrait faire le premier pas pour détruire leur mariage, briser leur famille, avec autant de désinvolture. Mais y avait-il une meilleure solution ?

Elle attendit au restaurant en sirotant son vin, le regard perdu dans la nuit, les jambes croisées sous sa robe noire, jusqu'à ce que son mari arrive enfin, tout transpirant et décoiffé, son pan de chemise dépassant de sa braguette.

« Bonsoir, chérie. Désolé pour le retard. Il y avait beaucoup de circulation. »

Diana eut un pincement au cœur lorsqu'il lui prit la main. Elle ne ressentait aucune étincelle, aucun attachement, seulement un sentiment de contrariété et l'envie d'être tranquille. Elle aurait préféré être chez elle avec Milo, en train de compter avec lui les pépites de chocolat sur ses cookies, pendant qu'il lui raconterait sa journée à l'école. (« La maîtresse, elle me fait toujours ranger les feutres et les ciseaux ! se plaignait-il. C'est pas juste ! »)

De l'autre côté des chandelles, Gary la regarda d'un air inquiet.

« Ça va ?

— Oui, oui. »

Elle vida son verre. En voyant le serveur arriver avec son bloc-notes et son stylo, Gary se lança dans son numéro habituel à propos du menu.

« Je prends quoi, à ton avis ? Le cassoulet ? Le coq au vin ? À ton avis, hein, je prends quoi ?

— Gary, l'interrompit Diana doucement mais fermement. La journée a été longue. Décide-toi, s'il te plaît. »

Si on ne l'arrêtait pas, Gary était capable de passer dix minutes à hésiter.

« Je t'avais dit qu'on n'était pas obligés de sortir », répliqua-t-il.

Diana ferma les yeux et attendit qu'il fasse son choix – un steak frites. Elle commanda de la sole grillée, sauce à part, et un autre verre de vin.

« Bon, je vais faire pleurer le colosse », dit Gary en se levant.

C'était une autre excentricité de son mari : il était incapable d'aller aux toilettes sans préciser ce qu'il avait l'intention d'y faire. « Je vais alimenter le fleuve », « Je vais arroser les poissons » ou encore : « Je vais éteindre l'incendie. »

Diana resta assise à table devant la corbeille de pain, le pot de beurre et son verre vide. Jamais elle ne le quitterait pour son amant, songea-t-elle. De toute façon, Doug ne le lui avait jamais demandé. Elle continuerait avec Gary qui faisait pleurer le colosse, Gary et ses bootlegs, Gary et les mouchoirs sales qu'il laissait près de la bouteille de lotion pour les mains, à côté de son ordinateur, et que Diana devait tout le temps ramasser ; Gary, jusqu'à la fin de sa vie.

Avant même de s'en rendre compte, elle se retrouva debout, son étole autour des épaules, en train de repartir vers l'accueil et les grandes portes vitrées en chêne. Le serveur, qui devait avoir à peine dix-huit ans, se précipita vers elle.

« Madame ? Il y a un problème ?

— J'ai juste besoin d'un peu d'air frais », répondit-elle d'une voix qui lui semblait venir de l'espace.

Son sac à main sur l'épaule, elle sortit dans la nuit.

Après avoir fait le tour de Rittenhouse Square, elle descendit Chestnut Street jusqu'à l'Independence Mall. Ses chevilles, blessées par les lanières de ses sandales, refusèrent de la porter plus loin. Elle s'assit sur un banc, son sac à main sur les genoux. Quand les larmes se mirent à couler, elle ne sut pas vraiment pour qui elle pleurait : pour son père, qui avait été infidèle, pour sa mère, qui avait été trahie, ou pour elle-même, l'infidèle et la traître qui était coincée avec un homme qu'elle n'aimait pas.

Ça ne peut pas continuer, pensa-t-elle. Dans son sac, son téléphone vibra. C'était Doug. ÇA VA ? Elle sourit malgré elle. Comment pouvait-elle lui résister ? BI1, répondit-elle. Quelques secondes plus tard, l'écran s'éclaira de nouveau. TU VI1 ?

Elle se leva aussitôt et héla un taxi. Je le mérite, se dit-elle. Juste une heure. Une heure de douceur après cette journée affreuse. Dix minutes plus tard, les chaussures à la main, elle frappait à la porte de son amant dans une ruelle du sud de Philadelphie.

Diana avait rencontré Doug Vance aux urgences.

« Alors, qu'est-ce qu'on a ? » avait-elle demandé à son interne, un vendredi matin pluvieux. Déjà, la salle d'attente s'emplissait d'éclopés, d'aveugles, de diabétiques, de vieux avec une insuffisance cardiaque congestive et de gamins avec de la fièvre, qui resteraient là pendant des heures à regarder la télévision fixée au plafond ou à feuilleter de vieux magazines.

« Eddie Taylor est de retour », avait répondu Karen, une jeune femme vive et efficace qui lui faisait penser à elle, sauf qu'elle était asiatique et mesurait un mètre cinquante. Elle lui avait tendu la fiche d'admission du patient. Diana y avait jeté un coup d'œil et avait secoué la tête. À la question « motif de consultation », Eddie, un habitué des urgences, avait répondu « la queue qui coulle ». La faute d'orthographe n'aurait pas été aussi exaspérante si Eddie n'était pas venu aux urgences le mois précédent pour le même « écoullement ». Elle avait passé en revue une demi-douzaine de fiches : un vieux monsieur souffrait de diarrhées, un adolescent avait vomi toute la nuit, une douleur à l'oreille, une douleur à la tête, et...

Diana avait plissé les yeux.

« Un pied écrasé par des Mummers[1] ?

— C'est un interne en chirurgie, avait expliqué Karen d'un ton acerbe. Il a fait la fête, hier soir. Il s'est sûrement endormi

1. La « Mummers Parade » est l'un des événements culturels les plus connus de Philadelphie. Chaque 1er janvier, des milliers de personnes (les Mummers) se déguisent et défilent dans les rues.

dans cet état, et s'est rappelé l'incident quand il a vu les dégâts en se réveillant. »

Diana avait ramassé les fiches et poussé la porte de la salle d'examen n° 3, où elle avait découvert Doug Vance, un type musclé et large d'épaules, aux joues roses et au visage entouré de boucles brunes, assis sur la table. Il était vêtu d'un sweat bleu marine et d'un pantalon de jogging avec des boutons-pression sur toute la longueur des jambes. À un pied, il portait une chaussette blanche et une basket. L'autre était nu, posé sur un sac de glace.

« Bonjour, docteur, avait-il lancé avec un sourire contrit.

— Bonjour. »

Elle avait regardé sa cheville, toute gonflée.

« Outcha.

— C'est un terme médical ?

— Oui, c'est du latin. »

Elle avait l'impression de le connaître. Elle avait jeté un coup d'œil à son visage – ses joues rondes, ses traits épais, son nez légèrement de travers – avant d'examiner de nouveau sa cheville, rouge, jaune et noir. Elle avait enfilé des gants et l'avait palpé doucement, guettant le moindre signe de douleur. Doug Vance dégageait une odeur presque agréable de bière et de transpiration qui mettait en doute la fiabilité de ses réactions.

« Vous êtes interne ?

— Oui, en première année. J'aurais dû être d'autant plus prudent, je sais.

— Que s'est-il passé ? avait-elle demandé en lui attrapant les orteils. Est-ce que je devrais voir l'autre type ?

— Les autres. Ils étaient tout un groupe, en paillettes. Bon, techniquement, ils m'ont roulé sur le pied en voiture. »

Doug Vance avait soupiré.

« Est-ce qu'on peut dire que c'est une blessure de rugby ? »

Il avait regardé tristement sa cheville.

« Ça manque terriblement de dignité. »

Diana avait pris des notes tandis qu'il lui racontait son histoire : une tournée de bars qui s'était terminée par une altercation avec des Mummers venus répéter de bon matin sous le pont autoroutier de l'Interstate 95, près de Reed Street.

« Quand même, ils portaient des robes. On ne pouvait pas savoir qu'il ne fallait pas les siffler ! s'était exclamé Doug, contrarié. On n'est pas de la région.

— Ah. »

Si Doug s'était renseigné, il aurait su que les Mummers étaient, du moins publiquement, des hétérosexuels purs et durs qui s'entraînaient pendant des mois jusqu'au soir du nouvel an, où ils défilaient dans Broad Street vêtus de jupes voyantes, de plumes et de paillettes. Certains s'accompagnaient d'instruments à cordes, d'autres faisaient des numéros de danse. La plupart se soûlaient et quelques-uns finissaient aux urgences, où ils célébraient la nouvelle année branchés à une perf, vomissant dans les bassins hygiéniques et priant pour une intervention divine.

« Si je comprends bien, il y a eu une bagarre ?

— Il y a eu des mots. Vous pensez que je vais avoir des ennuis ?

— Pour vous être battu avec des Mummers ? Si ça ne tenait qu'à moi, je vous remettrais plutôt une médaille. »

Tout en lui tenant les orteils, elle avait fait pivoter son pied à gauche et à droite, puis d'avant en arrière. Sa peau était chaude, quelques poils châtains et bouclés recouvraient ses chevilles et ses mollets.

« Vous avez mal comment, sur une échelle de un à dix ?

— Cinq… aïe, six, avait-il répondu tandis qu'elle lui manipulait le pied. Sept. Ouille !

— Je pense qu'il s'agit d'une simple contusion. Je vais vous envoyer faire une radio, mais je crois que ça ira. Pour l'instant, continuez à mettre de la glace.

— D'accord », avait-il répondu.

Elle avait eu l'impression qu'il la regardait avec insistance, comme le font les hommes lorsqu'une femme les intéresse. Mais elle se trompait sûrement…

« Une infirmière va vous mettre une bande, et un aide-soignant vous trouvera des béquilles. »

Elle avait tapoté sa jambe valide – un geste professionnel, s'était-elle dit ; elle aurait fait pareil avec n'importe quel patient.

« Je suis désolée pour vous.

— Ce n'est pas votre faute. »

Il lui avait souri gentiment. Diana s'était demandé s'il était encore soûl. Elle s'était aussi demandé quel âge il avait. Vingt-cinq ans ? Vingt-six ? Elle pourrait jeter un coup d'œil sur son dossier d'admission…

Arrête, avait-elle pensé, arrête ça tout de suite. Mais elle ne pouvait cesser de le regarder – ses joues roses, la façon dont son torse se soulevait et s'abaissait quand il parlait, son parfum d'herbe coupée, de malt et de houblon, et, derrière tout ça, quelque chose de plus doux, quelque chose d'irrésistible. Elle voyait Doug Vance comme elle ne s'était jamais permis de voir un autre homme depuis qu'elle était mariée.

Oublie, avait-elle songé. Dis-lui au revoir, ferme la porte, lave-toi les mains, retourne voir Eddie et sa blennorragie.

Et c'est ce qu'elle avait fait… Mais, trois heures plus tard, après avoir passé la matinée à délivrer de la pénicilline, du paracétamol et des mauvaises nouvelles, elle était tombée sur Doug Vance en entrant dans la salle d'attente. Ses béquilles étaient appuyées contre le mur et son pied bandé reposait sur une table basse, près d'une pile de brochures sur les poux.

« Je n'ai rien de cassé, avait-il dit avec un sourire, en sautillant sur son pied valide. Bravo pour le diagnostic. Je peux vous offrir un café ? »

Elle n'avait pas répondu tout de suite. Peut-être ne savait-il pas qu'elle était mariée. Elle ne portait jamais son alliance quand elle était de garde, car cela faisait ça de plus à nettoyer.

« Vous pourriez me protéger, avait-il ajouté tandis qu'il se dirigeait à cloche-pied vers la porte. Au cas où les Mummers reviendraient.

— Vous pensez qu'ils reviendront ?

— Ils ont l'esprit vengeur, ces Mummers. Ça se voit. »

Malgré ses béquilles, il lui avait tenu la porte. Elle avait frissonné en passant devant lui, si près qu'elle lui avait presque effleuré la joue avec ses cheveux.

Je devrais dire quelque chose, avait-elle pensé en s'asseyant en face de lui et en sirotant son latte. Faire allusion à son fils ou à son mari, ou à son trentième anniversaire qu'elle venait de fêter… Mais elle n'en avait rien fait. Ils avaient parlé tranquillement d'études de médecine, de restaurants et d'itinéraires de jogging, et il lui avait demandé si elle aimait son travail. Diana lui avait expliqué, en tentant au maximum de donner un tour positif à sa réponse, qu'elle n'avait pas le courage de suivre des gens de manière régulière, de supporter l'accumulation des maladies et des souffrances de toute une vie, qu'elle préférait de loin traiter les cas d'urgence et renvoyer les patients chez eux. Une heure s'était ainsi écoulée sans qu'elle voie le temps passer.

« Ça vous arrive d'aller à des concerts ? lui avait-il demandé tout à coup.

— Bien sûr, avait-elle menti.

— Il y a les Screaming Ophelia, ce soir, au Khyber. Vous connaissez ? »

À en juger par la manière dont il avait prononcé le nom, ce n'était pas n'importe qui. Elle avait acquiescé, bien qu'elle n'eût jamais entendu parler de ce groupe et qu'elle n'eût qu'une vague idée de l'endroit où se trouvait le Khyber, une boîte célèbre pour sa bière bon marché et la tendance des videurs à fermer les yeux sur les cartes d'identité trafiquées des mineurs. Inutile de dire qu'elle n'y avait jamais mis les pieds. Ce n'était pas un lieu pour les mères de famille trentenaires.

Doug Vance lui avait fait un grand sourire, révélant une adorable dent ébréchée.

« Vous devriez venir.

— Peut-être », avait-elle répondu, la bouche sèche.

Lizzie s'occuperait de Milo – si elle avait autre chose de prévu, Gary s'en chargerait. Il ne manquerait pas de soupirer et de se plaindre, mais pour une fois il pourrait bien lire à Milo son Lemony Snicket, veiller à ce qu'il se brosse les dents et lui sortir des vêtements propres pour le lendemain… Et pendant ce temps, elle irait dans un bar avec ce type fascinant.

Diana croyait qu'une fois rentrée chez elle elle oublierait Doug et le concert, mais elle n'avait cessé d'y penser. Après le dîner, elle avait dit à Gary qu'elle devait retourner à l'hôpital pour quelques heures. Il avait rouspété, comme elle s'y attendait – Lizzie avait une réunion des alcooliques anonymes, il était donc obligé de s'occuper de Milo –, mais Diana avait vite fait la vaisselle pendant qu'il s'installait au salon avec son *Sports Illustrated* et que Milo lisait dans son coin.

Dans la chambre, elle avait enfilé son jean le plus moulant et un chemisier blanc en dentelle qu'elle avait acheté en soldes, séduite par son côté romantique, avec son col carré et ses longues manches gonflantes. Elle n'avait jamais eu l'occasion de le porter. Alors que Milo négociait un quart d'heure de lecture supplémentaire en bas, Diana avait passé son imper, puis sorti de la penderie ses vieilles bottes de cow-girl qu'elle avait depuis le lycée et qui avaient passé les quinze dernières années enfermées dans une boîte à chaussures, au fond d'un placard. Gary avait couché Milo (« On n'est que tous les deux, ce soir, mon bonhomme ! » s'était-il exclamé avec une joie forcée qui masquait à peine son irritation). Diana avait glissé sa trousse de maquillage dans son sac à main.

« Je serai de retour vers minuit ! » avait-elle crié avant de s'empresser de sortir.

Il ne va rien se passer, avait-elle songé en s'arrêtant dans un café Starbucks pour se maquiller aux toilettes. Une touche de parfum derrière les oreilles et entre les seins, du fard à paupières couleur bronze, du rouge à lèvres brillant… Je ne fais rien de mal, je vais juste écouter de la musique. Je sors, c'est tout.

Elle était arrivée au bar peu après 21 h 30. Gary était probablement affalé sur le canapé devant une rediffusion de *New York, police judiciaire*, et Milo, si tout allait bien, dormait dans son lit, la couette relevée jusqu'au menton, plongé dans ses rêves innocents.

« Ça fait dix dollars », avait dit le type assis sur un tabouret à côté de la porte. Elle lui avait tendu un billet puis était entrée dans la petite salle sombre.

Les Screaming Ophelia étaient en train de jouer « Good », du groupe Better Than Ezra. Diana écoutait, appuyée contre le mur, lorsque Doug l'avait aperçue et s'était approché sur ses béquilles.

« Salut ! avait-il crié en se penchant vers elle, si près qu'elle avait senti son souffle lui chatouiller l'oreille. Tu veux une bière ? »

Diana avait acquiescé. Tandis qu'il s'éloignait, elle s'était faite toute petite dans son coin, écrasée contre le mur par la foule (toutes ces filles qui criaient ! Elle n'aurait jamais cru que Philadelphie en comptait autant !). Le groupe n'était pas mauvais, il rattrapait en volume sonore ce qui lui manquait de talent. Quant à Doug... Elle l'avait regardé marcher à cloche-pied jusqu'au bar, dans son jean et son T-shirt à manches courtes qui remontait quand il levait les bras, laissant voir quelques centimètres de chair terriblement attrayante au-dessus de son pantalon. Les muscles de ses bras se contractaient à chaque mouvement de béquilles. Diana n'avait pu le quitter des yeux tandis que le groupe enchaînait sur une reprise de Richard Thompson. « *Oh, mascara tears, bitter and black / Spent bullet drilled a hole in my back / Salt for the memory, black for the years / Black is forever, mascara tears*[1]. » Diana avait fermé les yeux en se répétant qu'elle ne faisait rien de mal, et qu'il n'était pas encore trop tard pour partir.

Lorsqu'elle les avait rouverts, Doug se tenait devant elle avec deux verres de bière à la main.

« Alors tu es venue, avait-il dit.

— J'avais déjà vu l'épisode de *Grey's Anatomy* qui passait ce soir », avait-elle répondu.

Il lui avait souri, tout en la caressant du regard d'une façon qu'elle aurait trouvée insultante en temps normal. Elle s'était humecté les lèvres et avait rejeté ses cheveux derrière son épaule, un geste typique de Lizzie.

1. Oh, larmes de mascara, amères et noires / Une balle perdue m'a transpercé le dos / Le sel pour le souvenir, le noir pour les années / Le noir c'est pour toujours, larmes de mascara.

« J'aime bien ta chemise », avait-il dit. Diana était devenue toute rouge. J'aime bien ta chemise. Avait-on jamais prononcé paroles plus érotiques ?

« Ça va ? » Il lui avait tendu une des bières. Sur la scène, un autre groupe faisait subir toutes sortes d'horreurs à « Smells Like Teen Spirit ». Le pauvre Kurt Cobain devait se retourner dans sa tombe. *With the lights out, it's less dangerous*, hurlait le chanteur. Avec les lumières éteintes, c'est moins dangereux. Et comment. Doug se souvenait-il de Nirvana, ou bien était-il trop jeune ?

Au lieu de le remercier pour la boisson et la soirée, au lieu de sauter dans un taxi et de rentrer chez elle, Diana avait accepté le verre et approché ses lèvres de l'irrésistible joue rose de Doug. Elle avait inspiré profondément, en songeant que son odeur – noix de muscade, aiguilles de pin, allumettes craquées – valait bien un flash de crack ou de cristal meth. Non pas qu'elle y eût déjà goûté. Sa sœur aurait peut-être su le dire.

« Merci ! » avait-elle crié.

Il avait promené son regard sur elle.

« T'es classe, habillée comme ça. »

Ses lèvres planaient à quelques centimètres de son cou – rien d'anormal, avait-elle pensé, il voulait être sûr qu'elle l'entende –, mais elle sentait sa voix s'insinuer en elle, onduler à travers sa peau et ses muscles, illuminer chaque parcelle de son corps comme une bille allumant les cibles d'un flipper. Oh, je ne peux pas résister à ça. *Je ne peux pas !*

Doug s'était penché vers elle, un bras de chaque côté de sa tête, et d'un coup, ses lèvres s'étaient retrouvées sur les siennes, brûlantes et exigeantes. Elle avait répondu à son baiser en s'accrochant à sa nuque. Ses jambes ne la soutenaient plus. Jamais elle n'avait éprouvé un tel vertige avec Gary, pas même avec Hal.

« Oh… » avait-elle soufflé tandis qu'il la plaquait contre le mur et se pressait contre elle. Elle sentait chaque centimètre de son corps collé contre le sien, chaque délicieux centimètre musclé, ses épaules massives, les muscles de son torse et de son ventre…

Elle s'était obligée à tourner la tête pour respirer. Qu'est-ce qui lui prenait ? Il était étudiant en médecine, elle était médecin, mariée et mère, et surtout elle se trouvait dans une salle bondée où n'importe qui pouvait la surprendre.

« Non, Doug. Je ne peux pas... Je suis... »

Elle s'apprêtait à dire : « Mariée » lorsqu'il l'avait de nouveau embrassée.

Ils s'étaient embrassés encore et encore. Elle ne se lassait pas de ses lèvres brûlantes, de sa langue qui jouait avec la sienne, de ses mains sur ses fesses qui la maintenaient contre lui, qui la serraient si fort qu'un petit cri de douleur et de plaisir lui avait échappé. Il avait relevé la tête et plongé les yeux dans les siens, le souffle court, les paupières mi-closes.

« Viens », avait-il murmuré. Diana avait senti sa voix frémir en elle, dans son ventre, entre ses cuisses, la tirant comme une laisse. Il avait repris ses béquilles et elle l'avait suivi dehors à travers la foule, puis dans un parking. Elle s'était allongée sur la banquette arrière totalement inadaptée d'une Honda Civic que sa mère (Diana l'avait appris plus tard) lui avait prêtée pour le semestre et ils avaient fait l'amour pour la première fois. Elle avait sangloté en atteignant l'orgasme, tapant si fort dans la fenêtre qu'elle avait craint de la briser avec le talon de sa botte. Elle avait eu l'impression d'être en plein océan, l'eau glaciale se refermant sur sa tête et lui emplissant les narines, la bouche, les yeux, les poumons. Elle avait accueilli cette eau avec bonheur, même si elle lui coupait le souffle, car enfin elle ressentait quelque chose.

SYLVIE

Le lundi matin peu après 9 heures, dans sa gaine et son plus beau tailleur (bleu, pas turquoise), Sylvie passa six minutes interminables sur le podium, le regard tourné vers la foule des journalistes, tandis que son mari prononçait son acte de contrition. La conférence de presse se tenait dans la salle Regency de l'hôtel Grand Hyatt, un espace complètement terne et ordinaire. Le discours avait un côté presque biblique, pensa-t-elle en écoutant d'une oreille distraite les mots qui défilaient sur l'écran du prompteur, au pied de l'estrade, et ressortaient comme par magie de la bouche de son mari, debout devant un pupitre à côté du drapeau américain. Il avait péché, par arrogance et par excès d'orgueil.

« Je me suis bêtement convaincu que je pouvais échapper aux règles. »

Sylvie passa d'un pied sur l'autre. Richard était toujours meilleur quand elle se chargeait de rédiger ses textes.

Et cela continuait. Richard admettait avoir causé du tort à sa famille. Il avait trahi la confiance de sa femme. Là, il se tourna vers Sylvie avec une expression peinée qui lui parut étudiée. Elle le regarda froidement jusqu'à ce qu'il reporte son attention sur l'écran. Cela aurait pu être pire. La pauvre Dina McGreevey, l'épouse du gouverneur du New Jersey, était restée sur un podium du même genre pendant que son mari reconnaissait non seulement qu'il l'avait trompée avec un membre du cabinet, mais encore qu'il était – surprise ! – homosexuel.

« Je sais que je ne mérite pas le pardon de ceux que j'ai trompés, ni l'indulgence du peuple du grand État de New York, dit Richard. Mais les erreurs que j'ai commises sont personnelles et non politiques. »

Sylvie étouffa un bâillement. À 6 heures ce matin-là, Larry lui avait apporté un sandwich aux œufs, avant de l'embrasser et de lui souhaiter bonne chance. Elle avait pris un taxi qui l'avait déposée à 7 heures à l'appartement, ce qui lui avait permis de se doucher, de se changer et de fourrer dans un sac tout ce qu'elle comptait emporter.

Ne pouvant plus repousser davantage la confrontation, elle avait traversé le couloir et frappé à la porte du bureau de Richard. Il était assis à sa table de travail, vêtu de son plus beau costume. Un de ses genoux tressautait nerveusement. Voyant une trace de mousse à raser sur sa joue, elle s'était surprise à tendre la main vers la boîte de mouchoirs, avant de se raviser. Sa maîtresse pourra le faire, avait-elle songé.

« J'ai besoin des clés de la voiture. »

Il avait acquiescé, comme s'il s'attendait à cette requête.

« Je demanderai à Joe de te les donner. »

Un silence. Elle s'apprêtait à repartir lorsqu'il avait ajouté :

« Je ne pourrai jamais te dire à quel point je suis désolé.

— Sans doute.

— C'était stupide. »

Elle n'avait pas pris la peine de répondre à cela.

« C'est juste que… c'est juste qu'elle était… »

Mignonne ? Sexy ? Mais non. Rien de tout ça. Cette femme avait été serviable, tout comme elle jadis, serviable au détriment de ses propres rêves, et Sylvie n'avait pas envie d'entendre les détails.

« Ça ne m'intéresse pas », l'avait-elle coupé.

Bien qu'elle eût dormi profondément la nuit précédente grâce aux comprimés vert et jaune que Ceil lui avait donnés, elle s'était soudain sentie épuisée, ne rêvant que d'une chose : se blottir dans son lit – qui avait été leur lit –, fermer les yeux et laisser passer la journée sans y participer.

« C'était stupide, avait-il répété. Elle était… »

Sylvie lui avait décoché un regard noir, de ceux qu'elle réservait d'habitude à Lizzie lorsqu'elle savait que celle-ci lui mentait.

« Elle était quoi ?

— En fait, Syl, elle me faisait penser à toi.

— Avec vingt ans de moins. Si tu avais vraiment voulu te distinguer, tu aurais choisi une sexagénaire. »

Comme Richard esquissait un sourire, Sylvie avait senti le coin de ses lèvres remonter malgré elle. C'était si facile, si séduisant de s'abandonner à leur badinage habituel. Elle vivait avec lui depuis tellement longtemps, elle connaissait par cœur ce qui le faisait rire.

« Ou tu aurais pu être fidèle, avait-elle ajouté d'une voix dure. Tu avais aussi cette possibilité. »

Elle s'était écartée lorsqu'il avait tenté de lui prendre la main, mais il avait insisté et l'avait attirée contre lui.

« Je veux que tu me pardonnes. Je ne veux pas que ce soit fini entre nous. On est une famille, Sylvie. »

Une famille. Elle avait pensé à Diana, son aînée brillante mais dénuée d'humour, et à Lizzie, sa petite fille si fragile.

« On fait bien sur les photos », avait-elle répliqué.

Nous sommes des accessoires, nous n'existons que pour ton plaisir. Et dire qu'elle avait laissé cela arriver ! Elle avait laissé sa famille, ses filles, devenir secondaires.

« Ce n'est pas vrai. »

Elle l'avait dévisagé sans rien dire. Sa torpeur s'était dissipée et elle ressentait à présent la douleur et la honte qu'elle éprouverait sans doute jusqu'à la fin de ses jours. Richard avait avalé sa salive, et à cet instant elle l'avait vu tel qu'il avait été, étudiant affalé par terre sur le verglas, garçon ivre sur un lit bien fait, en train de lui annoncer qu'il voulait être président.

« Je ne mérite même pas de poser la question, mais tu crois que tu peux me pardonner ?

— Je ne sais pas. »

Il avait baissé les yeux et lui avait lâché la main. Puis Joe Eido était entré pour leur dire qu'il était temps de partir.

À aucun moment, au cours du week-end, le matin ou pendant le trajet en voiture jusqu'à l'hôtel, l'idée ne lui était venue de demander ce que son mari avait l'intention de dire exactement. « Des erreurs personnelles, et non politiques ? » Quel orgueil ! Quelle arrogance ! S'attendait-il à ce qu'on le félicite parce que, contrairement aux rumeurs, il n'avait pas détourné d'argent pour payer cette fille, et qu'elle était réellement qualifiée pour l'emploi qu'il l'avait aidée à trouver ? Était-ce un exploit qu'il n'ait violé personne, qu'il n'y ait pas de vidéo de leurs ébats et que personne ne soit mort ?

« J'ai pensé à démissionner », continua-t-il.

Les flashs crépitèrent, tellement nombreux, éblouissants et rapides que Sylvie ne vit plus rien d'autre que la lumière. Elle plissa les yeux. « Je vais être à nouveau célibataire », avait-elle dit à Ceil, la veille au soir, et son amie lui avait répondu : « Tu sais, le problème, c'est l'entretien. Un homme qui ne t'a jamais vue nue avant... » Elle n'avait pas fini sa phrase, mais Sylvie avait compris. Là, sur l'estrade, elle se mit à faire des exercices, serrant son plancher pelvien le plus fort possible en comptant jusqu'à cinq, avant de relâcher lentement ses muscles. Cela revenait peut-être à fermer la porte de l'écurie alors que le cheval s'était déjà échappé, ou plutôt, alors que la jument avait déjà eu deux gamins, mais ça ne pouvait pas faire de mal.

Un brouhaha s'éleva de la foule tandis que la trentaine de journalistes remuaient sur leurs sièges et que les cameramen se bousculaient pour leurs gros plans. Richard se rapprocha du micro.

« Mais démissionner serait trop facile. Si j'ai blessé ceux qui m'aimaient, je ne suis coupable d'aucune irrégularité financière, je n'ai enfreint aucune loi. Je finirai mon mandat. J'ai la conviction que je peux encore représenter efficacement les intérêts du peuple de cet État au Sénat, et je continuerai à le faire. »

Richard baissa la tête.

« J'ai commis une terrible erreur. J'ai trahi mes filles. J'ai trahi... »

Sa voix s'étrangla. Il s'est entraîné, pensa Sylvie.

« … la femme qui me connaît le mieux, qui me connaît et qui m'aime depuis trente-deux ans. Mais je n'ai pas trahi… »

Là, il releva les yeux, les épaules droites, la mâchoire déterminée, grand et massif dans son élégant costume bleu.

« … et je ne trahirai pas le peuple que je sers, le peuple du grand État de New York. »

Lorsque Richard cessa de parler, elle resta à côté de lui, son épaule frôlant la sienne, pendant que les photographes les mitraillaient. Elle n'avait aucune idée de l'expression qu'elle pouvait avoir. La torpeur s'était de nouveau emparée d'elle, à tel point qu'elle ne sentait même plus son visage. Les journalistes crièrent des questions. Richard se détourna.

« C'est terminé », dit-il en lui prenant la main.

Elle le laissa faire, mais, dès qu'ils furent à l'abri des regards, elle se dégagea brusquement.

« Excusez-moi », dit-elle à Joe Eido, qui se tenait sur ses gardes près de Richard, surveillant Sylvie comme si elle était susceptible de mordre.

Sa valise se trouvait toujours là où elle l'avait laissée, sous une table chargée de bagels et de pots de café. Aux toilettes, elle enleva son tailleur, ses collants, sa gaine et son soutien-gorge à armatures, et fourra tout dans un grand sac à main. Elle enfila les leggings et le pull ample qu'elle avait apportés, puis sortit les clés de voiture de la poche zippée de son sac. Lorsqu'elle ouvrit la porte, le couloir était désert. Quelqu'un avait emporté les bagels et le café. Dommage. Elle avait mangé du bout des lèvres durant tout le week-end, même si Ceil avait tenté de l'appâter avec du poulet à la crème, des roulés à la cannelle et un gâteau fourré au chocolat, et lui avait proposé, une fois de plus, de lui donner des cours de cuisine. Dans les premiers temps de son mariage, Sylvie avait cuisiné. Elle préparait des choses simples qui plaisaient à Richard – des gratins à base de steak haché et de soupe Campbell, du poulet pané, un bon pain de viande. Mais ils avaient emménagé à Manhattan, où l'on pouvait se faire livrer une dizaine de plats différents en quelques minutes… et avec un mari qui rentrait tard, une fille qui vivait de pâtes et de sandwichs au beurre de cacahuète et l'autre qui était devenue végétarienne à dix ans, la livraison à domicile était la solution la plus pratique. Quand Diana et Lizzie avaient quitté la maison, Richard travaillait toute la semaine à Washington pendant que Sylvie gérait les affaires à New York, et ils se retrouvaient le week-end. La plupart du temps, le midi, elle sortait manger avec Ceil ou participait à des déjeuners au profit de la bibliothèque ou du foyer d'urgence pour les femmes ; le soir, après une journée passée en voiture, en réunion ou avec Richard, le plus simple était de se faire livrer une soupe ou de prendre une salade à emporter. La mère de Sylvie ne cuisinant que pendant les vacances, les repas maison ne faisaient pas partie de la tradition familiale. Sylvie avait fini par considérer son manque de talent culinaire comme une fatalité.

Pendant le week-end, Ceil lui avait montré des livres de recettes écrites sous forme de poèmes, des photos sur papier glacé de jambon cru de sanglier, d'olives brillantes présentées dans des bols en terre, et de canard rôti à la peau luisante et croustillante accompagné de figues – de la pornographie pour femmes d'un certain âge, avait songé Sylvie. Mais cela ne l'avait pas tentée. Elle était d'accord pour goûter, avait-elle dit à Ceil. Elle était prête à mettre la table et à servir le vin, à laver tous les plats et les casseroles que son amie utiliserait pour préparer son filet de bœuf à la sauce au vin rouge, ses chaussons au four et sa salade de pousses d'épinard à l'huile de noix, mais elle n'avait pas envie d'apprendre. Quoi qu'il en soit, elle regrettait de ne pas avoir glissé un muffin dans son sac, ou même une des barres protéinées de Larry qui avaient le goût de caoutchouc au chocolat, parce qu'elle crevait de faim et qu'il n'y avait plus rien à manger.

Joe et Richard étaient plantés dans le couloir, devant une télé réglée sur une chaîne d'information continue. Sylvie ne voulait pas regarder, mais un éclair bleu attira son attention. Son tailleur. Alors que les accords familiers de *Stand By Your Man* s'échappaient des haut-parleurs, elle se vit sur l'estrade un quart d'heure plus tôt, épaisse et vieille, les mains jointes à la taille dans une attitude gênée, avec ses gros seins et son grand nez, sa jupe en tweed tendue sur ses hanches, et ces quelques centimètres de graisse en trop qu'elle avait passé dix ans à essayer d'éliminer alors qu'elle aurait dû… quoi ? Prendre soin de son mari, selon la vieille bique en cuir et col roulé interviewée à la télé.

« C'est exactement ce que je pense, déclarait-elle en réponse à une question que Sylvie n'avait pas entendue. Femmes, soyez soumises à vos maris comme l'Église est soumise à Dieu. C'est dans la Bible, et la Bible ne ment pas. Si Sylvie Woodruff s'était occupée des affaires domestiques… »

Elle adressa à la caméra un sourire entendu.

« Jane », intervint l'aimable présentateur.

Il s'appelait Greg Saunders. Sylvie le connaissait, il était déjà venu dîner à l'appartement de Georgetown.

« Vous voulez parler de rapports sexuels traditionnels, ou d'autre chose ? »

Sylvie s'obligea à respirer calmement et tenta d'oublier cette image d'elle-même, vieille, ridée, debout dans son tailleur trop serré à côté d'un homme qui l'avait couverte de honte et lui avait brisé le cœur, faisant comme s'il ne l'avait pas déshonorée, comme si elle l'aimait encore ; elle tenta d'oublier aussi qu'il y avait des gens, sans doute nombreux, qui pensaient que tout était sa faute.

Elle regarda Richard, qui lui tournait le dos. Avec Joe, debout à côté de lui comme un petit chien, il visionnerait toutes les émissions, suivrait de près les discussions en ligne. Plus tard, ils commanderaient un sondage, fiable à plus ou moins cinq pour cent, qui commencerait par les mots magiques : « Si l'élection avait lieu demain… »

C'est terminé, pensa-t-elle. Puis elle le dit tout haut.

« C'est terminé. »

Richard se retourna et ses traits s'adoucirent. Il tendit la main, comme si elle allait la prendre, comme si leurs mauvais moments étaient derrière eux.

« Sylvie ? »

Elle l'ignora. La tête haute, les épaules droites, elle passa devant sa main tendue, son visage familier, sans rien dire.

DEUXIÈME PARTIE

Touchées, coulées

SYLVIE

« Chut ! » Sur la scène d'une salle de bal surchauffée, en Floride du Sud, une femme coiffée d'un chapeau rose en tulle et satin qui ressemblait à un audacieux bonnet de Pâques crachait dans un micro. « Mesdames, mesdames ! Chut ! » Les postillons volaient jusqu'au pupitre. Sylvie grimaça tout en espérant qu'elle aurait le temps de l'essuyer discrètement avant de commencer son discours. L'air était saturé de l'odeur des fleurs qui décoraient les tables, de la dizaine de parfums qui se faisaient concurrence, et d'un faible relent d'urine animale qui piquait les yeux. C'était l'inconvénient, supposait-elle, d'organiser un événement à la Monkey Jungle, la célèbre jungle aux singes.

« Ça va ? » lui demanda sa mère assise à côté d'elle, en lui serrant le genou. Sylvie acquiesça, même si ce n'était pas vrai. Cinq jours s'étaient écoulés depuis la conférence de presse de Richard, elle était loin de chez elle, et loin d'aller bien.

Après la conférence, elle était retournée chez Ceil. Clarissa lui avait envoyé par courriel son emploi du temps des six mois à venir, la liste des prises de parole et des conseils d'administration, des déjeuners auxquels elle avait promis de participer et des ventes aux enchères qu'elle s'était engagée à tenir. Ceil et Sylvie avaient respiré profondément, avalé deux verres de vin, et appelé toutes les présidentes pour leur annoncer que Sylvie prenait un congé exceptionnel. La plupart s'étaient montrées compréhensives, comme la responsable du déjeuner au profit de la bibliothèque ou l'organisatrice du gala au profit de l'école de danse. La présidente du comité des ventes aux enchères de la synagogue avait rechigné – « Nous comptions vraiment sur votre présence et celle du sénateur », avait-elle dit d'un ton plaintif –, mais Ceil lui avait offert un week-end dans sa maison à Shelter Island, en plus d'une séance avec sa fille Clemmie qui enseignait, selon le magazine *New York*, le meilleur cours de Pilates de la ville. La dame avait accepté, en ronchonnant, de rayer le nom de Sylvie du comité d'organisation.

Bref, tout le monde l'avait laissée tranquille, sauf la chef de la branche floridienne de Women for Women, une ONG qui venait en aide aux anciennes SDF désireuses de réintégrer la population active après avoir séjourné en foyer. Sylvie avait siégé au conseil national de l'association pendant des années, et elle participait de temps en temps à des événements organisés par les sections locales, pour prononcer des discours, remettre des prix, rappeler aux dames fortunées leurs devoirs envers leurs sœurs moins chanceuses et leurs enfants.

« Vous aviez promis ! » avait répondu la présidente du groupe, Wendy Silver, lorsque Sylvie l'avait appelée. Wendy habitait à Boca en Floride, mais son accent de Long Island était si prononcé que Fran Drescher[1], en comparaison, semblait posée et raffinée.

« Bien sûr, avait dit Sylvie en luttant pour garder son calme. Mais vous comprenez bien que ma situation a changé. »

Wendy Silver était restée imperturbable.

« J'ai cinq cents femmes qui ont payé cent dix-huit dollars chacune pour vous voir, avait-elle insisté avec son accent à couper au couteau.

— Je comprends…

— Il y aura nos anges, avait continué Wendy comme si Sylvie n'avait rien dit, qui donnent mille dollars par an pour parrainer un enfant dans le besoin, et nos anges d'argent, et notre cercle du Halo Doré. »

1. Actrice principale de la série *Une nounou d'enfer*.

Elle avait détaillé la participation financière de chaque groupe, avant d'ajouter avec emphase :

« Vous ne pouvez pas vous retirer maintenant ! »

Sylvie était certaine qu'avant la révélation de l'infidélité de son mari, les femmes qui avaient payé pour la voir se seraient contentées de la remplaçante qu'elle avait proposée. À présent, elles étaient sans doute impatientes de voir de près la femme déshonorée, d'observer son visage et sa silhouette pour pouvoir dire si Richard avait eu raison de la tromper.

« Vous avez signé un contrat, avait braillé Wendy Silver d'une voix triomphante, et nous vous avons déjà payée. »

C'était vrai. Elle avait signé un contrat ; ils l'avaient déjà payée, et Sylvie, comme d'habitude, avait donné l'argent à un foyer pour adolescentes enceintes à New York. Voilà comment elle se retrouvait là, dans le tailleur qu'elle portait à la conférence de presse, à côté de sa mère qui se régalait. (« Les fameuses pétasses de Boca Raton », avait dit Selma en découvrant Wendy Silver, une femme émaciée – forcément – qui pouvait avoir entre trente-cinq et soixante ans, avec les cheveux raides et décolorés et le visage lissé au combleur de rides. Wendy portait des chaussures à talons Prada, d'énormes diamants et une robe Missoni que Sylvie avait repérée au magasin Saks et dont le prix aurait suffi à entretenir une ancienne SDF et deux de ses enfants pendant un mois.)

« J'aimerais remercier nos sponsors, BMW de Boca, les bijoutiers Jay Green… Mesdames ! S'il vous plaît ! Chut ! »

Sur la scène, la dame au chapeau continuait à demander le silence, et l'assemblée continuait à l'ignorer. Sylvie avait participé à assez de déjeuners de ce genre, en tant qu'oratrice et en tant qu'invitée, pour savoir que les convives n'étaient pas là pour écouter des discours, ni même nécessairement pour soutenir les femmes démunies. Les cent dix-huit dollars qu'elles avaient déboursés pour venir leur donnaient le privilège de voir et d'être vues, d'arborer des tenues à plus de mille dollars et des talons de plus de dix centimètres, d'exhiber leur Botox et leur bronzage artificiel, leurs diamants et leur or, de manger leur repas du bout des lèvres sans toucher au dessert, et de savoir qui était en train de divorcer, qui avait une liaison, qui avait perdu du poids et qui en avait pris, tout en ayant bonne conscience et en se sentant même vertueuses. La dame au chapeau avait autant de chance de faire taire les cinq cents bourgeoises qui bavassaient que d'obliger des chats à se mettre en troupeau.

Sylvie toucha du bout de sa fourchette son morceau de saumon visqueux, qui aurait été mauvais même sans l'odeur de pisse de singe. La bonne nouvelle, c'était qu'elle n'animait pas l'événement : ils avaient embauché un humoriste pour jouer ce rôle. Le sien consistait à présenter la Mère de l'année élue par l'association. Cinq minutes, se dit-elle en buvant son thé glacé trop sucré. Cinq minutes sur scène, puis elle rejoindrait discrètement son chauffeur qui l'attendait dans la voiture. Il la conduirait à l'aéroport, où elle prendrait l'avion pour rentrer à New York.

Même si elle avait récupéré les clés de la maison du Connecticut, elle avait préféré aller dans l'appartement de sa mère à Palm Beach après la conférence de presse. Selma, qui restait habituellement à New York jusqu'à Thanksgiving, l'avait rejointe, et Sylvie avait passé les trois jours suivants à la suivre comme son ombre. Chaque matin, elle avait mangé un œuf dur et une tranche de pain avant d'assister à un cours d'aquagym pour les plus de quatre-vingts ans. Le midi, elle avait avalé une salade de thon et une tomate, puis elle avait fait la sieste – du moins, elle s'était allongée sur le lit de la chambre d'amis, les yeux rivés au ventilateur du plafond. Elles avaient dîné tous les soirs à 17 heures dans l'un ou l'autre des petits restaurants que Selma fréquentait – des lieux où on lui donnait du « madame la juge » en lui servant ses pâtes. Là, Sylvie grignotait une salade ou une tranche de pain à l'ail pendant que sa mère se lançait dans un monologue ininterrompu sur tout, depuis l'état de l'Union européenne jusqu'à l'état du couple de Sylvie.

« Est-ce que tu lui parles ? », lui demandait sa mère, et Sylvie secouait la tête. « Les filles vont bien ? » continuait-elle, et Sylvie acquiesçait. Elles rentraient vers 19 heures, 20 heures tout au plus. Selma lisait – même en retraite, elle continuait à lire les journaux et les revues juridiques. Sylvie essayait de lire, mais elle restait bloquée à la même page de son roman.

« Et maintenant, annonça la dame au chapeau, j'invite Sylvie Woodruff à me rejoindre sur scène, pour présenter notre mère de l'année. »

Sylvie se leva pendant que la femme récitait son CV : Barnard et Yale, juriste, membre du conseil national, mère de deux enfants, « et épouse, bien sûr, du sénateur Richard Woodruff ». Heureusement, elle en resta là, mais Sylvie entendit un murmure s'élever de la salle au moment où elle montait sur scène, et elle sentit cinq cents paires d'yeux braqués sur elle, des yeux qui la jugeaient et trouvaient sûrement qu'elle laissait à désirer.

« Bonjour, commença-t-elle en posant ses notes sur le pupitre. Vous savez toutes à quel point le travail réalisé par les bénévoles, grâce à votre argent, est essentiel. »

Elle leur donna quelques chiffres : combien de femmes vivaient dans la pauvreté ; comme il était difficile pour elles d'améliorer leur condition sans être aidées, en plus de ce que le gouvernement pouvait leur apporter ; qu'il était du devoir des femmes – des femmes juives, en particulier – d'accomplir l'œuvre commandée par le Talmud, à savoir le Tikkoun Olam, la réparation du monde brisé. Un monde brisé, songea-t-elle tandis que les dames applaudissaient. Voilà ce qu'était sa vie.

La gorge nouée, elle revint à ses notes et présenta la mère de l'année, une femme en robe noire, bien en chair, qui accueillait trois enfants chez elle. Celle-ci serra Sylvie dans ses bras et lui chuchota « Bonne chance » à l'oreille.

« C'était très bien, ma chérie », lui dit Selma lorsqu'elle la rejoignit à table. Elle acquiesça distraitement, sentant toujours tous les regards fixés sur elle. Elle l'embrassa, lui promit de l'appeler lorsqu'elle serait arrivée, puis attrapa son sac sous sa chaise et s'éclipsa aux toilettes. Alors qu'elle baissait ses collants, elle entendit la porte s'ouvrir et se refermer, et reconnut la voix et l'accent caractéristiques de Wendy Silver.

« Je la croyais plus mince, disait celle-ci tout en se mettant à faire pipi. Elle avait l'air plus mince à la télé. »

Bizarrement, Sylvie ne fut pas blessée par cette petite vacherie comme elle l'aurait été en temps normal. C'était peut-être l'avantage de ce qu'elle venait d'endurer : quand votre mari reconnaît qu'il a été infidèle, quand vous êtes humiliée devant tout le pays, vous vous fichez de ce que les autres disent de vous. Elle se surprit même à avoir envie de rire. Pour quelqu'un d'aussi menu, Wendy Silver faisait autant de bruit en urinant qu'un joueur de football américain de cent cinquante kilos. Avant, c'était le genre de chose qu'elle aurait raconté à Richard, une fois rentrée à la maison et assise avec lui sur le canapé, pieds nus, une tasse de thé à la main.

« Et son tailleur ? fit la copine de Wendy. Tu crois qu'ils n'ont pas de fer à repasser à New York ? »

Sylvie regarda ses vêtements, songeant avec une pointe d'embarras qu'elle aurait pu en effet les donner à repasser, et se faire faire les ongles. Mais Wendy Silver aurait pu aussi avoir la décence de la libérer de ses obligations.

« Eh bien je vais me plaindre, annonça Wendy par-dessus le bruit de la chasse d'eau. Il y a une fiche d'évaluation à remplir. Je dirai que sa tenue n'était pas appropriée. »

Sylvie ouvrit la porte de sa cabine. Devant le lavabo, Wendy l'aperçut dans le miroir. Son visage déjà figé par le Botox se pétrifia encore davantage tandis que Sylvie lui adressait un de ses sourires aimables les plus affectés.

« Je suis désolée de vous avoir déçues », dit-elle.

Wendy ouvrit et referma la bouche comme un poisson hors de l'eau.

« Je... J'ai...

— Passez une bonne journée », la coupa Sylvie avant de sortir d'un air dégagé.

C'était méchant, elle le savait, mais il y avait quelque chose de gratifiant dans l'expression stupide et ahurie de Wendy. Qu'elles se plaignent, songea-t-elle. Qu'elles aillent dire à leurs collègues du conseil national que son tailleur était froissé et ses ongles même pas vernis. Vu les circonstances, elle était certaine que les autres comprendraient.

Dehors, la puanteur des singes et l'humidité lui firent l'effet d'une gifle. Sa voiture l'attendait, de même qu'une jeune femme, debout sur le trottoir en jean et veste, ses cheveux bruns attachés en queue-de-cheval. Sylvie ressentit soudain une grande lassitude en voyant son bloc-notes et son appareil photo. L'événement, malgré son caractère privé, avait été annoncé dans la presse ; les gens – et les journalistes – étaient donc au courant de sa venue.

« Madame Woodruff ? demanda aimablement la jeune femme. Je suis Mandy Miller, du *Miami Herald.*

— Enchantée, mais je ne fais pas d'interview, maintenant.

— Juste une ou deux questions, très rapidement ? »

Sylvie secoua la tête, la main sur le chrome brûlant de la poignée. Au moment où elle ouvrait la portière, la journaliste lâcha :

« Pourquoi ? »

Sylvie se retourna malgré elle.

« Je veux juste savoir », ajouta la jeune femme.

Elle avait refermé son calepin, et des gouttes de sueur perlaient sur son front et sa lèvre supérieure.

« Je veux dire, en tant que femme. Que faisiez-vous sur scène à côté de lui ? Vous n'aviez pas à y être. »

Sylvie ouvrit la bouche. Elle faillit expliquer, ou tenter d'expliquer, que si ça n'avait pas été elle, ç'aurait été ses filles ; qu'elle aimait son mari, elle l'aimait malgré tout, d'une façon que la jeune femme ne serait jamais capable de comprendre. La vie qu'ils avaient construite ensemble, l'histoire qu'ils partageaient, cela comptait. Mais elle savait que sa réponse, quelle qu'elle soit, ne la satisferait pas. Pour Mandy Miller du *Miami Herald*, Sylvie était un symbole, une héroïne de la cause féministe. Elle l'avait trahie, et aucune explication, aucune justification n'y pourrait rien changer.

« Je suis navrée de vous avoir déçue », lui dit-elle.

Puis elle monta dans la voiture, baissa la tête et pleura en silence jusqu'à l'aéroport, avant de sécher ses larmes, d'enregistrer ses bagages et d'embarquer dans l'avion qui la ramènerait chez elle.

Deux semaines plus tard, elle fut réveillée par le grondement des vagues et les cris perçants des oiseaux. Elle venait de faire un rêve. Les filles étaient gamines, Sylvie était avec elles à la plage. Diana, grande et fine, affichant déjà l'attitude dédaigneuse d'une adolescente, était allongée sur une serviette tandis que Sylvie barbotait dans l'eau avec Lizzie. Celle-ci était petite et potelée, elle avait les cheveux blond filasse ; à la place de son maillot de bain, elle portait son justaucorps rose pâle qui, quoi qu'on fasse, laissait toujours dépasser deux ou trois centimètres de sa culotte en haut des cuisses. Alors qu'elle se tournait vers l'horizon, Sylvie voyait un rouleau se former au large. Le cœur battant, la bouche sèche, elle commençait à nager vers le rivage en tenant Lizzie dans ses bras, mais le sable se retirait sous ses pieds et elle ne pouvait pas avancer. La vague arrivait, se brisait au-dessus de sa tête, s'abattait sur elle. Elle luttait pour remonter à la surface, parvenait à maintenir Lizzie hors de l'eau. Sauve-la, pensait-elle. Il faut que tu la sauves. Mais ses pieds se dérobaient sous elle et l'eau continuait à l'écraser, et lorsqu'elle réussissait enfin à ressortir la tête, elle découvrait, tout en haut du promontoire, non pas la maison du Connecticut, mais l'immeuble où elle habitait à New York, et il était en feu. Les flammes s'échappaient de toutes les fenêtres. Et avant que les vagues l'emportent à nouveau, elle voyait le mur côté ouest s'effondrer.

Elle se redressa en sursaut dans son lit, haletante. Il lui fallut une minute pour se rappeler les détails de sa vie : qu'elle se trouvait dans le Connecticut, que Richard l'avait trompée, qu'elle était seule.

Sauf qu'elle ne l'était pas.

« Bonjour, m'dame », appela une voix d'en bas.

Sylvie s'empressa de se lever, son mal de dos lui arrachant une grimace. Elle enfila ses vêtements à la hâte et descendit l'escalier aussi vite que ses jambes raides le lui permettaient, pour rejoindre Mel, le gardien, qui n'avait pas cessé de l'appeler depuis qu'elle était arrivée pour savoir quand il pourrait passer la voir.

Mel était grand et terriblement maigre, tordu comme un haricot vert qu'on aurait essayé de casser.

« Bonjour, m'dame », répéta-t-il en croisant son regard, avant de baisser les yeux.

Sylvie allait devoir s'habituer à ce que les gens n'osent plus la regarder en face. Dans le Connecticut, ils avaient la télévision, les mêmes chaînes avec les mêmes experts aux têtes de repris de justice qui se permettaient de soulever les couvertures de son lit conjugal et de spéculer sur ce qui se passait, ou ne se passait pas, dessous.

Sylvie s'efforça de sourire. Après son atterrissage à La Guardia, elle avait rejoint le Connecticut en voiture et passé le trajet à écouter des émissions de radio où les animateurs et les auditeurs discouraient sur le jugement biblique et les liens sacrés du mariage, et se demandaient s'il était vraiment grave, à notre époque, qu'un sénateur couche avec une autre femme. La question numéro un, celle qui revenait inlassablement, était : pourquoi une femme choisissait-elle de monter sur scène à côté d'un homme qui l'avait déshonorée ? Sylvie essayait d'écouter calmement pendant une ou deux minutes. Puis elle se mettait à répondre aux auditeurs dans sa tête et, très vite, à voix haute.

« Pour votre information, Suzanne de Falls Church, j'ai des enfants. Il valait mieux que ce soit moi sur ce podium plutôt que mes filles, vous ne croyez pas ? »

« Eh bien, Fred de Dallas – un homme venait d'appeler pour lire des versets de la Bible avec un fort accent du Sud. Que celui qui n'a jamais péché jette la première pierre. Vous la connaissez, celle-là ? »

Elle avait zappé jusqu'à ce qu'elle tombe sur la voix de la rousse toute sèche, celle qui riait à ses propres blagues et qui saupoudrait ses colonnes du dimanche avec les noms, écrits en gras, d'hommes politiques et de proches de Washington qu'elle appelait « mes amis intimes ». (Richard en avait fait partie, à une époque.)

« À la place de Sylvie Woodruff, je serais contente qu'il n'ait pas été surpris au lit avec un garçon vivant ou une fille morte, avait-elle dit.

— Plagiaire ! avait braillé Sylvie en frappant le volant recouvert de cuir. C'est une réplique d'Edwin Edwards ! »

Elle était arrivée à Fairview juste après 17 heures, par un bel après-midi ensoleillé. Le centre-ville était aussi joli que dans ses souvenirs : des bâtiments bien entretenus en briques et bardeaux s'alignaient sur les trottoirs tellement propres qu'ils semblaient avoir été balayés. Quelques boutiques, pâtisseries et coffee shops s'ajoutaient aux lieux qu'elle avait gardés en mémoire, comme la bibliothèque, la mairie et le terrain municipal vert émeraude au-delà. L'épicerie Simmons avait été remplacée par une boutique de laine, mais le marchand de glaces Chez Violet était toujours là, fidèle à son souvenir, même si l'enseigne qui indiquait les seize parfums disponibles s'était décolorée. Un vent vif agitait les feuilles. Il faisait chaud et humide lorsqu'elle avait quitté l'aéroport, mais au bord de l'océan une petite brise soufflait toujours, et l'automne avait déjà fait quelques percées. Sylvie était dans le Nord, loin de chez elle ; elle se sentait creuse et vide, malade de chagrin, et complètement étrangère à elle-même.

« Je vois que vous avez fait quelques aménagements », observa Mel en regardant autour de lui.

Sylvie acquiesça. Si triste et furieuse eût-elle été pendant le trajet, elle avait eu un regain d'optimisme en gravissant la longue allée et en se garant devant la vieille bâtisse blanche style XVIIIe construite en haut du promontoire. Elle était toujours venue là avec plaisir, qu'elle fût enfant, jeune mariée ou jeune maman, excitée par les promesses de l'été : les bains dans l'eau tonifiante de l'océan, les barbecues, les pique-niques devant les matchs de la Little League sur le terrain municipal, les tours à vélo, ou les siestes sur la banquette-lit de la terrasse, avec un roman et un verre de thé glacé qui attendaient sur la table basse.

La maison avait belle allure avec son porche fraîchement repeint et sa pelouse tondue. Jan, sa cousine, lui avait dit qu'elle était restée vide tout l'été. Aucun des cousins n'avait voulu venir, ou n'en avait eu les moyens. En poussant la vieille porte en chêne, après s'être essuyé les pieds sur le paillasson BIENVENUE, Sylvie avait été accueillie par une bouffée d'air tiède et vicié, une odeur de moisi et de souris. Tout en respirant par la bouche, elle avait posé son sac à main sur le plan de travail de la cuisine et s'était dirigée vers les fenêtres, attirée par la vue – le croissant de sable d'un brun doré, l'eau gris-vert qui bouillonnait doucement. Elle était restée là, émerveillée, à écouter le bruit des vagues, jusqu'à ce qu'elle se rende compte qu'elle avait laissé la porte d'entrée grande ouverte.

Elle avait retraversé la pièce qui occupait tout le rez-de-chaussée. Dans la partie salon, il y avait deux canapés rembourrés dont le tissu avait été griffé par plusieurs générations de chats, et une table où l'on jouait aux cartes ou aux jeux de société. Les étagères étaient remplies de revues juridiques et de livres de poche tachés et gondolés par l'humidité : les romans sentimentaux et les Agatha Christie de sa grand-mère, les romans-westerns et les policiers de son grand-père. Une tête de cerf ornait le mur au-dessus de la cheminée. La pièce s'ouvrait sur une terrasse protégée par un large store et équipée de chaises longues, d'une balancelle pour deux et de petites tables en osier. Au-delà de la terrasse, c'était la mer, avec ses vagues à l'écume laiteuse qui roulaient mollement sur le sable.

Selma et Dave avaient acheté la maison une trentaine d'années plus tôt avec la sœur de Selma, Ruth, et son mari Freddie, dans l'idée d'y passer les vacances d'été avec Sylvie et ses filles, les parents de Selma et les enfants de Ruth et Freddie, Jan la cinglée et son frère George, dentiste à Reno. Meublée de bric et de broc, la maison n'avait rien de sophistiqué, mais elle avait cinq chambres : Sylvie se souvenait de sa mère disant qu'elle était assez grande pour qu'ils se retrouvent tous ensemble, avec chacun une place à table et un lit où dormir.

Elle avait refermé la porte d'entrée. C'était si calme, ici. Pas de taxis qui filaient dans la rue, pas de bus qui crachaient leurs nuages toxiques, pas d'hommes et de femmes d'affaires qui parlaient dans leurs kits mains libres ; juste le bruit de l'océan et de quelques mouettes qui criaient au-dessus des vagues. Au milieu des odeurs de poussière, de moisissure, de papier pourri et d'eau de mer, Sylvie avait soudain ressenti une vive émotion qu'elle avait mis du temps à reconnaître : l'excitation. Elle avait survécu à la conférence de presse et aux terribles semaines qui avaient suivi. Elle avait conduit jusqu'ici (à quand remontait la dernière fois qu'elle avait pris le volant à la place de Richard ou de Derek ? Sans doute au long week-end qu'elle avait passé, trois ou quatre ans plus tôt, avec Ceil au spa de Canyon Ranch, à Lennox ; malgré le GPS de la voiture de location, elles avaient réussi à se perdre complètement). Cette maison avait besoin de son amour et de son attention ; elle ressentait, en plus de sa tristesse, un peu de cette légèreté des premiers jours d'école, lorsque le monde brillait plus que d'habitude et regorgeait de potentialités. Peu importe qu'elle n'ait fait que dormir depuis qu'elle était arrivée, boire du whisky dans une vieille bouteille qu'elle avait trouvée dans la cuisine, manger des sandwichs au beurre de cacahuète (elle avait acheté le pain de mie et le beurre de cacahuète à la station-service où elle s'était arrêtée pour faire le plein), faire de longues balades sans but sur la plage et dormir encore.

Tout en l'entraînant dans le salon, Mel l'informa que la cuve à mazout avait été remplie, les radiateurs purgés et la facture de gaz réglée, et que, si elle prévoyait de passer l'hiver ici (il lui lança un coup d'œil), elle n'avait qu'à le lui dire.

« Vous avez trouvé des bestioles ? demanda-t-il.

— Pas des vivantes », répondit Sylvie.

Dix minutes après avoir posé ses maigres bagages dans la cuisine, elle avait recherché la cause de la mauvaise odeur et trouvé un cadavre de souris séché dans un piège, au fond du garde-manger. Elle l'avait regardé un moment, en se demandant quoi faire. Ils avaient eu des souris à Brooklyn. Sylvie se souvenait très bien du jour où elle était à la maison avec Diana encore bébé et où elle avait aperçu une petite visiteuse poilue qui avait détalé sur le plancher de la cuisine. Elle avait poussé un « Hi ! » pas très original et bondi sur une chaise avec le téléphone à la main et le bébé dans les bras. Elle y était restée, terrifiée, jusqu'à ce que Richard arrive en courant dans leur appartement du deuxième étage. Il avait acheté des tapettes à la quincaillerie et les avait installées partout, en assurant à Sylvie qu'il la protégerait, que les souris ne mordaient pas et n'étaient pas porteuses de maladies, et qu'ils n'avaient pas besoin, ni les moyens, de se précipiter à l'hôtel.

Tous les matins, il lui amenait le bébé au lit et elle l'allaitait pendant qu'il allait vérifier les pièges.

« Moi, grand chasseur ! proclamait-il en se frappant la poitrine, torse nu, tout en jetant la souris morte dans un sac en papier.

— Ne me la montre pas », suppliait-elle, les yeux fermés.

Richard ne l'avait jamais fait.

Sylvie avait soulevé la tapette par les côtés, puis, l'estomac noué au souvenir d'un Richard plus jeune qui l'avait aimée, qui s'était occupé d'elle et les avait protégées, elle et leur fille, elle avait mis la souris dans un sac et avait posé celui-ci devant l'entrée, où il devait toujours se trouver.

Mel remonta son pantalon et retourna vers la cuisine.

« Ça fait un moment que vous n'êtes pas venue.

— Douze ans », répondit Sylvie.

Elle avait du mal à croire que cela faisait si longtemps. Jusqu'à son départ pour l'université, elle avait passé trois semaines par an dans cette maison, au mois d'août, avec sa tante Ruth, son oncle Freddie et leurs enfants, Jan et George. C'étaient des moments de pur bonheur : construire des châteaux de sable, faire des grillades sur la plage, dans le trou que son oncle Freddie creusait en se plaignant avec véhémence à chaque coup de pelle ; braver l'eau glacée dans son Jantzen une pièce et, à l'adolescence, porter un Bikini, s'arroser le corps d'huile pour bébé et les cheveux de jus de citron et tremper à peine un orteil dans l'eau. Chaque année, elle trouvait toujours un vélo à sa taille dans le garage. Et, surtout, elle avait l'impression de faire partie d'une tribu. Ils jouaient des tours aux adultes : le coup de dire à tante Ruth qu'ils avaient perdu Jan marchait chaque fois, tout comme celui de cacher la Budweiser d'oncle Freddie ; et le préféré de Sylvie : déplacer les blocs-notes juridiques de sa mère.

« Nom de Dieu, j'ai du travail ! » hurlait Selma. Avec une trace de crème solaire sur le nez et son maillot de bain avec une jupette à fleurs, elle ressemblait à un croisement entre une extraterrestre et un canapé démodé. Dave, un bob en toile sur son crâne chauve et le cigare vissé entre les dents, lui tapotait l'épaule.

« Relax, Selma ! Tu es en vacances !

— Mais j'ai des délais à respecter ! » criait-elle.

Les cousins passaient la soirée à se raconter des histoires de fantôme pour se faire peur et se réveillaient dans l'odeur de pain perdu. Le dernier vendredi avant la rentrée, Jan, George et Sylvie descendaient les marches en bois branlantes qui menaient à la plage, les bras chargés de duvets et de couvertures, et ils dormaient à la belle étoile.

Elle était venue avec Richard tous les étés jusqu'à ce qu'il se mette à faire la navette entre New York et Washington. Il était devenu clair alors qu'il ne pouvait pas se permettre de passer deux ou trois semaines de son temps précieux cloîtré dans un village isolé du Connecticut. Les maisons avaient bien fleuri sur la côte, mais Fairview était trop loin de New York pour être à la mode dans le beau monde. Les gens qui possédaient des résidences d'été dans la région étaient originaires du Connecticut ou du Massachusetts ; les fortunes d'ici étaient encore principalement des fortunes héritées, des fortunes républicaines qui n'avaient rien de bon pour Richard. La dernière fois, douze ans plus tôt, il s'était fâché avec oncle Freddie à propos du mariage homosexuel – ils avaient failli en venir aux mains. Oncle Freddie et sa famille étaient partis deux jours plus tôt que prévu. Richard avait passé le reste du séjour dans leur chambre, au téléphone, à éternuer et à se plaindre de l'humidité, pendant que Sylvie était restée en bas, assise à la table de la salle à manger, à écrire des communiqués de presse sur son ordinateur portable.

Mel continuait à parler, présentant à Sylvie les différentes rénovations : le chauffage électrique installé à l'étage, les toilettes qui avaient été ajoutées à côté de la cuisine cinq ans plus tôt – « impeccables », dit Mel à travers un dentier d'un blanc étincelant, sauf qu'il fallait secouer la poignée de la chasse d'eau pour qu'elle marche.

Tandis qu'elle le suivait dans l'escalier, les yeux rivés sur sa chemise écossaise, Sylvie se rappela comme cette maison avait été merveilleuse pour la petite fille studieuse et pleine d'imagination qu'elle avait été. C'était son château enchanté, son Narnia, son grenier et son jardin secret. Quand elle était petite, elle dormait avec sa cousine Jan sous des édredons légers et décolorés, et elles se chuchotaient des secrets jusqu'à ce que l'un ou l'autre de leurs parents monte au deuxième étage pour leur dire de se taire et de dormir, que demain serait un autre jour magnifique à la plage.

« Ça va aller ? » demanda Mel après lui avoir montré les thermomètres et le placard où les ampoules étaient rangées.

Elle acquiesça. Mel baissa les yeux, passa d'un pied sur l'autre.

« Je suis navré pour ce qui vous arrive.

— Merci », répondit Sylvie, surprise, avant de le raccompagner à la porte.

Le sac en plastique contenant la souris morte se trouvait toujours là où elle l'avait laissé. Et il ne lui restait plus rien à manger – elle avait fini le beurre de cacahuète, la veille au soir.

Il était temps de prendre les choses en main. Temps de se reprendre en main.

Elle traversa le salon, passa devant la télévision qu'elle avait refusé d'allumer depuis son arrivée. Elle imaginait très bien ce qui se disait. Elle avait déjà tout entendu avant, à propos des autres femmes d'hommes politiques (et il y en avait tellement, quel joyeux club elle venait de rejoindre). Il valait mieux tenter d'ignorer tout cela et espérer que, dans les jours et les semaines à venir, une autre personnalité publique, homme politique ou sportif professionnel, se ridiculiserait plus que son Richard. Elle sentit sa gorge se nouer tandis que le cocktail familier de peine, de colère et de honte l'envahissait. Elle s'imaginait telle une autruche, son gros derrière s'agitant en l'air et sa tête enfoncée dans le sable. *Coccinelle, coccinelle, envole-toi, ta maison est en feu, tes enfants ne sont plus là*[1]. Même en essayant de tout ignorer, de planter sa tête dans le sable ou de se boucher les oreilles pour ne pas entendre, rien n'arrêterait ce qui se passait à l'extérieur, les infamies que l'on disait sur Richard, sur elle et sur leurs filles.

1. *Ladybug, ladybug, fly away home, your house is on fire, your children are gone.* Premiers vers d'une comptine anglo-saxonne.

Peu importait. Elle avait fait face à Mel, et tout s'était bien passé. Elle irait chercher à manger, essaierait de diversifier son alimentation. Et ensuite elle s'inquiéterait du reste.

Jadis, l'épicerie Simmons était un petit commerce de proximité au parquet ensablé, muni d'une seule caisse et sentant le lait tourné, un magasin où les vacanciers s'arrêtaient en revenant de la plage pour acheter des hot dogs, une brique de soupe ou des couches. Il y avait un congélateur rempli de glaces près de la porte, et des revues cochonnes, tout en haut d'un rayon, qui attiraient les garçons.

À présent, Simmons était immense. Situé dans un bâtiment en briques rouges à la périphérie de la ville, le magasin aux nombreuses fenêtres, au sol carrelé et aux lumières fluorescentes comptait une dizaine de tapis roulants et de caisses, et un rayon entier consacré aux produits bio. Les supermarchés avaient-ils tous connu cette croissance dopée aux stéroïdes ? Sylvie n'en savait rien. Depuis cinq ans, elle utilisait un service où l'on envoyait sa liste de courses par Internet (dans son cas, c'était sa nutritionniste qui s'en chargeait) et qui livrait tout à domicile, une fois par semaine, à un moment fixé à l'avance.

Après avoir jeté la souris morte dans une poubelle à l'entrée du magasin, elle passa une demi-heure à arpenter les allées en s'émerveillant du choix et aussi des prix (cinq dollars les quatre litres de lait ! Elle avait dû louper un épisode...). Elle empila quelques repas diététiques surgelés dans le chariot et continua à flâner dans le magasin, prenant des articles – une boîte de gâteaux, une brique de soupe, un bouquet de romarin – avant de les reposer.

Elle avait envie de tout : cookies aux pépites de chocolat, streusel aux noisettes, côtelettes d'agneau enrobées de gras croustillant. Secouant la tête, elle glissa deux pommes dans un sac. Puis, avant de se rendre compte de ce qu'elle faisait, elle attrapa une demi-douzaine de grosses patates douces, les emballa et les posa dans le chariot. Elle ajouta des oignons, de l'ail et du céleri, les aliments de base qu'elle voyait toujours dans la cuisine de Ceil, et se dirigea vers le rayon boucherie, où elle prit une côte de bœuf et une dinde assez grosse pour nourrir tout un petit village.

« Et puis merde », marmonna-t-elle avant de remarquer les deux jeunes femmes en body moulant qui la regardaient, les lèvres pincées. Elle espérait que c'était à cause du gros mot, et non pas parce qu'elles l'avaient reconnue. Elle s'était vue dans le rétroviseur : avec ses cheveux détachés, son pull et ses mocassins à la place de son tailleur et de ses talons, et sans son maquillage, elle avait une chance de ne pas être tout de suite identifiée comme la dernière femme déshonorée ; peut-être que les nouvelles ne l'avaient pas suivie jusqu'au Connecticut.

C'était stupide. De quoi devrait-elle avoir honte ? songea-t-elle en poussant son chariot de plus en plus vite. C'était elle, la victime. Elle n'avait rien fait de mal. Relevant la tête, elle lut le nom du rayon devant lequel elle s'était arrêtée : Farine, Sucre, Ingrédients pour gâteaux.

« Oui, murmura-t-elle. C'est exactement ce qu'il me faut. »

Et hop, dans le chariot, les pépites de chocolat et la noix de coco en poudre, le sucre brun et le sucre blanc, les deux paquets de farine, le sirop de maïs, la mélasse et la grosse boîte de graisse végétale Crisco. « Ne mangez rien que votre grand-mère ne reconnaîtrait pas », lui avait dit sa nutritionniste. Eh bien tant pis pour toi, nutritionniste, parce que la grand-mère de Sylvie aurait reconnu le Crisco sans problème. Elle s'en servait pour ses pâtes à tarte. Elle faisait même frire du poulet dans du Crisco fondu.

Du poulet frit, songea Sylvie. Elle se souvenait de sa grand-mère qui faisait mariner du poulet toute la nuit dans un saladier vert en céramique rempli de babeurre, avec du sel et du piment de Cayenne. Elle retourna au rayon viande pour prendre un poulet. Et puis aussi du bacon (elle avait adoré le bacon, mais n'en avait pas mangé depuis des années). Et des hot dogs (ah, les saucisses qui grésillaient sur le gril au coucher du soleil, avec le match des Red Sox en fond sonore !). Bien sûr, avec les hot dogs, il fallait des hamburgers. C'était quasiment obligatoire. Sylvie ajouta une boîte de hamburgers et une autre de saucisses blanches bien dodues.

Elle se rendit ensuite au rayon boulangerie, où une maman essayait d'acheter le silence de son bambin avec un bagel, et prit des petits pains ronds, des muffins anglais et des pitas. Puis elle se tourna vers l'allée Sauces et Condiments. Vinaigrettes, bouteilles de ketchup et cornichons rejoignirent les autres produits dans le chariot. Elle ajouta des chips goût barbecue et goût oignon et crème, puis attrapa une bouteille de Coca-Cola de deux litres par-dessus l'épaule d'un vieux monsieur qui hésitait devant les boissons gazeuses. Pas du Coca Light ni du Coca sans caféine, juste du bon vieux Coca-Cola, une de ses boissons préférées pendant ces étés où, adolescente, elle s'en accordait une bouteille chaque après-midi. Retour au rayon des apéritifs pour prendre des bretzels, des chips au fromage et des crackers. Et, parce que cela se faisait d'offrir du fromage à ses invités avec les crackers, elle choisit une part de stilton, un morceau de jarlsberg et un demi-brie triple crème.

Au rayon traiteur, elle prit des tranches de jambon, de fromage et de dinde, des pickles à l'ail présentés dans des tonneaux remplis de saumure, et cinq cents grammes de salade de pommes de terre saupoudrée d'aneth, avant de retourner aux fruits et légumes. Encore des patates, blanches cette fois-ci. Elle souleva un sachet de bouillon de poule aux vermicelles avant de le reposer. Pourquoi manger de la soupe toute faite alors qu'elle pouvait en préparer elle-même ? Elle avait le temps. Pour la première fois depuis bien longtemps, Sylvie Serfer Woodruff n'avait que ça : du temps.

Un petit crochet au rayon viandes pour attraper un autre poulet entier, puis aux produits frais pour un paquet de pâtes aux œufs. Retour au rayon pâtisserie pour des muffins à la farine de maïs et des roulés à la cannelle – pas aussi bons que ceux de Ceil, mais ils avaient l'air corrects, et un muffin de maïs correct était toujours bon. N'était-ce pas ce que disaient les hommes à propos des relations sexuelles, ou bien était-ce à propos des pizzas ? Que même une mauvaise pizza était toujours bonne ? Une mauvaise pizza. Voilà ce qu'elle était sûrement aux yeux de Richard, un truc pas cher qu'on sortait du fond du congélateur quand on était trop affamé et trop pressé pour faire attention au goût. Peut-être que cette fille, cette Joelle, était fraîchement sortie du four, avec le fromage tout chaud et élastique, la pâte tendre et moelleuse. Sylvie s'empara d'une baguette et d'une hallah ronde aux raisins. Elle venait de chausser ses lunettes pour lire un prix sur une étiquette lorsqu'elle vit une jeune femme avec une visière Nike et des baskets sophistiquées en train de la regarder.

Sylvie baissa les yeux. Elle avait envie de pleurer. Puis elle releva le menton et serra les mâchoires avec un air de défi.

« Que puis-je pour vous ?

— Excusez-moi, commença la fille. Je me demandais...

— Oui, l'interrompit Sylvie. C'est bien ça. C'est moi. »

Comme la jeune femme la dévisageait sans rien dire, Sylvie décida qu'un petit développement s'imposait.

« Je suis Sylvie Woodruff. La femme de Richard Woodruff. Non, je ne savais pas qu'il couchait avec cette fille, et non, je n'ai pas encore décidé si j'allais divorcer. Et au cas où vous vous poseriez la question, on avait encore une vie sexuelle acceptable, et on s'aimait... »

Ses yeux s'emplirent de larmes. Elle cligna des paupières pour les chasser.

« Nous avons deux filles magnifiques, Diana et Lizzie. Diana est médecin, elle est mariée et elle a un petit garçon, et Lizzie... bon, Lizzie a eu quelques problèmes mais je crois qu'elle va mieux maintenant, à moins que cette histoire ne la fasse complètement dérailler, c'est ce qui m'inquiète. Ça m'inquiète beaucoup. Et je suis en colère contre mon mari d'avoir mis en péril son... »

Elle ravala le mot « sevrage », serra la hallah sous son bras et s'essuya la joue du revers de la manche.

« J'imagine que la question à se poser est : pourrai-je lui pardonner un jour ? Pourrai-je lui faire confiance à nouveau ? Pourra-t-on être une famille ? Je ne sais pas. Après un coup comme ça, je ne sais vraiment pas.

— Je suis désolée », murmura la jeune femme.

Sylvie tenait son pain hallah de la même manière qu'elle avait porté ses filles lorsqu'elles étaient bébés.

« Désolée, répéta-t-elle. Moi aussi, je suis désolée. Ça me désole de n'avoir rien vu venir. Je croyais avoir une vie de couple heureuse. Je le croyais vraiment. On se disait : "Je t'aime" tous les soirs. On ne s'endormait jamais fâchés. Mais on ne sait jamais… C'est comme si cela pouvait arriver à n'importe qui. Comme être touché par la foudre. Ça peut arriver à n'importe qui. »

Sa voix était rauque, elle parlait fort, elle transpirait et ses doigts s'enfonçaient dans le pain à travers le plastique.

« Personne n'a envie d'y penser, mais ça peut arriver à n'importe qui. »

En réalité, cela arrivait sans doute plus souvent avec les hommes de pouvoir, mais à cet instant, alors que son cœur tambourinait et que la sueur dégoulinait dans son dos, cela lui semblait juste. Comme une catastrophe naturelle, un tremblement de terre ou un tsunami : sa seule erreur avait été de se trouver là.

« N'importe qui », répéta-t-elle.

La jeune femme ouvrit enfin la bouche.

« Je… En fait, je voulais simplement vous demander… Je me suis garée à côté d'une Toyota Camry qui a les phares allumés, et je me disais que c'était peut-être la vôtre. »

Ah.

« Eh bien, ça peut arriver à tout le monde, ça aussi, répondit Sylvie en se sentant rougir tandis que la femme reculait d'un pas.

— Je suis vraiment désolée pour vous, murmura celle-ci. Je peux faire quelque chose pour vous aider ? Vous voulez que j'appelle quelqu'un, ou… ?

— Non, non ! dit Sylvie en retrouvant ses bonnes manières, sa capacité, affinée au fil des ans, à mettre les gens à l'aise. Non, je… je ne suis pas tout à fait moi-même, en ce moment. »

Elle tenta un petit rire, comme pour dire : « Quel drôle de quiproquo, n'est-ce pas ? », mais il sonna comme un sanglot.

« Je vous assure, ça va bien. »

La jeune femme acquiesça, ébaucha un pâle sourire, avant de s'enfuir vers le rayon Produits exotiques. Sylvie resta un moment immobile. Elle s'était un peu emportée.

Laissant ses deux chariots pleins à ras bord dans le magasin, elle rejoignit le parking qui s'était empli de monospaces et de 4×4, de jeunes mamans qui allaient prendre le bus ou chercher leurs enfants à la maternelle. Fais ce que tu peux, se dit-elle. Respire. Finis tes courses. Rentre à la maison. Défais tes sacs. Mange un morceau. Prends un bain. Fais une sieste. Pense bien à respirer.

Elle sortit les clés de son sac, ouvrit la portière de sa voiture et éteignit les phares. L'espace d'un instant, elle fut tentée de se mettre au volant et de rentrer, en laissant ses courses dans les chariots… mais elle ne pouvait pas. Elle imaginait les produits surgelés en train de fondre, le lait et la viande en train de se gâter, et le temps qu'il faudrait pour tout remettre à sa place. Elle n'avait jamais été du genre à donner du travail aux autres, et elle n'avait pas l'intention de commencer maintenant.

Sylvie retraversa le parking d'un pas lourd, la tête baissée, les yeux rivés sur ses chaussures. Ses chariots avaient été déplacés jusqu'à une caisse, et un homme aux cheveux gris, en chemise blanche et cravate, se tenait à côté. De toute évidence, il l'attendait.

« Ce sont les vôtres ? » demanda-t-il.

Sylvie se força à répondre sur un ton aimable.

« Oui, ce sont les miens. J'organise une fête. Je viens d'arriver ici, alors je remplis les placards. Je suis sortie un moment parce que j'avais laissé mes phares allumés. »

Elle se tut. Puis elle prit le morceau de hallah tout écrasé dans le chariot et le posa sur le tapis, avant de décharger le reste.

En relevant la tête, elle s'aperçut que l'homme – qui portait un badge en plastique accroché à sa chemise – la dévisageait. Et c'est reparti, songea-t-elle. Serait-ce toujours la même chose, partout où elle irait ? Craindrait-elle toujours le regard des autres ?

L'homme continuait à l'observer, l'air bizarrement amusé.

« Sylvie ? demanda-t-il. Sylvie Serfer ? »

Elle le dévisagea, surprise d'entendre son nom de jeune fille. Sur le badge de l'homme, elle lut : *TIM SIMMONS, GÉRANT.*

Tout à coup, cela fit tilt. On l'appelait Timmy lorsqu'elle l'avait connu, enfant puis adolescente. À l'époque, il était complètement roux. L'année des seize ans de Sylvie, lors d'un feu de joie organisé sur la plage à l'occasion de la fête du Travail, il l'avait entraînée à travers les herbes marines coupantes, jusque dans les dunes. Le sable était humide et frais sous ses pieds, et les lèvres de Timmy étaient toutes chaudes contre les siennes.

« Timmy ?

— Sylvie ! Ça alors ! »

Il s'avança comme pour la serrer dans ses bras ou lui prendre les mains, avant de se raviser – il venait sans doute de se rappeler qui elle était, à présent.

« Je ne t'ai pas vue depuis… mon Dieu, ça remonte à quand ?

— Un siècle !

— Alors, qu'est-ce que tu as fait, depuis tout ce temps ? Tu es allée à Barnard, c'est ça ? »

En l'observant, elle revoyait derrière les cheveux gris et les rides le garçon qu'elle avait connu. Elle se demanda s'il la taquinait ou s'il ne savait vraiment pas ce qu'elle était devenue.

« Je vis à New York », répondit-elle.

Même s'il avait entendu parler du scandale, Tim était trop poli pour l'évoquer. Il avait toujours été poli. À l'époque, il lui tenait la porte, se levait chaque fois que sa mère entrait dans la pièce, ce qui amusait beaucoup Selma.

« J'ai fait des études de droit.

— Tu es d'abord allée à Barnard ? répéta-t-il.

— À Barnard, puis à Yale. »

Il haussa les sourcils en poussant un léger sifflement d'admiration, qu'elle chassa d'un geste de la main, gênée.

« Mais je n'ai exercé que quelques années. J'ai eu deux filles. Diana est médecin à Philadelphie. Elle est mariée et a un petit garçon. Lizzie est étudiante. »

Ce n'était pas tout à fait vrai, mais peut-être que Lizzie retournerait à l'école, un jour. Pour l'instant, elle était étudiante… de la vie. « Et… » Voilà le problème, le vide qu'il lui faudrait remplir, toutes ces années pendant lesquelles elle n'avait rien fait d'autre que s'occuper de Richard et surveiller ce qu'elle mangeait.

« Bon. Tu as peut-être entendu les informations. »

Ses mains avaient envie de trembler, de faire de grands gestes, de prendre la hallah, qui était à présent en sécurité dans un sac en plastique Simmons, pour la triturer à nouveau. Elle se pencha au-dessus du second chariot et se mit à le vider.

« Et maintenant, je suis là. Et toi ? »

Tim avait des rides d'expression au coin des yeux. Il s'était un peu dégarni et son visage était marqué par les années, mais elle le voyait toujours tel qu'il avait été à seize ans. Ce soir-là, dans les dunes, sa bouche avait eu un goût de bière et de cigarettes, et aussi du chewing-gum à la menthe qu'il avait dû recracher avant de l'embrasser – elle avait trouvé cela touchant.

« J'ai fait des études de management hôtelier à Cornell, raconta Tim. J'ai tenu quelques restaurants dans le nord de l'État de New York. Et puis mon père est tombé malade et je suis rentré, il y a huit ans. Et… »

Il fit un geste vers la grande allée bien éclairée.

« On s'est agrandis, comme tu peux le voir.

— Oui, j'avais remarqué. Le rayon bio ! Il est très…

— Impressionnant ? »

Il lui prit la côte de bœuf des mains et la tendit à la caissière.

« Vous voulez bien emballer ça séparément ? »

La fille acquiesça. Tom était-il en train de la draguer ? Était-ce seulement possible ? Ou bien traitait-il de cette manière tous les clients qui achetaient deux chariots remplis à ras bord ?

« J'allais dire "déroutant", avoua Sylvie. Je ne connais pas la moitié de ces choses. De la bière sans gluten ? C'est quoi, ce truc ? » demanda-t-elle, utilisant une expression que Lizzie employait souvent.

Il haussa les épaules en continuant à sourire. Ses cheveux étaient plus gris que roux, et il semblait un peu effacé. Mais c'était sans doute parce qu'elle était habituée à Richard, dont les moindres gestes, les moindres mouvements étaient toujours très emphatiques.

« Cette bière coûte presque quatorze dollars le pack de six, c'est intéressant pour nous. »

Sylvie jeta un coup d'œil sur sa main gauche, croyant à peine à ce qu'elle était en train de faire. Pas d'alliance. Mais cela ne voulait rien dire. Beaucoup d'hommes ne portaient pas la leur, ceux qui travaillaient avec leurs mains. Tim travaillait-il avec ses mains ? Son badge indiquait qu'il était gérant, cela ne l'avançait pas beaucoup. Elle l'imagina passant l'éponge sur les bords étincelants de la trancheuse de viande, poussant une serpillière sur le sol à la fin de la journée.

« Tu as des enfants ? s'enquit-elle.

— Trois garçons. Ils sont grands, maintenant. Frankie vit à New York, lui aussi. Il est banquier. Ollie est en troisième cycle à Boston, et Tim Junior, mon aîné, vient d'avoir une petite fille avec sa femme, mais il est loin, à Seattle. Mon ex-femme a emménagé là-bas. Elle les aide pour le bébé. »

Sylvie l'écouta avec attention, remarquant le « ex » devant le mot « femme ».

« Tu veux venir dîner, ce soir ? M'aider à manger un peu de ces choses-là ? » dit-elle soudain en montrant la montagne de courses.

Elle se sentit rougir. Inviter un homme, même pas trois semaines après avoir quitté son mari ?

« Avec plaisir », répondit Tim.

Il enfonça ses mains dans ses poches et se balança sur ses talons.

« Je crois que je me souviens du chemin. »

Ils se donnèrent rendez-vous à 19 heures et Tim proposa d'apporter le vin. Ensemble, ils vidèrent le second chariot.

« Prenez soin d'elle, dit Tim à la caissière en donnant une petit tape sur l'épaule de Sylvie. C'est une amie. »

Il fallut presque une heure à Sylvie pour sortir toutes les courses de la voiture et les ranger. Tandis qu'elle transportait les sacs un à un en prenant soin de ne pas se faire mal au dos, elle songea à ce qui s'était passé au magasin – le moment où elle avait craqué en écrasant la hallah, ses retrouvailles avec Tim. Une fois la nourriture rangée dans le frigo et dans les placards, elle dégagea ses cheveux collants de sueur de ses joues et s'aperçut qu'elle n'avait aucune idée de ce qu'elle allait faire à Tim pour le dîner, ni de la façon dont se cuisinaient la plupart des choses qu'elle avait achetées. Pire – bien pire –, elle allait pour la première fois depuis très, très longtemps se retrouver seule avec un homme qui n'était pas son mari, seule avec un homme qu'elle avait jadis embrassé.

Elle regarda la côte de bœuf sur le plan de travail, aussi grosse qu'un bébé sous sa pellicule de graisse blanche et luisante, presque accusatrice. Les choses auraient été tellement plus simples si elle avait été une femme différente, une épouse différente, songea Sylvie, maussade. Il y avait eu des hommes, au fil des années, avec lesquels elle aurait pu passer quelques heures ou soirées discrètes pendant les absences de Richard. Elle avait eu des occasions. Oh oui, elle en avait eu. Avec un ami de Larry, par exemple, un architecte divorcé qui était venu en ville pour une conférence sur l'écoconception et qui avait logé chez Larry et Ceil. Après avoir raconté des histoires charmantes en mangeant le rôti de veau, il lui avait pris la main dans la cuisine (elle faisait la vaisselle, il essuyait) et l'avait embrassée sans qu'elle ait le temps de comprendre ce qui se passait. « S'il vous plaît », avait-elle dit doucement pour ne pas alarmer Ceil, en le repoussant avec ses mains mouillées. Il avait haussé les épaules d'un air penaud. « Qui ne tente rien n'a rien », avait-il répondu. Et puis il y avait eu la fois où, lors d'un dîner de bienfaisance organisé dans leur appartement, elle s'était mise à discuter avec un homme d'à peu près son âge. Il portait un costume taillé à la perfection (après avoir passé des années à choisir les vêtements de Richard, elle savait apprécier le poids et le drapé de certains tissus, et même reconnaître le travail de certains couturiers). L'homme regardait autour de lui avec une expression qui ressemblait fort à du mépris.

« Je suis avec elle », avait-il dit en montrant son épouse du menton. Elizabeth Cunningham, connue professionnellement sous le nom de Bitsy, était une femme extrêmement soignée, au visage étroit et chevalin et au nez proéminent, qui brayait plus qu'elle ne parlait. Bitsy portait une robe portefeuille à motifs, des collants noirs et de grandes bottes en cuir noir. Elle arborait de jolies mèches cuivre et or, montrant au monde entier qu'elle pouvait se permettre de perdre quatre heures et cinq cents dollars par mois dans un salon haut de gamme. Ses doigts étaient couverts de bagues, des diamants étincelaient sur ses lobes d'oreilles, et elle était, bien sûr, extrêmement mince, avec les os des hanches saillants et un sternum aussi visible que sur une planche d'anatomie ; mais rien de tout cela ne la rendait belle, à cause de son expression revêche. Selon Ceil, elle avait l'air du genre à mordre avant de dire bonjour.

Sylvie connaissait son histoire, qui avait été rabâchée dans plus d'un magazine féminin ainsi que dans le *Wall Street Journal.* Bitsy, mariée et désœuvrée, qui employait plusieurs nourrices pour s'occuper vingt-quatre heures sur vingt-quatre des jumeaux qu'elle avait eus en payant une mère porteuse, avait fait fortune en concevant des bavoirs brodés main, à cent dollars pièce, sans doute destinés à des femmes qui n'avaient jamais essayé d'enlever des taches de régurgitation sur du lin irlandais… ou, plus probablement, à de jeunes mères qui, comme Sylvie, disposaient de nounous et de femmes de ménage pour le faire à leur place. L'entreprise les Bavoirs de Bitsy avait donné naissance à une ligne réputée de vêtements pour enfants, qui allaient des tutus miniatures aux minuscules smokings, et qui se vendaient maintenant partout dans le monde dans les magasins chics. Bitsy gagnait sans doute dix fois plus d'argent que son puissant mari avec sa société d'investissement. Elle collectionnait les hommes politiques comme d'autres les sacs à main ou les figurines en porcelaine. Ce soir-là, sous les yeux de Sylvie, Bitsy avait penché la tête vers Richard ; et éclaté de rire. Personne n'aurait pu deviner, en le voyant sourire avec tant de chaleur, ce qu'il avait dit à Sylvie juste avant – qu'ils auraient peut-être dû mettre un bol de sucres et quelques carottes avec les amuse-gueules. (« Quel chameau !» lui avait répondu Sylvie en lui donnant une tape.)

« Vous savez ce que c'est, mon boulot ? » lui avait murmuré M. Bitsy à l'oreille.

Elle savait qu'il était directeur financier de l'entreprise de Bitsy, qu'il avait quitté un fonds spéculatif pour gérer les affaires de sa femme.

« C'est le même que le vôtre. On est là pour porter leur sac à main. Pour leur donner leurs bonbons à la menthe et leur gel désinfectant.

— Bien sûr que non ! » s'était défendue Sylvie, même si ces deux articles se trouvaient en effet dans son sac à cet instant précis.

Elle n'avait pas eu envie non plus de compter les fois où Richard lui avait tendu avec nonchalance un dossier, un manteau ou une mallette, pour qu'il puisse serrer la main à quelqu'un d'important ; ni les fois où elle avait glissé une boîte de pastilles à la menthe dans sa poche ou passé un coup de brosse sur ses épaules. Ce n'était pas de la servitude, ce n'était pas non plus dégradant, c'était simplement ce que les gens mariés faisaient l'un pour l'autre. Mais un doute l'avait soudain assaillie : Richard lui avait-il une seule fois rendu la pareille ? Lui avait-il déjà offert un bonbon à la menthe, ou un coup de brosse à vêtements ? Pendant qu'elle se posait la question, M. Bitsy lui avait glissé une carte dans la main.

« Appelez-moi, avait-il dit, si près qu'elle avait senti sa moustache contre sa joue. Je crois que nous aurions beaucoup de choses à nous dire. »

Bien sûr, elle n'avait jamais appelé. Elle avait jeté la carte, et à la fin de la soirée elle avait demandé à Richard de quoi il avait ri avec Bitsy.

« Oh, elle me racontait juste qu'elle avait été chassée de la grande loge de maquillage du *Today Show* parce que la jeune championne d'athlétisme qu'ils interviewaient s'était pointée avec ses six frères et sœurs », avait expliqué Richard en l'aidant à rapporter les bols de cacahuètes et les noyaux d'olive à la cuisine.

Marta ferait la vaisselle le lendemain matin.

« Je lui ai dit que j'allais m'occuper de ça tout de suite, appeler mes amis d'Amnesty International, et faire faire des T-shirts JUSTICE POUR BITSY ».

Sylvie avait souri, sans lui parler de M. Bitsy et de sa carte de visite. Le pauvre homme était juste amer, comme n'importe quel homme le serait en vivant dans l'ombre d'une femme si arrogante et si ouvertement désagréable. La vie de Sylvie n'était pas du tout comme la sienne. Richard et elle étaient partenaires. Bon. Elle avait vraiment de quoi se vanter, c'est sûr. Il n'y avait qu'à voir où elle en était, maintenant.

Elle toucha la viande du bout du doigt, puis ouvrit son ordinateur portable. Par chance, Ceil était chez elle.

« La côte de bœuf expliqua son amie dont le visage était apparu comme par magie sur l'écran (Diana avait appris à Sylvie comment utiliser Skype, et, contre toute attente, elle arrivait à maîtriser l'outil). Il n'y a rien de plus facile. »

Ceil avait une fleur en tissu accrochée dans les cheveux et une touche de rose sur les lèvres – son look quand elle sortait en ville. Elle avait dû accompagner sa petite-fille en classe de musique le matin, et Suri Cruise était peut-être même venue.

« Il n'y a rien de plus cher non plus, marmonna Sylvie.

— Dépense son argent, répliqua Ceil. C'est la moindre des choses. Tu as de la ficelle de cuisine ? Oublie. Sers-toi de ton fil dentaire, je sais que tu en as. »

Sylvie sourit malgré elle. Avec Ceil, elles avaient le même parodontiste qui ne jurait que par le fil dentaire. Ceil lui expliqua comment détacher la viande de l'os avant de la rattacher avec du fil.

« Ça sert à quoi ? demanda Sylvie.

— Je ne sais pas, mais c'est comme ça qu'il faut faire, répondit Ceil. Maintenant, tu la sales et tu la poivres, tu la fais griller dans une poêle chaude, tu la mets au four à 150 °C, et c'est bon.

— C'est tout ?

— C'est tout. Tu verras, ce sera spectaculaire. »

En accompagnement, Sylvie devait préparer une purée de pommes de terre. Ceil lui avait assuré que même elle ne pourrait pas la rater : il fallait les faire cuire dans l'eau bouillante salée, les écraser, ajouter du sel, du poivre, du beurre et du lait jusqu'à obtenir la consistance et le goût désirés. Avec ça, elle servirait des carottes et des panais caramélisés – elle disposerait les légumes dans un plat en fonte, les saupoudrerait de sel et de romarin, les arroserait d'un filet d'huile d'olive, et mettrait le plat au four avec la viande.

« C'est une des recettes de base », dit Ceil.

Elle marqua une pause. Jusque-là, elles n'avaient parlé que de la logistique du dîner (« Demande-lui de couper la viande », avait été le dernier conseil de Ceil).

« Tu-sais-qui a encore appelé, ce matin », finit-elle par dire.

Sylvie poussa un soupir.

« Encore ? »

Elle savait que Richard avait contacté son amie tous les jours, qu'il lui avait laissé des messages lui demandant si elle avait eu des nouvelles de Sylvie et si celle-ci était prête à parler avec lui.

« C'est sûr qu'il est ponctuel. Mais ne t'en fais pas. Pour l'instant, il n'a eu que mon répondeur.

— Merci », murmura Sylvie.

Elle se sentait… Oh, comment décrire cela ? Furieuse, trahie, inquiète de savoir Richard tout seul, et émue qu'ils communiquent encore ; qu'ils soient encore mari et femme, malgré cette terrible infidélité, cette humiliation sans bornes.

« Est-ce qu'il… »

Comment allait-il ? Qu'avait-il dit ? Était-il un homme brisé ? Avait-il pleuré ? Que mangeait-il au dîner, et avec qui ? Joelle lui apportait-elle des pizzas ou des sandwichs ? Était-elle au courant qu'il devait faire attention à son cholestérol ? La tête lui tournait, et il fallait qu'elle s'occupc du repas, du repas et de Tim Simmons.

« Je ne réponds pas quand il appelle, mais, à mon avis, il aimerait que tu reviennes, confia Ccil.

— Parce que je suis utile. »

Elle avait prononcé le mot d'un ton amer, venimeux.

« Oh, Syl. Ce n'est pas que ça. Il t'aime. Et votre histoire est tellement belle. »

Sylvie se mit à rire. Tellement belle ! Bien sûr, Richard avait tout fait pour que le chapitre de leur histoire dont tout le monde se souviendrait soit celui où il avait sauté une assistante législative. Personne ne retiendrait les réunions parents-professeurs auxquelles ils avaient participé (Richard s'organisait toujours pour être présent), ni les fêtes d'anniversaire qu'ils avaient préparées pour les filles, ni leur voyage à Paris pour leurs vingt-cinq ans de mariage ; il l'avait emmenée dîner dans des restaurants classés trois étoiles au Michelin, et lui avait offert un bracelet en diamant lors d'une balade au bord de la Seine.

« Je dois y aller, dit-elle à Ceil.

— Amuse-toi bien, lui répondit son amie avec un sourire coquin. Et appelle-moi après. Je veux tout savoir ! »

Sylvie noua l'un des vieux tabliers de sa grand-mère autour de sa taille. Elle assaisonna la viande, la déposa soigneusement dans l'huile chaude et la tourna avec des pinces jusqu'à ce que les deux côtés soient bien dorés et croustillants. Puis elle la mit au four, sala et poivra les légumes et les enfourna eux aussi. Elle dénicha une nappe et de belles serviettes, des couverts en argent et des verres à vin, lava ce qui avait besoin de l'être, puis disposa au milieu de la table, dans un vase bleu en verre, un bouquet de gerberas orange vif et rose foncé qu'elle se rappelait à peine avoir acheté.

Peu avant 19 heures, des phares balayèrent la cuisine, et une portière claqua. Sylvie s'essuya les mains sur son tablier et vérifia que les allumettes étaient accessibles pour les bougies. En voyant Tim descendre de voiture, elle sentit son cœur se serrer : à l'heure qu'il était, il avait probablement tapé son nom sur Google et savait ce qui l'avait amenée à Fairview.

« Bonjour, bonjour ! » lança-t-il en montant d'un pas leste les trois marches usées du perron, une bouteille de vin coincée sous un bras, un sac de chez Simmons dans l'autre main. Il avait l'air tellement gamin, tellement énergique, tellement différent de Richard, qui était toujours en costume, toujours un peu pâle et ne courait jamais nulle part, à part sur son tapis de course depuis que son médecin lui avait conseillé de le faire. Sylvie leva la main.

« Bonjour à toi », dit-elle tout en poussant la porte d'un coup de hanche, laissant la lumière, la chaleur et les bonnes odeurs du dîner éclairer et parfumer l'air nocturne.

LIZZIE

« On peut en parler, alors ? » demanda Lizzie à sa sœur.

C'était un mercredi matin, deux semaines après la conférence de presse pendant laquelle leur père avait annoncé qu'il ne quitterait pas le Sénat.

« Parler de quoi ? » rétorqua Diana.

Son ton était neutre, mais Lizzie devinait qu'elle se tenait sur ses gardes.

Lizzie était assise en tailleur sur l'une des chaises de la cuisine. Diana, devant le plan de travail, sortait les couverts du lave-vaisselle pour les ranger dans le tiroir ; et cela allait vite, car Diana mettait toujours les fourchettes avec les fourchettes et les cuillères avec les cuillères.

Depuis que Lizzie était arrivée à Philadelphie, la routine matinale de sa sœur n'avait pas changé. Diana se levait à 5 h 30 pour aller courir et revenait trois quarts d'heure plus tard, trempée de sueur, ou de pluie s'il avait plu. Elle avalait une boisson énergétique, préparait du café, prenait une douche et se séchait les cheveux. Lorsque Milo, Lizzie et Gary descendaient à 7 heures, Diana avait déjà vidé le lave-vaisselle, nettoyé les plans de travail, mis du pain à griller et du jus de fruits sur la table, et rempli sa tasse de café.

« De papa, précisa Lizzie avec une pointe d'impatience. J'aimerais qu'on parle de papa. »

Elle aurait également voulu évoquer les nombreuses fois où Diana s'absentait de la maison de Spruce Street, et lui demander pourquoi elle dormait sur le canapé du salon et non dans son lit avec son mari, mais elle avait décidé de commencer par le problème le plus flagrant.

Ce matin-là, Lizzie avait réglé son réveil à 6 h 30 pour coincer sa sœur entre son jogging et son petit déjeuner. Depuis le jour où elles avaient appris la nouvelle, elles n'avaient presque pas parlé de la situation… et chaque fois que Lizzie tentait d'aborder le sujet, Diana se défilait. Elle désignait Milo d'un geste du menton en murmurant : « Il y a de petites oreilles qui traînent », ou bien elle répondait qu'elle devait aller à la salle de gym ou retourner au travail chercher quelque chose qu'elle avait oublié. C'était peut-être là que son stress se manifestait. Diana n'avait jamais été tête en l'air, mais, ces derniers temps, elle repartait à l'hôpital presque tous les soirs pour récupérer son sac à main, son téléphone ou son chargeur. Lizzie se demandait si elle en profitait pour parler avec quelqu'un – une amie, en supposant que Diana en ait une, ou un thérapeute. Peut-être qu'elle marchait seule et tentait de comprendre ce qui arrivait. Peut-être qu'elle pleurait.

« Qu'est-ce que tu veux dire à propos de papa ? »

Diana attrapa une poignée de couteaux dans le panier et les laissa tomber dans le tiroir avec un grand bruit de ferraille. Lizzie poussa un soupir. Sa sœur l'avait toujours traitée comme une nulle qui n'avait rien d'intéressant à dire. C'était devenu encore pire après sa première cure de désintoxication, et son attitude ne s'était pas arrangée depuis que Lizzie travaillait pour elle. L'espoir que Lizzie aurait pu avoir de tisser des liens nouveaux et forts avec sa sœur pendant son été à Philadelphie s'était envolé dès le premier soir.

« Je te dois des excuses », avait-elle annoncé en s'avançant vers elle après que Milo se fut endormi. Diana, qui lisait une revue médicale dans le salon tout en tapant un texto sur son BlackBerry, lui avait ri au nez. « Je ne sais pas de quoi tu parles, mais je t'excuse tout de suite si tu nettoies les toilettes le matin quand Milo y est passé », avait-elle répondu.

« Tu leur as parlé ? » demanda Lizzie.

Diana haussa les épaules.

« On pourrait peut-être aller voir papa. Voir comment il va. Et ensuite, on rejoindrait maman dans le Connecticut. »

Nouveau haussement d'épaules. Les mains chargées d'assiettes, Diana avait l'air exaspérée.

« On pourrait emmener Milo. Ce serait comme des vacances, en fait. Ça pourrait être marrant. »

Au mot « marrant », Diana leva les yeux au ciel. Elle rangea les assiettes et but une longue gorgée de café.

« Je n'ai pas le temps de prendre des vacances, en ce moment. »

Lizzie acquiesça. Elle s'attendait à cette réponse. Elle observa sa sœur qui se penchait pour vider le tiroir du haut du lave-vaisselle, alignant les tasses et les verres sur le plan de travail. Le scandale semblait lui réussir : sa peau était parfaite, ses cheveux brillants, et son corps, déjà mince grâce au jogging, paraissait encore plus gracieux que d'habitude. Au lieu de s'accroupir pour prendre le panier de couverts, Diana se plia en deux, laissant ses cheveux retomber devant son visage. Sa poitrine se pressait contre son chemisier, d'un blanc presque aveuglant contre sa peau bronzée. Lizzie se demanda si Gary Snif-Snif appréciait Diana à sa juste valeur. Elle était prête à parier que non. Elle repensa, une fois de plus, aux absences prolongées de sa sœur, au fait qu'elle dormait sur le canapé et n'arrêtait pas d'oublier des choses à l'hôpital.

« Tu as sans doute raison, dit-elle, réfléchissant tout haut. On devrait peut-être les laisser tranquilles. »

Elle se servit une tasse de café, ajoutant de la crème et du sucre qu'elle avait achetés avec son propre argent, vu que Diana n'avait que du lait écrémé et du nectar d'agave chez elle.

« Je ne sais pas. C'est tellement répugnant, tout ça. Le syndrome de l'enfant gâté, ajouta-t-elle en se perchant sur le plan de travail, répétant ce qu'elle avait entendu dire à la télé. Tu penses que c'est ça ? Les hommes de pouvoir se croient tout permis, et ils se fichent de savoir si quelqu'un en souffre ? »

Une ombre traversa le visage de Diana.

« Il était peut-être malheureux. »

Voilà qui était surprenant. Lizzie n'avait jamais vu sa sœur s'inquiéter du malheur des autres, ni même le remarquer. Elle ne s'était certainement pas souciée du malheur de Lizzie.

« Pourquoi papa serait malheureux ? Sa femme lui a consacré toute sa vie.

— Ils se sont peut-être éloignés, répliqua Diana en haussant les épaules. Peut-être qu'ils ne s'aimaient plus. Qu'est-ce qu'on en sait ? »

Lizzie allait de surprise en surprise. Habituellement, Diana savait tout sur tout le monde, ou était au moins capable de donner un avis éclairé.

« Quand on est marié depuis si longtemps, est-ce qu'on n'a pas le devoir de rester fidèle ? Sans parler des enfants.

— Nous ne sommes plus des enfants », rétorqua Diana.

Elle laissa échapper un verre, qu'elle rattrapa de justesse.

« Nous sommes des adultes. Nous sommes des femmes, et cela ne devrait pas avoir d'importance pour nous.

— Bien sûr que ç'a de l'importance ! s'exclama Lizzie. Quel que soit notre âge, ce sont nos parents, et je crois…

— Nous étions des accessoires, pour lui, la coupa Diana d'un ton cassant. Tu le sais, non ? »

Elle rentra le menton, imitant la voix et la posture de leur père.

« "Ma fille, médecin urgentiste, est en première ligne dans la crise du système de santé que notre pays connaît actuellement." »

Lizzie acquiesça. Elle avait entendu leur père prononcer cette phrase plus d'une fois, avec Diana à ses côtés ou derrière lui, grande et redoutable dans son tailleur et ses talons hauts. C'est Diana qu'il utilisait lors des apparitions télévisées ou pour les meetings. Lizzie, on en parlait rarement. « Elle est étudiante », répondait son père quand on lui posait la question, mais cela n'arrivait presque jamais. Lizzie avait été plus utile étant petite, quand elle était une jolie fillette aux cheveux blonds et bouclés à qui l'on mettait de belles robes, qui avait appris à se tenir sur scène et à écouter attentivement, ou du moins à faire semblant.

« Soyons honnêtes. »

Diana posa le dernier verre dans le placard, referma la porte et se tourna vers Lizzie.

« Ils n'auraient jamais pu être élus parents de l'année. »

Elle lui lança un regard plein de sous-entendus. Lizzie déglutit.

« Papa a été un bon père, dit-elle, même si, au fond d'elle, elle devinait que ce n'était pas tout à fait vrai. Et il a peut-être besoin de nous. »

Sa sœur se mit à essuyer un dessus de meuble qui avait l'air déjà impeccable.

« Et quand on a eu besoin d'eux, ils étaient où ? » demanda-t-elle en la regardant droit dans les yeux.

Lizzie sentit la chair de poule lui picoter la peau. Diana avait trouvé l'argument de choc à lui opposer, et elle continuerait de le faire jusqu'à ce que Lizzie cède.

Incapable de rester immobile une minute de plus, elle sauta du plan de travail, s'enfuit de la cuisine et monta les marches quatre à quatre jusqu'à sa chambre, où il faisait déjà une chaleur étouffante. Elle se laissa tomber à plat ventre sur le lit et ferma les yeux tandis que les paroles de sa sœur résonnaient dans sa tête.

À douze ans, Lizzie en paraissait seize, surtout avec de l'eye-liner et un chemisier qui mettait sa poitrine en valeur. Il y avait un garçon de l'immeuble, élève d'un lycée privé, qui lui souriait dans l'ascenseur lorsqu'il revenait chez lui pour les vacances. Lizzie gardait sa demi-sœur de temps en temps. Un soir, il était rentré d'une fête, imprégné de l'odeur de bière et de cigarette, un peu débraillé. Il avait essuyé ses lèvres mouillées sur la manche de sa chemise et avait souri en la voyant sur le canapé.

« Elle rentre quand, la patronne ? » avait-il demandé – la patronne, c'était comme ça qu'il appelait sa belle-mère, qui n'avait que vingt-neuf ans.

« À 23 heures », avait répondu Lizzie.

Il était à peine plus de 21 heures.

Il lui avait donné son premier verre d'alcool, de la vodka mélangée à du jus de canneberge, et après le deuxième verre, il lui avait donné son premier baiser. Et ensuite…

Lizzie ferma les paupières, mais elle se revoyait encore, les yeux noircis par l'eye-liner et le mascara de Mme Ritson (elle les avait essayés juste avant que le garçon arrive), le chemisier déboutonné, les lèvres enflées à cause de ses baisers, les joues et le menton irrités par sa barbe de deux jours. « Allez, lui avait-il dit. Fais pas ton allumeuse. Tu en as envie, toi aussi. » Il lui avait saisi le poignet pour la faire asseoir à côté de lui, et elle s'était retrouvée devant sa braguette ouverte, avec son pénis qui sortait de son boxer blanc comme un ridicule diable rose à ressort, une tête chauve, sans visage, plantée sur un cou épais et veiné. « Non », avait murmuré Lizzie, mais elle ne l'avait pas dit très fort, et quand le garçon avait posé la main sur sa nuque, elle s'était penchée sans trop résister, en se disant que ce serait vite fini, qu'elle pourrait se rincer, refaire ses tresses et redevenir une gamine.

Mais jamais elle n'avait pu oublier les doigts du garçon qui s'enfonçaient dans sa nuque, la manière dont il lui avait parlé, les choses répugnantes qu'il lui avait dites, son sourire nonchalant lorsqu'il avait rangé son sexe ramolli dans son pantalon. « Pas mal. On se reverra peut-être. » Elle s'était précipitée aux toilettes pour vomir, avant de monter l'escalier en courant, sans attendre l'ascenseur, et de tout raconter à sa sœur. Diana l'avait dit aux parents. Et les parents avaient…

Lizzie se leva. Il était 7 heures, sa journée de travail commençait. En bas, Diana se trouvait toujours dans la cuisine, en train de sourire à son BlackBerry. Elle leva les yeux en entendant Lizzie entrer.

« Ça va ? »

Lizzie s'efforça de sourire.

« Ça va. »

Diana glissa son BlackBerry dans sa poche. Lizzie la trouvait bien rouge, mais ce n'était peut-être qu'une conséquence de son jogging ; malgré l'heure matinale, l'air, dehors, était déjà chaud.

« Je dois y aller », lança Diana en prenant ses clés, ses lunettes de soleil et son sac, et en se recoiffant rapidement devant la glace à côté de la porte d'entrée.

Lizzie l'avait vue accomplir ces gestes une centaine de fois pendant l'été, mais aujourd'hui, sa sœur semblait... Elle l'observa, tentant de trouver le mot juste. Rayonnante. Diana était rayonnante. Lizzie se demanda si elle pouvait être enceinte, avant de rejeter aussitôt cette idée. Diana avait dit à tous ceux qui lui avaient posé la question, et sûrement aussi à ceux qui ne lui avaient rien demandé, qu'elle voulait un seul enfant ; elle ne pouvait pas se permettre de consacrer du temps à un bébé à ce stade de sa carrière. Dans l'éventualité où un fœtus aurait l'idée folle de s'installer dans l'utérus de sa sœur, elle l'en délogerait sans doute rapidement et sans concession. Encore fallait-il que Gary et Diana continuent à avoir des rapports sexuels, ce dont Lizzie doutait sérieusement. Gary avait surtout l'air de se passionner pour son ordinateur portable et les Phillies, et Diana pouvait difficilement tomber en cloque en dormant sur le canapé.

« Tu peux faire manger Milo ?

— Bien sûr. »

Faire manger Milo, le matin, consistait à lui griller une tranche de pain essène, ou à lui servir un bol de céréales Kashi riches en fibres. Rien de bien compliqué. Même Gary aurait pu y arriver, si l'idée lui était venue de nourrir son fils, mais Lizzie avait cru comprendre qu'il avait déjà du mal à s'habiller et à partir à l'heure chaque matin.

Alors que sa sœur s'éloignait à grands pas dans la rue, ses cheveux détachés rebondissant sur ses épaules, Lizzie alla au salon ramasser le bazar que Gary y laissait tous les soirs : les bouteilles de bière et les mouchoirs froissés sur la petite table, les chaussures et les chaussettes retournées devant le canapé, un bol de céréales vide avec la cuillère collée dans le lait, posé comme une sculpture sur la table basse. Elle rangea les chaussures dans le placard, jeta les chaussettes dans le panier de linge sale et mit le bol et la cuillère dans le lave-vaisselle. Après avoir tapoté les coussins, elle s'assit sur le canapé en attendant que Milo se réveille et que sa journée de travail commence.

À 7 h 30, Milo descendit enfin l'escalier derrière son père, les cheveux ébouriffés et vêtu de ce qui était devenu son uniforme de l'été : un short kaki, un T-shirt à manches courtes bleu marine, des baskets grosses comme des péniches (Milo était de taille moyenne, mais il avait des pieds immenses), et un de ses nombreux couvre-chefs – ce matin-là, c'était une casquette en tweed comme celle des petits vendeurs de journaux, bien enfoncée sur ses oreilles.

« Bonjour ! » lança Lizzie, tandis que Milo se frottait les yeux. Gary grogna un « Salut », ramassa sa sacoche et s'en alla. Lizzie servit une tranche de pain à Milo sur une assiette à dessert, comme le voulait Diana (dans une petite assiette, les portions paraissent plus grosses, disait-elle), et elle lui prépara un bol de Kashi.

« Qu'est-ce que tu veux faire, aujourd'hui ?

— On peut aller voir Jeff ? » demanda-t-il, manifestant une envie surprenante de sortir.

Elle acquiesça. Quand il eut fini son petit déjeuner et accepté de se peigner, ils se rendirent ensemble à l'Independence Hall. Jeff était en train de parler à un groupe de touristes, beau et impeccable dans son uniforme kaki et son chapeau à large bord.

« Salut, bonhomme ! » dit-il à Milo, qui le salua d'un « Bonjour » timide en souriant. Pendant qu'ils attendaient pour voir la Liberty Bell, Lizzie prit quelques photos, non pas de la cloche mais des visages des touristes au moment où ils la découvraient – certains semblaient fascinés, d'autres déçus. Puis ils se joignirent à la visite guidée de Jeff, qui les emmena jusqu'à l'Independence Hall, raconta l'histoire de la signature de la déclaration d'Indépendance, et expliqua que c'était dans ce bâtiment, dans la pièce où ils se trouvaient, que les États-Unis d'Amérique étaient devenus un pays libre.

Pendant la pause déjeuner de Jeff, ils allèrent chez Whole Foods partager un repas que Diana aurait approuvé, composé de houmous et de carottes bio, et d'un pain pita au blé complet. Au dessert, Milo commanda un brownie sans gluten à la caroube. Jeff en goûta un morceau, qu'il recracha aussitôt dans sa serviette en papier recyclé.

« Tu trouves ça bon ? demanda-t-il à Milo en s'essuyant les lèvres plusieurs fois, comme pour enlever le goût.

— C'est pas mauvais, répondit Milo en gloussant.

— Mon gars, il faut absolument que je t'achète une glace.

— J'ai le droit d'en manger seulement pour les fêtes d'anniversaire. »

Jeff prit la main de Lizzie sous la table ; à la façon dont il la lui serra, elle comprit qu'il se retenait de rire.

« Dis-moi que je rêve, murmura-t-il lorsque Milo se leva de table avec empressement pour trier leurs déchets dans les six poubelles que le magasin mettait à disposition.

— Eh non, chuchota-t-elle.

— On devrait l'emmener manger des hamburgers et boire des sodas, demain soir. Rien que de penser à ce pauvre gamin, ça me donne faim. »

Lizzie répondit que cela lui semblait être une excellente idée.

Elle rentra à 17 heures avec Milo. Une demi-heure plus tard, Gary arrivait pour emmener son fils voir un match de base-ball auquel Lizzie savait pertinemment que Milo n'avait pas envie d'assister.

« Je suis vraiment obligé d'y aller ? gémit-il tandis qu'elle lui étalait de la crème solaire sans paraben sur le visage et remplissait sa gourde d'eau.

— Tu vas bien t'amuser », lui assura-t-elle.

Comme Milo semblait en douter, elle baissa la voix et ajouta :

« Je suis sûre que ton papa t'achètera un hot dog. »

Milo, ravi à l'idée de manger de la viande reconstituée et du pain blanc, descendit l'escalier en trottinant pour rejoindre son père, qui était en train de frapper du poing dans son gant de base-ball.

« Allez, champion ! »

La tête remplie de visions de hot dogs, Milo fit au revoir à sa tante et suivit Gary dehors.

Lizzie mangea un reste de pad thaï en guise de dîner, avant d'aller assister à une réunion des alcooliques anonymes dans l'église de Walnut Street où, comme d'habitude, elle s'assit sur une chaise pliante au fond de la salle.

Après la Prière de la Sérénité, au lieu de rester manger des gâteaux, boire du café et bavarder avec les autres, Lizzie décida d'utiliser la carte « invité » que sa sœur lui avait donnée pour essayer le cours de body bike dans sa salle de sport de luxe, dans Sansom Street. En cure de désintox, les médecins avaient beaucoup insisté sur l'importance de l'exercice physique : l'effort libère des endorphines et provoque les mêmes réactions chimiques dans le cerveau que la drogue. Selon eux, en faisant du jogging, de la randonnée ou du vélo, on pouvait atteindre un état proche de l'euphorie. Lizzie repensa au visage heureux et empourpré de sa sœur, ce matin-là. L'exercice réussissait à Diana, peut-être que cela pouvait l'aider, elle aussi.

Une heure plus tard, trempée de sueur, les cuisses et les mollets tout tremblants et l'entrejambe douloureux, elle ressortit en chancelant de la salle de sport, descendit les marches en béton et parcourut les huit cents mètres qui la séparaient de la maison en se promettant de s'acheter un short rembourré ou une selle en gel avant de retenter le body bike.

Comme d'habitude, Gary était dans le salon, la télécommande à la main et l'ordinateur portable sur les genoux.

« Milo dort », annonça-t-il sans quitter l'écran des yeux.

À l'étage, Lizzie prit une longue douche fraîche, enfila tant bien que mal une culotte en coton et un débardeur, et se mit au lit. Elle discuta un moment au téléphone avec Jeff, qui revenait de cours.

« Dors bien, ma douce, lui dit-il.

— Toi aussi », répondit Lizzie, radieuse.

Ma douce. Que ces mots étaient agréables.

Une minute plus tard, son téléphone sonna de nouveau.

« Salut, maman.

— Bonsoir, Lizzie, répondit Sylvie, à des kilomètres de là, dans le Connecticut. Je voulais juste savoir comment tu allais, aujourd'hui. »

Elle le lui demandait tous les soirs.

« Ça va. »

La ligne était peut-être mauvaise, mais la voix de sa mère lui semblait un peu pâteuse. Sylvie buvait-elle, là-haut dans la grande et vieille maison de plage ?

« Comment va Milo ?

— Très bien. Il sort un peu plus. »

Lizzie raconta à sa mère qu'ils avaient visité l'Independence Hall, que Milo était parti voir un match avec son père, qu'il avait peint des poteries avec elle, et qu'elle l'avait même convaincu, de temps en temps, de remplacer son bonnet de ski par une casquette des Phillies.

« Et tu es allée à ta réunion ?

— Oui. »

Elle se tourna sur le côté en grimaçant, maudissant la selle du vélo. L'intérêt que lui témoignait sa mère arrivait un peu tard. Et puis c'était comme si Sylvie lisait un texte – « Comment s'y prendre avec votre enfant toxicomane ». « Vous devriez avoir une vraie conversation avec votre maman », lui avait suggéré sa conseillère dans le Minnesota, avec son regard doux derrière ses lunettes. Un jour, peut-être. Mais certainement pas maintenant.

« Prends soin de toi, Lizzie », lui dit sa mère.

Et comme toujours Lizzie acquiesça.

Elle éteignit la lumière et ferma les yeux, en regrettant que sa mère ne l'ait pas appelée avant Jeff, car « Ma douce » auraient été les derniers mots qu'elle aurait entendus. Deux heures plus tard, elle ne dormait toujours pas, incapable de trouver une position confortable. Si elle avait su que ce cours la ferait autant souffrir, elle n'y serait jamais allée. Elle se glissa hors du lit et descendit à la salle de bains du premier étage, où elle resta un long moment à regarder le flacon d'Advil PM, un anti-inflammatoire associé à un somnifère. « Ne prenez rien, lui avait-on conseillé dans le Minnesota. Une simple aspirine peut vous faire replonger. » Mais elle avait mal partout au-dessous de la ceinture. Et l'Advil était-il vraiment une drogue ?

Et puis merde. Elle versa deux comprimés dans sa main, hésita un instant, en ajouta un troisième, avant de tout avaler avec une gorgée d'eau. Puis elle traversa la maison silencieuse pour rejoindre sa chambre sous les toits et elle s'allongea, les yeux fermés, jusqu'à ce que le sommeil vienne enfin.

Quand elle se réveilla le lendemain matin, son réveil hurlait. Diana était en train de la secouer, tout en pressant deux doigts contre sa gorge pour chercher son pouls.

« Qu… Quoi ? »

Lizzie avait la langue pâteuse et la tête lourde comme une boule de bowling.

« Qu'est-ce que tu as pris ? demanda Diana en la secouant plus fort.

— Mais rien… »

Lizzie se redressa en clignant des yeux. Gary se tenait dans l'embrasure de la porte, en bas de pyjama, observant tranquillement Lizzie, dont le débardeur était trempé de sueur.

« Je suis allée à un cours de body bike, hier soir, et j'avais mal partout, alors j'ai pris un peu d'Advil…

— C'est ça, la coupa Diana. Bien sûr. De l'Advil. Pour ta gouverne, ajouta-t-elle d'une voix méprisante, l'Advil ne t'assomme pas au point de louper ton réveil…

— C'était de l'Advil PM ! cria Lizzie. Il y en avait dans la salle de bains, au premier ! »

Diana ne voulut rien entendre. Les lèvres pincées, les cheveux encore mouillés, elle s'empara du sac de Lizzie sur l'étagère et le vida sur le lit.

« Qu'est-ce que tu fais ? »

Il y avait un paquet de cigarettes dans le sac. Parfois, Lizzie en fumait une à la fin de la journée. Elle se pelotonnait dans le petit espace devant la lucarne et soufflait la fumée dans la nuit. Diana ramassa le paquet et le jeta sur Lizzie.

« Je t'avais dit de ne pas fumer ! Milo est allergique ! Et tu fais de l'asthme !

— Je n'ai jamais fumé à côté de lui, se défendit Lizzie en rangeant son sac tant bien que mal. Je ne me drogue pas…

— Hé, intervint Gary. Hé, les filles. On se calme, OK ?

— On se calme ? hurla Diana, les poings serrés. On se calme ? Elle s'est occupée de notre fils alors qu'elle était shootée ! Elle a probablement conduit notre voiture alors qu'elle était shootée !

— Ce n'est pas vrai », répondit Lizzie en serrant son sac à main contre elle.

Elle commençait à se rendre compte que ses protestations ne servaient à rien, même si, pour une fois, elle disait la vérité.

« Je crois que tu ferais mieux de partir, déclara Diana.

— Et Milo ?

— Milo peut aller en colo.

— Je ne veux pas aller en colo ! »

Milo, qui avait assisté à toute la scène derrière son père, se précipita sur le lit de Lizzie et se jeta dans ses bras.

« Je ne veux pas que tu partes ! cria-t-il, avant de se mettre à pleurer. Jeff et toi, vous m'aviez promis de m'emmener manger une glace ! »

En deux grandes enjambées, Diana traversa la pièce et sépara Milo de Lizzie comme elle aurait arraché une tique du dos d'un chien.

« Tu resteras à la garderie de l'hôpital, aujourd'hui, annonça-t-elle à Milo, qui se remit à pleurer de plus belle. Et toi, tu peux faire tes valises, lança-t-elle à Lizzie avant de quitter la chambre d'un pas furieux, son fils dans les bras.

— Très bien ! » marmonna Lizzie en ajoutant un « Salope » à voix basse.

Sonnée, bouleversée, elle resta assise sur le lit, son sac à main sur les genoux. Elle n'arrivait pas à croire que les choses aient pu aller si vite, que tout ait pu basculer en un instant.

« Et je le dirai à papa et maman ! cria Diana en descendant pesamment l'escalier.

— Très bien ! rétorqua Lizzie. Dis-leur que je t'ai pris de l'Advil. Je suis sûre qu'ils ont besoin de ça, en ce moment ! »

Diana ne répondit pas. Les mains tremblantes, Lizzie enfila sa jupe de la veille et dut s'y prendre à deux fois pour accrocher son soutien-gorge. Ses paumes étaient moites, son cœur tambourinait dans ses oreilles. Elle se pencha au-dessus de la coiffeuse pour se regarder dans le miroir, et tenta de se calmer. Elle ne verrait plus Milo. Elle ne verrait plus Jeff. Qu'allait-elle lui dire ? « Ma sœur a cru que je me droguais, alors elle m'a foutue dehors ? » Où irait-elle ?

« Ne vous précipitez pas », chuchota une voix dans sa tête – celle de sa conseillère, songea-t-elle. Mais son esprit s'était rué vers le placard à alcools, à côté de l'évier dans la cuisine. Lorsque Lizzie était arrivée au mois de juin, sa sœur lui avait demandé s'il fallait jeter les boissons alcoolisées. « Non, non, avait-elle répondu, ce n'est pas un problème. » On pouvait acheter de la bière et du whisky partout, autant apprendre à faire avec. Mais, à présent, elle pensait à ce qu'il pouvait y avoir exactement dans ce placard. Elle pensait à la bouteille de vodka dans le congélateur. Elle pensait que Gary gardait peut-être des antidouleurs quelque part, lui qui se plaignait toujours de son dos et de ses tendinites. Elle pourrait faire ses bagages, attendre dans sa chambre que Diana s'en aille avec Milo et que Gary parte travailler. Elle pourrait trouver des pilules, elle avait toujours réussi à en trouver, le monde regorgeait de pilules comme il regorgeait d'alcool, et au pire, elle en achèterait. Il y avait un bar au coin de la rue, et qui dit bar dit ivrognes, qui dit ivrognes dit souvent quelqu'un avec des pilules à vendre ou à échanger. Elle pourrait se coiffer, mettre ses chaussures, voir combien elle avait dans son portefeuille. Elle pourrait…

Ce fut à cet instant, alors qu'elle se regardait dans le miroir, qu'une voix s'éleva dans sa tête : « Stop. » Lizzie sut tout de suite que la voix ne faisait pas référence à ce qu'on lui avait appris en cure – se demander si elle avait faim, si elle était en colère, si elle se sentait seule ou fatiguée. Non, cela voulait dire tout simplement : « Arrête. »

Elle observa ses joues rouges, ses yeux bleu-gris écarquillés, ahuris, ses cheveux blonds ébouriffés. « Tu peux le faire », dit calmement la voix. C'était une voix de femme, peut-être même la sienne, bien qu'elle ressemblât aussi un peu à celles de sa mère et de mamie Selma, de sa conseillère dans le Minnesota et même, il fallait l'admettre, de Diana, lorsque celle-ci n'était pas en train de l'engueuler ou de l'accuser d'emmener Milo en voiture alors qu'elle planait. C'était peut-être Dieu, songea-t-elle ; Dieu tel qu'elle Le comprenait, comme une puissance supérieure. Peut-être que Dieu parlait réellement aux junkies de vingt-quatre ans en voie de guérison qui avaient été attachées à des chaises avec des bas résille et expédiées en cure dans le Minnesota. Peut-être qu'Il les consolait quand elles perdaient leur boulot.

Elle rentrerait donc un peu plus tôt, pensa-t-elle tout en tirant sa valise et ses sacs de sous le lit, où elle les avait glissés en juin. Elle raconterait à Jeff ce qui s'était passé, du moins une version édulcorée des faits. Elle dirait au revoir à Milo du mieux qu'elle pourrait. Puis elle prendrait le train jusqu'à New York. Elle avait toujours les clés de l'appartement de ses parents. Peut-être, pour une fois, au lieu de se pointer en ayant besoin d'aide, au lieu d'être l'ouragan qui dévastait la famille, Lizzie l'éternelle catastrophe, peut-être qu'elle pourrait aider.

Comme d'habitude, dans l'ascenseur de l'immeuble de New York, elle eut le réflexe de fermer les yeux et de retenir sa respiration au moment de dépasser le huitième étage où le garçon avait abusé d'elle. Elle s'attendait à trouver l'appartement vide, elle espérait même pouvoir dormir un peu dans son ancienne chambre, mais elle tomba sur son père dans la cuisine en désordre, une pièce petite et basse de plafond, toujours sombre, dont sa mère se plaignait tout le temps. Il était pieds nus, mal rasé, en jogging et maillot de corps tout taché, et il sentait mauvais, mais son visage s'éclaira quand il la vit.

« Salut, Lizzie jolie. »

Il se laisse aller, pensa-t-elle. Derrière lui, les cartons de pizza et les barquettes de plats à emporter jonchaient la table de la cuisine, et les journaux s'entassaient dans le salon.

« Comment tu vas ? demanda-t-il en l'embrassant.

— Bien. »

Elle recula aussitôt, en s'efforçant de dissimuler son dégoût. Il sentait vraiment mauvais. Elle se demanda s'il déprimait, tenta de se rappeler les symptômes qu'on leur avait indiqués dans le Minnesota. Altération de l'appétit, modification des habitudes de sommeil, manque d'intérêt pour ce qui vous plaisait avant.

« Et Diana ? » demanda son père.

Elle le suivit dans son bureau juste à temps pour le voir s'asseoir sur son ordinateur portable, posé sur le canapé à côté d'une couverture et d'un oreiller.

« Papa…

— Merde. »

Il se leva, ouvrit l'ordinateur et le secoua délicatement.

« Tu crois qu'il est cassé ? »

Lizzie scruta l'écran noir par-dessus son épaule. Elle appuya sur le bouton « marche », et l'écran s'alluma.

« Ouf ! s'exclama son père, avant de la regarder, honteux. J'en ai déjà cassé un. En fait, je ne m'en sors pas très bien tout seul, avoua-t-il avec un sourire triste.

— Bon, écoute, dit-elle d'un air désinvolte – si Diana l'avait déjà balancée, elle le saurait bientôt. J'ai un peu de temps avant de commencer mon boulot. Alors je sais pas, peut-être que je pourrais t'aider. »

Il leva les yeux vers elle, aussi enthousiaste qu'un chiot qui vient d'entendre le cliquetis de la laisse.

« Ce serait super, Lizzie. Je dois assister à un dîner organisé par la Ligue antidiffamation, demain soir, et je... »

Il fit un geste vers le salon sens dessus dessous.

« ... je suis censé lire des documents, j'ai un emploi du temps quelque part, mais je ne sais pas où il est passé. Je dois rencontrer le représentant des producteurs de maïs cette semaine, mais je ne sais pas quand. Je crois que j'ai oublié l'anniversaire de mamie Cindy... »

Il s'interrompit et regarda ses pieds, apparemment surpris de les voir nus.

« Pour tout dire, Lizzie, c'est ta mère qui s'occupait de tout ça. Et Marta est en vacances tout le mois d'août. »

Lizzie sentit une vague de soulagement, aussi douce qu'un rush de drogue, déferler dans ses veines. Elle pouvait à nouveau être utile. Elle pouvait aider.

« Je vais faire un peu de ménage, dit-elle. Tu devrais aller prendre une douche, on verra ce qu'on fera ensuite. »

Il acquiesça – pas d'un coup de menton assuré dont elle avait l'habitude, mais d'un hochement de tête rapide de petit garçon. Une fois de plus, elle perçut chez lui cet enthousiasme, cette gratitude qu'elle trouvait tout bonnement pathétique, un adjectif qu'elle n'aurait pourtant jamais imaginé employer pour qualifier son père. Il avait toujours été le plus fort, celui qui prenait les décisions et qui donnait les ordres, celui qui, avec son costume et son parfum, avait l'allure d'un chef de famille et d'un meneur d'hommes. Et maintenant... En le regardant traîner des pieds dans le couloir et tripoter le fond tout mou de son jogging, avec sa tonsure qui luisait, elle sentit une grande tristesse l'envahir : pour la première fois de sa vie, elle voyait son père vieux.

Elle posa ses vêtements dans la chambre qu'elle avait jadis partagée avec Diana, puis dénicha des sacs-poubelle sous l'évier de la cuisine et en remplit quatre avec les vieux journaux et magazines (si son père ne les avait pas lus, il pourrait toujours retrouver les articles sur Internet), les boîtes de pizza, les assiettes en carton et les serviettes en papier tachées de graisse dispersées sur la table de la cuisine et la table basse, les canettes de soda, les bouteilles de bière et celles de Smartwater.

Lorsque son père revint dans son bureau, toujours pieds nus mais vêtu d'un T-shirt et d'un jean propres, Lizzie avait remis la pièce en ordre et était en train d'essuyer l'écran du portable sur lequel il s'était assis avec un carré de Sopalin arrosé de produit à vitres.

« Ah, dit son père en l'observant. C'est donc comme ça que ça se nettoie.

— Je crois. »

Son père avait toujours eu Sylvie pour faire le ménage, et Lizzie avait passé la majeure partie de ce qui aurait dû être sa vie d'adulte dans le brouillard. Quand on se drogue, on se préoccupe assez peu de porter des vêtements propres ou de manger des repas chauds, et en cure, tout avait été fourni. Un bout de phrase, qu'elle avait lue dans un livre lors de son premier passage avorté à la fac, lui revint soudain à l'esprit : « fidèle Pénélope, passant son temps à tisser ». Il suffisait de remplacer « tisser » par « faire le ménage, faire les courses » et « ranger », et l'on avait Sylvie Woodruff.

Tu peux le faire, se rappela-t-elle.

« Tu as faim ? demanda-t-elle à son père.

— Un peu, je crois.

— Je vais nous préparer quelque chose. »

Dans la cuisine, Lizzie enfila une paire de gants en caoutchouc et s'attaqua au réfrigérateur, où les légumes que sa mère avait dû acheter avant son départ pourrissaient dans le bac, et où traînaient une bonne dizaine de plats chinois entamés. Quand elle eut fini, il ne restait plus qu'une plaquette de beurre, un concombre flétri et du saumon fumé. Le bac à légumes était vide, mais la porte du frigo était pleine de bouteilles de bière.

Voilà qui ne s'annonçait pas très bien. Lizzie dénicha une boîte de bouillon de poule aux vermicelles qu'elle réchauffa, et fit griller quatre tranches de pain. Après avoir mis la table, elle servit son père, se versa de la soupe dans une tasse offerte par un syndicat de profs qui avait soutenu le sénateur, et s'assit en face de lui.

« Alors, dit-il en essayant de sourire. Tu es rentrée plus tôt.

— Milo a décidé d'aller au centre de loisirs, finalement », répondit-elle, sans préciser les conditions dans lesquelles Milo avait pris cette décision.

Elle cala ses orteils sur l'osier usé de la chaise de sa mère.

« Et toi, ça va comment ?

— J'ai honte, dit-il en remuant sa cuillère dans son bol. J'aime ta mère. Je vous aime, Diana et toi. Je n'avais pas l'intention de compromettre tout ça.

— Alors pourquoi ? » demanda-t-elle.

Il observa sa soupe comme s'il espérait lire la réponse dans les vermicelles.

« Je ne sais pas.

— Elle n'était même pas vraiment belle ! »

Les mots s'étaient échappés tout seuls.

Un sourire plana sur le visage de son père.

« Tu l'aurais bien aimée, dit-il. Dans d'autres circonstances. »

Lizzie secoua la tête. Elle en avait entendu assez sur cette femme – les bonnes écoles, le diplôme de droit – pour savoir qu'elle n'avait rien de commun avec elle. Son père baissa les yeux. Son sourire s'était envolé.

« Elle me rappelait… Enfin, peu importe. »

Elle se demanda à quel point les femmes importaient pour les hommes, si elles étaient toutes jetables. Mais Jeff ne l'avait pas traitée comme ça, songea-t-elle avec une timide fierté. Jeff lui avait donné l'impression qu'elle comptait. Évidemment, cela risquait de changer quand il apprendrait ce qu'elle avait fait et pourquoi elle était partie. Elle se souvenait bien de son expression, la manière dont ses lèvres s'étaient crispées lorsqu'il avait parlé de sa mère, et elle imaginait qu'il ressentirait le même mépris envers elle.

« Je n'étais pas amoureux d'elle. »

Son père grognait plus qu'il ne parlait, tout en se frottant les yeux avec la paume des mains.

« Avec elle, j'avais l'impression d'être… important.

— C'est fini, maintenant ? demanda Lizzie.

— Il n'a jamais été question que ça dure. Ça n'avait rien à voir avec ta mère et moi. C'était juste… »

Il leva les mains, paumes vers le ciel, avant de les laisser retomber sur la table.

« Ça t'était déjà arrivé avant ?

— Non, répondit-il aussitôt. Jamais.

— Alors pourquoi ? Je croyais que vous vous aimiez, maman et toi !

— On s'aime, Lizzie. Bien sûr qu'on s'aime. On s'aime et on vous aime. C'était juste… »

Comme ça, aurait-il pu ajouter. Lizzie porta une cuillerée de bouillon à ses lèvres, avant de la reposer dans la tasse sans y avoir goûté. Juste une fille en passant. C'était peut-être la même raison qui poussait un homme à se lancer dans des entreprises stupides et risquées : parce que l'objet du désir était là ; parce qu'il pouvait le faire. Parce qu'il avait vu une chose et la voulait, et qu'il avait l'habitude d'obtenir tout ce dont il avait envie. Elle se souvenait d'avoir accompagné Diana et Milo chez Nuts to You, un magasin de bonbons et de fruits secs dans Walnut Street, à Philadelphie. Milo était petit, il devait avoir trois ou quatre ans. Diana voulait acheter des graines de lin pour mettre dans ses flocons d'avoine le matin, mais, dès que Milo avait vu les corbeilles, les sacs et les boîtes remplis de toutes sortes de sucreries, il s'était mis à se jeter sur tout ce qu'il voyait. Rouleaux de réglisse, noix de macadamia enrobées de chocolat, gâteaux à la gelée de framboise, chocolats enveloppés dans du papier brillant, chamallows, sucettes, caramels, boules de gomme, bonbons durs emballés. « Je veux ! Je veux ! Je veux ! » avait-il gémi, jusqu'à ce que Lizzie le fasse sortir du magasin. Pour un homme comme son père, le monde était un magasin de bonbons où tout était à prendre.

« Ta mère et moi… » commença-t-il.

Elle regarda son visage pâle, la chair flasque de ses joues, les quelques poils qu'il avait oubliés sur son menton en se rasant, et pria pour qu'il ne se lance pas dans une confession sur leur vie sexuelle. Mais, au lieu de lui avouer qu'ils ne couchaient plus ensemble, que Sylvie était frigide ou qu'il était impuissant dès lors que sa partenaire ne s'habillait pas en vinyle noir ou en soubrette, il dit :

« On se connaît depuis très longtemps. Tandis qu'avec… elle, c'était un peu comme si j'étais redevenu jeune, avant… »

Avant d'avoir eu des enfants ? songea Lizzie. Avant elle ?

« … avant que les choses tournent mal », termina son père.

Elle se demanda de quoi il parlait. Était-ce elle, qui avait mal tourné, ou y avait-il autre chose qu'elle ne savait pas, qu'elle ne pouvait pas deviner ?

Son père se leva en emportant son bol.

« Je vais aller faire une sieste. Je ne dors pas très bien, en ce moment. »

Lizzie resta assise à table devant sa soupe. Derrière elle, elle entendit l'eau couler, le cliquetis d'une capsule de bouteille qui tombait sur le plan de travail en granit, et le « glouglou » de la bière versée dans un verre. Lizzie n'avait jamais vraiment aimé la bière, mais son père refusait quand même d'en boire devant elle. C'était un peu insultant, quoique gentil, aussi.

Elle rinça les bols et les couverts et les rangea dans le lave-vaisselle tout en réfléchissant. Que se passerait-il à Thanksgiving ? Ils avaient leurs traditions : ils dînaient chez mamie Selma, un repas infect mais néanmoins traditionnel ; ils se baladaient dans le quartier de Chinatown, le vendredi soir, avant d'aller voir un spectacle à Broadway et, le samedi, ils faisaient le tour du Rockefeller Center, regardaient les vitrines, prenaient le thé à Takashimaya. Marta se joignait à eux, emmitouflée dans son manteau en duvet et coiffée d'un bonnet bordé de fourrure, et passait l'après-midi du samedi avec les filles à préparer des gâteaux de Noël, des plateaux entiers de pfeffernusses et de bonshommes en pain d'épices.

Lizzie prenait des photos en noir et blanc des filles dans la cuisine, du sapin de Noël et de la patinoire, des tortues et des otaries dans le zoo de Central Park, et, parfois, des SDF installés sur les bouches de métro, même si Diana levait les yeux au ciel et si sa mère avait l'air inquiète. Selon une de ses conseillères dans le Minnesota – en y repensant, c'était la même qui lui avait dit que ses deux parents étaient responsables des décisions qu'ils avaient prises la concernant –, la photographie était peut-être une stratégie de distanciation pour Lizzie. « Quand vous prenez des photos, cela vous fait sortir de l'histoire, avait-elle expliqué. Vous devenez observatrice et non participante. » Lizzie n'était pas d'accord. Selon elle, son appareil photo lui donnait une mission, un rôle à remplir : elle se voyait comme l'historienne de la famille, ce qui était beaucoup mieux que d'en être la honte. Mais, maintenant, elle se demandait s'il n'y avait pas du vrai dans ce qu'avait dit la conseillère ; si le fait d'intercaler un objectif entre elle et sa famille, elle et leur appartement, leur monde, n'était pas une façon inconsciente de rester à l'écart, de se protéger.

Lizzie referma le lave-vaisselle d'un coup de pied, à la manière de Diana, et décida de ne pas se soucier du mois de novembre. Pour l'instant, il y avait le frigo à remplir. Elle écrirait une liste de courses, demanderait une carte bleue à son père. Après avoir passé l'été avec Milo, elle savait cuisiner quelques plats de base : du bouillon de poule bio avec du vermicelle et des morceaux de carotte, des nuggets de poulet bio et des frites de patate douce, des flocons d'avoine et des fruits frais.

« Dis, papa, cria-t-elle. Tu en es où, du linge sale ? »

Il la rejoignit à la cuisine, l'air gêné.

« Ça s'entasse un peu. »

Il s'agissait en réalité d'un euphémisme. La panière en osier, dans la chambre, débordait de bas de jogging qui sentaient le fauve, de chaussettes et de T-shirts sales, de chemises et de cravates tachées de sauce, de pantalons de costume retournés avec le caleçon encore à l'intérieur… L'un d'eux avait même une chaussure coincée dans une jambe. Il regarda le tas, impuissant.

« J'imagine que ta mère s'occupe de ça, habituellement. Ou qu'elle fait venir quelqu'un pour l'aider au mois d'août. »

Lizzie attrapa les oreillers sur le lit, en retira les taies et entreprit de trier le linge sale. Elle s'assit en tailleur sur le matelas, le dos appuyé contre la tête de lit, pendant que son père, debout à côté d'elle, lui montrait les vêtements au fur et à mesure.

« Alors, lui demanda-t-il quand ils arrivèrent à la moitié de la montagne de linge sale. Tu as des nouvelles de ta mère ?

— Un peu, répondit-elle prudemment.

— Je m'inquiète pour elle. Toute seule dans cette grande maison.

— Tu devrais aller la voir pour lui dire que tu es désolé », lui conseilla Lizzie.

N'était-ce pas formidable ? Elle donnait des conseils à un adulte, à son père sénateur qui plus est ! Elle regretta, l'espace d'un instant, que Diana ne soit pas là pour assister à la scène. Mais, pour sa sœur, elle était toujours la même junkie irresponsable qui avait mis Milo en danger.

La sonnerie du téléphone retentit dans le salon.

« Je vais répondre », dit son père.

À le voir se précipiter pour décrocher, elle devina qu'il espérait entendre Sylvie. Elle ramassa les vêtements. En temps normal, elle aurait utilisé la machine de l'appartement, mais il y en avait tellement à laver qu'elle se demanda s'il ne valait pas mieux les emporter à la blanchisserie du coin. Elle pourrait y déposer le linge, et aller acheter les choses qu'elle avait cuisinées chez Diana. Ce serait au moins un début.

Pendant trois semaines, Lizzie remplaça sa mère : elle fit des courses et du rangement, prépara des repas simples, récupéra tous les matins l'emploi du temps de son père sur son ordinateur, l'imprima et le laissa sur le plan de travail de la cuisine dans une pochette en plastique. Elle commençait ses journées par une réunion des alcooliques anonymes, puis elle ramassait le dossier d'instructions que Joe Eido lui déposait chaque matin, et s'assurait que son père le lisait. Elle notait ses coups de téléphone et ses rendez-vous, ses réunions avec les groupes de pression et ses collaborateurs, et tenait à distance les journalistes qui continuaient à appeler de temps en temps à la maison. « Je suis navrée, mais le sénateur n'est pas disponible », disait-elle d'une voix froide et adulte qui ressemblait à celle de sa sœur. Quand elle ne faisait pas le ménage ou la cuisine, elle passait du temps sur l'ordinateur à retoucher les photos qu'elle avait prises à Philadelphie. Il y avait Milo, torse nu, riant aux éclats dans un nuage de gouttelettes irisées, après qu'elle eut réussi à le convaincre d'essayer le toboggan aquatique du parc Dutch Wonderland ; et Milo sur le manège du Franklin Square, debout sur les étriers du cheval en bois, la main tendue vers le pompon, avec Jeff derrière lui. Elle sélectionna les meilleures photos, les fit imprimer sur du papier épais et brillant et en envoya un double à Diana, à Philadelphie. Sans commentaires, mais sa sœur comprendrait sûrement qu'il s'agissait d'une proposition de paix. Le soir, elle parlait un peu avec sa mère et beaucoup avec Jeff.

« Tu me manques, disait-il. Quand est-ce que tu reviens ?

— Bientôt », répondait-elle, allongée sur son lit d'enfant avec son appareil photo sur la poitrine.

Elle se sentait apaisée par le son de la voix de Jeff, et fière d'aider son père.

« Toi aussi tu me manques, mais pour l'instant, mon père a vraiment besoin de moi. »

Au début de la troisième semaine, alors que Richard préparait ses valises pour la session du Congrès, il l'appela dans son bureau, tout excité.

« Regarde ce que j'ai trouvé ! » cria-t-il.

Au lieu d'utiliser le portable sur lequel il s'était assis, il avait allumé l'ordinateur de bureau – ce qui était déjà un exploit, vu l'état de ses connaissances en informatique –, et il lui montrait l'écran. Lizzie se glissa derrière lui et découvrit la page d'accueil du magasin en ligne FreshDirect.

« J'ai trouvé sa liste de courses ! » exulta son père tout en tapant sur le clavier.

Il y eut plusieurs messages d'erreur avant que la liste de Sylvie apparaisse effectivement.

« Il suffit de cliquer, et tout ce qu'elle achetait chaque semaine sera livré devant notre porte. »

Ils parcoururent la liste en murmurant le nom des articles : fromages et crackers ; jus de canneberge ; raisin vert, cinq cents grammes ; lessive et adoucissant. Alors que son père passait la souris sur la rubrique « hygiène et beauté », il s'éclaircit la gorge.

« Hum... Tu as besoin de trucs de filles ? »

Lizzie mit quelques secondes à comprendre ce qu'il voulait dire. Alors qu'elle commençait à lui répondre non, la voix qu'elle avait entendue en se regardant dans le miroir chez Diana demanda : « Ça fait combien de temps ? »

Elle tenta de se rappeler. Combien de semaines s'étaient écoulées depuis qu'elle avait acheté des serviettes et des tampons, ou plutôt qu'elle en avait emprunté à Diana ? Elle n'avait que des souvenirs confus de sa période de cure, et pour son séjour à Philadelphie, ce n'était pas franchement mieux. En plus, ses règles n'avaient jamais été régulières, ce qui ne l'aidait pas à se repérer. Avait-elle eu ses règles, cet été ? Et si non...

Son père la dévisageait.

« Lizzie ?

— Ne t'inquiète pas », marmonna-t-elle.

Ses lèvres étaient comme paralysées.

« Je m'en occuperai. »

DIANA

À l'époque où elle était interne, quand elle travaillait trente-six heures d'affilée et devait en plus gérer, à la maison, un enfant en bas âge et un mari qui se plaignait de son propre manque de sommeil au lieu de permettre à Diana de se reposer, il y avait une patiente, une récidiviste, qu'elle voyait aux urgences toutes les deux ou trois semaines. Elle s'appelait Crystal. Diana se souvenait d'elle parce qu'elle avait exactement son âge.

Crystal était diabétique et toxicomane. Son péché mignon, c'était le cristal meth – Diana ne savait pas si Crystal était son vrai prénom, ou si elle avait choisi de porter celui de sa substance favorite –, mais elle prenait tout ce qu'elle pouvait trouver, voler ou obtenir en se prostituant. Héroïne, cocaïne, pilules, herbe, colle... De temps en temps, un excès de l'une ou l'autre de ces drogues, ou de toutes à la fois, l'envoyait aux urgences, complètement amorphe et avec un taux de sucre dangereusement bas. Elle se shootait, s'endormait, oubliait de manger et à plus forte raison de surveiller sa glycémie, et elle tombait dans les pommes, parfois dans un appartement, parfois dans un parc ou dans la rue. Les flics connaissaient ses lieux de prédilection. Ils restaient vigilants, et s'ils la trouvaient, ils la ramassaient et l'amenaient à l'hôpital.

La première fois qu'elle l'avait vue, Diana lui avait parlé d'une cure. Crystal lui avait ri au nez.

« Oubliez », avait-elle dit d'une voix rauque et pâteuse. Elle s'était cassé une dent dans la chute qui l'avait conduite aux urgences, mais elle était encore belle avec ses pommettes hautes et ses lèvres pleines.

« Vous croyez que je n'ai pas déjà essayé ? »

Elle avait secoué la tête, sans doute affligée par la naïveté de Diana.

« Et qu'est-ce qui m'attend, si je deviens clean ? Un boulot ? demanda-t-elle avec mépris. Un homme qui fera de moi une honnête femme ? Ou vous pensez que je ferai des études, comme vous ?

— Vous pourriez », avait répondu Diana.

Elle travaillait depuis près de douze heures, et elle était tellement épuisée que sa vision se brouillait. En réalité, elle ne voulait qu'une chose : injecter assez de glucose dans sa patiente pour qu'elle se stabilise, dessoûle et puisse rentrer chez elle.

« Je ne sais pas ce que vous feriez. Mais je sais que ça ne va pas bien se finir, si vous continuez à vous droguer. »

Crystal avait rejeté la tête en arrière en éclatant de rire.

« À la revoyure ! » avait-elle lancé en agitant joyeusement la main, quand Diana avait quitté son box.

La fois suivante, Crystal s'était fait tabasser. Une de ses pommettes était fracturée, elle avait une dent en moins et sa lèvre ouverte nécessitait des points. Elle n'avait pas voulu dire qui lui avait fait cela, ou pourquoi. Et quand Diana s'était approchée sur son tabouret à roulettes pour lui annoncer que l'examen vaginal montrait une activité sexuelle récente, et lui avait demandé si on l'avait violée, Crystal s'était contentée de hausser les épaules en détournant le visage.

« On peut faire des prélèvements », avait suggéré Diana, qui se sentait écœurée et triste, car c'était son devoir de faire cette proposition mais elle savait que Crystal refuserait. Celle-ci avait secoué sa tête couverte de bandages, faisant bruisser ses cheveux contre l'oreiller.

« À quoi ça servirait, de toute façon ? Je sais pas avec qui j'ai couché. Comment voulez-vous qu'on le retrouve ?

— La police… » avait commencé Diana.

Mais Crystal l'avait interrompue de son rire brutal.

« Bien sûr. Ils s'occuperaient de mon cas en priorité. Ils mettraient plusieurs détectives sur le coup ! »

La dernière fois que Diana avait vu Crystal, celle-ci n'avait plus qu'une balafre en travers de la lèvre et un amas gonflé de tissu cicatriciel sur sa pommette guérie. Elle portait des bottes qui lui arrivaient aux cuisses, une minijupe rose vif et un haut blanc en dentelle, sous lequel son ventre dépassait comme un ballon de basket.

Au lieu de l'emmener dans un box d'examen séparé des autres par un rideau, Diana avait entraîné Crystal dans la salle de repos, où elle lui avait désigné une chaise avant de refermer la porte.

« Maintenant, écoutez-moi bien, avait-elle dit tandis que Crystal la regardait d'un air insolent. Si vous n'arrivez pas à être clean pour vous-même, vous devez le faire pour votre bébé. Si cet enfant naît dépendant, je serai obligée de prévenir les services sociaux… »

Crystal s'était mordu la lèvre.

« Ils vous prendront votre bébé, avait ajouté Diana. Vous m'entendez ? Vous comprenez ? Ils vous prendront votre bébé.

— Et vous croyez que je le veux, ce putain de bébé ? avait rétorqué Crystal.

— On dirait bien, vu que vous l'avez encore.

— Vous ne savez rien, avait dit Crystal sur un ton sans réplique. Vous ne savez rien de rien.

— Je sais qu'ils vont prendre votre bébé », avait répété Diana.

Crystal avait quitté la pièce en riant, avant de se diriger vers le bureau des infirmières en hurlant qu'on avait intérêt à lui trouver un putain de docteur qui serait capable de l'aider, un vrai docteur, pas cette connasse minable.

Diana n'arrivait pas à comprendre. L'addiction n'avait jamais eu de sens pour elle – ni celle de Lizzie, ni celle de Crystal ou des stars dont elle avait lu l'histoire dans les journaux people chez le coiffeur, ni celle des gens accros à la nourriture ou au sexe. Comment une femme, une mère, pouvait-elle continuer à se droguer alors que son enfant était en jeu ? Quel besoin était impérieux au point de mettre son enfant en danger pour l'assouvir ?

Mais aujourd'hui, à trente ans, Diana avait appris une vérité honteuse : il y a des choses dans la vie auxquelles on ne peut simplement pas dire non. Pour certains – comme sa sœur –, c'était une substance, de l'alcool, de la poudre ou des pilules. Pour Diana, c'était Doug. Elle était incapable de lui résister ou de le quitter, même si elle savait que c'était mal, même s'il savait qu'elle était mariée, même s'il était son élève, même si elle risquait tout pour le voir. Elle ne pouvait pas arrêter, elle ne pouvait pas lui dire non.

Ils avaient fait l'amour dans le bureau de Diana. Ils l'avaient fait dans une salle d'examen fermée, alors que deux autres internes discutaient à peine trois mètres plus loin. Ils l'avaient fait sur la banquette de la Civic, que Doug garait tout au fond du dernier niveau d'un parking de Broad Street. Ils l'avaient fait dans les toilettes pour handicapés du Prince Theater. Ils l'avaient fait – Dieu les pardonne – dans un cimetière du quartier de Strawberry Mansion, par un chaud après-midi : Diana allongée sur une pierre tombale, la jupe remontée autour de la taille et la culotte roulée sur les chevilles (un modèle en dentelle noire qui avait coûté trente-huit dollars, plus qu'elle n'avait jamais dépensé pour des sous-vêtements), pendant que Doug la léchait, à genoux devant elle, jusqu'à ce qu'elle n'en puisse plus et le supplie d'arrêter.

Au lit, après l'amour, Doug suivait du doigt la ligne de ses deltoïdes, de ses quadriceps et de ses mollets, passait la langue sur la peau tendre sous son oreille.

« J'aime que tu sois si forte, murmurait-il.

— Et moi je t'aime », répondait-elle trop doucement pour qu'il l'entende, tout en pensant : C'est la dernière fois. Après ça, plus jamais. Demain, je le quitte.

C'était une promesse qu'elle se faisait régulièrement – disons tous les matins. Tandis qu'elle se rasait les jambes et se séchait les cheveux, qu'elle glissait le repas de Milo dans son sac à dos pour sa journée au centre de loisirs, pendant que Gary se préparait, laissant une traînée de serviettes mouillées, de poils de barbe et de vaisselle sale dans son sillage, elle faisait la liste de ce qu'elle risquait de perdre : son mari, son travail, et peut-être même Milo. Elle imaginait Gary dans la salle d'audience, grand et redoutable dans son costume cravate, plaidant pour obtenir la garde de leur fils : « Votre Honneur, cette femme a entretenu une liaison scandaleuse avec un homme plus jeune qu'elle : un étudiant en médecine. Son élève. Quel genre de mère est capable de cela ? »

Quel genre de mère ? se demandait Diana, se promettant d'arrêter. En attendant le bus avec Milo, elle parlait avec les autres mamans de la météo et des devoirs, organisait des après-midi jeux. Certaines étaient vêtues de tailleurs, d'autres de tenues de sport, mais toutes s'apprêtaient à entamer une journée irréprochable, sans relations sexuelles torrides avec un jeune homme de vingt-cinq ans à l'arrière d'une voiture appartenant à la mère dudit jeune homme. Malade de honte, elle discutait avec elles, un sourire plaqué sur le visage, et se plaignait comme tout le monde des frais de scolarité et du retard habituel du conducteur du bus, pendant que dans sa tête elle se promettait de changer. Elle ferait du yoga ou prendrait des cours de Pilates comme Samantha Dennis, qui venait tous les matins à l'arrêt de bus vêtue de collants en Lycra et d'une brassière rose vif qui contenait à peine ses implants. Ou alors, elle arrêterait la médecine et passerait un master de gestion pour se faire plein de fric comme Lisa Kelleher, qui bossait dans le secteur de la Bourse et portait une Rolex grosse comme le Ritz. Diana pourrait choisir une vie différente, une vie meilleure où elle ne tromperait pas son mari et ne condamnerait pas son fils à voir son père le mercredi soir et le samedi après-midi. Toute sa vie avait été programmée – la fac de médecine, le mariage et la maternité, la maison, la voiture, la carrière. À présent, elle évoluait hors circuit, en roue libre, elle se comportait comme quelqu'un qu'elle ne reconnaissait pas et dont elle n'approuvait pas l'attitude.

Elle était bien résolue à le quitter jusqu'aux alentours de 10 heures du matin. C'était à ce moment-là, en général, que Doug trouvait un moment pour lui envoyer un texto. Elle se trouvait en salle d'examen, en train de noter les antécédents d'un patient, de prendre la tension d'une dame ou d'écouter les poumons d'un homme, quand son BlackBerry se mettait à trembler dans sa poche. En lisant les mots SALUT BEAUTÉ, elle fondait, son pouls s'accélérait, elle se sentait toute chaude et toute mouillée entre les jambes. L'avait-on déjà appelée « Beauté » ? Au mieux, Gary lui disait : « T'es bien habillée. » Avant même que Doug lui demande s'ils pouvaient se voir, son esprit passait en revue toutes les possibilités. Son bureau ? La voiture de Doug ? Une chambre à l'hôtel Sheraton, dans le quartier de Society Hill, où les réceptionnistes avaient toujours un sourire narquois quand elle se présentait sous le nom de Becky Sharpe et glissait des billets sur le comptoir ?

Une fois, ils étaient allés chez lui. Doug louait un appartement avec trois autres étudiants dans Tasker Street, dans un quartier miteux qui commençait à devenir branché. Ce jour-là, après que Doug lui eut écrit VI1 CHZ MOI, Diana avait rabattu la capuche de son imper sur sa tête alors qu'il ne pleuvait presque pas, et couru jusqu'à son immeuble et son appartement au deuxième étage. À peine avait-il ouvert la porte qu'elle s'était jetée dans ses bras. Ensemble, ils avaient traversé le salon en trébuchant (elle avait aperçu les inévitables bouteilles de bière et une télé ridiculement gigantesque) et s'étaient laissés tomber sur le lit de Doug, tout essoufflés, tellement excités que Diana avait tout juste pris le temps de baisser sa culotte. Ils avaient fait l'amour très vite pour calmer leur ardeur, puis Doug l'avait lentement déshabillée, faisant tomber ses manches et ses bretelles en lui mordillant les épaules, le creux du coude, le bas du dos, en dévorant chaque centimètre de peau qu'il découvrait. Il ne s'était pas rasé, ne s'était pas non plus lavé les dents, mais Diana trouvait le picotement de sa barbe contre sa peau et le goût un peu aigre de sa bouche incroyablement excitants. Elle mouillait tellement que ses cuisses glissaient l'une contre l'autre, elle était si chaude qu'elle ne pouvait s'empêcher de se toucher, de fourrer ses doigts entre ses jambes tandis que Doug introduisait le bout de son sexe dans sa bouche et le ressortait.

« Allonge-toi sur le lit », avait-il dit.

C'était un ordre. Diana s'était laissée aller en arrière sur les draps froissés et avait écarté les jambes le plus possible.

« S'il te plaît…

— Quoi ? avait-il demandé d'une voix rude. Dis-le-moi. Dis-moi ce que tu veux. »

Diana avait du mal à croire aux mots qui sortaient de sa bouche. Elle n'avait jamais été aussi excitée de sa vie, même pas avec Hal.

« Je t'en prie, baise-moi, baise-moi, j'en ai tellement envie…

— Tu le veux vraiment ? »

Il s'était agenouillé entre ses cuisses écartées, se caressant lentement le sexe.

Je crois que j'ai été assez claire, avait-elle songé… mais la partie de son cerveau qui arrivait encore à penser était bien réduite. Doug avait glissé un doigt en elle, puis deux, puis trois.

« S'il te plaît, avait-elle haleté en soulevant les hanches, en les balançant d'avant en arrière pour tenter de le faire entrer plus fort, plus loin. Oh, s'il te plaît. »

Alors, il avait plongé son sexe en elle, lui arrachant un cri aigu, et elle avait resserré ses jambes autour de lui et fermé les yeux très fort, en pensant que rien, rien au monde ne comptait autant que ça.

Vingt minutes plus tard, elle avait remis sa culotte à l'endroit et boutonné sa jupe, les mains tremblantes. Elle était restée devant la porte, la bouche soudée à celle de Doug.

« Ce soir ? » avait-il murmuré lorsqu'ils avaient enfin réussi à se décoller. Elle avait acquiescé. « Tu es superbe », avait-il dit en lui ramenant une mèche de cheveux derrière l'oreille. Elle s'était accrochée à lui, incapable de parler, presque incapable de bouger, jusqu'à ce qu'il pose les mains sur ses épaules et la pousse vers la rue.

Elle passait chaque jour dans un état fébrile, accomplissant machinalement les gestes quotidiens, la bouche sèche et le corps parcouru de tremblements. Elle s'occupait de ses patients et de ses dossiers, assistait aux réunions du mercredi sur la gestion d'une possible pénurie de vaccins contre la grippe et d'une grève imminente des infirmières, les cuisses serrées l'une contre l'autre tandis que ses scènes favorites repassaient dans son esprit. En sortant de l'hôpital, elle allait faire les courses au supermarché et regardait ses mains prendre des pommes, des briques de lait et du poulet bio comme si elle n'avait jamais vu ces aliments, ni même ses propres mains. À la maison, alors qu'elle vidait les sacs, remplissait le réfrigérateur, pliait le linge, faisait les lits ou coupait une pomme pour son fils, un souvenir de Doug l'assaillait soudain : elle sentait le goût de sa peau, l'entendait grogner : « Oh, bébé » quand elle se lovait entre ses jambes pour le prendre dans sa bouche, le revoyait au-dessus d'elle en train de se caresser, de lui dire : « Tu le veux vraiment ? » en la regardant comme si elle était la femme la plus belle, la plus désirable qu'il ait jamais vue. Elle était forte – Doug lui faisait souvent des compliments sur son corps, ses jambes musclées, la grâce de ses mouvements –, mais il était plus fort qu'elle, tant sur le plan physique qu'émotionnel. C'était lui qui prenait les décisions, qui lui disait quand ils se retrouvaient, et où. Au lit, il la dominait, et cela lui plaisait, cela lui plaisait tellement qu'elle n'imaginait pas pouvoir vivre sans lui.

Doug savait qu'elle était mariée. Elle le lui avait dit, à bout de souffle et les larmes aux yeux, après leur première nuit à l'arrière de la voiture.

« Et il ressemble à quoi, ton mari ? » avait demandé Doug.

Diana avait cherché une anecdote qui pourrait le résumer.

« Son équipe de foot virtuelle s'appelle Double Pénétration », avait-elle fini par dire.

Doug s'était mis à rire, et elle l'avait frappé gentiment sur le torse.

« Excuse-moi, mais c'est drôle ! » avait protesté Doug.

Elle n'avait donc jamais pris la peine d'ajouter que, lorsque Gary commentait des vidéos sur YouTube, son pseudo était Çamebrûlequandjepisse, parce qu'il aurait certainement ri aussi. Et elle ne lui avait jamais parlé de Milo.

Doug ne savait pas qu'elle était mère, et elle était une bonne mère, peut-être même meilleure qu'avant. Quand Milo rentrait de l'école le mardi et le jeudi avec son gros sac à dos, elle l'emmenait faire le même genre de sorties que celles qu'il avait faites avec Lizzie, même si elle essayait de ne pas penser à sa sœur, de ne pas se demander si Lizzie lui avait dit la vérité à propos de l'Advil et si elle l'avait fichue dehors non pas pour protéger Milo mais pour s'assurer que sa petite sœur curieuse ne découvrirait pas son secret. Elle emmenait Milo visiter des musées, ou bien ils allaient à l'Académie des sciences naturelles, son endroit préféré, où il s'extasiait devant les squelettes de dinosaures aussi longtemps que Diana le lui permettait. Elle était un peu moins stricte sur son régime alimentaire – s'il consommait toujours autant de fruits et de légumes frais, elle l'emmenait aussi manger une pizza une fois par semaine, ou lui achetait une glace comme celle que Lizzie lui avait offerte quand ils étaient allés chercher le dernier *Journal d'un dégonflé* à la librairie. À la maison, ils se mettaient en pyjama et regardaient *American Idol*, en chantant parfois en chœur. Ils jouaient au backgammon ou au yam's tout en grignotant des morceaux de pomme trempés dans du beurre de cacahuète, pendant que Milo racontait sa journée – ses phrases commençaient toujours par : « Eh ben en fait » ou : « Eh ben tu sais. » Elle le soupçonnait d'être amoureux de sa maîtresse, Mlle Pai, qui était jeune et belle, portait des bracelets en or et avait un parfum envoûtant. Ils avaient passé des heures à lui fabriquer une carte pour son vingt-cinquième anniversaire.

Lorsqu'elle était avec Milo, elle parvenait à oublier Doug. Mais Milo finissait par aller se coucher, et Diana se retrouvait à arpenter la maison comme un lion en cage, repliant le linge, astiquant les plans de travail déjà propres, faisant tourner le lave-vaisselle à moitié plein juste pour s'occuper. Les week-ends étaient insupportables. Enfermée dans les toilettes (« Encore la diarrhée ? se plaignait Gary. Sérieusement, Diana, tu ne peux pas te prescrire quelque chose ? »), elle envoyait un texto à Doug et attendait sa réponse, le cœur battant comme une collégienne. G ENVI 2 TOI. TU ME MANK. G HATE 2 TE VOIR. S'il mettait plus de quelques minutes à répondre, elle était rongée par le désespoir et par la jalousie, surtout le samedi soir lorsqu'elle était coincée à la maison et que lui, elle en était certaine, faisait la fête, avec de la bière, de la musique et tout un tas de jeunes filles mignonnes, disponibles et convenables qui l'aimeraient et le désireraient pour les mêmes raisons qu'elle.

Pendant des semaines, elle s'endormit la tête pleine d'images de Doug, pleine de désir et de peur en pensant à ce qu'ils avaient fait et à ce qu'ils feraient lorsqu'ils se retrouveraient. Quand Gary tentait de la toucher, comme il le faisait encore de temps en temps, elle trouvait une excuse : « J'ai mes règles », disait-elle, ou bien elle prétendait qu'elle avait la migraine, et avalait de l'Advil avec ostentation.

Personne n'était au courant en dehors de son amie Lynette, une infirmière qui travaillait aux urgences. Trois semaines après le début de sa liaison avec Doug – si un mot aussi digne pouvait s'appliquer à une situation aussi sordide –, Lynette et Diana étaient allées déjeuner dans un restaurant de falafels et avaient croisé Doug dans la rue. Ils s'étaient dit bonjour, rien de plus. « Un ami ? » avait demandé Lynette avec un sourire espiègle. Quelque chose dans l'expression de Diana avait dû la trahir, car, au lieu de rester dans le restaurant avec leurs salades, Lynette l'avait entraînée à l'hôpital, dans la salle de repos tapissée de casiers, et elle s'était emparée d'un stylo comme si elle comptait prendre des notes.

« Raconte-moi tout. Tous les détails. Je veux tout savoir sur ce que tu fais avec ce beau gosse.

— Mais… rien du tout », avait répondu Diana.

Elle n'avait pu s'empêcher de sourire. Beau gosse. C'était tout à fait Doug.

« Allez, avait insisté Lynette en entortillant ses cheveux pour les attacher avec le stylo. J'ai quarante-deux ans et je ne crois pas avoir dormi plus de cinq heures d'affilée ces douze dernières années. Mon moment préféré de la semaine, c'est le soir où Kevin part jouer au poker et où je peux manger chinois en regardant *Top Chef.* Sois sympa avec une vieille fille. »

Diana s'était assise au bord d'un fauteuil.

« Tu sais que ça ne va pas très bien avec Gary…

— Oui, oui, tu as l'impression de ne plus l'aimer, il a choisi comme pseudo Çamebrûlequandjepisse, continue, continue. »

Diana s'était sentie rougir encore plus. Sa vie de couple était-elle si prévisible, si triste, si facile à résumer ? Elle s'était promis de se limiter à un seul verre de vin la prochaine fois qu'elle se joindrait aux infirmières pour leur karaoké du vendredi soir.

« En fait, Doug... Doug et moi... »

Pendant ce temps, Lynette griffait l'air avec ses ongles en poussant des « Rrhoaou ! », le cri d'accouplement de la cougar. Diana s'était caché le visage entre les mains.

« La différence d'âge n'est pas si grande, avait-elle dit d'une voix étouffée. Et je sais que c'est horrible. Mais je ne peux pas... »

En risquant un coup d'œil à travers ses doigts écartés, elle avait vu que Lynette l'observait.

« Oh, mon Dieu. Tu es amoureuse ? »

Diana ne savait pas si c'était vraiment de l'amour, ou une obsession désespérée.

« C'est assez intense, avait-elle répondu. Assez... »

Là, elle s'était souvenue de leur escapade dans le cimetière, du marbre tiède sous ses cuisses nues, de la langue de Doug, rapide et brûlante, entre ses jambes.

« Je n'ai jamais ressenti ça de toute ma vie, avait-elle ajouté.

— Oh, mon Dieu, avait répété Lynette – Diana ne la connaissait pas aussi dévote. Raconte ! Est-ce qu'il embrasse bien ? Oh, je suis sûre qu'il embrasse bien. Et vous allez où ? »

Lovée dans le fauteuil, Diana lui avait tout raconté – évitant toutefois les détails gênants, comme lorsqu'elle lisait une histoire à son fils alors que le sperme de Doug coulait dans sa culotte. Lynette l'avait écoutée avec avidité, et Diana s'était dit qu'elle n'était peut-être pas la seule femme à se flétrir lentement dans un mariage qui paraissait heureux vu de l'extérieur – la maison, les enfants, les voitures – mais qui, de l'intérieur, était aussi froid qu'une pièce fermée dans un immeuble abandonné.

« En fait, ça ne me surprend pas vraiment, avait dit Lynette. Ça arrive très souvent. »

Diana avait acquiescé sombrement. Elle avait vu ça, elle aussi : le chirurgien cardio-thoracique qui, à presque soixante-dix ans, choisissait une de ses collègues comme maîtresse chaque mois de juillet et la larguait, fermement mais courtoisement, au mois de juin de l'année suivante ; le gastro-entérologue qui attirait les infirmières dans son bureau et leur demandait de retirer leur haut, si bien qu'on l'avait sommé de garder sa porte ouverte en permanence. Sauf que dans tous les exemples qui lui venaient en tête, c'étaient toujours les hommes qui prenaient l'hôpital pour leur harem personnel, jamais les femmes.

Elle savait aussi ce qui se passerait si l'on découvrait qu'elle couchait avec un interne. Elle se ferait une réputation, pas vraiment de celles dont rêve une femme médecin, et elle pourrait dire au revoir aux promotions et aux affectations intéressantes. Une chose de plus à ajouter à la pile, avait-elle songé tristement. Une chose de plus sur la liste de tout ce qu'elle était prête à sacrifier sur l'autel de l'amour, ou de la luxure, peu importe le nom qu'on donnait à ce qu'elle ressentait pour Doug Vance.

« Sois prudente, Diana, avait dit Lynette, soudain sérieuse. Tu es mon amie, et je n'ai pas envie que tu souffres. »

Diana avait acquiescé. Évidemment, elle était déjà prudente. Elle supprimait tous les textos qu'elle envoyait et recevait, et effaçait le numéro de Doug de son journal des appels quand ils se parlaient au téléphone. Pour eux, pas de lettres d'amour, de longs week-ends ni de démonstrations publiques d'affection. Ils ne pouvaient même pas déjeuner ensemble : chaque fois qu'ils avaient essayé, ils n'avaient pas pu s'empêcher de se toucher. Ils n'avaient droit qu'à des moments volés dans des lieux plus ou moins publics, des après-midi dans des chambres d'hôtel où flottait encore l'odeur de la dernière personne qui y avait séjourné, et des textos truffés d'abréviations pour exprimer ce qu'ils ne pouvaient pas se dire. Il n'y avait aucun avenir.

Son seul espoir était que leur histoire s'étiole. Une telle passion ne pouvait pas durer. Ils se feraient prendre, ou ils mourraient tous les deux de faim. Elle avait déjà perdu trois kilos, conséquence inévitable des pauses déjeuners passées à faire l'amour au lieu de manger (au moins, cela rendait plus plausible sa prétendue diarrhée chronique). Doug rencontrerait quelqu'un d'autre, quelqu'un de convenable, peut-être une de ses copines étudiantes, et ce serait fini ; il poursuivrait son chemin, elle aurait le cœur brisé, mais un jour la folie relâcherait son étreinte, et elle serait libre de redevenir la femme qu'elle avait toujours été.

LIZZIE

Avant de commencer et d'arrêter deux fois ses études, avant d'être prise en otage et envoyée en cure, avant d'emménager à Philadelphie et de rencontrer Jeff, Lizzie avait découvert, avec sa meilleure amie Patricia, une émission intitulée *Je ne savais pas que j'étais enceinte.* Le programme, fidèle à son titre, présentait sous forme de reconstitutions dramatiques des histoires de femmes qui ne s'étaient aperçues de leur grossesse qu'au moment où elles étaient sur le point d'accoucher.

De ces dix dernières années, Lizzie ne gardait que des souvenirs très fragmentaires – sa mémoire ressemblait à un napperon en dentelle rongé par les mites, qui ne tenait plus que par quelques fils –, mais elle se rappelait très bien la dernière fois qu'elle avait regardé l'émission avec sa copine.

« C'est des conneries, avait dit Patricia en posant son gobelet géant pour s'emparer du bang. "Je ne savais pas que j'étais enceinte." Ouais, excuse-moi, mais comment on peut ne pas savoir un truc pareil ? »

Lizzie avait gloussé. Lizzie gloussait et ricanait beaucoup même quand elle ne planait pas, et elle avait appris, au cours des années qui avaient suivi son douzième anniversaire, qu'avec le shit tout devenait amusant.

« Des conneries, avait répété Patricia en approchant sa bouche de la pipe en verre. Co-nne-ries. »

Patricia, dix-huit ans, vivait dans un appartement de la résidence Pembroke House avec sa mère néphrologue et son père neurochirurgien, qui étaient toujours de garde et ne surveillaient jamais leurs blocs d'ordonnances. Patricia avait passé les vacances d'été au centre thérapeutique Wellspring pour soigner son anorexie après être descendue à trente-neuf kilos, les côtes, les rotules et les clavicules visibles sous le fin duvet blond dont son corps s'était recouvert pour se tenir chaud. Les parents de Patricia savaient certainement que leur fille fumait des joints – ses vêtements et ses cheveux sentaient toujours l'herbe –, mais cela ne semblait pas les déranger. Fumer donne envie de manger, et Patricia avait de nouveau atteint les cinquante kilos : ils devaient considérer cela comme un compromis acceptable. Et puis les fumeurs de joints ne tombent pas raides morts d'une crise cardiaque. Ils regardent juste des émissions débiles et rigolent beaucoup. D'accord, ils ne font peut-être pas partie des membres les plus actifs de la société, mais Patricia et Lizzie ne se faisaient pas de mal (du moins pas trop), et elles ne faisaient de mal à personne, c'était certain.

« Mes règles n'ont jamais été régulières. Comme je prenais la pilule, je pensais être protégée. Un soir, j'ai eu très mal au ventre. Je me suis dit que j'avais dû manger des sushis avariés », expliquait la fille à l'écran, avec son invité surprise de neuf mois dans les bras.

« Des sushis avariés, avait répété Patricia en passant le bang à Lizzie. Des suushiis aavaariéés ! »

Lizzie avait tellement ri qu'elle s'était étouffée avec la fumée.

« Attention ! avait crié Patricia en lui tapant sur la cuisse. Le bébé arrive ! »

Lizzie avait posé le bang sur la table basse, et elles s'étaient penchées vers la télé tandis que l'actrice qui jouait le rôle de la femme enceinte s'asseyait sur les toilettes.

« J'essayais d'aller à la selle, expliquait la vraie dame, comme si les efforts et les grognements de l'actrice n'étaient pas assez explicites. Je me disais que je me sentirais mieux après et que je pourrais dormir. »

« C'est dur, quand même, avait dit Patricia en plissant les yeux. Un jour, son gamin va voir ça, et il saura que sa maman l'a pris pour un gros caca.

— C'est dur », avait répété Lizzie.

Elle savait ce que c'était de ne pas se sentir vraiment désiré, ni vraiment idéal. Pendant ce temps, l'actrice, assise sur les toilettes, s'appuyait aux murs et poussait de toutes ses forces.

« Et là, j'ai entendu un splash… disait la voix off.

— Un splash ! avaient hurlé Patricia et Lizzie.

— … et un ploc.

— Oh, putain », avait murmuré Lizzie.

Elle détestait ce moment.

« Un ploc ! »

Patricia riait tellement qu'elle se roulait par terre, un vrai ballon de cinquante kilos.

« Un ploc !

— Je me suis retournée, et j'ai vu cette corde…

— Beurk ! » avaient crié les filles, tandis que l'actrice, choquée, se tournait vers les toilettes et suivait le gros cordon bleu violacé jusque dans la cuvette maculée de sang, pour en ressortir un bébé visqueux strié de blanc (Lizzie se doutait qu'il s'agissait d'une poupée, mais il avait l'air tellement réel !).

« Encore un truc, avait dit Patricia en reprenant son souffle. Ils ne devraient pas appeler cette émission *Je ne savais pas que j'étais enceinte*, mais *J'ai chié un bébé.*

— Patricia ! » s'était exclamée Lizzie.

En se laissant aller en arrière sur le canapé, elle avait fait tomber le bang par terre. L'eau du bang – le liquide le plus infect que l'humanité ait jamais connu – s'était aussitôt renversée sur le tapis.

Patricia s'était levée tant bien que mal. Debout sur le canapé, elle avait regardé la flaque marron se répandre.

« Oh ! Oh, merde ! Eh, Lizzie, on devrait nettoyer, non ? »

Elles étaient allées à la cuisine chercher des chiffons et du Comet, le produit idéal, s'était dit Lizzie, pour une tache résistante et odorante. Elles avaient aspergé le tapis, posé les chiffons dessus et piétiné le tout, épongeant le liquide jusqu'à ce qu'une autre femme enceinte non avertie apparaisse à la télé. Celle-ci se croyait trop vieille pour avoir des bébés, et s'était dit que son ventre grossissait parce qu'elle mangeait trop de pâtes. Elle avait donc fait un régime, jusqu'au jour fatidique où elle s'était précipitée à l'hôpital avec des crampes atroces à l'estomac, certaine qu'elle était en train de mourir d'un cancer. Sauf qu'en réalité…

« Lizzie ? »

Tirée de l'agréable torpeur dans laquelle elle avait sombré, Lizzie avait découvert sa mère qui les regardait fixement. Sylvie portait un tailleur Chanel noir avec une bordure beige autour des poches et des escarpins beiges assortis. Elle avait une mallette en cuir sous le bras et semblait fatiguée. Lizzie avait tenté de se souvenir d'où elle revenait – d'un déjeuner, d'un discours ou d'autre chose – tandis que sa mère humait l'air.

« Qu'est-ce qui se passe ? »

D'un petit coup de pied, Lizzie avait envoyé le bang sous le canapé pendant que Patricia, sous couvert d'attraper une poignée de chips, avait récupéré le briquet.

« Rien ! On regarde juste la télé.

— Vous n'avez pas de devoirs à faire ? »

Sylvie fronçait le nez. Cela sentait encore mauvais dans le salon.

« Vous avez renversé quelque chose ?

— Un peu de soda, c'est tout, avait dit Patricia.

— C'est quoi, cette odeur ? »

Sylvie s'était penchée pour ôter une chaussure, puis l'autre.

« Maman », avait soufflé Lizzie avec un regard sévère, comme pour insinuer qu'il ne fallait pas trop poser de questions sur les odeurs en présence de Patricia. Pendant un temps, au plus fort de son anorexie, Patricia n'avait mangé que du kimchi ; autant dire qu'elle faisait de la place autour d'elle.

Sylvie les avait dévisagées un long moment avant de traverser le couloir, pieds nus, et d'entrer dans le bureau de son mari. Elle avait sans doute une réception de plus à organiser, un pique-nique, un défilé ou un déjeuner du Rotary Club, une fête foraine ou une commémoration juive pendant laquelle Diana, en deuxième année de médecine, serait exhibée, et à laquelle Lizzie ne serait pas invitée.

« On a eu chaud », avait soufflé Patricia en récupérant le bang et en le fourrant dans son cartable, enveloppé dans une serviette.

Lizzie avait failli expliquer qu'elle aurait pu se faire un shoot d'héroïne devant sa mère, avec un garrot autour du bras et une seringue plantée dans la veine, et Sylvie aurait quand même choisi de ne rien remarquer. « Oh, c'est juste des vitamines », aurait dit Lizzie, et sa mère lui aurait fait un vague signe de la main avant d'aller s'occuper de son mari.

Patricia avait ramassé les chips et secoué la tête en regardant l'écran, où une autre malheureuse racontait comment elle avait accouché aux toilettes.

« Je vais te dire, si j'étais enceinte, je suis sûre que je m'en rendrais compte », avait déclaré Patricia.

Je suis sûre que je m'en rendrais compte, songea Lizzie. Devant le magasin Duane Reade de Seventy-Second Street, elle enfonça sa casquette sur sa tête, au cas où quelqu'un reconnaîtrait la fille d'un sénateur disgracié en train de faire des courses à 11 heures du matin. Dans son panier en plastique, elle déposa du shampooing et du déodorant, un baume à lèvres et une crème, des élastiques et des rasoirs… puis, au rayon hygiène féminine, elle attrapa des tampons, des serviettes, et deux tests de grossesse.

Je dois me tromper, se dit-elle. Ce n'est pas possible autrement. On l'a fait juste une fois. Personne ne peut avoir autant de malchance. De retour à l'appartement, elle traversa le hall dont les murs étaient tapissés de photos : son père lors de sa cérémonie d'investiture, son père avec le président, ses parents sur leur trente et un, en train de danser lors d'un bal quelconque. Toutes avaient été prises par d'autres. Au fil des ans, Lizzie les avait photographiés alors qu'ils se préparaient pour aller en soirée, ou quand ils en revenaient, mais ils n'avaient jamais exposé ses clichés. Ils l'avaient remerciée, n'avaient pas tari d'éloges, mais Lizzie ne savait pas ce qu'ils avaient fait de ses cadres – elle savait seulement qu'ils ne les avaient jamais accrochés.

Elle posa son sac à main sur la table près de la porte d'entrée, puis s'enferma dans la salle de bains, où elle avait passé de longs moments de son adolescence à fouiller dans l'armoire à pharmacie, à vomir, ou, lorsqu'elle planait, à étudier le reflet fascinant de son visage dans la glace. Après avoir lu la notice, elle s'assit sur les toilettes et plaça les tests sous elle l'un après l'autre, en comptant jusqu'à cinq. Puis elle les posa sur le bord du lavabo et ferma les yeux très fort. Au bout de deux minutes, elle s'essuya, tira la chasse, se lava les mains et regarda les tests. Le premier affichait deux lignes bleu vif bien distinctes, le second un signe plus. Même Lizzie, qui s'était endormie en cours d'éducation sexuelle et avait séché ceux de sciences naturelles, savait exactement ce que cela signifiait.

Dis-le-lui, pensa Lizzie, comme tous les jours depuis qu'elle avait appris qu'elle était enceinte, deux semaines plus tôt. Elle descendit du train à la gare de 30th Street et suivit la foule des passagers dans l'escalator qui débouchait sur la rue. Si elle voulait se comporter en adulte, il fallait qu'elle le lui dise. Au moins, elle était sûre de cela. Elle expliquerait à Jeff qu'il s'agissait d'une erreur. Et Dieu sait que c'était la vérité, songea-t-elle tandis qu'elle marchait d'un pas lourd sur le trottoir. Elle n'avait pas voulu le piéger. C'était un accident, et elle en assumerait seule les conséquences.

Jeff avait eu l'air heureux de l'entendre la veille au soir, lorsqu'elle lui avait annoncé qu'elle allait voir sa sœur et son neveu à Philadelphie. Elle avait évité ses appels depuis le test de grossesse, de peur de laisser échapper la nouvelle. Quand elle s'était enfin décidée à l'appeler, il lui avait demandé si elle était en colère contre lui, s'il avait fait quelque chose de mal.

« Non, avait-elle répondu en tentant de paraître sincère. Non, c'est juste que j'ai été très occupée. Je ne suis pas en colère, tout va bien.

— Tu m'as manqué, avait-il dit d'une voix moins froide. Ça va, avec ta sœur ?

— Je crois, oui. »

Il avait marqué une pause, avant de demander :

« Tu veux dormir chez moi ? »

Lizzie avait failli grogner tout haut. S'il n'y avait pas eu cet accident, elle aurait adoré passer une nuit dans la chambre de

Jeff au milieu des arbres, heureuse et bien au chaud contre lui, dans son lit. Mais maintenant…

« On verra », avait-elle répondu, même si elle était sûre qu'après avoir appris la nouvelle il n'aurait plus du tout envie de la voir. Il lui en voudrait. Elle se rappelait très bien la façon dont sa mâchoire s'était contractée lorsqu'il lui avait parlé de sa mère… Elle n'était qu'une femme irresponsable de plus à lui gâcher la vie.

Elle avait fait son sac au cas où, puis, s'armant de courage, elle avait appelé sa sœur et laissé le même message chez elle, sur son portable, sur sa boîte mail et son pager : « Je regrette qu'on se soit mal comprises (non pas que le malentendu fût de sa faute, mais elle pouvait se montrer conciliante – et la voix qui lui avait soufflé "Tu peux le faire" était sûrement d'accord). *Je viens en ville. J'aimerais vous voir, Milo et toi.* » Elle n'avait eu aucune réponse.

Il lui fallut presque quarante minutes à pied pour rejoindre Washington Square, sous les nuages qui s'amoncelaient. Le temps était gris et sombre, avec un petit vent frais qui lui faisait regretter de ne pas avoir pris de pull, et d'avoir mis des tongs et un pantalon bouffant en coton qui s'arrêtait à mi-mollet, plutôt qu'un jean et de vraies chaussures. Elle prit l'ascenseur jusqu'à l'appartement de Jeff au onzième étage, et traversa lentement le couloir avec son sac sur l'épaule. Elle eut à peine le temps de frapper. La porte s'ouvrit et Jeff apparut sur le seuil, pieds nus, en jean et chemise, les cheveux encore mouillés.

« Lizzie », dit-il en la serrant dans ses bras.

Ils entrèrent dans l'appartement, où Lizzie retrouva les photos de famille sur un mur, les affiches colorées sur l'autre, et – elle plissa les yeux pour en être sûre – la photo qu'elle avait prise le premier soir où elle était venue chez lui, encadrée et posée sur la table de la cuisine. Elle regarda derrière lui à travers la grande fenêtre. Du onzième étage, le parc ressemblait à un puzzle avec des pièces vertes et des lignes grises, et la fontaine ronde au milieu.

« Tu as bonne mine », lui dit Jeff.

Elle en doutait. Du fait des hormones, ou bien du stress, elle avait un gros bouton sur le menton ; ses cheveux, attachés comme d'habitude en chignon, s'étaient emmêlés en chemin. Jeff lui prit la main et la conduisit jusqu'au salon. Elle se demanda s'il avait l'intention de l'entraîner dans son grand lit douillet avant de manger. Une délicieuse odeur d'oignons, d'ail et de poulet au four s'échappait de la cuisine. Lizzie eut soudain envie de se déshabiller et de se glisser avec Jeff dans son lit aux draps bleus. Était-ce normal ? Les femmes enceintes étaient-elles censées être excitées ? Il y avait peut-être quelque chose qui clochait chez elle.

Jeff voulut l'embrasser, mais elle se détourna.

« Est-ce que je peux te parler ? » demanda-t-elle.

Étonné, il haussa les épaules et s'écarta pour la laisser passer.

« Bien sûr. »

Lizzie ôta son sac de son épaule et le serra contre son ventre. Tandis que Jeff s'asseyait sur le canapé, elle resta debout près de la fenêtre qui donnait sur le ciel nuageux et les pelouses bien entretenues du parc, et se mit à parler sans le regarder :

« Alors voilà. »

« Le plus tôt commencé, le plus tôt terminé », disait toujours mamie Selma. Lizzie sentait ses mains et ses genoux trembler, les muscles de ses cuisses tressauter. Elle avait envie de partir d'ici en courant et de fuir.

« Tu peux quand même t'asseoir », suggéra-t-il en posant la main sur le coussin à côté de lui.

Mais Lizzie n'était pas dupe. Ça commence sur le canapé, ça finit dans le lit. Elle inspira profondément, tentant de maîtriser ses tremblements, mais, lorsqu'elle ouvrit la bouche, elle se rendit compte qu'elle arrivait à peine à parler. Toutes ses bonnes intentions s'étaient envolées.

Jeff la regardait.

« Qu'est-ce qu'il y a ?

— Je suis… »

Elle avala sa salive.

« Je suis toxico. »

Il n'aurait pas eu l'air plus choqué si elle l'avait giflé.

« Quoi ? »

Lizzie baissa la tête, ne voulant pas voir ses yeux écarquillés et sa bouche ouverte.

« J'ai été en cure au printemps, avant de travailler pour Diana.

— Donc tu vas bien, maintenant ? »

Avant qu'elle ait eu le temps de répondre, il eut un rire amer.

« Oublie. Question idiote. Si je te disais combien de fois j'ai entendu ma mère… »

Il pinça les lèvres.

« Entendu dire quoi ? » murmura Lizzie.

Jeff se leva et s'approcha de la fenêtre.

« Qu'elle allait bien. Qu'elle avait arrêté de boire définitivement. Définitivement, ça voulait dire deux ou trois mois. Et puis ça recommençait. »

Lizzie serrait les sangles de son sac tellement fort que ses jointures étaient toutes blanches.

« Je suis désolée, murmura-t-elle. J'aurais dû te le dire. »

Jeff poussa un long soupir et enfonça les mains dans ses poches, avant de se tourner vers elle.

« Non. C'est… Tu aurais fini par me le dire, non ?

— Bien sûr », répondit Lizzie, bien qu'elle n'en fût pas si certaine.

Elle n'avait jamais pensé en termes d'avenir. Elle n'était jamais restée aussi longtemps avec quelqu'un.

« Alors tu vas bien ? Tu crois que… ? »

Il ne termina pas sa phrase, et elle sut, en voyant son visage ouvert et plein d'espoir, qu'elle n'y arriverait pas, qu'elle ne pourrait pas lui révéler le reste. Il avait eu une mère alcoolique, et elle l'avait déçu, cela semblait clair. Comment Lizzie pouvait-elle lui annoncer qu'en plus elle était enceinte ?

« Je crois que je vais bien, répondit-elle. En fait, je crois que je n'y toucherai plus. Que je suis guérie.

— C'est vrai ? »

Tout, dans son visage, dans le ton de sa voix, dans la façon dont son corps s'était tourné vers elle, montrait qu'il avait envie d'y croire. Je ferais mieux de partir, pensa Lizzie. Je ferais mieux de partir avant de tout lui dire et de lui briser le cœur.

« Quelle heure est-il ? » demanda-t-elle.

Jeff eut l'air surpris.

« 17 h 30.

— Oh, mince ! J'avais complètement oublié ! J'ai dit à Diana que j'irais chercher Milo à son club d'échecs… »

Elle jeta son sac sur son épaule.

« Il faut que je me sauve.

— Attends ! Tu viens juste d'arriver ! Et notre dîner ?

— Je reviendrai », dit-elle.

Il lui tint la porte, l'air toujours aussi stupéfait.

« Je t'accompagne.

— Non, non, ça va aller. Je prendrai un taxi dans Walnut Street.

— Je peux tout garder au chaud », proposa-t-il en faisant un geste vers la cuisine.

Lizzie sentit son estomac se serrer. Aucun garçon ne lui avait jamais préparé à manger. Elle était déjà contente quand les types avec qui elle sortait avaient quelques pièces pour acheter une part de pizza.

« Je reviendrai », promit-elle.

Et, en se mettant sur la pointe des pieds pour l'embrasser sur la joue, elle étouffa un sanglot, parce qu'elle savait que c'était la dernière fois qu'elle le touchait, qu'elle venait ici, qu'elle le voyait.

« Tu es quelqu'un de bien », murmura-t-elle.

Trouve quelqu'un d'autre, songea-t-elle. Sois heureux. Tu le mérites.

« Merci », répondit-il.

Et, sans lui laisser le temps d'ajouter autre chose, elle passa devant lui et sortit.

Dehors, il s'était mis à pleuvoir. Les gouttes qui tombaient sur ses joues se mêlaient à ses larmes, et sa sœur ne répondait toujours pas au téléphone. Super, se dit-elle. Vraiment super.

Elle savait qu'elle devait aller à une réunion. Il y en avait une à 18 heures dans l'église de Walnut Street. Protéger sa sobriété, c'était la priorité absolue, car si elle commençait à prendre de mauvaises décisions, tout s'enchaînerait très vite et elle se retrouverait encore plus mal qu'elle ne l'avait été avant que ses parents l'exilent dans le Minnesota. Elle irait à cette réunion... mais d'abord, il fallait qu'elle mange. Malgré ce qui s'était passé dans l'appartement de Jeff, malgré son chagrin, Lizzie était affamée. Cela n'avait pas de sens, mais c'était peut-être à cause du bébé.

Le bébé. Elle répéta ces mots dans sa tête, puis les prononça tout haut. « Le bébé. » Une dame qui marchait près d'elle sur le trottoir la regarda bizarrement. Lizzie se tut. Un vrai bébé qui grandissait en elle. Incroyable !

Tandis qu'elle se dirigeait sous la pluie vers la maison de Diana, elle aperçut un restaurant de sushis. Cela lui disait bien, mais elle se rappelait avoir lu quelque part que le poisson cru n'était pas conseillé aux femmes enceintes. Autant ne pas prendre de risques. Le pauvre, il n'était déjà pas gâté.

BURRITOS, indiquait un néon orange qui luisait dans le crépuscule pluvieux. Un burrito, pourquoi pas. Elle en commanderait un avec du poulet, des haricots noirs et un supplément de fromage et de guacamole, et elle prendrait aussi un grand soda (les femmes enceintes avaient-elles droit au soda ?), et un brownie en dessert s'ils en avaient, et s'ils n'en avaient pas, elle irait en chercher un ailleurs.

Dix minutes plus tard, Lizzie courait sur le trottoir avec un sac tout chaud sous le bras et ses tongs gonflées d'eau. La maison de sa sœur n'était plus qu'à deux rues de là, et elle avait toujours la clé. Elle espérait juste que Diana et Gary ne lui en voulaient pas au point d'avoir fait changer les serrures.

La pluie tombait à verse, et c'est en frissonnant, le pantalon collé aux jambes, que Lizzie entra chez Diana.

« Ohé ! cria-t-elle. Diana ? Milo ? Il y a quelqu'un ? »

Apparemment, personne. Un BlackBerry – celui de sa sœur ? – était branché et clignotait sur la petite table près de la porte. Mais le salon et la cuisine étaient déserts et les lumières éteintes. L'ordinateur portable de Gary se trouvait sur la table basse, fermé. L'écran de la télé était noir, la pièce calme et silencieuse.

Lizzie monta l'escalier discrètement. S'il n'y avait personne, elle irait dans la chambre d'amis au deuxième étage, dînerait et se reposerait. Peut-être dormirait-elle jusqu'au lendemain matin sans que personne remarque sa présence, et elle pourrait s'en aller une fois que tout le monde serait parti au travail ou à l'école. Elle passait devant la grande chambre au premier étage lorsqu'elle entendit un gloussement, puis une voix grave et virile, une voix qui n'appartenait absolument pas à Gary, qui disait :

« Ouvre la bouche. Tout de suite. »

Lizzie se figea. Oh, Seigneur. Et si Diana était en train de se faire violer ? Sauf qu'elle l'avait entendue glousser. Oui, mais le violeur lui avait peut-être ordonné de glousser, de faire comme si cela lui plaisait, alors que Diana, à cet instant précis, était allongée sur le lit avec un couteau sous la gorge et un inconnu en train de lui infliger des choses horribles…

Lizzie retint sa respiration tandis que sa sœur poussait un gémissement, de douleur ou d'extase.

« Oh, mon Dieu, grognait Diana. Oh, mon Dieu. Oh, mon Dieu.

— Tu aimes ça ? fit l'homme, railleur. Dis-moi que tu aimes ça. »

De douleur, décida Lizzie. Et si le type avait attaché Milo et Gary quelque part ? Et si le mari de Diana et son fils de sept ans se trouvaient dans la maison, forcés d'écouter cela ? Le bruit retentissant d'une claque mit fin à son hésitation. Elle chercha une arme dans son sac. Ne trouvant que le burrito, elle attrapa le premier objet qui lui tomba sous la main, en l'occurrence une statuette de bouddha en fer qu'un copain de Gary, de retour d'une quête spirituelle au Tibet, leur avait offerte pour leur mariage. Diana avait été complètement déconcertée. En ouvrant la boîte pendant le brunch, le lendemain de la cérémonie, elle avait froncé les sourcils face au bouddha grassouillet assis en tailleur.

« Je ne crois pas que c'était sur la liste, avait-elle dit.

— Relax, Diana », avait répondu Gary, qui avait la gueule de bois.

Diana avait reposé la statue avec une petite grimace de dégoût, en soufflant : « Débarrasse-moi de ce truc » à Lizzie, qui, au lieu de cela, avait remballé le bouddha et l'avait posé en évidence sur l'étagère lorsqu'elle était revenue avec sa mère pour faire le tri dans les cadeaux.

Serrant la statuette dans une main, Lizzie agrippa de l'autre la poignée et ouvrit la porte de la chambre. Sa sœur était là, toute nue, les poignets attachés aux montants du lit par des foulards en soie ; un homme était à califourchon sur elle, le sexe pris en sandwich entre ses seins.

« Va-t'en ! » hurla Diana en tentant de se tourner, oubliant qu'elle avait les mains attachées.

Lizzie lança le bouddha de toutes ses forces. Il atterrit sur la couette et rebondit contre la hanche de sa sœur, lui arrachant un cri de douleur. L'homme sauta du lit et se précipita vers son pantalon.

« Diana ? » dit Lizzie.

Oh non, c'était horrible. Tout simplement horrible. Avant de détourner les yeux, elle eut le temps d'apercevoir un suçon violet sur le sein de sa sœur. Diana avait les cheveux emmêlés et des pupilles énormes, comme si elle avait été droguée. Peut-être qu'elle l'avait été. Lizzie ne savait pas où regarder, ni quoi faire. Détacher Diana ? Appeler les flics ? Assommer le type avec le bouddha ?

« Lizzie, sors d'ici ! ordonna Diana.

— Ça va aller », répondit courageusement Lizzie, qui comprenait que sa sœur ne veuille pas être vue dans cet état.

Gardant les yeux rivés sur l'homme qui se débattait avec sa braguette, elle releva la couette sur la poitrine de sa sœur.

« Ne t'inquiète pas. Je vais appeler la police…

— Non ! » crièrent Diana et le type en même temps.

Lizzie regarda l'homme, de l'autre côté du lit, qui avait réussi à enfiler son pantalon et une chemise bleue en coton. Il avait un badge attaché à la poche de sa chemise. *DOUG VANCE*. Quel genre d'abruti viole une femme avec son badge ? se demanda Lizzie, confuse, avant que le type se mette à parler.

« Tout va bien », dit-il.

Ses doigts couraient sur les boutons de sa chemise. Il avait les cheveux bruns, les joues rouges, et la carrure massive d'un joueur de football américain.

« Je connais Diana.

— Vous... »

Lizzie dévisagea Doug Vance, puis sa sœur toujours attachée au lit. Diana ferma les yeux très fort et roula sur le côté, aussi loin que les liens autour de ses poignets le lui permettaient.

« Tu peux nous excuser un moment ? » demanda-t-elle.

Lizzie ramassa le bouddha sur le lit et sortit de la chambre. Quelques minutes plus tard, sa sœur la rejoignit, habillée et recoiffée.

« Allons parler au salon. »

Il y avait quelque chose d'étrangement implorant dans sa voix. Lizzie la suivit au rez-de-chaussée, où sa sœur, qui ne la touchait presque jamais, lui prit les mains.

« Tu ne dois rien dire à Gary. S'il te plaît, Lizzie. Tu ne peux pas faire ça.

— D'accord. »

Lizzie savait que c'était ridicule, et cela montrait sans doute qu'elle était quelqu'un d'ignoble, mais elle était ravie du tour que prenaient les événements. Elle n'était plus la raté numéro un de la famille. L'adultère, c'était du lourd. Pas plus, peut-être, qu'une grossesse hors mariage, mais peu importait pour le moment. Sa grande sœur si prude, sa grande sœur mariée, avait un amant ! Et un amant adepte du bondage !

« Ne le dis pas non plus à maman, ajouta Diana.

— Je crois que maman a d'autres chats à fouetter, en ce moment », répondit Lizzie d'un ton hautain.

C'était mal, vraiment mal de tourmenter Diana de cette façon, mais qu'est-ce que c'était rigolo !

Diana se couvrit les yeux avec la main.

« Je crois que je perds la tête », marmonna-t-elle.

Puis elle regarda Lizzie.

« Qu'est-ce que tu fais ici ? »

Lizzie se frotta les bras en se rappelant la raison qui l'avait amenée à Philadelphie.

« Je suis venue voir un ami.

— Le type avec qui tu sortais ? Jeff ?

— Ouaip », répondit Lizzie.

Et, comme elle ne pouvait pas résister, elle ajouta :

« On pourrait peut-être se faire un truc à quatre ? Ou à cinq, si tu dois amener Gary ? »

Diana pressa ses poings contre ses yeux et grogna tout haut, un son grisant et délicieux. Sans rien dire, elle se leva du canapé et alla chercher son sac à main. Lizzie la regarda sortir des billets un à un : vingt, quarante, soixante, quatre-vingts dollars.

« Tiens. Tu peux aller au restaurant.

— J'ai de quoi manger, répondit Lizzie en se souvenant de son burrito. Je pensais dire bonjour à Milo. »

En entendant le prénom de son fils, Diana gémit encore, mais plus doucement.

« Milo est au cinéma avec Gary, dit-elle en lui tendant de nouveau les billets. S'il te plaît, Lizzie. J'ai vraiment besoin d'être seule.

— Tu n'es pas seule, fit remarquer Lizzie en levant les yeux vers le plafond.

— S'il te plaît », répéta Diana d'un ton sec.

Lentement, Lizzie rassembla ses affaires. Elle mit son sac sur son épaule, plia soigneusement les billets et les glissa dans la poche arrière de son pantalon, pendant que Diana bouillonnait d'impatience à côté d'elle.

« Il se passait quoi, là-haut, au juste ?

— Ça ne te regarde pas.

— Oui, normalement. Mais étant donné que je vous ai vus… »

Elles se retournèrent toutes les deux. Doug Vance, complètement rhabillé, était en train de descendre l'escalier.

« On se voit à l'hôpital », dit-il à Diana le plus tranquillement du monde, comme s'ils venaient de prendre le thé ou de jouer au badminton.

Il fit un signe de tête à Lizzie – un signe de tête, alors qu'à peine dix minutes plus tôt il faisait des choses innommables à sa sœur ! – et lança un dernier long regard à Diana avant de disparaître. Diana se retourna aussitôt vers sa sœur.

« Je n'ai pas envie d'en parler », déclara-t-elle, au cas où Lizzie n'aurait pas déjà compris.

Et elle resta ostensiblement à côté de la porte d'entrée, forçant Lizzie à sortir dans la nuit froide et pluvieuse, à retourner à la gare et à rentrer à New York, à la maison.

SYLVIE

Sur le bord de la fenêtre, au-dessus de l'évier de la cuisine, était posé un transistor dont le boîtier en plastique était craquelé. Jadis, sa grand-mère écoutait les matchs des Red Sox sur cette radio, elle l'emportait sur la véranda et réglait l'antenne minutieusement. Elle restait assise là avec les enfants et petits-enfants qui voulaient bien se joindre à elle, en buvant une bière et en applaudissant à chaque point marqué tandis que les papillons de nuit battaient des ailes contre la lumière du porche.

Par une fraîche journée d'octobre, alors qu'un croissant de lune blanc se détachait encore sur le ciel bleu matinal, Sylvie, debout devant l'évier, fit défiler les stations de radio jusqu'à tomber sur *Summer Wind* de Frank Sinatra. À l'étage, les derniers draps et les dernières couettes en plume s'accrochaient au tambour de la machine à laver. Depuis quelques semaines, Sylvie avait entrepris de dépoussiérer et d'aérer chacune des chambres, de nettoyer et de cirer les parquets, de refaire les lits avec des draps et des quilts fraîchement lavés et repassés. Cela l'avait occupée les jours où elle aurait pu, par exemple, écouter les émissions de débats et pleurer, à l'époque où l'histoire de Joelle et de Richard était encore d'actualité. Apparemment, ce n'était plus le cas. Richard avait eu raison. Son infidélité avait fait la une seulement une journée. À présent, les médias s'intéressaient au chanteur accusé d'avoir abusé de mineures, et à un joueur de basket qui avait été pris en train de truquer des matchs. La réputation de Richard et, incontestablement, sa cote de popularité avaient souffert, mais il avait gardé son travail ; tout comme cette Joelle, sans doute. Que disaient ses filles, déjà, quand elles étaient plus jeunes ? « Pas de quoi se prendre la tête. » Oui, pas de quoi se prendre la tête, sauf pour ceux qui devaient vivre avec.

Sylvie gardait son téléphone portable sur sa table de nuit et tous les soirs, avant d'aller se coucher, elle comptait les appels de Richard. La plupart du temps, elle en recevait au moins une demi-douzaine par jour. Un samedi, il y en avait même eu dix. Elle ne répondait jamais. Elle ne se sentait pas encore prête. Alors elle se déshabillait, enfilait sa chemise de nuit et s'étendait sur les draps qu'elle avait lavés et mis à sécher au soleil. Elle dormait d'un sommeil profond, sans rêves. Ses inquiétudes, elle les gardait pour la journée.

Elle se faisait du souci pour Diana : elle n'avait pas réussi à la joindre depuis plusieurs jours. Quand elle appelait chez elle, ça sonnait dans le vide – pas vraiment surprenant, vu que Diana et Gary ne répondaient presque jamais sur le fixe, préférant communiquer par portable, courriels ou textos –, mais là non plus Sylvie n'obtenait aucune réponse.

Si elle avait régulièrement des nouvelles de Lizzie, ses conversations récentes avec elle l'avaient également inquiétée. Lizzie était rentrée à la maison, dans leur appartement, et avait commencé son travail d'assistante chez un photographe. Tout cela était très bien, très prometteur, sauf que Lizzie n'avait pas l'air dans son assiette. Elle ne semblait pas avoir replongé dans la drogue ou l'alcool, ce qui était plutôt rassurant, mais elle paraissait différente, sans que Sylvie parvienne à l'expliquer. Allait-elle aux réunions ? « Oui, maman. » Son travail lui plaisait-il ? « Ça va. » Prenait-elle soin d'elle ? Mangeait-elle correctement ? Avait-elle besoin de quelqu'un à qui parler ? Est-ce que tout allait bien ?

« Tout va bien, m'man, répondait Lizzie, sur un ton qui indiquait clairement qu'elle avait autre chose à faire.

— Tu as des nouvelles de Diana ? avait finalement demandé Sylvie, la veille au soir. Comment va-t-elle ? »

Elle avait marqué une pause, avant de se lancer :

« Ça fait plusieurs jours que je n'arrive pas à la joindre. Je m'inquiète pour elle. »

Lizzie avait eu un petit rire.

« Qu'est-ce qui se passe ? avait demandé Sylvie, perplexe. Elle va bien ?

— Diana est occupée, je crois.

— Occupée à quoi ? »

Un silence.

« Tu devrais peut-être le lui demander toi-même.

— Mais enfin, dis-moi ce qui se passe ! »

Sylvie avait tenté de rester aimable, mais c'était difficile.

« Pour l'amour du ciel, Elizabeth, tu ne crois pas que j'ai eu assez de surprises, cette année ?

— Appelle-la.

— C'est ce que je fais, mais elle ne répond pas. Tu as de ses nouvelles ?

— Pas depuis quelque temps.

— Eh bien, si jamais tu l'as au téléphone, avait ajouté Sylvie en luttant pour garder son calme, pourrais-tu lui dire que je lui ai laissé des messages et que je m'inquiète ?

— Je lui dirai. Je dois y aller, je suis en retard.

— Ah bon ? Où vas-tu ? » avait demandé Sylvie.

Mais Lizzie avait déjà raccroché. Une de ses filles ne lui répondait pas, l'autre lui raccrochait au nez. Ça n'allait pas du tout !

Bien sûr, elle pourrait toujours appeler Richard. Peut-être qu'il avait parlé avec Diana. Sylvie pesa le pour et le contre, avant de décider qu'elle n'était pas prête à affronter une conversation avec son mari… même si elle serait bien obligée de le faire un jour. Il y avait presque dix mille dollars sur leur compte joint, le seul auquel elle avait accès. Avec ça, elle pouvait tenir un moment, peut-être un an, si elle n'avait à payer que les courses, les factures et le mazout pour le chauffage, mais elle finirait par avoir besoin d'argent. Elle pourrait essayer de trouver un travail, mais qui emploierait une avocate de cinquante-sept ans qui avait quitté le marché du travail depuis des siècles ? Elle avait conscience que son savoir-faire juridique ne datait pas d'hier, et que les compétences qu'elle avait acquises en tant que femme de sénateur n'étaient pas, comme on dit, facilement transférables. À moins de trouver un autre homme de pouvoir qui avait besoin de quelqu'un pour gérer sa vie.

Poussant un soupir, elle nettoya l'évier et essora l'éponge. À cet instant, son téléphone se mit à sonner. Elle espéra que c'était Diana qui rappelait pour lui dire que tout allait bien, mais ce fut la photo de sa mère – son portrait officiel, en robe de magistrat et col de dentelle – qui apparut sur l'écran.

« Tu as appelé un avocat ? demanda Selma en guise de bonjour, avec son fort accent de New York.

— Pas encore, répondit Sylvie.

— Et alors, qu'est-ce que tu attends ? Tu crois qu'il est fidèle pendant que tu restes là-haut à repasser les draps ? »

Sylvie soupira. Elle avait fait une erreur en racontant à sa mère ses aventures de ménagère.

« Pourquoi tu appelles ?

— Pour parler dinde », dit Selma, la voix râpeuse et insistante.

Comme Sylvie ne répondait pas, elle ajouta : « Tu sais, Thanksgiving ? La fête qui revient chaque année ?

— Bien sûr », dit Sylvie.

Sa mère avait toujours organisé Thanksgiving, d'abord dans le grand appartement qu'elle avait partagé avec son mari, puis dans son logement plus petit mais néanmoins imposant au Pavillon Davidson, la résidence médicalisée où elle avait emménagé après la première attaque de Dave. Chaque année, Diana, Gary, Milo, Lizzie, Richard et Sylvie assistaient au défilé de Thanksgiving, s'étouffaient avec la dinde desséchée de Selma et sa farce qui avait la consistance d'un enduit, avant de passer au salon pour prendre le dessert : café soluble avec gâteaux de chez Sarabeth's, tarte à la citrouille faite maison à laquelle personne ne touchait sauf Richard, et tarte aux baies mélangées. Sylvie se rappelait quand les filles étaient petites et qu'elle leur faisait des couettes, les aidait à enfiler leurs robes Polly Flinders, leurs collants à côtes et leurs sandales Mary Jane. Elle se souvenait de l'année où Diana s'était emmêlée dans le rideau de perles qui séparait le salon de la cuisine chez sa mère, et celle où Lizzie, ayant fumé avant de venir, n'avait pas arrêté de glousser en mangeant la garniture de la tarte à la citrouille directement dans le plat. Elle gardait aussi des images assez précises du type que Lizzie avait emmené avec elle, cette fois-là. Il s'appelait Chuck ou Chad, quelque chose dans le genre, il était riche, il portait une cravate magnifique et une chemise à poignets mousquetaires, et il s'était endormi à table.

« Il est fatigué ! avait insisté Lizzie.

— Si par "fatigué", tu veux dire "défoncé", alors oui, Lizzie, il est très fatigué », avait rétorqué Diana, qui était en troisième année de médecine, à l'époque.

Et puis il y avait la fois à laquelle Sylvie détestait repenser. Elle rentrait chez elle avec un Tupperware rempli de restes de dinde qu'elle comptait bien jeter directement à la poubelle lorsque le téléphone s'était mis à sonner.

« Je ne veux pas te faire peur, ma chérie, avait dit Selma, mais j'ai l'impression que mes perles et mon alliance ont disparu. »

Sylvie avait découvert les bijoux dans la poche du jean de Lizzie, que celle-ci avait mis au sale avant de tomber de sommeil (« ivre morte », avait dit Diana en prenant le pouls de sa sœur), en culotte et T-shirt de l'université Barclay.

« Sylvie ! cria sa mère. Tu es toujours là ? Allô ?

— Oui, je suis là.

— Bon, tu viendras ?

— Je me disais qu'on pourrait fêter Thanksgiving ici », répondit Sylvie, frappée par une inspiration soudaine.

Elle crut presque entendre les rouages du cerveau de sa mère se mettre à tourner.

« Sans Richard ?

— Non, sans Richard. »

Elle inviterait peut-être Tim, en revanche. C'était une possibilité. Mais comment dire à sa mère, et *a fortiori* à ses filles, qu'elle voyait quelqu'un ? « Un autre homme, Sylvie ? soupirerait Selma. Tu crois vraiment que ça va régler tes problèmes ? C'est vraiment la solution ? »

Tim n'était pas une solution, songea-t-elle, têtue. Tim était une récompense. L'écouter raconter ses histoires sur ses fils, leurs voyages, leurs moments passés ensemble, c'était comme assister aux lectures de contes à la bibliothèque, quand les filles étaient petites. Elles s'asseyaient en tailleur sur la moquette et ouvraient grandes les oreilles, enchantées par les histoires de haricots magiques et de maisons en bonbons. Sylvie écoutait Tim de la même manière quand il parlait.

« Si tu y tiens vraiment, dit Selma, dubitative. J'apporterai la dinde.

— Non ! »

Le mot échappa à Sylvie avec un peu plus de véhémence qu'elle ne l'aurait voulu.

« Non, n'apporte rien. Je m'occupe de tout.

— Alors tu cuisines, maintenant ? demanda sa mère d'une voix amusée.

— J'ai fait quelques essais. »

Un samedi matin, alors qu'elle conduisait sans but dans les rues de Fairview, elle était passée devant un vide-grenier et avait repéré un carton rempli d'une dizaine de vieux numéros de magazines de cuisine, *Gourmet, Saveur* et *Bon appétit*.

« C'est cinq dollars l'ensemble », avait annoncé la dame qui les vendait. Sylvie, qui avait été prête à en offrir vingt, s'était empressée de lui tendre un billet de cinq et de charger le carton dans son coffre. « Ils étaient à ma mère », avait confié la vendeuse, et Sylvie avait compris sans qu'elle le précise que sa maman était morte… et que sa mort expliquait sans doute ce vide-grenier, ces cartons de serviettes en tissu, ces portants de chemisiers et de manteaux, ces livres de mots mêlés et de Sudoku empilés sur la pelouse.

Sylvie avait rapporté les magazines à la maison et passé la majeure partie du week-end, quand elle n'était pas en train de cirer les parquets du premier étage, à étudier leurs pages maculées de taches. Certaines avaient été cornées ; sur d'autres, quelqu'un avait griffonné des notes dans la marge : « plus de beurre » à côté d'une recette de tarte à la framboise, « Bill aime bien » à la page d'un ragoût de poulet et de saucisses.

Arrivée au dimanche soir, Sylvie avait sélectionné une dizaine de plats qui lui plaisaient et, surtout, qu'elle pensait pouvoir faire, si elle trouvait les bons ingrédients et suivait les instructions à la lettre.

Tous les matins, en se réveillant, elle se sentait minuscule et abandonnée dans son grand lit, presque submergée par le regret de la vie qu'elle avait perdue. La tentation était forte de rester au lit toute la journée et de s'apitoyer sur son sort, mais elle s'obligeait à accomplir les gestes quotidiens : se lever, s'habiller, descendre à la cuisine. Elle buvait un café, se lavait les dents, se coiffait avec le bandeau en éponge qu'une cousine ou une locataire avait oublié dans la salle de bains, attrapait ses sacs en papier recyclé et partait à pied au supermarché Simmons avec sa liste de courses dans la poche. Elle achetait ce qu'il lui fallait, s'arrêtait parfois au salon de thé du centre-ville pour prendre un thé et un muffin, et rentrait à la maison, où elle passait l'après-midi dans la cuisine avec la radio allumée et le soleil qui chauffait le linoléum. Tim venait dîner presque tous les soirs. Sylvie était bien moins débordée que dans la vie qu'elle avait laissée derrière elle, avec ses réunions à 8 heures du matin, ses déjeuners qui s'éternisaient jusqu'à 15 heures, ses cours avec l'entraîneur et le déluge quotidien de mails et de coups de téléphone, mais elle parvenait quand même à occuper ses journées ; et elle essayait, autant que possible, de ne pas penser à Richard et à Joelle, ou à Richard tout seul, ce qui était pire, bizarrement.

Le premier lundi, après avoir trouvé les magazines, elle avait préparé une soupe avec une courge musquée qu'elle avait fait cuire au four avec un peu de sel, un filet d'huile d'olive et quelques gouttes de sirop d'érable, avant d'en récupérer la chair et de l'écraser en purée avec du bouillon de poule et un peu de crème. Ceil, ravie d'apprendre que Sylvie continuait à cuisiner, avait proposé (menacé, plus exactement) de lui envoyer son mixeur-batteur.

« Il faut que tu imagines la tête de Richard pendant que tu bats des œufs, avait-elle dit. Ou autre chose que sa tête. »

Sylvie avait décliné l'offre. Mais le lendemain matin, en sortant sur le perron, elle avait buté contre un carton FedEx et découvert en l'ouvrant que Ceil lui en avait quand même fait parvenir un. *Chaque femme a besoin d'un espace à elle*, avait-elle écrit sur la carte qui accompagnait le carton. *Tu as de l'espace, voici un mixeur.*

Depuis l'arrivée du mixeur, Sylvie avait réalisé un ragoût de lentilles tout à fait acceptable, les gâteaux roulés à la cannelle de Ceil (informes, mais délicieux quand même), quelque chose qui ressemblait au poulet frit de sa grand-mère, et du pudding indien, après s'être réveillée un matin avec une envie irrépressible d'en manger. Elle en avait dévoré deux bols avec de la crème épaisse par-dessus et avait donné le reste à Tim, en plus d'un litre et demi de soupe à l'oignon dont elle avait préparé le bouillon elle-même avec des os de bœuf. Les fils de Tim, Frankie et Ollie, devaient venir pour le week-end – ils iraient camper, lui avait dit Tim, comme ils le faisaient chaque année. En temps normal, Tim Junior était de la partie, mais il était bien occupé avec son bébé.

Faire la cuisine avait quelque chose de réconfortant. Préparer un bon repas pour son plaisir et non pour celui d'un entraîneur, d'une fille difficile ou de son mari, cela faisait du bien aussi. Tout comme les gestes mécaniques du nettoyage – l'eau chaude sur ses mains quand elle lavait ses plats et ses casseroles, le plaisir de vaporiser du produit sur les plans de travail puis de les essuyer avec un chiffon. Arranger un bouquet de fleurs qu'elle avait acheté sur la place du village au marché des producteurs du samedi, ranger le tas de livres de cuisine qui s'étaient accumulés dans la maison au fil des ans (l'un d'eux avait dû être offert à son oncle Freddie, car il ne proposait que des recettes avec de la bière), même un travail ingrat comme astiquer l'argenterie lui apportait une certaine satisfaction.

Mais à Thanksgiving sa mère ne serait pas impressionnée par ses nouveaux talents culinaires. La génération de Selma était née après *The Joy of Cooking*[1], et avant que Martha Stewart transforme la maison en laboratoire-galerie d'art dans

1. Un des livres de cuisine les plus connus aux États-Unis. La première édition date de 1931.

lequel la femme pouvait donner libre cours à son énergie créatrice et à ses impulsions scientifiques en fouettant des meringues et en posant elle-même son papier peint. La mère de Sylvie voyait la cuisine comme un lieu de corvée, une prison d'où elle ne pourrait jamais s'échapper assez vite. Par conséquent, ses repas se divisaient en deux catégories : les réchauffés et les surgelés – et encore, elle était capable de saboter un plat acheté chez le traiteur en l'oubliant dans le four. Le repas de Thanksgiving était le seul qu'elle tentait de cuisiner du début à la fin.

Au téléphone, Selma continuait à parler :

« Je t'enverrai mes recettes.

— D'accord, maman. »

Sylvie se demandait si l'instruction « Faites cuire jusqu'à dessèchement complet » apparaissait réellement dans la recette de la dinde.

La voix de sa mère se fit plus douce :

« Tu vas comment ? Tu ne te sens pas trop seule ?

— Ça va », répondit Sylvie machinalement.

Pour la première fois depuis qu'elle s'était enfuie dans le Connecticut, elle songea à Clarissa et à Derek. S'ils travaillaient pour elle, ils étaient en réalité employés par Richard, Derek comme chauffeur et Clarissa comme secrétaire particulière. Elle espérait que Richard leur avait trouvé un nouveau travail, qu'il ne les avait pas licenciés. Elle espérait que personne d'autre ne souffrait à cause de ce qu'il avait fait.

« Je me souviens, après la mort de ton père, il m'a fallu un long moment pour que j'arrête de le voir partout. Quand je me retournais, j'avais l'impression de l'apercevoir du coin de l'œil... Bien sûr, Richard n'est pas mort, ajouta-t-elle de sa voix râpeuse.

— Effectivement. »

Et Richard n'avait pas non plus passé beaucoup de temps dans la maison du Connecticut. Comme Sylvie n'avait jamais pris l'habitude de le voir ici, revenant de la terrasse avec le journal ou arrivant dans la cuisine avec une tasse à café vide, elle ne le voyait pas non plus maintenant. C'était sa maison, son lieu, avec ses repas et ses souvenirs. Elle avait lavé les rideaux et ciré les sols, refait tous les lits et réorganisé tous les placards. Elle avait jeté le cadavre de la souris, et cela plus que toute autre chose faisait de cette maison son espace à elle.

« Je peux te poser une question ?

— Je t'en prie, répondit Selma.

— Est-ce que tu crois que... »

Sylvie tenta de trouver les mots justes. Est-ce que j'aurais dû m'en douter ? Est-ce que c'est ma faute ? Malgré la routine qu'elle avait mise en place, malgré la compagnie de Tim, elle se sentait toujours à la dérive et désespérément seule. En l'espace de quelques heures, elle avait perdu son mari, son meilleur ami, son identité personnelle et professionnelle, sans parler de son boulot ; et ses filles, sans qu'elle sache si c'était mieux ou pire, étaient adultes. Qui était-elle, maintenant ? À quoi servait-elle ?

« Tu crois que j'ai été une bonne épouse ? demanda-t-elle finalement.

— Sylvie, répondit sa mère d'une voix confiante. Tu as été une bien meilleure épouse que ce qu'il méritait. Et tu es une mère formidable. »

Sylvie ne put répondre. Les larmes se mirent à couler sur ses joues.

« Si, c'est vrai, insista Selma. Tu as fait de ton mieux, et c'est tout ce qu'une mère peut faire. Tu as deux gentilles filles. Tu es une femme bien. Et si Richard ne voit pas ça... s'il est incapable de te traiter comme tu le mérites... s'il n'est même pas assez futé pour garder un secret...

— Oh, maman », l'interrompit Sylvie.

Elle n'avait pas envie d'un mari qui allait voir ailleurs et qui le cachait, même si elle savait qu'un certain nombre de femmes autour d'elle préféraient rester Mme Untel, quitte à fermer les yeux lorsque leur mari était surpris au restaurant, dans un bar ou sur une plage en compagnie d'une autre femme.

« Eh, excuse-moi ! s'écria Selma. Mais les hommes infidèles que j'ai connus avaient au moins assez de respect envers leurs femmes pour faire en sorte qu'elles ne soient pas au courant. En tout cas, ils ne leur mettaient pas le nez dedans. »

Sylvie réfléchit. La torpeur qu'elle avait ressentie ce fameux jour dans la voiture, en revenant de Philadelphie, s'insinuait de nouveau en elle. Elle n'avait pas envie de demander, pas envie de savoir, mais la question enflait dans sa bouche comme une terrible tumeur qui éclaterait si elle ne prononçait pas le mot.

« Papa ? »

Sa mère répondit sans hésiter :

« Oh, chérie, non. Pas lui… Du moins, pas que je sache… Quoique, il y avait cette Miriam Selkin. Tu te souviens d'elle ? Celle aux gros seins, là. »

Sylvie se rappelait vaguement Mme Selkin comme une gentille voisine qui achetait toujours des cookies Girl Scout à Diana. En revanche, elle se souvenait très bien de son père, nageur et passionné de mots croisés ; elle le reverrait toujours tel qu'il avait été dans les dernières années de sa vie, rond, chauve et bronzé comme un poulet rôti à force de passer ses hivers à Palm Beach, le crâne taché par le soleil, et cette odeur familière et réconfortante de cigare et de poudre déodorante pour les pieds qui ne le quittait jamais. Quand Sylvie perdait une dent étant gamine, il glissait sous son oreiller un mot signé « La Petite Souris » (il écrivait sans prendre la peine de déguiser son écriture, sur son papier à lettres professionnel à monogramme. Sylvie le lui avait fait remarquer dès qu'elle avait été capable de lire, et son père avait répondu en haussant les épaules : « Peut-être que la Petite Souris m'a emprunté une feuille »). Selma avait souvent remercié son mari, lors de dîners de remises de prix, le considérant comme « son plus grand supporter et son premier admirateur ». Sylvie était certaine qu'il n'aurait jamais trahi sa femme.

« À mon âge, le sexe ne tient plus une place aussi importante, expliqua Selma.

— Maman…

— Et ton père, avec ses problèmes de dos…

— Maman, s'il te plaît.

— Je ne sais pas. Peut-être que si le Viagra avait existé plus tôt, les choses auraient été différentes », dit Selma d'un ton songeur.

Sylvie tenait le téléphone pincé entre deux doigts. Quelque part dans le monde, il existait sûrement une conversation qu'elle avait encore moins envie d'entendre. Elle n'arrivait pas à imaginer laquelle.

« Je dois te laisser », dit-elle, exactement comme Lizzie l'avait fait avec elle.

C'était vrai : Tim venait dîner dans une demi-heure, et la table n'était pas mise.

« Comment vont les filles ? demanda Selma.

— Bien, répondit-elle machinalement tout en sachant au fond d'elle que cela ne pouvait pas être vrai, avec Lizzie qui semblait si bizarre et Diana qui ne répondait pas à ses appels.

— J'espère que je ne t'ai pas contrariée, dit Selma. Je voulais juste que tu comprennes qu'on ne sait jamais ce qui se passe dans la vie d'un couple, derrière les portes des chambres. Personne n'est parfait. Pas même ta mère et ton père. »

Après lui avoir dit au revoir, Sylvie raccrocha et monta vite se préparer pour sa soirée avec son… petit ami ? Tim était-il son petit ami ? Une femme de son âge, une femme encore mariée pouvait-elle avoir un petit ami ?

Petit ami ou pas, elle voyait beaucoup Tim Simmons, ces derniers temps. Le matin, pendant qu'elle faisait ses courses, il était là, en train de s'entretenir avec le responsable du rayon traiteur ou de vérifier une commande avec le type du rayon bio, un jeune homme qui avait quitté Brooklyn pour minimiser son empreinte carbone et consommer uniquement des produits qu'il pouvait fabriquer ou faire pousser lui-même. Tim lui avait raconté que ce garçon était allé jusqu'à se passer de papier toilette l'année précédente, et demander à sa femme d'utiliser de vieilles chaussettes de sport quand elle avait ses règles. « La pauvre ! » avait dit Sylvie, tout en décidant intérieurement de trouver l'adresse de la jeune femme et de lui envoyer des tampons de façon anonyme, les pires, ceux avec applicateurs en plastique non biodégradables.

En général, Tim apportait le vin ou le dessert, ou autre chose – un roman dont il avait entendu parler, une sauteuse, des livres de cuisine indienne et grecque, de quoi faire une soupe dans sa mijoteuse électrique. Mais surtout il venait avec plein d'histoires à raconter sur ses fils. Les vacances de ski de Frankie et Ollie, par exemple, pendant lesquelles ils avaient décidé de louer des snowboards alors qu'ils n'en avaient jamais fait, et en arrivant tout en haut de la piste, Frank avait eu tellement peur qu'il avait été obligé de détacher son snowboard et de redescendre à pied. Ou l'histoire d'Ollie, à l'époque où il venait d'avoir le permis, qui avait pris le volant lors d'un voyage en famille au cap Cod, et qui était resté coincé dans un rond-point à tourner et tourner encore pendant que le reste de la famille hurlait de rire, jusqu'à ce qu'il trouve le courage d'en sortir. D'ordinaire taciturne, discret et effacé (peut-être, songea Sylvie, tous les hommes donnaient-ils cette impression à côté du charismatique Richard), Tim s'animait quand il parlait de ses garçons. Ses joues se coloraient, sa voix devenait plus forte, et son rire sonore emplissait la cuisine. Tim avait des photos, Tim avait des histoires, et surtout Tim et ses fils avaient toutes sortes de rituels et de traditions : le kayak et le camping au parc d'Arcadia en automne, les sorties rafting qu'ils prévoyaient pour le printemps, le projet de louer un gros camping-car dans quelques années pour visiter les parcs d'État entre le Connecticut et Seattle.

Tim et Sylvie parlaient de l'actualité, des derniers scandales qui touchaient les dernières starlettes, en évitant la politique et le sexe (ils n'évoquaient jamais le joueur de golf accro au sexe, ni le type qui avait trompé sa femme, une actrice célèbre, avec une strip-teaseuse tatouée et nazie). Sylvie finissait de préparer le repas pendant que Tim buvait une bière, tranquillement appuyé contre le plan de travail. Ils mangeaient – Tim lui faisait des compliments sur sa cuisine –, puis ils débarrassaient et lavaient la vaisselle ensemble. Elle préparait du café ; il faisait un feu. Ils s'installaient sur le canapé et continuaient à parler des garçons de Tim… ce qui, évidemment, amenait Sylvie à penser à ses filles. Pourrait-elle attirer Lizzie et Diana, et Milo, bien sûr, dans le Connecticut, avec des promesses de sorties kayak ou de camping ? Ces activités plairaient-elles à ses filles autant qu'elles plaisaient aux fils de

Tim ? Parfois, quand elle ajoutait une goutte de cognac à son café, elle imaginait qu'elle l'épouserait, qu'ils formeraient une grande famille recomposée, feraient de la randonnée et du camping tous ensemble, et les années passeraient, heureuses. Lizzie tomberait peut-être même amoureuse de l'un des garçons de Tim !

Sylvie l'écoutait tout en se distrayant avec ces rêveries secrètes. Pour une fois, elle ne pensait pas à Richard. À la fin de la soirée, vers 23 heures généralement, Tim se levait et fourrait les mains dans ses poches d'un air gêné.

« Bon, eh bien, bonne nuit », disait-il.

Le premier soir, il lui avait donné une poignée de main et l'avait serrée brièvement dans ses bras. Leurs gestes étaient devenus de moins en moins maladroits à chaque repas. Il l'avait embrassée sur la joue, et même une fois sur les lèvres, rapidement. Mais jamais rien de plus.

Sylvie se posait des questions sur ces baisers. Avait-il envie d'aller plus loin ? Et elle ? Elle commençait à se dire que cela lui plairait – elle apprécierait la chaleur, le réconfort d'un autre corps dans son lit, et elle imaginait qu'après l'amour Tim serait encore plus détendu et lui parlerait encore plus de ses garçons. Mais peut-être que Tim ne pouvait pas faire plus que l'embrasser. Elle avait entendu dire, par des amis et des connaissances, que de nombreux hommes de son âge ne pouvaient plus avoir de relations sexuelles pour des raisons médicales. Elle savait qu'il était divorcé depuis seize ans. Son ex-femme s'appelait Kathy. Elle travaillait comme infirmière scolaire à Rochester lorsqu'ils s'étaient rencontrés. « Il n'y a pas grand-chose à raconter. On s'est éloignés l'un de l'autre », avait-il dit la première fois qu'il était venu dîner, tout en aiguisant le vieux couteau de la mère de Sylvie avant de couper la viande.

On pouvait certainement dire que Tim et elle sortaient ensemble. Que Tim la courtisait, même. Quel mot démodé, quel concept dépassé ! Personne n'avait jamais fait la cour à Sylvie. Les choses étaient allées très vite entre Richard et elle (même si jamais elle ne l'avouerait à Lizzie et à Diana). Ils s'étaient parlé lors de cette soirée, étaient tombés dans les bras l'un de l'autre, et puis ils étaient devenus un couple. Pour sa défense, c'était comme ça que beaucoup de couples de sa connaissance, y compris Ceil et Larry, s'étaient mis ensemble.

Mais Tim lui donnait de vrais rendez-vous. « Tu as quelque chose de prévu, vendredi soir ? » lui demandait-il en la croisant dans le magasin. Quand Sylvie lui répondait qu'elle était libre, il lui proposait d'aller voir un film dans la seule salle du vieux cinéma du village, d'écouter un concert de musique de chambre, ou d'assister à une représentation de *Our Town* donnée par des lycéens (dans ce dernier cas, elle s'attendait à un spectacle d'amateurs d'une qualité exécrable, ayant enduré un certain nombre de pièces et de comédies musicales au lycée de Lizzie, mais elle avait été agréablement surprise par les compétences des élèves de Fairview. La fille qui jouait le rôle d'Emily Webb avait été particulièrement émouvante). Tim conduisait toujours ; il lui ouvrait la portière avant de faire le tour de la voiture pour s'installer au volant ; et il insistait pour payer le repas au bistrot français ou à la pizzeria.

« Tu dépenses une fortune en courses, disait-il, les mains dans les poches et le menton rentré dans la poitrine. Je peux au moins faire ça. »

Mais Sylvie ne savait pas si cela faisait de lui son petit ami, ni si un tel terme pouvait s'appliquer à deux quinquagénaires.

Peu importe, songea-t-elle. Elle se leva du canapé et monta l'escalier en souriant, sachant qu'elle devait se dépêcher si elle voulait que le repas soit prêt avant qu'il arrive.

DIANA

Elle voyait Doug depuis plus de quatre mois quand elle avait fini par le ramener chez elle, ce fameux soir pluvieux d'octobre. La mère de Doug avait récupéré sa voiture, Diana craignait qu'ils n'aient été trop souvent vus ensemble à l'hôpital, et, comme par hasard, il n'y avait plus aucune chambre au Sheraton de Society Hill, l'hôtel préféré de tous les couples adultères de Philadelphie à l'est de Broad Street. Doug avait proposé d'aller chez lui, mais Diana avait refusé, ne voulant pas croiser ses colocataires.

« Ferme les yeux, avait-elle chuchoté une fois devant chez elle, en regardant à droite et à gauche avant de l'entraîner à l'intérieur.

— Pourquoi ? C'est le bordel ? »

Ce n'était pas le problème. Depuis qu'ils se voyaient, Diana était devenue encore plus maniaque et encore plus accro au jogging – elle avait gagné une minute trente sur son meilleur temps aux dix kilomètres. Elle avait même l'impression de s'occuper mieux de Milo, et aussi de Gary, maintenant qu'elle avait une vie secrète, une identité secrète à entretenir ; étrangement, cela lui donnait plus d'énergie pour prendre soin de son fils et de son mari. Ce n'était pas parce que sa maison était sale qu'elle avait demandé à Doug de fermer les yeux. Elle ne voulait pas qu'il voie la photo, sur la cheminée, qu'elle avait prise à Noël, une photo d'elle, de son mari et du fils dont elle ne lui avait jamais parlé, souriant tous les trois face à l'objectif comme si tout allait bien.

Quand Lizzie les avait surpris au lit, Diana avait été convaincue que c'était le début de la fin. Comment Benjamin Franklin avait-il exprimé cela, déjà ? « Trois personnes peuvent garder un secret si deux d'entre elles sont mortes. »

« Ne t'en fais pas, avait dit Doug, qui semblait avoir des relations avec sa petite sœur bien différentes de celles que Diana entretenait avec la sienne. Quel intérêt elle aurait à te balancer ? »

Diana avait détourné les yeux. Elle ne pouvait pas lui expliquer qu'elle avait toujours été la fille réglo de la famille, la fille présentable du sénateur ; que Lizzie avait toujours été la loseuse et la ratée, et qu'elle ne pourrait pas résister à la tentation d'inverser les rôles, même de façon temporaire. Diana avait passé la journée suivante à se ronger les sangs, persuadée que Lizzie, volontairement ou non, dirait quelque chose à leurs parents. Ou bien qu'elle irait directement voir Gary, et que son monde s'effondrerait.

Une semaine s'écoula, puis deux, sans que Diana ait de nouvelles de sa sœur. Pas un seul coup de téléphone, pas un seul mail… Bien sûr, elle avait trop peur de contacter Lizzie elle-même. Elle évitait les appels de sa mère et se sentait trop coupable pour parler plus de deux minutes avec son père, à qui elle savait qu'elle manquait. Elle était mal placée pour le consoler ou le critiquer. À la rigueur, pensa-t-elle tristement, ils auraient pu comparer leurs expériences. « Vous l'avez déjà fait dans un parking, avec Joelle ? Comment tu t'es débrouillé pour que maman ne sache rien ? »

Peut-être que tout irait bien, se disait-elle. Que Doug et elle pourraient continuer comme ça indéfiniment, aidés par l'extrême naïveté de Gary. Tant qu'ils resteraient prudents, tant que Lizzie tiendrait sa langue, il n'y aurait pas de problème.

Finalement, Lizzie ne lâcha pas le morceau, et personne à l'hôpital ne les surprit ensemble. Tout bascula par un beau dimanche matin d'automne, alors que Diana, Gary et Milo étaient sortis prendre un brunch au café Green Eggs, dans le quartier du marché italien. Milo avait choisi cet endroit parce qu'il aimait bien le nom, Diana avait accepté parce qu'ils servaient du porridge de quinoa, et Gary avait haussé les épaules : « Si vous y tenez », avait-il dit. Ils venaient de tourner à l'angle de Dickinson Street quand Diana repéra Doug et deux de ses colocataires qui s'avançaient vers eux. Ils étaient en jean, sweat et baskets – la tenue décontractée du dimanche. Doug avait un ballon de foot sous le bras, un de ses copains portait un sac de bagels. Le temps sembla ralentir. Diana sentit ses jambes trembler, son visage rougir. C'était comme si un projecteur s'était braqué sur elle, comme si le mot COUPABLE était apparu sur son front à l'encre rouge indélébile, visible aux yeux de tous.

Allait-il lui parler ? Non, il ne le ferait pas, songea-t-elle tandis qu'ils se rapprochaient. S'il lui disait bonjour, elle serait obligée de le présenter à Gary et à Milo : « Voici Doug. Il est interne à l'hôpital. » Il ne voudrait pas ça. Il ne lui ferait pas une chose pareille.

Doug passa à côté d'elle sans un mot, apparemment sans un regard. Diana soupira en tremblant. Comme Milo la regardait bizarrement, elle se força à sourire, lui prit la main et donna une pichenette sur la visière de sa casquette.

« Ça va ? lui demanda Gary en voyant les perles de sueur sur son visage alors qu'ils arrivaient au restaurant.

— Ça va, répondit Diana d'une voix qui lui semblait presque étrangère. Je suis juste un peu déshydratée.

— Maman a couru seize kilomètres, ce matin », expliqua Milo.

C'était vrai. Elle avait parcouru cette distance à un peu moins de douze kilomètres-heure, terminé son jogging dans Tasker Street, et transgressé sa propre règle en finissant son entraînement sportif chez Doug, en sueur, toute rouge et à bout de souffle, entortillée dans ses draps et lovée dans ses bras.

Après avoir donné leur nom à l'hôtesse d'accueil, ils attendirent, sous le doux soleil, qu'une table se libère. Milo joua avec sa console. Gary, agacé, fit remarquer à la cantonade que dans leur quartier il y avait plein de cafés qui servaient des brunchs. Diana resta immobile, osant à peine respirer, jusqu'à ce que l'hôtesse les conduise à l'intérieur. Un serveur venait de prendre leur commande – des pancakes pour Milo, du porridge pour Diana, des œufs au plat avec des biscuits, de la crème et de la sauce au jus de viande pour Gary – lorsque le BlackBerry de Diana vibra dans sa poche.

« Le travail », dit-elle en regardant l'écran.

Ce n'était pas le travail. C'était Doug, qui lui envoyait le texto qu'elle attendait depuis qu'ils s'étaient croisés : JE CROIS QUE JE NE PEUX PLUS CONTINUER.

« Je reviens. »

Gary soupira bruyamment.

« Maman doit encore aller faire caca. »

Elle se dirigea vers les toilettes sans même lui dire de la fermer. Là, assise sur le siège, elle composa le numéro de Doug en tremblant et pressa le téléphone contre son oreille. Il décrocha à la troisième sonnerie.

« Salut, Diana.

— On peut parler ? » chuchota-t-elle.

Elle savait ce qui posait problème, du moins elle croyait le savoir : Doug devait penser qu'il avait brisé un mariage heureux, alors que son mariage était tout sauf heureux. Elle avait besoin de Doug. Elle n'imaginait pas vivre sans lui. Il ne pouvait pas la quitter. Il l'aimait, elle savait qu'il l'aimait.

« Je crois qu'il n'y a pas grand-chose à dire. »

Elle serra ses bras contre ses côtes, pressa ses jambes tremblantes l'une contre l'autre.

« Doug, écoute-moi. Je sais ce que tu as dû penser. Mais en fait...

— Tu as un petit garçon. Tu ne me l'avais pas dit.

— Écoute, ce qui se passe entre nous n'a rien à voir avec lui. Je suis une bonne mère. Ce n'est pas comme si je prenais sur mon temps avec Milo pour te voir. »

Elle l'entendit soupirer.

« Je ne peux pas faire ça à un gamin. »

Il baissa la voix.

« Je suis désolé. Mais on n'aurait jamais dû commencer. Et on doit arrêter maintenant, avant que quelqu'un souffre vraiment.

— Doug. »

Et elle, alors ? Il se fichait qu'elle souffre ? Diana laissa tomber sa tête entre ses genoux. Elle se sentait prise de vertiges, elle avait envie de vomir, et quelqu'un frappait à la porte des toilettes, frappait et demandait doucement : « Ça va, là-dedans ? »

« Doug ? chuchota-t-elle désespérément au téléphone. Doug ! »

Mais elle n'eut pas de réponse. Il avait raccroché.

Elle serra les bras autour de son ventre et se mit à gémir, un son déchirant qui l'aurait fait courir en salle d'examen s'il avait été poussé par l'un de ses patients. Comme si elle avait été blessée mortellement… ce qui n'était pas loin d'être vrai. Au bout d'un moment, elle s'obligea à se lever. Elle tira la chasse, se lava les mains et retourna à leur table, sourit à son fils, avala quelques cuillerées de porridge. Elle commençait le travail à 14 heures. Avant de partir, elle envoya un texto à Doug : APPELLE-MOI STP. BESOIN 2 PARLER. Mais, quand elle arriva à l'hôpital, il n'avait pas appelé, et elle ne pensait pas qu'il le ferait un jour.

Dans son bureau, elle s'attaqua comme une forcenée à la pile de dossiers qui s'étaient accumulés, griffonnant des prescriptions. Un anticoagulant pour la dame qui était arrivée avec une suspicion de crise cardiaque, de l'insuline pour la fillette de huit ans atteinte d'un diabète de type 1, des antibiotiques en intraveineuse pour la jeune fille qui avait fait une septicémie à cause de son piercing à la lèvre.

Lynette passa la tête par l'entrebâillement de la porte.

« Ça va ? » demanda-t-elle.

Diana acquiesça tandis que les pensées tourbillonnaient dans son esprit. Elle tenta de reconstituer le puzzle de sa vie, de lui donner du sens. Peut-être qu'elle quitterait Gary et retournerait voir Doug, une fois célibataire. Peut-être qu'ils trouveraient une solution. Peut-être…

Elle étudia les différents scénarios de divorce et passa la journée comme une somnambule, auscultant ses patients, prenant leur température et leur tension, rédigeant les prescriptions, posant des questions et notant les réponses sans vraiment les entendre. Elle regardait son BlackBerry à peu près toutes les deux minutes ; pas de nouvelles de Doug. Lorsqu'elle rentra chez elle à minuit, Milo dormait, la télévision braillait, Gary était devant son ordinateur et avait laissé la cuisine en chantier. Diana comprit en voyant le carton sur le plan de travail, les serviettes en papier tachées de graisse et les assiettes en plastique qu'ils avaient mangé une pizza pour le dîner, alors qu'elle avait demandé à Gary de cuisiner, elle lui avait même montré le filet de bœuf et les courgettes qu'elle avait achetés au marché des producteurs.

Elle était en train de plier le carton à pizza pour le jeter à la poubelle quand le téléphone sonna. Son cœur fit un bond. Doug appelait peut-être chez elle pour dire à Gary qu'il ne la méritait pas et qu'il allait venir chercher Diana et Milo.

« Diana ? »

Gary entra dans la cuisine, en survêtement. Le téléphone à la main, il avait l'air soucieux. Il toussa grassement dans son poing et annonça : « C'est Hank Stavers. »

Le sang de Diana se glaça dans ses veines. Hank Stavers était le responsable du personnel.

« Docteur Stavers ?

— Docteur Woodruff, répondit-il d'un ton sec. Vous devez revenir à l'hôpital dans les plus brefs délais.

— D'accord, souffla-t-elle.

— Dans mon bureau, précisa-t-il. Frank Greenfeldt vous attend. »

Frank Greenfeldt était l'avocat de l'hôpital. Diana le connaissait seulement de réputation, elle n'avait jamais eu affaire à lui. Elle boutonna son manteau, les mains tremblantes. Doug leur avait-il raconté ce qui s'était passé ? Avait-il suggéré qu'elle s'était mal comportée ? Aurait-elle besoin d'un avocat ? Un sanglot s'étrangla dans sa gorge tandis qu'elle attrapait son sac à main et ses clés. À cet instant, son père lui manquait cruellement. Il aurait su lui dire exactement quoi faire.

« Tu vas où ? demanda Gary d'un air irrité.

— Une urgence », murmura-t-elle avant de se précipiter dehors.

Ils l'attendaient au cinquième étage, dans le bureau impeccable de Hank Stavers meublé de cuir et d'acajou, bien loin du sang, de l'agitation et du bruit des urgences. Diana se mordit la lèvre pour l'empêcher de trembler lorsque Stavers lui fit signe de s'asseoir.

Malgré l'heure tardive, Frank Greenfeldt portait un costume bleu marine, avec une cravate couleur lavande. Diana se demanda s'il s'était habillé spécialement, ou s'il était occupé ailleurs quand on l'avait appelé à l'hôpital. Il fit glisser un dossier sur le bureau et tapota une ligne du bout de son stylo Montblanc.

« Lisez cela, je vous prie. »

Diana se pencha et lut à voix haute les prescriptions qu'elle avait rédigées dans la soirée.

« Insuline, 100 milligrammes.

— Est-ce la dose appropriée pour une enfant de huit ans qui pèse trente-deux kilos ? »

Greenfeldt parlait d'un ton neutre, mais son visage aux joues flasques s'était empourpré.

« Non. Il aurait fallu… »

La voix lui manqua. Elle avait prescrit une dose dix fois supérieure à celle qui aurait dû être administrée. Si la petite fille avait reçu 100 milligrammes…

Elle releva la tête, les yeux hagards.

« Oh, mon Dieu. Est-ce qu'elle…

— Votre prescription n'a pas été suivie, répondit l'avocat. L'infirmière de garde, Lynette Arnold, a vu l'erreur à temps.

— Dieu soit loué, murmura Diana, le sang bourdonnant dans ses oreilles. Dieu soit loué. »

Elle n'aurait jamais dû travailler. Elle avait été trop distraite, trop préoccupée par son mari et son amant, elle n'aurait jamais dû s'occuper des patients. Jamais.

Quelque part, très loin, l'avocat de l'hôpital était en train de parler. Diana essuya ses paumes moites sur sa jupe et se força à se concentrer.

« ... la gravité d'une erreur de cette nature.

— Je suis navrée, répondit-elle d'une voix trop forte, les joues brûlantes, comme si ces mots allaient changer quoi que ce soit, comme s'ils pouvaient annuler ce qu'elle avait fait. Je suis navrée. Je... Je n'arrive pas à croire que...

— Vous avez été assez préoccupée, ces derniers temps », intervint Hank Stavers, qui n'avait rien dit jusque-là.

Diana acquiesça. Assez préoccupée, en effet. C'était le moins que l'on puisse dire.

« À cause de votre... »

Il marqua une pause.

« ... situation familiale ? »

L'espace d'un instant, elle pensa qu'il parlait d'elle et de Doug. Puis elle comprit qu'il faisait allusion à son père. Elle acquiesça de nouveau.

« Je suis navrée. Je ne sais pas quoi dire d'autre, à part que je suis vraiment, vraiment désolée.

— On a eu de la chance, dit l'avocat. Cette fois-ci.

— Je vous conseille de prendre quelques vacances. Les administrateurs de l'hôpital de Philadelphie comprendront qu'il y a des circonstances dans lesquelles il est difficile d'accomplir son travail au maximum de ses capacités. »

Au maximum de ses capacités. Même un imbécile, même un étudiant en première année de médecine savait faire la différence entre 10 et 100 milligrammes. C'était une erreur impardonnable. Elle remercia silencieusement Lynette, qui lui avait sauvé la vie – et qui avait sauvé celle de la petite fille. Puis elle se redressa sur sa chaise et regarda les deux hommes assis en face d'elle.

« Pendant combien de temps voudriez-vous que je parte ? » demanda-t-elle poliment.

Une fois les dates fixées et les papiers signés, Diana descendit en salle d'urgences. Lynette attendait derrière le bureau de l'accueil, le visage pâle sous la lumière des néons. Elle se leva dès qu'elle vit Diana sortir de l'ascenseur.

« Merci, dit Diana avant qu'elle ait eu le temps d'ouvrir la bouche. Je suis tellement désolée, et tellement reconnaissante. Je ne pourrai jamais te remercier assez...

— Diana, l'interrompit Lynette. Je te dois des excuses. Je voulais, tu sais... »

Elle jeta un coup d'œil vers l'ascenseur, avant de baisser la voix :

« ... essayer de corriger le dossier, mais j'avais un médecin sur le dos.

— Ce n'est pas grave », répondit Diana.

Elle avait les larmes aux yeux de penser que Lynette avait été prête à risquer sa place pour elle.

« Ils t'ont virée ?

— Non, ils m'ont mise en congé. »

Lynette poussa un gros soupir et se laissa tomber sur le bureau.

« Oh, Diana. Je suis désolée.

— Arrête, tu n'as pas à être désolée. Tu as sauvé la vie de cette petite fille. »

Diana avait les yeux et la gorge qui brûlaient.

« Je n'aurais jamais dû m'approcher de mes patients, aujourd'hui. »

Elle regarda à son tour vers l'ascenseur.

« Doug et moi... Je crois que c'est fini. Il m'a vue avec Gary et Milo, et je pense... Enfin, il savait que j'étais mariée, mais me voir comme ça a dû rendre les choses... plus réelles. »

Lynette passa un bras autour de ses épaules.

« Je peux faire quelque chose pour toi ? »

Diana secoua la tête. Après cette longue journée et cette terrible soirée, elle n'avait qu'une envie : rentrer chez elle, enfiler son pyjama et pleurer pour tout ce qu'elle avait gâché – son mariage, son travail, et même son amitié avec Lynette. Et Doug. Elle avait perdu Doug. Comment pourrait-elle continuer sans lui ?

Dans un placard à fournitures, elle trouva un carton qui avait contenu des seringues et le porta jusqu'à son casier. Elle mit tout dedans, le mug peint par Milo (*La meilleure maman du monde !* avait-il écrit), une paire de chaussettes et un pull de rechange, une tenue de course humide de sueur, une bouteille de Tylenol, la photo de son mari et de son fils qu'elle avait scotchée à la porte en métal. Puis elle sortit, le carton sous le bras, et se mit à marcher.

Elle aurait dû s'estimer heureuse que cette enfant n'ait pas pâti de sa stupidité ; de plus, on lui avait donné des congés payés, pas une lettre de licenciement ni une assignation à comparaître. Elle avait également échappé à une crise conjugale : Lizzie ne l'avait pas balancée et Gary n'avait rien découvert, c'était Doug qui avait mis fin à leur histoire, ce qui laissait Diana libre de reconstruire son mariage ou de prétendre simplement qu'il ne s'était rien passé.

Le problème, c'était qu'elle n'avait pas envie de reconstruire… et elle n'avait plus envie d'être avec Gary. Elle voulait Doug… et Doug ne voulait pas d'elle, ne voudrait pas d'elle même si elle divorçait, ne voudrait pas d'une femme qui avait un enfant et qui avait trompé le père de cet enfant.

Je veux que ma vie change, pensa-t-elle en marchant. Une rue plus loin, elle se corrigea : Je veux changer ma vie. Un vent vivifiant soufflait dans Market Street. Elle croisa un groupe de jeunes filles qui couraient, les mains enfoncées dans les poches de leurs manteaux. Diana frissonnait, mais elle continua à marcher, le carton sous le bras et la tête haute. Encore une chose qui faisait partie de sa discipline, une habitude qu'elle avait prise pour se protéger de la paresse et de la fainéantise : Diana était une grande faiseuse de listes.

Elle marcha donc dans la nuit fraîche d'octobre, sous le ciel constellé d'étoiles, dévorant des kilomètres de trottoir jusqu'au fleuve où elle avait couru ce matin-là, en dressant une liste dans sa tête. Elle annoncerait à Doug qu'elle quittait son mari et verrait comment il réagirait. Mais d'abord, il lui faudrait tout révéler à Gary, à ce pauvre Gary au visage triste qui était probablement en train de ronfler dans leur lit. Elle lui dirait qu'elle avait pris un congé, puis elle lui expliquerait le plus gentiment possible qu'à un moment donné elle avait cessé de l'aimer, qu'elle ne ressentait plus pour lui ce qu'une épouse devrait ressentir pour son mari. Elle lui dirait qu'elle avait envie d'une vie différente. Elle voulait habiter ailleurs et vivre simplement, trouver une maison moins chère et un travail moins dur. Elle avait envie de s'installer quelque part où Milo pourrait jouer dehors, et où la principale préoccupation des parents n'était pas d'inscrire leur rejeton dans la bonne école élémentaire qui mènerait au lycée d'excellence puis à l'Ivy League.

« Nommez ce que vous voulez, nommez ce que vous désirez, et soyez précis », avait dit un gourou new age qu'elle avait entendu cinq minutes dans l'émission *Oprah*. Diana n'avait pas besoin d'un gourou new age – ni d'Oprah, d'ailleurs –, mais l'idée de nommer ce que l'on voulait lui semblait tout à fait sensée. Quand elle eut l'impression que tout était clair, qu'elle avait bien tout mémorisé, elle fit demi-tour et rentra chez elle.

Il était plus de 2 heures du matin lorsqu'elle glissa la clé dans la serrure. La rue était plongée dans le noir. Sa maison était la seule encore éclairée, les fenêtres brillaient d'une douce lumière jaune. Gary était au salon, assis dans son fauteuil, le visage illuminé par la lueur bleutée de l'ordinateur portable.

« Tout va bien ? » demanda-t-il.

Elle posa son carton dans le placard sans répondre. Gary éteignit la télé.

« Qu'est-ce qui s'est passé ? »

Il la regarda de près, pour la première fois depuis des semaines, peut-être même des mois – depuis Doug, en tout cas. Diana resta debout devant lui, déboutonnant son manteau de ses doigts engourdis, frissonnant de froid.

« Diana, qu'est-ce qu'il y a ? »

Elle ouvrit la bouche, prête à tout lui dire : elle avait fait quelque chose de terrible, elle avait rompu ses vœux, ses promesses, elle avait eu une liaison, elle ne voulait plus être mariée, et, ah oui, au fait, elle avait failli tuer une petite fille et perdre son boulot.

« Je… », commença-t-elle.

Rien ne sortit, en dehors d'un triste souffle d'air. Diana porta une main à sa gorge et tenta d'émettre un son, n'importe lequel, un « Ah », un « Hi » ou un « Oh », comme dans « Oh, mon Dieu, je suis tellement désolée ». Mais rien ne vint.

L'expression de Gary s'adoucit.

« Tu n'as plus de voix, c'est ça ? Attends, je vais te faire mon thé magique. »

Le thé magique de Gary, qu'il tenait à préparer dès que quelqu'un était enrhumé ou avait mal à la gorge, consistait en un bon vieux Lipton agrémenté de miel, de citron et d'une généreuse rasade de whisky. Cela marchait… et c'était peut-être la seule chose que Diana se sentait capable d'avaler à cet instant.

« Va te coucher », cria Gary depuis la cuisine.

Il lui apporterait la tasse de thé. Il laisserait aussi la cuillère collante de miel sur le plan de travail et le sachet de thé dégoulinant dans l'évier… mais était-ce vraiment important ? On pouvait ramasser les cuillères, nettoyer les plans de travail, jeter les sachets de thé à la poubelle. En revanche, un mariage ne se réparait pas aussi facilement. Quand Gary saurait – et il finirait par savoir –, il ne lui pardonnerait pas. Il leur restait une nuit ; une nuit ensemble, en toute innocence, comme mari et femme.

« Diana ? »

Gary s'approcha avec la tasse de thé fumant.

« Houla, tu as l'air mal fichue. Tu veux que j'appelle un docteur ? »

Oh, Gary, je suis tellement désolée. Diana secoua la tête et se laissa conduire dans la chambre, où elle se déshabilla, enfila sa chemise de nuit en flanelle, but son thé magique et s'allongea, pour la dernière nuit de sa vie, à côté de son mari.

SYLVIE

Si Tim connaissait les détails de son histoire, s'il s'interrogeait sur ce que son mari avait fait, il n'en laissait rien paraître lors de leurs sorties et de leurs dîners ensemble. Ils ne parlaient pas de politique et, bien qu'il lui ait posé des questions sur Diana et Lizzie, il ne lui demandait jamais rien au sujet de Richard. Sylvie faisait très attention à ce qu'elle disait ; elle ne pensait même pas avoir déjà prononcé le mot « Richard » devant Tim. Lorsqu'elle lui racontait une anecdote, elle préférait dire « mon mari ». Son mari qui, pour installer Lizzie dans sa chambre universitaire, avait payé deux étudiants pour transporter les valises jusqu'à l'ascenseur ; son mari qui était persuadé que le petit copain de Diana à la fac deviendrait un tueur psychopathe. Aux yeux de Tim, elle était Sylvie Serfer, une version adulte de l'adolescente bronzée et rieuse qu'il avait connue, celle qui s'était fait retirer son appareil dentaire juste avant l'été où il l'avait embrassée, et qui n'avait pas cessé de sourire et de passer sa langue sur la surface lisse de ses dents, émerveillée par cette sensation nouvelle.

Dans la chambre, à l'étage, elle démêla ses cheveux mouillés avec ses doigts. Ils se remettaient à boucler et à blanchir, mais cela ne la dérangeait pas tant que ça. C'était un look nouveau, un changement intéressant… et, de plus, qui viendrait la prendre en photo ici, ou faire des commentaires sur le poids qu'elle avait pris ? Elle enfila un pull en cachemire noir et un pantalon en laine marron foncé à taille élastiquée (sachant comme elle avait mangé, cela ne servait à rien d'essayer de rentrer dans ses pantalons habituels). Quand elle redescendit en chaussettes, il lui restait dix minutes pour mettre la table et réchauffer la sauce. L'après-midi, elle avait fait griller du canard à la poêle et la viande avait rendu une quantité surprenante de graisse, comme indiqué dans la recette. Elle en avait utilisé une partie pour préparer un plat de riz onctueux, et le reste pour faire sauter du bok choy. La sauce, que Ceil lui avait conseillé, était à base de cinq ingrédients : sucre brun, anis étoilé, miel, gingembre frais et poudre aux cinq épices. Sylvie plongea un doigt dans la casserole et le lécha, les yeux fermés, en poussant un soupir de contentement. Richard adorerait, songea-t-elle avant de chasser bien vite cette pensée.

Quand elle ouvrit la porte à 18 heures, il faisait déjà nuit ; le ciel dégagé était piqueté d'étoiles, les vagues battaient le rivage et une légère brise agitait la cime des arbres. Tim s'était habillé en conséquence, avec une veste en toile, un pull vert et une chemise écossaise. Cet homme dégageait une agréable timidité, un calme que Sylvie ne pouvait s'empêcher de comparer à la bonne humeur énergique de Richard, à son besoin permanent de conquérir tout le monde, partout où il allait. Ce soir-là, Tim lui avait apporté deux élégantes bougies ivoire, un pot de miel à la lavande, et une boîte de gâteaux.

« Je ne sais pas ce que tu as préparé, mais ça sent bon.

— Canard rôti à la sauce aux cinq épices », répondit-elle tout en débouchant la bouteille de vin, tandis qu'il s'approchait pour l'embrasser sur la joue.

À New York, c'était Richard qui ouvrait les bouteilles. Sylvie s'était demandé si elle en serait capable, et elle s'était surprise elle-même. Elle servit une bonne cuillerée de riz dans une assiette creuse de sa grand-mère, puis disposa des morceaux de canard par-dessus.

Habituellement, Tim s'en tenait à un verre de vin pendant le dîner. Ce soir-là, alors que la lune plongeait dans l'océan comme un gros ballon doré, ils burent toute une bouteille à deux, en ouvrirent une autre, et se resservirent en riz et en viande. À 20 heures, le ventre plein, ils entassèrent la vaisselle dans l'évier et préparèrent du café pour accompagner les cannoli que Tim avait apportés. Dans sa hâte de servir le repas, Sylvie avait oublié les bougies. Tim les plaça dans les bougeoirs en étain de sa grand-mère et les alluma avec une allumette.

« Je voulais te parler de quelque chose », annonça-t-il.

Devant l'évier où elle était en train de se rincer les mains, Sylvie se figea. Il allait lui dire qu'il avait cherché sur Google et qu'à présent il savait exactement ce que son mari avait fait. Au lieu de cela, Tim se resservit du vin et dit, d'une voix plus grave que de coutume :

« Je voulais t'expliquer pourquoi j'ai divorcé. »

Tiens, songea Sylvie. Elle ne s'attendait pas à cela. Tim prit les bougies, elle se chargea de la bouteille et des verres, et ils passèrent au salon pour s'installer à leurs places habituelles sur le canapé : Sylvie du côté de la cuisine, Tim près du feu.

« Ce n'est pas qu'on s'est éloignés, reprit-il après avoir bu une gorgée de vin. Enfin, si, c'est vrai, mais il n'y avait pas que ça. »

Il vida son verre puis le fit rouler entre ses mains. La peau claire de son visage s'était empourprée, il avait l'air troublé.

« Je t'ai dit qu'on avait eu trois garçons et qu'on avait toujours voulu une fille ? »

Sans attendre la réponse de Sylvie, il ajouta : « On en a eu une. Janette. Elle est morte.

— Oh, Tim. »

Elle voulut lui prendre la main, mais Tim, d'habitude si doux, la repoussa.

« C'était un accident. Ça s'est passé il y a très longtemps, expliqua-t-il d'une voix bourrue. Elle avait dix-huit mois. Elle aurait eu vingt-trois ans, cette année. Ça nous a détruits. Chaque fois que je regardais Kathy, chaque fois qu'elle me regardait, on ne voyait que… »

Sylvie attendit un peu puis demanda doucement :

« Que s'est-il passé ? »

L'une des mains de Tim tripotait l'arrière du canapé usé. L'autre remuait le verre, faisant tournoyer la lie.

« Elle s'est noyée.

— Oh, Tim, je suis tellement… »

Sylvie approcha la main de son bras. Il s'écarta d'elle.

« Non. Excuse-moi, c'est juste que… tout le monde est au courant, ici, je n'ai jamais eu besoin de raconter cette histoire… Je crois qu'il faut que tu me laisses la raconter.

— D'accord », murmura-t-elle.

Elle se demanda si c'était arrivé à la plage où ils avaient nagé lorsqu'ils étaient enfants et adolescents, dans l'océan qu'elle entendait clapoter sur le sable.

« Voilà, on avait les garçons. Huit, six et quatre ans. Janette a été une… surprise. »

Il poussa un soupir.

« Pour être honnête, je n'ai pas sauté de joie quand je l'ai appris. Quatre gamins à élever jusqu'à la fac ? Je me disais : Comment on va y arriver ? Avec Kathy, on a parlé de… tu sais. Interrompre la grossesse. Mais au bout du compte on a passé trop de temps à parler, c'était trop tard ; on a décidé de le garder. Kathy avait trente-neuf ans à l'époque, et on s'est dit : Dieu nous a donné ce bébé, peut-être qu'il y a une raison. Et quand Janette est née, elle était… »

Il avala sa salive. Sa main vint frotter sa mâchoire.

« Elle était tellement adorable. La plus gentille des petites filles, et tellement mignonne avec ses grands yeux bruns et ses longs cils. »

Il leva la main devant son visage pour mimer sa description.

Sylvie posa son verre sur la table basse, puis attendit. Tim était tellement perdu dans ses souvenirs qu'il semblait presque ailleurs.

« Kathy donnait le bain à Janette quand elle a entendu un grand bruit en bas. Ollie s'est mis à crier. Janette tenait très bien assise – elle voulait tellement faire comme ses grands frères qu'elle avait été assez précoce pour tout, se redresser, ramper, marcher. Kath l'a laissée dans la baignoire avec ses jouets, et elle a couru en bas. En fait, Ollie avait fait tomber la télé, et le temps que Kathy la relève et s'assure qu'Ollie n'avait rien… ça a duré deux minutes, peut-être trois, mais quand elle est remontée… »

Ils restèrent tous les deux silencieux. Sylvie frissonna en imaginant la scène : une petite fille le visage dans l'eau, un canard en plastique flottant près de sa main potelée.

« Ça arrive, reprit Tim d'une voix blanche. C'est ce que le coroner nous a dit. Il nous a dit que ça arrivait plus souvent qu'on ne le croit… Mais le pire, ç'a été le procès.

— Le procès ? répéta Sylvie, stupéfaite.

— Le procureur avait des ambitions politiques, répondit Tim avec un sourire triste. Il était intransigeant en matière de crime. Surtout concernant la maltraitance des enfants.

— Mais c'était un accident, pas de la maltraitance ! »

Sylvie sentit son visage rougir, son corps vibrer de colère.

« C'est ce que le juge a dit. Il a rejeté l'affaire et a fait la leçon au procureur. Il a dit qu'aucun jury, aucune peine de prison ne pourrait nous punir plus que nous ne l'avions déjà été. Il avait raison. Chaque fois qu'on se regardait, Kathy et moi, on ne voyait que notre petite fille. Et quand les autres nous regardaient, il y avait toujours cette… compassion, j'imagine, mais aussi cette idée que « ç'aurait pu être moi ». Je pense que beaucoup de gens prennent des risques, un jour ou l'autre – ils s'éloignent un instant de leur gamin quand celui-ci est dans son bain, ils détournent le regard alors que le petit est sur la balançoire, ou ils courent au pressing en laissant le bébé dans son siège auto. Ça arrive à tout le monde de faire ce genre de choses, et ça se passe presque toujours bien. Si on a de la chance. Nous regarder, c'était comme voir le pire des scénarios. »

Sylvie acquiesça, peinant à avaler sa salive tant elle souffrait pour Tim. Elle connaissait bien la sensation d'être un scénario catastrophe ambulant ; elle s'était habituée aux regards de compassion où se devinait un soulagement secret. Sur le canapé, à côté d'elle, Tim enfouit son visage dans ses mains. Ses épaules tremblaient, mais il ne faisait aucun bruit. Elle ne pouvait pas imaginer ce qu'il ressentait, elle ne pouvait pas imaginer sa douleur. Elle s'en était pourtant approchée, plus qu'aucun parent ne le devrait, avec les mésaventures de Lizzie. Mais Lizzie avait survécu, presque malgré elle, alors que Tim ne verrait jamais sa fille rentrer à la maternelle, s'habiller pour un spectacle de danse ou obtenir son bac. Sa fille ne lui briserait jamais le cœur, mais il n'aurait pas non plus l'occasion d'espérer pour elle, ni de voir ses rêves se réaliser. Sylvie s'agenouilla devant lui et prit ses mains dans les siennes.

« Viens », lui dit-elle en l'obligeant gentiment à se lever.

Le visage de Tim était baigné de larmes. Elle les essuya avec sa manche, puis l'entraîna dans sa chambre. À la lumière de la lampe de chevet, elle l'aida à quitter son pull, déboutonner sa chemise, délacer ses chaussures et les retirer. Elle défit sa ceinture et lui ôta son pantalon. Lorsqu'il se retrouva devant elle en caleçon et T-shirt, elle dégagea la couette en plumes molletonnée qu'elle avait lavée, les draps frais en coton qu'elle avait fait sécher au soleil dans l'air salé.

« Allonge-toi », chuchota-t-elle avant de l'embrasser sur la joue.

Puis elle s'étendit à côté de lui, le laissa la prendre dans ses bras et plaquer son torse chaud et solide contre son dos.

« Tu as dû être une mère formidable », murmura-t-il.

Sylvie resta immobile dans le noir ; le corps de Tim réchauffait le lit, la lune répandait sa lumière argentée par la fenêtre et le vent soupirait à travers les arbres.

« Non, répondit-elle. Pas du tout. »

Elle n'avait raconté cette histoire à personne – ni à Ceil, qui l'aurait pourtant écoutée sans porter de jugement, ni à sa mère, qui aurait su elle aussi l'écouter, avant de l'abreuver de conseils. L'histoire était restée entre eux quatre, Diana, Lizzie, Sylvie et Richard, mais Tim allait bientôt être dans la confidence.

« Quand Lizzie était en sixième, elle faisait du baby-sitting pour les Ritson. Carl et Amanda. Ils vivaient au huitième, deux étages au-dessous de nous. C'étaient des amis, ou plutôt de bonnes connaissances. Le père, à la tête d'un fonds spéculatif, était un gros donateur politique. Il avait un fils de dix-sept ans d'un premier mariage, mais nous ne l'avons jamais vu car il était en pension dans le New Hampshire. »

Elle respira profondément avant de continuer.

« Carl et Amanda avaient une petite fille, Victoria, qu'ils surnommaient Tori. Elle adorait Lizzie, et Lizzie l'aimait beaucoup aussi. Quand Amanda a demandé à Lizzie de la garder, on a tous trouvé que c'était une bonne idée. Lizzie ne serait pas loin, ils ne rentraient jamais après 22 heures, et ils la payaient vraiment bien – dix dollars de l'heure, c'était beaucoup à l'époque pour une fillette de douze ans. Surtout que, la plupart du temps, Tori dormait. »

Sylvie lissa la taie d'oreiller en se remémorant Lizzie à douze ans, ses cheveux blonds et soyeux coiffés en tresse africaine, ses joues et ses bras encore potelés, ses boutons de seins qui pointaient sous ses uniformes scolaires. Elle était tellement enthousiaste à l'idée de faire du baby-sitting. Sylvie avait été ravie pour elle, pensant qu'il s'agissait peut-être d'un domaine dans lequel Lizzie pourrait enfin exceller. À l'école, elle peinait déjà dans toutes les matières à l'exception des arts plastiques. Elle ne serait jamais sportive, musicienne ni leader d'une association étudiante, mais elle avait peut-être des aptitudes pour s'occuper de jeunes enfants. Elle pourrait être professeur, psychologue pour enfants, nounou, puéricultrice ou maman. Sylvie avait préparé avec elle des listes d'activités à faire avec Tori, et Lizzie avait acheté avec son argent de poche un livre qui donnait plein d'idées de jeux et de recettes simples pour occuper les tout-petits.

« Un soir, Richard et moi avions un dîner de prévu en faveur d'un musée. Lizzie devait garder Tori, mais comme Diana restait à la maison, on s'est dit qu'on pouvait partir quand même. Le fils de Carl Ritson, Kendall, est rentré chez son père, ce soir-là. Il est tombé sur Lizzie et il a… »

Sylvie serra les poings, ses ongles courts et sans vernis s'enfonçant dans ses paumes. Richard et elle étaient revenus un peu éméchés. Ils s'étaient embrassés dans l'ascenseur, et Sylvie, les joues roses, avait gloussé tandis qu'ils traversaient le couloir main dans la main. Elle voulait quitter sa robe et ses talons, elle voulait se glisser au lit, toute nue, avec son mari. Quand elle avait ouvert la porte et trouvé Lizzie en pleurs sur le canapé à côté de sa sœur, le visage rouge, le gilet mal boutonné et la tresse défaite, elle avait d'abord été agacée. Oh non, quoi encore ? avait-elle songé. Puis cette pensée impardonnable : évidemment, c'était Lizzie qui avait un problème,

Lizzie, encore si puérile à douze ans, qui lui gâchait sa soirée. Évidemment, c'était Lizzie, et pas Diana.

« Le garçon lui avait fait des choses, expliqua-t-elle à Tim. Ou plutôt, il l'avait forcée à lui faire des choses. »

Elle n'en savait pas plus. Lizzie avait chuchoté les détails à Diana, qui leur avait rapporté, d'une voix froidement objective, qu'il n'y avait pas eu pénétration, mais que le garçon avait forcé Lizzie à lui faire des choses.

« Avec Richard, on en a discuté, et on a fini par décider de ne pas porter plainte. On pensait – enfin, surtout Richard – que c'était préférable pour Lizzie. Elle avait toujours été très sensible, et l'idée de lui imposer toute la procédure, la déposition au poste de police, la presse qui en parlerait, tout le monde qui serait au courant… »

Sylvie frissonna, sachant qu'en vérité, si elle avait réfléchi à ce qui était le mieux pour Lizzie, elle avait aussi beaucoup pensé à Richard.

« Je lui ai fait couler un bain bien chaud. Richard est allé parler avec la famille. On n'a jamais vu le garçon. Il a écrit une lettre d'excuses à Lizzie, et elle n'en a quasiment jamais reparlé, mais je me demande… je me suis toujours demandé… »

Elle se tut, repensant aux pires moments de la soirée : ses premières pensées – Oh non, Lizzie, quoi encore ? – et puis, plus tard, la vision de sa fille cadette dans la baignoire, les mèches de cheveux qui lui collaient aux joues, et ses yeux emplis d'un espoir terrible tandis qu'elle essuyait ses larmes et chuchotait à sa mère : « Tu crois qu'il a envie de sortir avec moi ? »

Il fallut un long moment à Sylvie pour retrouver le contrôle de sa voix.

« Le mari avait collecté des dizaines de milliers de dollars pour la première campagne sénatoriale de Richard. Après ça, il a fait don d'un demi-million de dollars pour le parti démocrate de l'État. Cinq cent mille dollars, dit-elle. C'est le prix auquel j'ai vendu ma fille. »

Tim lui caressa les cheveux. Il lui assura, avec la même voix calme que lorsqu'il l'avait vue au supermarché, au bord de l'hystérie avec ses deux chariots de courses, que ce n'était pas sa faute, qu'elle avait pris la meilleure décision possible vu les informations dont elle disposait, et que de nombreux parents auraient fait comme elle. Sylvie l'écouta, tout en sachant qu'il avait tort. À son âge, elle savait que la vie pouvait être très complexe. Mais, dans ce cas précis, il y avait eu la bonne décision et la mauvaise. Richard et elle s'étaient trompés, et Sylvie passerait le restant de ses jours à se demander si Lizzie aurait été différente s'ils avaient agi autrement.

Oh, elle avait essayé d'arranger les choses, d'effacer cette première pensée terrible. Pendant des semaines et des mois après l'incident, elle avait fait en sorte d'être là quand Lizzie rentrait de l'école, de se montrer disponible et présente si Lizzie avait envie de parler. Mais Lizzie n'avait pas eu envie de parler. Pendant quelque temps, elle s'était gavée de sucreries la nuit, en cachette – Sylvie retrouvait des pots de glace et des boîtes de gâteaux vides dans la poubelle tous les matins –, mais cela n'avait pas duré. Lizzie s'était laissée aller, tout simplement. Elle était devenue une fille au visage lunaire, inexpressive et muette, qui avait teint ses beaux cheveux blonds en noir corbeau et en avait fait de répugnantes dreadlocks, une fille qui volait des ordonnances de médicaments à ses parents et des bijoux à sa grand-mère, une fille avec un piercing au sourcil, au nez et Dieu seul savait où encore, une fille entourée d'une bande de copains maussades qui sentaient l'herbe et regardaient Sylvie d'un air creux et indifférent, une fille à qui on ne pouvait pas faire confiance et qu'il était presque impossible d'aimer. Sylvie et Richard avaient privilégié la politique plutôt que leur famille ; ils avaient privilégié son ambition à lui – et à elle aussi, elle en avait conscience, car les deux étaient inextricablement liées – plutôt que les besoins de Lizzie. Et ils le payaient depuis des années, avec tous les coups de téléphone reçus en pleine nuit parce que Lizzie, ivre, défoncée ou perdue quelque part, avait besoin qu'on vienne la chercher au poste, qu'on l'emmène en cure ou qu'on l'aide. Sylvie l'avait payé aussi sur l'aire de repos, alors que la télévision repassait en boucle les images de Richard et de Joelle. Elle le payait tout de suite, comme elle le paierait sans doute toujours.

Tim finit par s'endormir, recroquevillé sur le côté, la joue posée sur sa main. Sylvie regarda la lune plonger vers la mer, sans bouger. Lentement, une idée germa dans son esprit, et cette idée la réchauffa comme le soleil après une longue nuit seule dans le noir : Peut-être que ce n'est pas trop tard. Peut-être pouvait-elle tout reconstruire avec ses filles, avec Lizzie mais aussi avec Diana, qu'elle avait dû également négliger. Cela ne coûtait rien d'essayer.

Doucement, sans un bruit, elle se leva du lit. Dans la salle de bains, elle se déshabilla et enfila une chemise de nuit en flanelle, une robe de chambre et une paire d'épaisses chaussettes en laine, avant de descendre au salon. Là, elle s'installa sur le canapé et s'enveloppa dans le plaid afghan qu'elle laissait toujours sur le dossier. Tim et Kathy avaient fait une erreur, et ils avaient perdu leur fille pour toujours. Richard et elle avaient fait une erreur, mais leurs filles étaient bien vivantes, et maintenant elle avait le temps. Elle pouvait essayer de réparer certaines des fautes qu'elle avait commises en faisant toujours passer Richard en premier. Je veux une deuxième chance, songea-t-elle en fermant les yeux.

Lorsqu'elle se réveilla, il faisait jour et elle était allongée sur le canapé. Tim lui avait couvert les pieds avec la couverture et il avait laissé un mot sur la table basse. *Désolé de devoir partir si tôt, mais le travail m'appelle. Merci pour tout.*

Sylvie s'étira. L'horloge du four indiquait à peine plus de 6 heures. Elle ferait cuire des gâteaux, en mangerait un avec son café. Puis elle tenterait de faire venir ses filles ici pour se racheter et s'occuper d'elles comme elles en avaient besoin. Certes, elles étaient grandes, mais même les grandes filles avaient besoin de leur maman.

Dans la cuisine, en robe de chambre, elle sortit tous les ingrédients : la farine et le sucre, conservés dans les pots en céramique de sa grand-mère ; la graisse végétale Crisco, le bicarbonate de soude, le sel et le babeurre qu'elle avait achetés la veille au supermarché. Elle mélangea le tout dans un bol en métal, en faisant vite pour ne pas trop travailler la pâte. Puis elle découpa des cercles avec un verre, les disposa sur une plaque qu'elle glissa au four, et décrocha le téléphone.

TROISIÈME PARTIE

Remue-ménage

LIZZIE

« Date de vos dernières règles ? demanda l'infirmière.

— Troisième semaine de juin. »

Dans d'autres circonstances, Lizzie aurait été fière d'avoir su répondre, après les heures qu'elle avait passées à se creuser la cervelle. Mais là, les circonstances étaient terribles. Ce matin, elle s'était levée à 7 heures, voulant assister à une réunion à 8 h 30 avant de prendre le métro jusqu'au quartier de Queens. Mais, aux toilettes, elle avait remarqué des traces de sang en s'essuyant, comme celles qui d'habitude annonçaient ses règles.

Elle était certaine d'être enceinte, même si elle n'en avait pas l'air et ne se sentait pas différente, en dehors de l'étrange raideur au bas de son ventre et de son aversion soudaine pour les œufs. Elle n'était toujours pas allée voir un médecin, elle n'en avait même pas cherché un. C'était sur sa liste des choses à faire, mais elle avait toujours reporté cela à plus tard, préférant attendre d'être sûre de ce qu'elle voulait.

Elle avait de quoi s'occuper, toute seule dans l'appartement de ses parents : elle faisait du ménage, se préparait à manger tous les soirs. Trois jours par semaine, elle travaillait quelques heures dans le studio d'un photographe à Queens, Warren Crispen, pour lequel elle créait une base de données numérique recensant toutes les photos qu'il avait prises ces trente dernières années. L'après-midi, elle allait à des réunions ou à la piscine, téléphonait à sa mère dans le Connecticut ou à son père à Washington. Avec tout cela, elle avait sans cesse repoussé sa décision.

Mais, en voyant le sang ce matin-là, elle s'était rendu compte que son choix était fait. Elle voulait ce bébé ; pour tout dire, elle était malade à l'idée de le perdre. Dans un accès de panique, elle avait appelé le Dr Metcalfe, la pédiatre de son enfance, en expliquant à sa secrétaire qu'elle était une ancienne patiente et que c'était urgent. Quand elle avait précisé la nature de l'urgence, la dame lui avait donné l'adresse d'un obstétricien à quelques rues de chez ses parents, dans le cabinet duquel elle se trouvait à présent, vêtue d'une fine chemise ouverte dans le dos, sans rien dessous à l'exception de ses chaussettes.

« Alors ! »

Le Dr Gutierrez, un petit homme rond, avait des dents parfaitement blanches, une peau couleur de noix et des cheveux noirs brillants qui ressemblaient fort à une perruque. « Depuis quand avez-vous ces pertes de sang ?

— Depuis ce matin », répondit Lizzie.

Son genou tressautait sous la chemise de papier. Elle se força à se calmer, à interroger ses émotions, comme on le lui avait appris : elle n'avait pas faim, elle n'était pas en colère, et pas fatiguée. Peut-être un peu seule – Jeff l'avait appelée et lui avait envoyé des mails, mais elle n'avait pas répondu. Elle savait qu'il se montrerait gentil, et sa gentillesse la culpabiliserait encore plus par rapport à ce qu'elle ne lui avait pas dit, à ce mensonge par omission qui pesait entre eux.

« Enfin, c'est ce matin que je m'en suis rendu compte », ajouta-t-elle.

Il lui posa d'autres questions, lui prit le pouls, écouta son cœur. Lizzie répondit du mieux qu'elle put, avouant qu'elle n'avait pas encore vu de médecin, ni fait d'examen vaginal depuis des années. Puis vint la question de ses antécédents. Les joues brûlantes, les yeux baissés, elle résuma tout ce qu'elle avait avalé, fumé ou sniffé ces six dernières années, en concluant par son passage en cure au mois de juin. Finalement, elle avait peut-être bien fait de ne rien dire à Jeff à propos du bébé, songea-t-elle. Parce qu'elle risquait bien de le perdre.

« Vous n'avez rien pris depuis que vous êtes enceinte ? demanda le médecin après avoir griffonné quelques notes.

— Seulement de l'Advil PM. Une fois. Mais je ne le savais pas encore. »

Il acquiesça.

« Bon, je vais vous prescrire des vitamines et de l'acide folique. Vous devrez aussi essayer de manger sainement. Mais je pense que tout va bien se passer. »

Elle le dévisagea sans oser le croire.

« Le corps humain est résistant, expliqua-t-il. Les drogues ne restent pas indéfiniment dans l'organisme. Si vous ne prenez rien, si vous mangez raisonnablement et faites un peu d'exercice, vous aurez autant de chances d'avoir un bébé en bonne santé que n'importe quelle autre femme. »

Il se lava les mains puis enfila une paire de gants en caoutchouc.

« On va faire une écho vaginale pour jeter un coup d'œil et écouter le cœur. Mais je suis sûr que tout va bien. Je vous prescrirai un alitement partiel.

— Qu'est-ce que ça veut dire ?

— Ça veut dire, dit-il en remontant la chemise de Lizzie, que vous resterez au lit. Vous pourrez vous lever pour aller aux toilettes, descendre et monter des escaliers une fois par jour. Restez allongée et reposez-vous un maximum, et nous verrons si les pertes cessent. »

Il lui sourit. Ses dents blanches et sa peau mate brillaient sous les lumières vives de la pièce.

« Détendez-vous. Faites-vous livrer vos repas et des vidéos. Demandez à votre mari de s'occuper de vous.

— Mais... mais... »

Lizzie réfléchit aux questions d'organisation. Son père était à Washington, sa mère dans le Connecticut. Elle était toute seule à l'appartement, et même s'il n'y avait pas d'escalier et si elle pouvait se faire livrer à peu près tout, elle n'avait personne pour l'aider.

« Je n'ai pas de mari.

— Un petit copain, alors ? »

Lizzie se mordit la lèvre.

« C'est compliqué. »

Le médecin acquiesça, puis éteignit les lumières.

« Vous ne devriez pas rester seule. Faites venir un ami ou un parent. Inspirez fort. »

Il glissa quelque chose en elle. Lizzie regarda l'écran, mais elle ne voyait que des tourbillons gris, comme sur les images Doppler d'une tempête.

« Il est là, annonça le médecin en montrant quelque chose. L'activité cardiaque est parfaite. Je ne vois rien qui ait pu causer les saignements ; parfois, il n'y a pas d'explication. Vous allez donc rentrer chez vous, et cela s'arrêtera probablement tout seul. »

Il lui prépara une ordonnance pour des vitamines, lui tendit une brochure sur l'alitement, et lui demanda de revenir deux semaines plus tard.

Lizzie rentra chez elle en taxi au lieu de prendre le métro. En chemin, elle appela Warren, le photographe, un homme svelte à la voix douce et haut perchée. Il ne sembla pas surpris, ni déçu, lorsqu'elle lui expliqua qu'elle avait été arrêtée pour plusieurs semaines à cause d'un problème de santé. Ses parents (c'étaient eux qui lui avaient trouvé ce boulot) avaient dû informer Warren du passé de leur fille. Il s'attendait sans doute à ce qu'elle lui fasse faux bond un jour ou l'autre.

De retour à l'appartement, allongée sur son lit de petite fille sous les rangées de photos encadrées – Diana le jour de son mariage, ses parents au retour d'une soirée, Milo sur le manège –, Lizzie réfléchit à sa situation. Elle pourrait peut-être demander de l'aide à la conseillère du Minnesota qu'elle avait bien aimée. Sauf que Susan était mariée, qu'elle avait deux enfants, et qu'elle n'allait pas tout laisser tomber pour venir s'occuper d'elle. Elle pourrait appeler Jeff, mais elle ne lui avait pas parlé depuis des semaines, et elle ne s'imaginait pas renouer avec lui en lançant : « Dis donc, je suis enceinte, tu veux venir à New York me faire des sandwichs et me masser les pieds ? » Elle pourrait essayer de retrouver Patricia, sa vieille copine du lycée, mais aux dernières nouvelles Patricia s'était convertie au fondamentalisme chrétien, vivait dans le Maine et s'occupait de l'enseignement de ses beaux-enfants à domicile.

Sa mère était à la plage dans cette vieille baraque immense qui sentait le renfermé, construite au bord d'une falaise. Lizzie détestait cette maison depuis le jour où, l'année de ses huit ans, sa sœur, posant sur la terrasse dans une robe à rayures, lui avait demandé de la prendre en photo.

« Recule ! Recule ! avait crié Diana, tandis que Lizzie tentait de la cadrer avec son Instamatic. Tu n'auras pas toute la maison, si tu ne recules pas ! »

L'œil collé au viseur, Lizzie avait fait de grands pas en arrière jusqu'à ce que sa sœur se mette à hurler.

« Stop ! »

Lizzie s'était figée sur place, avant de regarder par-dessus son épaule. Un pas de plus et elle basculait dans le vide, pour retomber sur les rochers ou directement dans l'eau. Lorsqu'ils étaient revenus l'année suivante, une barrière avait été installée au bout du jardin. Diana l'avait baptisée « la palissade du Souvenir, à la mémoire de la stupidité de Lizzie Woodruff ».

Sa mère se trouvait donc dans le Connecticut ; son père était à Washington. Et de toute façon que feraient-ils, tous les deux ? Ils l'enverraient dans un foyer pour filles mères comme ils l'avaient expédiée en cure ? Ils la chasseraient de la ville avant qu'elle leur fasse honte une fois de plus ? Restait Diana, sa grande sœur donneuse de leçons qui avait tout fait dans le bon ordre : l'amour, le mariage, le bébé. À contrecœur, Lizzie prit son téléphone portable. Elle s'apprêtait à composer le numéro de sa sœur lorsque le visage de sa mère apparut à l'écran.

« Lizzie ?

— Salut, maman.

— Lizzie ! »

Sa mère semblait étrangement hésitante ; elle parlait d'une voix douce et mal assurée.

« Je me demandais si ça te dirait de venir me voir dans le Connecticut. Tu peux appeler Warren, je suis sûre qu'il voudra bien te donner quelques jours. Je me disais que ce serait bien… C'est tellement joli ici, avec les feuilles qui changent de couleurs. Il y a un marché aux puces très bien sur la place du village, et un magasin de vêtements rétro qui te plairait… »

Lizzie regarda le téléphone avec méfiance. Sa mère était-elle médium ? Peut-être le médecin s'était-il empressé de l'appeler dès que Lizzie avait quitté son cabinet. N'était-ce pas illégal ?

« J'ai eu Derek au téléphone, continua sa mère. Il peut t'amener. Préviens-le quand tu es prête. Pense à prendre des gants et des pulls, parce qu'il fait frais, la nuit. »

C'est le nom de Derek qui finit de la convaincre. Il avait toujours été gentil avec elle, même la fois où elle avait vomi sur sa banquette arrière.

« Je peux partir mardi », répondit Lizzie.

On était vendredi. Cela lui laissait trois jours pour se reposer, pour que les saignements, avec un peu de chance, s'arrêtent.

« Il passera te chercher quand tu voudras. Oh, Lizzie, j'ai tellement hâte de te voir ! Je crois que ce sera vraiment bon de se retrouver. »

Lizzie, stupéfaite, répondit à sa mère qu'elle le croyait aussi. C'était comme si le cadeau qu'elle avait toujours espéré venait de lui tomber dans les bras.

DIANA

Diana se réveilla peu après 7 heures avec une douce sensation de bien-être. Elle avait rêvé qu'elle nageait dans l'océan, barbotant paresseusement dans l'eau claire et salée tandis que les vagues la poussaient vers le rivage. Mais très vite la nausée l'envahit, en même temps que les souvenirs de la veille. Elle avait perdu Doug. Elle avait quitté son travail. Et à présent, il lui restait le plus dur : tout dire à Gary.

Elle se leva avec peine. Gary se préparait dans la salle de bains, où il laisserait des serviettes mouillées, des poils de barbe et une croûte de dentifrice et de mousse à raser dans le lavabo. Elle mit des leggings, un T-shirt, son peignoir et ses Crocs, réveilla Milo et l'aida à s'habiller. Puis elle lui prépara son petit déjeuner, lui tendit son cartable et enfila un long gilet à ceinture pour l'accompagner à l'arrêt de bus. Les autres mamans, qui ne l'avaient jamais vue décoiffée et sans maquillage, la regardèrent bizarrement.

« Je suis malade », dit elle d'une voix râpeuse, en montrant sa gorge.

L'une des femmes, qui vivait dans la peur de la maladie, s'écarta d'elle et protégea son rejeton. Diana crut voir Lisa Kelleher lancer un regard entendu à la mère d'un des élèves de maternelle… La nouvelle s'était sûrement répandue.

Elle poussa Milo dans le bus et rentra chez elle au pas de course. Par réflexe, elle vérifia son téléphone, qu'elle avait mis à charger dans la cuisine propre et déserte. Aucun signe de

Doug. Son cœur se serra. Elle avait su dès l'instant où ils s'étaient embrassés qu'ils n'auraient aucun avenir, et pourtant, elle s'était laissée aller à en espérer un : elle et lui ensemble, avec Milo et peut-être un bébé à eux. Se réveiller chaque matin à côté d'un homme qu'elle aimait. Était-ce vraiment fini ? Doug ne l'avait-il pas aimée un tant soit peu ?

Gary était en train de se raser dans la salle de bains, une serviette enroulée autour de sa taille maigre.

« Salut. »

Il la regarda avec impatience. Sa bonne volonté de la veille s'était envolée.

« Tu te sens mieux ?

— Oui, mieux », répondit-elle d'une voix rauque.

En vérité, elle ne se sentait pas bien du tout.

« Il faut qu'on parle.

— Qu'est-ce qu'il y a ? Je dois me préparer.

— Ça ne peut pas attendre. Il faut qu'on parle. Maintenant.

— OK. »

Il avait des traces de mousse à raser sur les joues et le menton, et les poils de son torse collaient à sa peau flasque.

« Vas-y, parle. »

Diana frissonna. Comment dire ce genre de choses ? Mais surtout, comment avait-elle pu l'épouser ?

« Je..., commença-t-elle, incapable d'aller plus loin.

— Tu ? fit Gary en fronçant les sourcils. Tu ne devrais pas aller travailler ?

— J'ai réfléchi... »

Gary prit son rasoir.

« Écoute, j'ai une réunion à 9 heures tapantes, et je...

— Je ne t'aime plus. »

Elle plaqua une main sur sa bouche. Les mots s'en étaient échappés comme une volée d'oiseaux décollant d'un arbre.

Gary reposa son rasoir et regarda Diana, bouche bée.

« Quoi ?

— Gary, ça fait longtemps que j'ai l'impression...

— Tu te fiches de moi ? s'écria-t-il. Tu ne m'aimes pas ? Et tu me dis ça maintenant ? »

Elle baissa les yeux. Là, il n'avait pas tort. Le moment était mal choisi. Mais si elle rompait avec Gary... Si elle allait voir Doug pour lui annoncer qu'elle était libre... Si Doug rencontrait Milo, passait du temps avec lui, découvrait à quel point c'était un petit garçon intéressant, peut-être que...

Gary continuait à la dévisager, avec sa serviette qui s'affaissait sur ses hanches. Même ses tétons semblaient la fixer d'un air accusateur.

« Tu ne m'aimes pas ? »

Elle releva la tête et prononça les seules paroles qui convenaient :

« Ce n'est pas ta faute. Vraiment, tu n'y es pour rien. Tu n'as rien fait de mal. Ça vient de moi.

— Évidemment que ça vient de toi ! »

Il s'empara du rasoir et le passa sur son visage. Trois petites gouttes de sang perlèrent sur ses joues. Il attrapa un mouchoir, en déchira trois morceaux et les colla sur les coupures.

« Écoute, dit-il, un peu calmé. Si tu veux qu'on aille voir un conseiller conjugal, ou je ne sais qui d'autre... »

Il jeta le rasoir près de sa brosse à dents, d'où dégoulinait une mousse blanche.

« C'est à cause de ton père ? Qu'est-ce qui se passe ? Tu as tes règles ?

— Je suis malheureuse, murmura-t-elle.

— Et tu n'aurais pas pu m'en parler ? Comment je pouvais le savoir ? Je ne suis pas devin ! Bon sang, Di, qu'est-ce que j'ai fait ? »

Elle baissa la tête. Elle lui avait dit la vérité. Il n'avait rien fait de mal. Gary avait simplement été lui-même, et cela aurait suffi sans doute à une autre femme, mais cela ne lui suffisait plus, à elle.

Gary s'était mis à pleurer. Les larmes coulaient sur ses joues, menaçant de déloger les bouts de mouchoir. Elles traversaient la mousse à raser qui séchait sur la moitié de son visage, et gouttaient de son menton saillant. Bon sang ! songea Diana, écœurée. Il n'est même pas capable de pleurer proprement !

« Je n'arrive pas à y croire, fit-il en sanglotant. Ce n'est pas possible ! »

Il s'avança vers elle. Elle se figea tandis qu'il la prenait dans ses bras et inondait son T-shirt.

« Je suis désolé. S'il y a quelque chose que je ne fais pas bien, je peux changer. Mais je ne veux pas te perdre. »

Dis-le-lui. Vas-y, ce ne sera plus à faire. Elle le repoussa, les mains sur ses épaules. Alors qu'il la dévisageait, la bouche ouverte et à moitié nu dans sa serviette, Diana le regarda bien en face.

« Je suis amoureuse de quelqu'un d'autre.

— C'est une blague », dit-il en s'écartant brusquement.

Diana secoua la tête.

« Tu... ce type... »

Il fit un pas en arrière, puis un autre.

« Tu as couché avec lui ? »

Elle acquiesça, le cœur serré. Gary ne méritait pas ça. Le visage déformé par la colère, il la poussa contre le mur de la salle de bains.

« Va-t'en.

— Oh, Gary.

— Va-t'en ! Je suis sérieux ! Va retrouver ton petit copain, si c'est ce que tu veux ! »

Sa voix se brisa sur les mots « petit copain ». Il se remit à pleurer et se cacha le visage dans une serviette.

Diana resta immobile. Elle avait mal au dos, là où elle s'était cognée contre le radiateur. Ça ne se passait pas du tout comme elle l'avait imaginé. Elle s'était figuré que Gary s'en irait, qu'il ferait vaillamment sa valise et lui lancerait un dernier regard empli d'amour et de regret avant de s'éloigner vers le soleil couchant, ou simplement vers l'hôtel. Mais Gary ne semblait pas avoir l'intention d'aller où que ce soit.

« Va-t'en ! Va-t'en ! Va-t'en ! criait-il, la serviette pressée contre ses yeux comme un bandeau. Va retrouver ton petit copain !

— Gary, je n'irai nulle part, dit-elle en s'efforçant de garder son calme.

— Il faut bien que l'un de nous parte, fit-il remarquer avec une pointe d'agressivité dans la voix. Et ce n'est pas moi qui t'ai trompée.

— Gary. »

Suis-je folle ? se demanda-t-elle. N'était-ce pas à la mère de rester à la maison avec ses enfants, ou son enfant ? N'était-ce pas au père de partir ?

« Je me disais que je resterais là avec Milo, et que tu pourrais trouver un autre endroit.

— Oublie. »

Il jeta la serviette, croisa les bras sur son torse et lança à Diana un regard mauvais, de ses yeux rouges et bouffis.

« Je n'ai rien fait de mal. Je n'irai nulle part. »

Au bout d'un moment, il baissa la tête.

« Sauf qu'il faut vraiment que j'aille au boulot. »

Diana resta sans voix tandis qu'il la prenait par les épaules, la chassait de la salle de bains et fermait la porte à clé.

Elle descendit à la cuisine, sentant la colère monter en elle. Elle repensait aux repas qu'elle avait cuisinés ici, aux goûters qu'elle avait préparés, aux parties de Sorry et de Monopoly qu'elle avait faites avec Milo sur la table de la cuisine, pendant que Gary restait cloîtré au salon, trop absorbé par le match pour s'occuper de son fils. La rage bouillonna dans ses veines tandis qu'elle se rappelait comment elle avait repéré cette maison et convaincu Gary de venir la voir, comment ils avaient payé l'acompte en grande partie grâce à l'argent que mamie Selma avait donné à Diana. Et maintenant, cette maison serait à lui ? Où allait-elle aller avec Milo ?

Peu importait. Elle s'attacha les cheveux, enfila ses chaussures et son gilet, attrapa son sac à main et son téléphone, et courut jusqu'au parking où elle garait sa voiture. Il était presque 8 heures. En se dépêchant, elle pouvait trouver Doug chez lui. Elle sortit son téléphone – il y avait trois appels manqués, tous de sa mère. Diana les ignora et tapa un message : JE VX TE PARLER. Puis elle l'effaça. Mieux valait le surprendre, aller le voir en personne ; s'il ne voulait plus d'elle, qu'il le lui dise en face.

Un des colocataires de Doug, vêtu d'un short et d'un T-shirt, lui ouvrit la porte en bâillant.

« Doug est là ? » demanda-t-elle en s'efforçant de paraître enjouée, optimiste, normale.

Le type la regarda, les yeux plissés, et frotta sa joue mal rasée.

« Ouais, il est là-haut. »

Diana entra dans le salon, où flottait une odeur d'ailes de poulet épicées, et monta l'escalier. La chambre de Doug se trouvait au bout du couloir. Elle faillit frapper, se ravisa et ouvrit la porte.

Il était assis à son bureau, un peu pâle, l'air malheureux. Les cheveux en bataille, mal rasé et pieds nus, il portait un survêtement et une chemise à carreaux. Cette vision la bouleversa. Elle dut se retenir de se jeter dans ses bras, de lui dire qu'ils étaient faits l'un pour l'autre, de le supplier de lui donner une seconde chance.

Lorsqu'il leva les yeux vers elle, il fallut une seconde à Diana pour comprendre : on aurait dit le visage de Hal, des années plus tôt. Ce regard disait que tout était fini, que sa décision était prise, et que rien ne lui ferait changer d'avis.

Elle s'appuya contre le chambranle de la porte. Elle se sentait ridicule et mal fagotée, avec sa queue-de-cheval et ses leggings. Comme une vieille bique qui tenterait de ressembler à une adolescente. Elle ressentit soudain comme une énorme crampe dans tout le corps. Oh non, songea-t-elle, et les mots semblaient venir du fond d'un puits très profond et très froid.

« Diana. »

Doug traversa la chambre et lui prit la main.

« Je l'ai quitté. J'ai quitté Gary. Je lui ai dit, pour nous. »

Doug poussa un soupir.

« Tu n'aurais pas dû. »

Elle le dévisagea à travers ses larmes.

« On ne va pas… »

Sa voix se brisa. Doug semblait lutter, lui aussi, pour ne pas pleurer.

« Ce n'est pas que je n'ai pas envie d'avoir d'enfants. J'en veux. C'est juste que… »

Dans le silence, Diana crut entendre ce qu'il ne voulait pas exprimer tout haut. Je veux mes propres enfants, pas ceux d'un autre.

Elle ne répondit pas. Qu'aurait-elle pu dire ? Aucune parole ne le convaincrait de recommencer. Il lui avait dit la vérité, non pas avec des mots mais à travers son soupir. Ils n'avaient aucun avenir ensemble. Diana pourrait peut-être repartir avec quelques lambeaux de dignité, mais elle ne repartirait pas avec Doug.

« Ça va aller ? » lui demanda-t-il.

Elle le regarda froidement, observa ses cheveux bruns et ses joues rouges, sa peau douce et son corps parfait, avec la curiosité qu'elle aurait manifestée envers un patient présentant un symptôme qu'elle n'avait jamais vu – une éruption intéressante, peut-être, ou des cauchemars récurrents. Est-ce que cela irait ? Bonne question. Elle se sentait vraiment mal. Après tout, elle avait tout perdu. Sauf que ce n'était pas tout à fait vrai. Certes, elle avait perdu son boulot, son mari, son amant et peut-être même sa maison, mais elle n'avait pas perdu Milo. Alors…

« Bien sûr que ça va aller », répondit-elle, sur un ton qui suggérait qu'elle avait l'habitude de ce genre de liaisons – leurs débuts, la façon de les gérer, leur fin inévitable.

« Bon. »

Il voulut lui prendre la main, mais elle se dégagea.

« On se recroisera sans doute. »

Elle haussa les épaules – évidemment, il ne la reverrait pas à l'hôpital, mais elle n'avait pas l'intention de le lui dire –, sortit de la chambre la tête haute, et descendit l'escalier comme une lycéenne paradant dans sa robe de bal. Dehors, le soleil l'éblouit. Il y avait un parc à quelques rues de là dans lequel elle était allée une fois avec Milo. Elle réussit à le retrouver et s'assit sur un banc, incapable de bouger, presque incapable de respirer. Le temps passa. Des mamans vinrent avec leurs enfants, des promeneurs avec leurs chiens. Diana ne savait pas quoi faire, ni où aller.

Finalement, elle sortit son téléphone de sa poche et appela l'endroit où l'on était obligé de vous accueillir, l'endroit où on allait quand on n'avait pas d'autre choix.

« Maman ?
— Diana ! »
La voix de sa mère était flûtée, joyeuse, comme si elle n'avait pas le moindre souci au monde.
« Où étais-tu ? Ça fait des jours que j'essaie de te joindre !
— Désolée. »
Diana se leva de son banc et repartit en direction de sa voiture.
« J'ai été assez occupée.
— Bon. »
D'un coup, sa mère paraissait timide, étrangement cérémonieuse.
« Je voulais vous inviter dans le Connecticut, Gary, Milo et toi. C'est magnifique, ici. On peut se balader et regarder les couleurs d'automne... Il y a aussi un grand marché des antiquaires à Litchfield... et la plage, bien sûr... et Lizzie va venir.
— Gary a beaucoup de travail. »
Le mensonge glissa sur sa langue tout naturellement.
« Mais je suis sûre que Milo adorerait te voir, continua-t-elle, en oubliant pour l'instant la présence embarrassante de sa sœur. Et ça ne me ferait pas de mal de prendre un peu de vacances. »
Il y eut un blanc.
« Tu ne travailles pas ? demanda enfin Sylvie, stupéfaite.
— Eh non. »
Le chagrin était toujours là, palpable dans sa nervosité. Penser à un avenir sans Doug, c'était comme imaginer une vie sans soleil, sans oxygène.
« J'ai pris des congés, en fait. Je réexamine mes priorités.
— Eh bien, c'est... c'est super, dit sa mère, bien que Diana se demandât comment elle pouvait trouver cela super. Quand peux-tu venir ?
— Demain, ça irait ?
— Super, répéta Sylvie. Je vais préparer vos chambres. Je vous attends. »
Diana se gara en double file devant sa maison, qui lui semblait déjà étrangère, comme si des inconnus l'avaient achetée et meublée, avaient pris le petit déjeuner à la table de la cui-

sine et regardé la télé, le soir, sur le canapé. Rapidement, elle fourra ses vêtements dans une valise, puis elle passa un quart d'heure à préparer les affaires de Milo : ses pyjamas, ses jeans et ses slips, des tenues pour l'école, ses livres préférés, son jeu d'échecs, les bouteilles dans lesquelles il collectionnait les insectes, l'album photo que sa sœur avait envoyé, et Monsieur Boutons, le nounours usé qu'il avait depuis qu'il était bébé. Elle attrapa son manteau et son écharpe, ses lunettes de soleil, son téléphone et le chargeur, son portefeuille et ses clés de voiture, avant d'écrire un mot à Gary : *Je vais voir ma mère dans le Connecticut avec Milo. Je t'appellerai une fois sur place.* Puis elle porta les sacs jusqu'au coffre de la voiture et fonça à l'école de Milo.

« Il est en cours de gym », lui indiqua la fille à l'accueil. Comme il restait encore vingt minutes avant la fin du cours, Diana griffonna une excuse – un rendez-vous chez le dentiste – sur la feuille d'absence, avant d'aller chercher son fils.

Les CP étaient en train de jouer au volley, dossards rouges contre dossards jaunes. Milo, pâle et figé dans son short, se tenait sur la touche, une poche de glace pressée contre le nez. Ils lui avaient fait enlever son bonnet. Elle voyait le pompon dépasser de son short.

« Maman ? »

Milo la regarda en clignant des yeux, visiblement soulagé (et sans doute confus, aussi, car il n'avait jamais vu sa mère sans maquillage et décoiffée en dehors de la maison).

« Qu'est-ce qui s'est passé ? demanda-t-elle en se penchant pour l'embrasser.

— J'ai reçu un ballon. C'était un accident. »

Diana était certaine qu'il ne s'agissait pas d'un accident, que l'un de ces petits imbéciles à brassard l'avait fait exprès.

« Viens, dit-elle à Milo, qui la regardait avec de grands yeux. On y va. »

Elle fit signe au prof de gym, un nazi en survêtement qui portait un sifflet en argent autour de son cou épais. Serrant la main de Milo dans la sienne, elle l'entraîna dans le couloir puis jusque dans la voiture, qu'elle avait laissée en double file avec les feux de détresse, du côté où les cars scolaires se garaient.

« On va où ? » demanda Milo lorsqu'elle dépassa la rue qui les aurait ramenés à la maison.

Diana tenta de se calmer et serra le volant. Dans l'idéal, Gary serait sans doute parti avec eux… mais la situation était loin d'être idéale.

« On a des petits problèmes, papa et moi. On va passer un peu de temps séparés. Alors je me disais qu'on pourrait prendre quelques vacances, toi et moi.

— Des problèmes ? demanda Milo, d'une petite voix inquiète. Quels problèmes ? »

Elle pesa soigneusement sa réponse.

« Des problèmes d'adultes. Tu n'y es vraiment pour rien. On t'aime tous les deux. »

Elle avala sa salive.

« On t'aime très, très fort. »

Dans le rétroviseur, elle vit le visage de Milo se détendre, mais sa voix tremblait encore un peu.

« Qu'est-ce qui va se passer ? On va où, là ? »

Elle s'arrêta dans une station-service, coupa le moteur et fit signe à Milo de la rejoindre. Milo décrocha sa ceinture et grimpa maladroitement par-dessus le levier de vitesse pour venir s'asseoir à côté d'elle.

« Je ne suis pas sûre de ce qui va se passer », expliqua-t-elle, même si ce n'était pas vrai : elle savait de façon quasi certaine ce qui allait arriver, cela commençait par un « D » et finissait par « ivorce ». « Ce qui est sûr, c'est que tout de suite, on va aller à l'hôtel. »

Le visage de Milo s'éclaira. Il adorait les hôtels, les bouteilles de shampooing et de gel douche miniatures, et le service d'étage.

« Et demain, on ira dans le Connecticut voir mamie Sylvie. Ça te va ?

— Ça me va. »

Elle lui prit la main, et il la lui serra.

Pendant qu'elle descendait majestueusement l'escalier de Doug, Diana avait décidé qu'elle emmènerait son fils au St Regis à New York, un hôtel devant lequel elle était passée des dizaines de fois en allant au magasin Saks ou au salon de beauté d'Elizabeth Arden avec sa mère. Il lui était arrivé une fois de prendre un verre avec Hal au King Cole Bar, mais elle n'y avait jamais passé la nuit. Loger dans un lieu de ce genre, plutôt que dans un hôtel plus abordable ou dans l'appartement des parents de Diana, donnerait à Milo l'impression qu'ils partaient à l'aventure, à juste titre ou non.

Diana décida aussi de l'emmener manger au McDo. Il faillit s'évanouir de plaisir lorsqu'elle l'autorisa à prendre un cheeseburger et des frites. Ils s'arrêtèrent dans un Target, sur la Route 1, pour acheter de quoi faire leur toilette et un DVD de *Monstres et Cie.* Lorsqu'ils arrivèrent à New York, il était près de 17 heures.

« Une seule clé ? » demanda la dame derrière le grand comptoir en marbre.

Milo, qui était resté en extase devant les grooms en costume vert et doré, se précipita vers Diana et chuchota : « Deux, s'il te plaît. » (Les cartes-clés faisaient partie des équipements qu'il appréciait particulièrement dans les hôtels.) Diana posa sa carte American Express sur le sous-main en cuir. Pendant un terrible instant, elle craignit que Gary n'ait fait opposition sur leurs cartes de crédit, bloqué leurs comptes bancaires, et peut-être même prévenu la police que Milo avait été kidnappé. Mais le paiement fut accepté. La dame tendit deux clés à Diana et les accompagna jusqu'à l'ascenseur.

« Votre majordome va vous conduire à votre chambre.

— Majordome ? » fit Milo, les yeux écarquillés sous le bonnet qu'il avait voulu porter pour aller à l'école.

Diana sourit lorsqu'il glissa sa main dans la sienne. Une chose était certaine : elle n'avait pas perdu son fils.

En fait de majordome, c'est une femme en smoking qui les attendait au huitième étage. Elle leur montra comment contrôler la température, ouvrir les rideaux et faire sortir la télévision escamotée au pied du lit.

« En guise de bienvenue, la maison vous offre un thé ou un café, et met à votre disposition ses services de repassage.

— Je peux avoir un chocolat chaud ? » demanda Milo.

La dame acquiesça en souriant.

Milo passa dix minutes à faire apparaître et disparaître la télévision, pendant que Diana appelait Gary sur son portable.

« Ça va ?

— Ouais, super, répondit-il sèchement. Je suis en pleine forme.

— Milo va bien. »

Elle hésita, mal à l'aise.

« Nous sommes à New York. J'ai pensé qu'on pourrait passer quelques jours avec ma mère dans le Connecticut. »

Gary soupira sans répondre.

« Tu veux parler à Milo ? »

Elle imaginait son mari affalé devant son ordinateur, tentant de se ressaisir et de se redresser.

« Bien sûr que je veux parler à Milo. »

Diana passa le téléphone à son fils, s'assit sur les draps de satin bleu et but son thé, en songeant qu'elle avait au moins un petit bout de son avenir sous contrôle.

Ils dégustèrent une pizza et une glace, livrées par le service d'étage, en regardant *Le Monde de Nemo* à la carte. Puis Diana fit une petite recherche sur Internet.

« Hé, Milo. »

Il était allongé sous la couette et feuilletait un de ses livres sur les insectes.

« Tu veux voir où on va, demain ? »

Le menton appuyé sur sa main, Milo étudia les photos qu'elle avait trouvées sur le site de la ville de Fairview. Il y en avait une de la grande maison blanche construite sur un promontoire, face à l'océan. Milo suivit la ligne de l'eau du bout du doigt.

« Il fait sûrement trop froid pour se baigner », observa-t-il.

Diana étouffa un soupir. Le verre était-il toujours à moitié vide pour ce gamin ?

« Oui, mais ça doit être bien confortable, là-bas, répondit-elle. Il y a des cheminées. Et mamie Sylvie nous attend. Elle est très contente de te voir. »

Le visage de Milo s'éclaira à l'idée de rejoindre sa grand-mère, qui avait été beaucoup plus souple que Diana en matière d'activités et de goûters, et qui était connue pour transporter des bretzels nappés de chocolat dans son sac à main.

« Pourquoi elle est là-bas ? C'est à cause de la maîtresse de papi ? » demanda-t-il.

Seigneur.

« Qui t'a dit ça ?

— Dylan Berkowitz. »

Milo se laissa aller contre son oreiller avec un petit grognement typique de Gary.

Évidemment. La mère de Dylan, une mordue de gym et de bronzage artificiel, se nourrissait de ragots et de pain de seigle.

« Tu sais ce que c'est, une maîtresse ? »

Milo ferma les yeux en bâillant.

« C'est comme une amoureuse, mais quand on est déjà marié. Donc c'est mal. »

Diana hésita à lui donner davantage d'explications sur les maîtresses, mais la journée avait été longue et Milo en avait déjà entendu assez.

« Je t'aime gros comme ça, dit-elle.

— Gros comme ça », répondit-il.

Elle l'embrassa, remonta la couette sous son menton, éteignit la lumière et resta assise en tailleur à côté de son petit garçon sérieux, jusqu'à ce qu'il s'endorme. Elle était persuadée qu'elle n'arriverait pas à trouver le sommeil – elle avait tellement de questions à régler, l'avocat, le travail, où elle habiterait avec Milo, comment elle vivrait sans Doug. Elle quitta ses chaussures et se glissa sous la couette, contre le corps tout chaud de son fils. Juste une minute, songea-t-elle en fermant les yeux. Lorsqu'elle les rouvrit, c'était le matin, Milo était en train de regarder la météo à la télé et la femme de chambre frappait doucement à la porte.

« C'est là qu'elle est, mamie ? » demanda Milo, tandis que Diana remontait l'allée de coquillages concassés jusqu'à la maison qu'elle n'avait pas vue depuis plus de dix ans.

« C'est là, répondit-elle en coupant le moteur. Je venais ici quand j'étais petite. »

Milo observa la maison, la pelouse en pente, la grande terrasse avec la balancelle dans laquelle Diana adorait s'asseoir pour bouquiner. Les feuilles avaient pris des teintes orange et pourpre ; celles qui étaient tombées avaient été regroupées en tas au pied des arbres. Six citrouilles montaient à l'assaut des marches, et un panier rempli de pommes et de gourdes était posé devant la porte.

« On dirait le Phantom Manor ! » s'écria-t-il, tout excité.

Diana n'était pas surprise. Pour le dernier anniversaire de Milo, ils avaient fait l'incontournable pèlerinage familial à Disneyland, et le Phantom Manor avait été son attraction préférée. Il avait hurlé de joie en voyant le fantôme apparaître à l'arrière de leur wagon quand le petit train était passé devant la glace. Mais, en vérité, Milo n'avait pas vraiment testé d'autres manèges, songea Diana en gravissant les marches du perron. Il avait refusé de monter dans le Space Mountain lorsqu'il avait lu dans le guide que cette attraction était « trop intense pour les jeunes enfants », et, après avoir passé trois quarts d'heure à étudier le visage des gens qui sortaient du Splash Mountain, il avait décrété que la descente de la rivière était trop intense également. Gary, qui pensait faire toutes les montagnes russes avec son fils, avait boudé tout le reste de la journée. Et lorsque Milo avait demandé, en revenant vers la voiture, s'il pouvait monter dans les tasses tournantes, Gary lui avait dit : « Tu es trop grand pour aller dans un manège de bébé. » Milo, fatigué, s'était mis à pleurer. « Super. Vraiment super », avait grommelé Gary, tandis que Diana tournait frénétiquement les pages du guide, cherchant à savoir où l'on pouvait trouver une boisson pour adultes dans le Royaume enchanté.

Elle frappa à la porte. Une minute plus tard, Sylvie l'ouvrit, en peignoir et chaussettes.

« Diana ? » dit-elle, d'un air surpris.

Diana se demanda quelle tête elle avait. Elle portait encore les vêtements qu'elle avait mis avant de partir de chez elle, le pull sur lequel Gary avait pleuré, les leggings qu'elle avait enfilés avant d'annoncer à son mari que tout était fini (et d'entendre son amant lui dire la même chose). Elle ne s'était pas coiffée, ni lavé le visage ; et elle ne s'était pas maquillée depuis le brunch du dimanche précédent, depuis qu'elle avait failli tuer une petite fille, depuis que tout s'était écroulé.

Peut-être pourrait-elle changer de vie, ici. Voir la maison du Connecticut comme l'un de ces spas dans lesquels elle avait toujours voulu aller, si seulement elle en avait eu le temps, ces lieux qui proposaient des ateliers pour apprendre à gérer son stress, améliorer son alimentation, trouver l'équilibre et la joie. En dehors de Doug – et cela s'était mal fini – et de Milo, il n'y avait pas beaucoup de joies dans la vie de Diana. Elle travaillait tellement, et le moindre sou qu'elle gagnait partait presque aussitôt dans le remboursement de l'emprunt, le paiement de l'assurance et de l'impôt foncier, de l'école privée, du pressing et du coiffeur, des manucures et des pédicures, d'Internet, des téléphones portables et du câble. Elle pourrait peut-être simplifier sa vie ; la simplicité est un grand thème dans les spas qui vous facturent trois mille dollars les quatre jours de repos pour entendre des experts vous faire la liste de tout ce dont vous n'avez pas besoin. Elle pourrait trouver un autre travail avec des horaires normaux. Elle pourrait essayer la méditation. Elle pourrait apprendre la poterie ou le découpage, à décaper les parquets ou à poser une tapisserie. Elle pourrait enfin faire de sa maison le petit nid douillet dont elle avait toujours rêvé. Elle pourrait…

« Diana ? »

Sa mère la dévisageait. Diana s'éclaircit la gorge.

« Bonjour, maman. »

Sa voix était encore un peu rauque. Elle s'obligea à se redresser et tenta un sourire.

« Nous voilà ! »

LIZZIE

Lizzie eut la bonne idée de prendre un coussin chauffant dans le placard de la salle de bains, à New York, pour avoir l'air crédible lorsqu'elle expliquerait à sa mère, une fois arrivée dans le Connecticut, qu'elle s'était fait mal au dos et que le médecin lui avait dit de rester alitée. Les saignements semblaient avoir cessé ; elle n'avait aucune crampe, aucune douleur, rien de ce que le médecin lui avait dit qu'elle pourrait ressentir. Elle passa le week-end à s'imaginer en train de marcher lentement, boitant légèrement, une main pressée au bas du dos. Le mardi matin, l'interphone sonna : Derek l'attendait en bas.

Elle écouta de la musique pendant presque tout le trajet et se réveilla alors qu'ils gravissaient l'allée. En descendant de voiture, elle inspira une grande bouffée d'air frais, puis elle frappa à la porte et attendit sous le ciel bleu et lumineux que quelqu'un veuille bien lui ouvrir.

Elle eut la surprise d'être accueillie par Milo… Qui disait Milo disait Diana. Un sentiment de malaise l'envahit. Pourquoi sa mère ne lui avait-elle rien dit ?

« Tata Lizzie ! » s'écria Milo, son pâle visage s'éclairant d'un sourire.

Il se précipita vers elle et lui planta la visière de sa casquette dans le ventre. Elle le serra fort dans ses bras, avant de s'écarter, se rappelant que le médecin lui avait dit de ne rien porter de trop lourd.

« Salut, mon grand. Fais doucement, d'accord ? Je me suis fait mal au dos. »

Milo acquiesça, mais il avait l'air tellement triste qu'elle se pencha pour lui faire un bisou.

« Qu'est-ce que tu fais là ? demanda-t-elle tandis que Derek portait ses valises dans l'entrée.

— Papa et maman ont des problèmes d'adultes. »

Lizzie était prête à parier que le problème d'adulte s'appelait Doug Vance. Mais pourquoi Diana se trouvait-elle ici, et non à Philadelphie avec son amant ? D'après ce qu'elle avait entrevu, ils avaient l'air de plutôt bien s'entendre.

« Ça me fait tellement plaisir de te voir », dit-elle.

Milo souleva son sac marin en grognant et tituba jusqu'à l'escalier.

« Tu t'amuses bien ?

— Je m'ennuie, répondit-il en laissant retomber le sac. Il n'y a que des livres pour les grands, et il fait trop froid pour se baigner.

— C'est vrai. Mais je peux t'apprendre à jouer au water-frisbee.

— Je ne connais pas ce jeu.

— Évidemment, c'est moi qui l'ai inventé. Tu lances le frisbee dans l'eau, et si tu t'y prends bien, les vagues te le rapportent. »

Milo soupira.

« Maman reste au lit toute la journée. »

Voilà qui était surprenant. Diana, au lit ? Lizzie n'avait jamais vu sa sœur se lever après 6 heures. Elle s'imagina clouée au lit avec elle. Lizzie attendrait que les saignements s'arrêtent pour de bon, et Diana attendrait… ce qu'elle voulait. Elle laissa ses sacs là où Milo les avait posés et s'avança lentement dans la maison, à la recherche de sa mère.

Celle-ci était assise à la table de la cuisine devant une tasse de thé et un magazine de recettes. Lizzie cligna des yeux, peinant à croire ce qu'elle voyait. Sa mère, d'habitude si bien soignée et habillée, portait un pantalon de yoga et un gilet à capuche ; un bandeau élastique en éponge, du genre de ceux qui ne sont pas censés sortir de la salle de bains, retenait ses cheveux bouclés et grisonnants.

« Bonjour, maman.

— Lizzie ! »

Sylvie bondit de sa chaise pour l'embrasser. Pressée contre sa mère, entourée de son odeur familière de parfum et de savon Camay, Lizzie crut qu'elle allait se mettre à pleurer. Elle se raidit, espérant que Sylvie ne remarquerait rien. Car, même si elle n'avait pris que deux ou trois kilos, sa silhouette avait changé. Tandis que sa mère s'écartait, Lizzie grimaça et porta une main à son dos.

« Qu'est-ce qu'il y a ? Ça ne va pas ?

— J'ai glissé sur le trottoir, il y a quelques jours, et je me suis fait mal au dos. Rien de grave, s'empressa-t-elle d'ajouter en voyant l'air inquiet de sa mère. Je me suis juste froissé un muscle, mais le médecin veut que je reste au lit une semaine ou deux. »

Sylvie la fit aussitôt asseoir sur une chaise, alla chercher un coussin au salon et lui demanda si elle voulait du thé ou du paracétamol, si on lui avait recommandé de prendre des bains chauds ou d'appliquer des poches de glace, bref, si elle pouvait faire quelque chose pour l'aider.

« Ne t'en fais pas, ça va. Il faut juste que je me repose. »

Sylvie insista pour lui tenir le bras pendant qu'elles montaient à l'étage, et elle l'aida à se mettre au lit dans la première chambre du palier.

« Diana est au bout du couloir », précisa-t-elle en désignant une porte fermée, derrière laquelle se cachait sans doute sa grande sœur.

Lizzie se demanda une fois de plus pourquoi Diana avait besoin de se cacher. Gary l'avait-il surprise avec Doug ? Elle baissa la tête pour dissimuler son sourire, imaginant la réaction de son beau-frère.

La chambre était propre et dépouillée : un lit simple, un petit tapis ovale tissé de brins rouges, bleus et dorés, une commode peinte en blanc et un bureau en bois près de la fenêtre. Sylvie s'éclipsa puis revint avec un vase rempli de pâquerettes, une théière et une assiette de petits gâteaux qu'elle posa sur la table de nuit. Lizzie se glissa sous les draps et s'allongea sur le côté, avec force grimaces et grognements qu'elle espérait convaincants. Sa mère remonta la couette sous son menton et lui caressa le front.

« Je suis contente que tu sois venue. »

Lizzie sourit, avant de fermer les yeux. Son cœur battait la chamade – l'angoisse des saignements, la peur que son secret ne soit découvert –, mais elle se sentait épuisée. Elle n'avait qu'une envie : dormir.

Pourtant, il lui fallait un plan. D'abord, elle voulait vérifier qu'elle n'avait vraiment plus de pertes. Si elle faisait une fausse couche, elle gérerait ça toute seule et sa mère ne le saurait jamais... Lizzie serait-elle vraiment déçue ? Elle décida que oui. Toute sa vie, elle avait dérivé, école après école, boulot après boulot, cure après cure. Avoir un bébé l'obligerait à se fixer, à rester quelque part. Et cela lui donnerait un travail – maman – que l'on ne pourrait jamais lui prendre. Au fil des semaines, depuis qu'elle avait découvert qu'elle était enceinte, Lizzie avait trouvé ces perspectives de plus en plus séduisantes.

Sa mère continuait à la regarder. Même les yeux fermés, Lizzie sentait qu'elle l'observait.

« Ça va ? demanda Sylvie. Tu as besoin d'autre chose ? »

Elle avait l'air sincère, ce qui était nouveau. Lizzie avait toujours eu l'impression d'être un poids pour sa mère, comme un devoir déplaisant dont elle devait s'acquitter.

« Ça va, répéta Lizzie en ouvrant les yeux. J'ai sommeil, c'est tout. »

Elle bâilla, puis referma les paupières. Quand elle se réveilla, il faisait nuit et seul le bruit des vagues rompait le silence. Sa mère était en train de s'affairer dans la chambre, un plateau dans les mains. L'odeur de poulet lui souleva l'estomac tout en la faisant saliver. Ses yeux s'emplirent de larmes. « Je peux tout garder au chaud, avait dit Jeff, avec un air doux et plein d'espoir. Tu reviendras, hein ? »

« Merci, murmura-t-elle, tandis que sa mère posait le plateau et s'asseyait au bord du lit.

— Je voulais te parler de quelque chose. »

Lizzie se redressa et remua les orteils – la seule partie de son corps qu'elle pouvait bouger sans éveiller de soupçons.

« Ce jeune homme qui… qui t'a ennuyée quand tu faisais du baby-sitting, commença Sylvie.

— Oui, et alors ? »

Sylvie se tordait les mains, croisant et décroisant ses doigts sur ses genoux.

« Depuis très longtemps, j'ai le sentiment que ton père et moi, on t'a laissée tomber. Que si on avait fait quelque chose, on aurait pu…

— On aurait pu quoi ? » demanda Lizzie d'un ton cassant.

La purée de pommes de terre et les carottes, dans l'assiette, lui donnaient autant envie de manger que de vomir. Qui avait bien pu cuisiner cela ?

Sylvie regarda ses mains, qu'elle tenait serrées.

« Je ne sais pas, dit-elle. On aurait peut-être pu t'éviter beaucoup de souffrances. »

Lizzie ne sut quoi répondre. Elle aurait voulu se trouver n'importe où ailleurs, plutôt que piégée dans ce lit moelleux, dans cette chambre douillette, en train de discuter avec sa mère d'une chose dont elle n'avait pas envie de parler ni même de se souvenir. Elle repoussa brusquement les couvertures et s'assit au bord du lit.

« Recouche-toi, dit Sylvie.

— Il faut que j'aille aux toilettes !

— Lizzie… »

Sylvie la retint par l'épaule, mais elle se dégagea.

« Écoute, je te remercie de t'inquiéter pour moi, mais c'était il y a très longtemps. Je vais bien, maintenant. Vraiment. »

Lizzie traversa la chambre lentement. Elle avait envie de marcher sur la plage pendant des heures en laissant les vagues lui lécher les pieds. Elle avait envie de bouger, mais elle ne pouvait pas. C'était le médecin qui l'avait dit. Pour la première fois de sa vie, qu'elle avait passée à fuir et à se cacher, se réfugiant sous le doux voile des antidouleurs, elle avait réussi à s'arrêter pour le bien du bébé. Tu peux le faire, se dit-elle. Elle respira calmement, puis se dirigea à pas lents vers les toilettes, où elle fut soulagée de voir qu'elle ne saignait plus.

Elle se lava les mains et le visage, se brossa les dents avec l'une des brosses neuves, encore dans leur emballage, que sa mère avait laissées, avant de retourner dans sa chambre. Elle goûta une cuillerée de purée et une rondelle de carotte, en mâchant lentement, de peur de vomir. Un instant plus tard, elle sentit sa mère lui caresser les cheveux.

« Je suis tellement désolée », murmura Sylvie, avec une douceur que Lizzie ne lui connaissait pas.

La fourchette à la main, elle ne répondit rien ; elle se concentra sur le bébé dans son ventre, de la taille d'un raisin, peut-être, ou d'une gomme au bout d'un crayon, ou d'un grain de riz.

DIANA

Lors de l'unique séance de yoga que Diana avait endurée, par un jour pluvieux où tous les tapis de course étaient pris, la monitrice, une fille un peu bizarre aux hanches tatouées, leur avait fait faire une heure de torsions et de postures avant de leur demander de s'allonger sur le dos, les jambes légèrement écartées.

« La savasana, la posture du cadavre, est la plus difficile. Vous allez me dire : "Qu'y a-t-il de si dur à rester allongé par terre ?" Mais nous, les humains, nous ne sommes pas programmés pour rester immobiles à ne rien faire.

— Dites ça à mon mari ! » s'était exclamée l'une des femmes.

Tout le monde avait ri. Mais Diana avait tout à fait compris ce que la monitrice entendait par là : ne pas bouger, écouter sa respiration, avait été pour elle le moment le plus difficile de la séance.

Avant d'avoir Milo, elle s'était entraînée pour un marathon. Cela lui avait beaucoup plu – pas seulement le fait de courir, mais de planifier ses entraînements, d'organiser ses journées et ses semaines en fonction des kilomètres à parcourir, de saisir les données sur son ordinateur et de tracer ses courbes de distance et de vitesse. Grâce à son cardiofréquencemètre et à sa montre spéciale qui mesurait l'allure, elle avait été capable de calculer le temps qu'il lui faudrait pour parcourir les quarante-deux kilomètres. Elle avait été contente de finir avec vingt secondes d'écart par rapport à son estimation. Pile à l'heure, avait-elle pensé en franchissant la ligne d'arrivée.

À présent, huit ans plus tard, elle se réveillait le matin le cœur battant à se rompre et la peau moite, comme si elle avait transpiré toute la nuit. Elle avait toujours quelques secondes de confusion tandis que ses cauchemars, quels qu'ils soient, se dissipaient. Où était-elle ? Comment était-elle arrivée là ? Puis tout lui revenait brutalement : elle n'était pas à Philadelphie, mais dans le Connecticut ; elle n'avait plus de mari, plus de travail.

Alors elle se levait et mettait ses chaussettes et ses baskets, ayant pris l'habitude de dormir avec son soutien-gorge de sport, un T-shirt et des collants. En descendant l'escalier, elle enfilait une chemise à manches longues, une veste polaire ou un imper s'il pleuvait. Elle buvait du jus de fruits directement à la bouteille, prenait une barre énergétique dans le placard, dévalait les marches qui menaient à la plage et courait. À l'époque où elle s'entraînait pour le marathon, elle variait les exercices, alternant les joggings longs et lents et les sprints, en prenant soin de toujours garder la bonne fréquence cardiaque. À présent, elle courait comme si quelque chose la poursuivait, comme elle avait couru à Philadelphie ce jour d'été caniculaire où l'histoire de son père et de Joelle avait été révélée : à fond, le plus vite possible, jusqu'à ce que l'air lui brûle la gorge et que les points de côté lui lacèrent le ventre, jusqu'à avoir un goût de sang dans la bouche, jusqu'à ce qu'elle soit incapable d'aller plus loin. Ses talons envoyaient des gerbes de sable derrière elle, son ombre fuyait devant elle et Diana essayait de la rattraper. Pendant quatre, cinq, six kilomètres, elle courait, jusqu'à la jetée qui marquait la limite de la ville de Fairview. À marée basse, elle pouvait la contourner, mais parfois il fallait qu'elle patauge dans l'eau pour faire le tour des rochers qui s'avançaient dans le détroit. Après avoir dépassé la jetée, elle continuait à courir, de l'eau salée plein les baskets, la sueur lui piquant les yeux. Neuf, dix, onze kilomètres, si vite qu'il n'y avait plus de place dans son cerveau pour aucune pensée, plus de place pour rien en dehors de sa respiration.

Elle finissait par s'arrêter et se penchait en avant, les mains sur les cuisses, toute rouge et à bout de souffle. Elle se redressait, levait les bras au-dessus de sa tête, faisait quelques étirements, touchait ses orteils. Puis, lorsqu'elle recommençait à respirer à peu près normalement, lorsqu'elle n'avait plus l'impression qu'elle allait vomir, elle faisait demi-tour et revenait à la maison en courant. Après une douche, elle s'écroulait dans son lit et dormait comme une masse jusqu'à ce que Milo la réveille. Parfois, un jogging suffisait, mais il lui arrivait d'avoir besoin de ressortir avant le dîner. Dans ces cas-là, elle courait dans les rues – pour changer, se disait-elle, mais en réalité parce qu'elle craignait que les gens ne la remarquent et ne se mettent à parler, de la même façon que les mamans, à l'arrêt de bus de Milo, s'étaient mises à faire des réflexions sur la marcheuse athlétique, visiblement anorexique, qui agitait ses bras maigres et ses jambes en tuyaux de pipe pendant des heures sur les trottoirs. Diana descendait au pas de course l'allée de coquillages et foulait les rues étroites de Fairview. Il y avait cinq kilomètres jusqu'au lycée. Elle faisait des sprints sur la piste de course jusqu'à la nuit tombée, puis elle revenait tranquillement à la maison, en bondissant sur le bas-côté dès qu'une voiture approchait.

Elle perdait du poids. Son pantalon de jogging flottait sur ses hanches et on distinguait ses côtes sous sa peau. Sylvie s'inquiétait. Elle cuisinait toute la journée – sa mère avec un tablier ! Devant une gazinière ! Diana n'y aurait pas cru, si elle ne l'avait pas vu de ses propres yeux. Au dîner, tous les soirs, il y avait des bols de purée et des assiettes de pâtes, puis, plus tard, du pop-corn et du chocolat chaud quand Sylvie rejoignait Lizzie dans son lit pour regarder des films avec elle sur son ordinateur portable.

« Tu es sûre que ça va ? » lui demandait sa mère tandis que Milo, derrière elle, la regardait avec ses grands yeux sombres et son visage pâle.

Diana répondait avec légèreté, expliquait qu'elle envisageait de courir un marathon au printemps, peut-être même de tenter de se qualifier pour celui de Boston. Intérieurement, elle pensait qu'il y aurait peut-être d'autres courses pour elle à l'avenir, des ultrafonds de quatre-vingts voire de cent soixante kilomètres, des épreuves sur vingt-quatre heures pendant lesquelles on courait toute la journée et toute la nuit. Jusqu'où devrait-elle aller pour oublier à quel point elle avait gâché sa vie ? Après quatre-vingts kilomètres, les cauchemars s'arrêteraient-ils ? Après cent soixante kilomètres, Doug reviendrait-il ?

Plusieurs fois par semaine, elle faisait le même cauchemar. Assise sur son tabouret à roulettes, elle s'approchait de la petite patiente dont elle se rappelait à peine le visage, cette fillette de huit ans qui était arrivée aux urgences presque inconsciente, en hypoglycémie. Elle faisait la même erreur dans sa prescription, sauf que dans son rêve personne ne s'en rendait compte, et Hank Stavers l'appelait chez elle pour lui dire que la petite fille était morte. Elle se réveillait en sueur, haletante, dans l'aube grise et froide, et elle enfilait ses baskets pour aller courir.

Elle savait qu'elle ne faisait que repousser l'inévitable. Gary commençait à s'impatienter de ne pas voir Milo ; il voulait que Diana le ramène à la maison, et il s'était dit prêt à faire appel à un avocat s'il fallait en arriver là. Mais d'une manière ou d'une autre Diana était toujours en train de courir ou de dormir. Le canapé du salon l'attirait tels les bras d'un amant, avec sa couverture en cachemire jetée sur son dossier. Elle se disait : Juste une minute, et se réveillait trois heures plus tard, avec sa mère à côté d'elle – cette nouvelle version de Sylvie, étrange et attentionnée – qui lui demandait si elle voulait manger, si elle avait besoin de quelque chose. Diana grignotait la moitié d'un sandwich et avalait un verre de lait – un repas d'enfant, comme ceux qu'elle emportait à l'école quand elle avait l'âge de Milo. Puis, alors qu'elle avait prononcé à peine plus d'une phrase dans la journée, elle repartait courir.

Elle avait quand même réussi à régler certaines affaires vraiment importantes. Le lendemain de son arrivée, elle avait prévenu l'école que Milo serait absent pour une durée indéterminée. La secrétaire lui avait faxé son dossier et avait expédié ses cahiers à Fairview, de sorte que Diana puisse l'inscrire dans le Connecticut au besoin. Pour l'instant, elle lui donnait des devoirs – un chapitre par jour de chacun de ses manuels, plus des exercices d'écriture et de lecture. Lizzie s'était proclamée professeur d'arts plastiques. Elle avait prêté son appareil photo numérique à Milo et l'envoyait dehors vingt minutes chaque jour prendre en photo les feuilles, l'eau, l'allée de coquillages. À son retour, ils chargeaient les images sur l'ordinateur portable de Lizzie et discutaient de recadrage et de composition, d'ombres et de lumière. L'après-midi, quand il avait fini ses devoirs, Milo descendait à la plage et lançait son frisbee dans les vagues jusqu'à ce que la nuit tombe et que Sylvie l'appelle pour le dîner. Diana arrivait à se réveiller suffisamment pour lui lire un chapitre de *Harry Potter* tous les soirs avant qu'il se couche. Puis, la plupart du temps, elle rejoignait sa mère et sa sœur dans le lit de Lizzie. Elles regardaient des films, et Diana s'endormait.

Elle s'était beaucoup inquiétée pour son fils, loin de chez lui, loin de son école et de son père. Mais, tandis que le mois d'octobre touchait à sa fin, Milo faisait preuve d'une résistance surprenante. Il adorait Lizzie et sa grand-mère, et même si Diana avait du mal à l'admettre, il n'avait jamais vraiment aimé l'école et les autres enfants. Pour lui, ce séjour dans le Connecticut ressemblait à des vacances. Il pouvait se balader sur la plage et chercher des verres de mer, des plumes et des beaux morceaux de bois flotté. Il pouvait jouer à des jeux de société, lire des livres et manger les chamallows que sa grand-mère l'autorisait à griller dans le feu de la cheminée. Tous les soirs, il parlait à son père, emportant le téléphone sans fil dans sa chambre et fermant la porte derrière lui.

Les journées se suivaient comme dans un brouillard – jus de fruits, barres protéinées, jogging, sommeil, réveil en plein cauchemar et jogging encore. Perdre Doug, c'était comme se retrouver en état de manque. Diana se disait qu'elle éprouvait les mêmes sensations qu'un toxico. La seule chose qui lui permettait de garder la raison, qui la retenait de se précipiter à Philadelphie pour supplier Doug, c'était cette petite étincelle qui s'était allumée dans son cœur lorsque, en la rejetant, il avait aussi implicitement rejeté son fils. Pour rien au monde elle n'aurait sacrifié Milo. Aussi amoureuse eût-elle été, elle n'aurait jamais imposé son fils à un homme qui ne voulait pas de lui.

Par un bel après-midi, Diana était assise à la fenêtre du salon et regardait son fils, sur la plage, qui lançait son frisbee blanc dans les vagues mousseuses. Elle avait mal partout. Périostite tibiale, songea-t-elle. Fasciite plantaire. Hanche endolorie. Cœur endolori. Elle monta dans la chambre de sa sœur, penchée sur un plateau que leur mère venait sans doute de lui apporter.

« Tiens, Diana ! Tu veux du thé ? »

Lizzie baissa la voix.

« C'est du Constant Comment. Je déteste ce truc. Maman m'a préparé un smoothie, aussi. »

Diana s'assit au bord du lit et prit la tasse de thé dans ses mains. Son alliance flottait autour de son doigt. À l'inverse, Lizzie était tout en rondeurs et respirait la santé malgré son mal de dos.

« Je suis désolée pour ce qui s'est passé cet été », marmonna Diana.

Elle devait des excuses à sa sœur, autant le faire maintenant.

« C'est pas grave, répondit Lizzie. J'aurais sans doute pensé la même chose à ta place. Mais, crois-moi, je ne prenais rien quand je m'occupais de Milo. Je ne l'aurais jamais emmené en voiture, si je n'avais pas été capable de conduire.

— Je sais », dit Diana.

Elle se rendit compte qu'elle l'avait toujours su. Même dans ses pires moments, Lizzie n'aurait jamais mis un enfant en danger. Diana, en revanche…

« J'ai merdé, au boulot. »

Lizzie se figea.

« Qu'est-ce qui s'est passé ?

— Rien, heureusement. Une des infirmières s'en est rendu compte à temps. Je me suis trompée dans la dose d'insuline à donner à une petite fille, une diabétique. Si on lui avait injecté ce que je lui avais prescrit… »

Elle fut incapable de terminer sa phrase.

Sur la plage, le frisbee avait échappé à Milo. Petit point blanc, il flottait sur les vagues tandis que Milo restait au bord de l'eau, les épaules voûtées, l'air aussi abattu que l'était sa mère.

« J'ai pris des congés. Je crois que je suis en congé de tout, en fait. »

Au lieu de jubiler ou de ricaner, Lizzie roula sur le côté et toucha timidement le genou de sa sœur.

« Ça arrive. Tout le monde fait des erreurs. »

Elle eut un sourire contrit.

« Je suis bien placée pour le savoir… »

Elles restèrent silencieuses un moment.

« Et ce mec que j'ai vu avec toi ?

— C'est fini, répondit Diana, qui n'avait aucune envie d'entrer dans les détails.

— Et Gary ? »

Lizzie parlait d'une voix douce, bien éloignée du ton mordant et sarcastique qu'elle employait d'habitude lorsqu'elle parlait du mari de Diana.

« On va sans doute divorcer. Je crois que j'ai un peu perdu la tête.

— Comme papa », murmura Lizzie.

Diana serra la tasse dans ses mains.

« Non, pas comme papa. Du moins, pas d'après ce que j'ai compris de son histoire. Je ne me suis pas dit : "Tiens, un mec mignon. Allez, je me le fais." Je ne me suis jamais sentie autorisée à tout, ni sans arrêt tentée. »

Elle but une gorgée de thé.

« Je me sentais seule, reprit-elle en posant la tasse sur la table de nuit. Et j'étais fatiguée. Fatiguée de travailler comme une forcenée, fatiguée d'être malheureuse avec Gary, fatiguée de toujours m'occuper de la maison, de Milo, et… »

Elle ferma les yeux et se laissa tomber en arrière sur le lit de sa sœur. Elle était tellement épuisée, tellement affaiblie qu'elle n'imaginait pas pouvoir de nouveau courir un jour, ni même se traîner jusqu'à la table du dîner.

« Fatiguée de m'occuper de tout », conclut-elle.

Lizzie acquiesça.

« Je crois que Gary ne va pas me laisser la maison facilement. Selon lui, c'est moi qui l'ai trompé, c'est moi qui veux rompre, donc c'est à moi de partir. Alors c'est ce que j'ai fait. Je suis partie.

— Quoi ? fit sa sœur, avec une spontanéité qui lui réchauffa le cœur. C'est dingue ! C'est la maison de Milo ! Il va virer son propre fils ?

— Je ne sais pas. »

Pour tout dire, la maison était le dernier de ses soucis. En revanche, son cœur brisé, Milo qui allait devoir survivre au divorce de ses parents, elle-même qui allait devoir trouver un nouveau travail, un nouveau toit, une nouvelle vie… Elle ferma les yeux. C'en était trop.

« Qu'est-ce qu'on peut faire ? demanda Lizzie – Lizzie, qui n'avait jamais fait grand-chose dans sa vie, Lizzie, qui avait toujours eu besoin que les autres fassent quelque chose pour elle. On ne peut pas laisser passer ça. C'est ta maison ! La tienne et celle de Milo.

— On trouvera une solution », murmura Diana.

Elle n'avait qu'une envie : fermer les yeux et dormir.

« Et tu ne crois pas que… dit prudemment Lizzie. Il n'y a aucune chance que ça s'arrange entre Gary et toi ? »

Diana secoua la tête. Elle ne s'imaginait pas capable de l'aimer à nouveau. À cet instant, de son point de vue (recroquevillée sur le lit de Lizzie, toujours dans sa tenue de course qui devait puer la sueur), il lui semblait que la meilleure chose à faire était de reconnaître qu'ils avaient eu un petit garçon formidable, quoique pas très sociable, et de tourner la page.

« Dans ce cas, il te faut un avocat », déclara Lizzie en attrapant son ordinateur portable.

Diana, qui n'avait plus la force de parler, se contenta d'acquiescer et ferma les yeux.

Quelques secondes seulement semblaient s'être écoulées lorsqu'elle se réveilla. Lizzie la secouait par l'épaule.

« Debout, Diana ! disait-elle d'une voix chantante. Je t'ai trouvé un avocat ! »

Diana se redressa en clignant des yeux, se sentant un peu reposée. Au moins, elle n'avait pas fait de cauchemar.

« Tu as fait quoi ?

— J'ai envoyé un mail à mamie Selma. Ne t'inquiète pas, je lui ai dit que tu étais une amie. »

Diana grimaça. Mamie Selma était futée. Quel genre d'amies Lizzie pouvait bien avoir qui correspondent un tant soit peu à la description de Diana ? Lizzie avait-elle seulement des amies ? songea-t-elle avec un pincement de cœur.

« Qu'est-ce qu'elle a dit ?

— Que… attends. »

Lizzie se concentra sur son ordinateur.

« Les juges considèrent encore qu'il est dans l'intérêt de l'enfant de rester avec la personne qui s'en occupe le plus. Dans ton cas, c'est toi. Gary devra sûrement te verser une pension alimentaire, si on t'accorde la garde. Et tu récupéreras probablement la maison. »

Diana plissa les yeux, cherchant à comprendre ce qui était arrivé à sa sœur.

« Tu vas bien ? » demanda-t-elle.

Lizzie se mit à jouer avec sa queue-de-cheval.

« Comment ça ?

— Ton dos », précisa Diana.

Ce n'était pas le changement le plus important qu'elle avait remarqué chez sa sœur, mais autant commencer par là.

« Ah oui ! s'exclama Lizzie. Ça va. Je n'ai même plus mal.

— Tu ne dois pas faire une visite de contrôle ? »

Sa sœur tripota un fil qui dépassait de sa manche.

« C'est déjà fait. J'ai vu quelqu'un en ville, la semaine dernière. Mon médecin m'avait fait une lettre. Maman m'a emmenée en voiture, tu étais sur la plage avec Milo, je crois. Tout va bien. »

Elle se pencha de nouveau vers son ordinateur.

« Mamie m'a donné trois noms d'avocats. J'ai envoyé un mail à deux d'entre eux et le troisième va me rappeler. Regarde, c'est celui que je préfère. »

Elle inclina l'écran pour que Diana puisse voir la photo d'un homme chauve au visage bienveillant, sous laquelle étaient indiqués ses diplômes, ses distinctions honorifiques et les articles qu'il avait publiés. Dès l'instant où Doug lui avait pris la main dans ce bar minable, Diana avait su que cela pourrait se finir comme ça : les avocats, les rendez-vous au tribunal et la question de la garde de Milo, la destruction de son mariage, la fin de tout. Et pourtant, maintenant qu'elle se retrouvait pour de bon dans cette situation à la fois redoutée et espérée, elle était terrifiée. À quoi ressemblerait sa vie sans Gary ? En tant que mari, il l'avait déçue, mais il avait quand même été là, une présence dans la maison (ou du moins sur le canapé), quelqu'un qui éprouvait de la tendresse pour elle… ou qui en avait éprouvé. Ce n'était sans doute plus le cas.

Elle s'obligea à respirer malgré la sensation de vertige qui s'emparait d'elle, et posa ses pieds nus sur le sol. Tout doucement, se dit-elle. D'abord, elle prendrait une douche et s'habillerait, puis elle appellerait l'avocat.

« Diana ? »

Elle se retourna, une main sur le chambranle de la porte. Lizzie jouait avec ses cheveux comme lorsqu'elle était petite, à l'époque où elle avait des anglaises : elle tirait sur une boucle et la relâchait.

« Ça arrive à beaucoup de gens, tu sais. Ça arrive tous les jours, et personne n'en meurt. »

Diana dévisagea sa sœur, se demandant une fois de plus à quel moment les extraterrestres avaient pris possession de son corps.

« Merci », répondit-elle. Que s'est-il passé ? songea-t-elle. Lizzie, que t'est-il arrivé ?

Elle trouva une serviette et un gant, une brosse à dents et du dentifrice, fit sa toilette et retourna dans sa chambre. Son lit avait été fait, ses oreillers retapés, son téléphone portable branché ; Lizzie avait imprimé le CV et les coordonnées de l'avocat, et posé la feuille au milieu du lit. Diana étendit sa serviette, s'habilla, prit son téléphone et sortit sur la terrasse, où elle s'assit en tailleur sur la balancelle qui faisait face à la mer.

« Je souhaiterais parler à David Bascomb, de la part de Diana Woodruff », annonça-t-elle.

La secrétaire lui répondit que M. Bascomb était absent mais qu'elle pouvait prendre un message. Diana lui donna son nom et son numéro de téléphone portable. Lorsque la secrétaire lui demanda le motif de son appel, Diana s'aperçut qu'il ne lui était pas complètement impossible de prononcer le mot « divorce », même si ce n'était pas facile.

Elle s'avança sur la pelouse, respirant l'air vif de l'automne. Elle avait espéré qu'appeler un avocat et dire le mot « divorce » à voix haute suffirait à provoquer une sorte de transformation. C'était idiot, songea-t-elle en donnant un coup de pied dans un tas de feuilles colorées et odorantes. Ce n'était qu'un début, certainement pas une fin.

Elle ressortit son téléphone. Un jour, en colo, elle était montée sur le plongeoir de dix mètres parce qu'un garçon l'avait mise au défi de sauter. Vue d'en bas, avec les grands qui faisaient des sauts carpés et des saltos arrière, la plate-forme ne semblait pas si haute que ça ; mais une fois qu'on avait grimpé l'échelle et qu'on se tenait juste au bord, les pieds sur le béton et le regard rivé sur les profondeurs bleutées de l'eau, on avait l'impression d'être perché tout en haut du monde. Sauter volontairement semblait n'être que pure folie.

Pourtant, Diana s'était forcée à le faire. Un, deux, trois, avait-elle compté dans sa tête, en s'approchant du bord. Puis elle avait plongé dans le vide, avec la sensation de laisser son estomac dix mètres au-dessus d'elle. Un, deux, trois, pensa-t-elle de nouveau, debout sur la pelouse. Et elle composa le numéro de Gary.

Il décrocha à la première sonnerie.

« Diana ? »

Sa voix était toujours aussi désagréable. Je n'ai jamais aimé sa voix, songea Diana. C'était presque un soulagement de pouvoir faire ce constat, sans forcément s'empresser de réprimer cette pensée ou d'y opposer les dix choses qu'elle aimait bien chez lui.

« Je voulais juste prendre des nouvelles… »

Elle marqua une pause. Qu'avait-elle à lui dire ?

« On est toujours dans le Connecticut. Milo va bien.

— Je sais. Il a l'air content, ajouta-t-il un peu à contrecœur, avant de se moucher. Quand est-ce que tu le ramènes à la maison ?

— C'est toujours ma maison ? »

Gary soupira.

« Bien sûr que oui. Écoute. Quand j'ai dit que je voulais rester ici... si on ne peut pas vivre ensemble, on trouvera une solution. »

Diana s'était préparée à encaisser un coup de poing dans le ventre, et elle venait de recevoir un coup d'oreiller à la place. Gary semblait aussi déprimé qu'elle.

« Reviens, Diana. On pourra en parler. Tu n'as sans doute même pas eu l'occasion de dire au revoir à ton copain. »

Il prononça le dernier mot sur un ton amer.

« C'est fini », répondit-elle.

Comme Gary ne disait rien, elle ajouta :

« Je savais que je faisais une connerie, évidemment, mais... mais je me sentais vraiment seule.

— Bien sûr. Seule. Alors que j'étais juste à côté de toi. »

Diana préféra ne pas mordre à l'hameçon. Ils auraient tout le temps de se faire des reproches. Elle aurait bien d'autres occasions de lui expliquer, si elle trouvait cela judicieux, qu'on pouvait se sentir seul même avec quelqu'un d'autre dans la pièce.

« Quoi qu'il arrive, je veux que tu voies Milo. Tu es son père, et je veux que tu fasses partie de sa vie. »

Gary eut l'air offensé.

« Bien sûr que je vais faire partie de sa vie. Tu crois que je vais le laisser tomber à cause de ce que tu as fait ? »

Il poussa un soupir.

« J'aimerais que tu rentres à la maison pour qu'on puisse en parler.

— Pour l'instant, je préfère rester ici.

— Ça veut dire quoi, pour l'instant ? »

Elle percevait de nouveau ce ton accusateur dans sa voix, comme lorsqu'il geignait parce qu'il ne trouvait pas ses clés.

« Jusqu'à Thanksgiving, répondit-elle.

— Bon sang, Diana ! Et l'école ?

— Je lui donne des devoirs.

— Et ton travail ?

— Je suis en congés.

— Reviens à la maison », répéta-t-il.

Diana pensa : Je suis déjà à la maison. Puis elle ferma les yeux et tenta d'imaginer où ils en seraient d'ici un an ou deux. Gary trouverait quelqu'un, évidemment. Diana se représentait tout à fait sa remplaçante, le genre de femme avec qui Gary aurait dû être dès le départ : un peu plus jeune que lui, petite, le visage rond, joyeuse et pleine de santé, étrangère à l'humeur maussade et à la mélancolie qu'éprouvait parfois Diana. Cette fille serait puéricultrice ou institutrice en maternelle, un métier dans lequel son éternelle gaieté serait mise à profit. Diana l'imaginait souriant et plaisantant avec un jeune enfant effrayé tandis qu'elle lui faisait passer un test ou lui administrait une piqûre, elle l'imaginait distribuant des pansements, des sucettes ou des bons points une fois l'épreuve terminée.

La copine de Gary aimerait Disney World avec un enthousiasme sincère et dénué d'ironie, elle réussirait même à convaincre Milo de monter dans les attractions qui font peur. Chez elle, il y aurait toujours un bol de chocolats sur la table basse, elle décorerait la maison pour toutes les grandes occasions, et les moins grandes aussi. Elle proposerait son aide à la maîtresse, serait présidente de l'association de parents d'élèves, livrerait des repas aux personnes âgées une fois par mois. Au lit, elle se montrerait passionnée et exubérante, et prendrait comme une preuve d'amour le fait que Gary la couvre de sueur. Elle aurait un de ces prénoms qui finissent en « i », Meggie, Carly, Kylie. Elle signerait ses lettres « xxx », parsèmerait ses mails de smileys, et ferait en sorte que sa signature apparaisse en rose. À ses yeux, Gary n'aurait jamais l'air stupide. Elle téléchargerait ses bootlegs sur son iPod. Elle regarderait le foot avec lui et pousserait des cris à chaque interception et à chaque but marqué.

Peut-être qu'elle finirait même par aimer Milo, car elle serait du genre à aimer facilement. Elle aurait un surnom pour lui – Milou, ou Milounet, un mot que Milo prétendrait détester mais qui lui plairait peut-être un peu, secrètement. « Allez, Milounet », dirait Kylie ou Meggie en l'aidant à monter dans le monospace avec, sur le pare-chocs, l'autocollant CETTE VOITURE A FAIT LE MONT WASHINGTON… Bon sang, Diana imaginait parfaitement le véhicule, de couleur marron, avec son rehausseur usé à l'arrière et sa canette de Coca Light dans le porte-gobelet à l'avant, parce que Meggie/Carly/Kylie serait toujours au régime. « Ne m'appelle pas comme ça », grognerait Milo, mais il sourirait suffisamment pour que la fille comprenne qu'il n'était pas vraiment fâché.

« J'aimerais juste..., commença Gary.

— Je voulais juste... », fit Diana en même temps.

Il y eut un silence.

« Je te l'amène ce week-end », dit-elle à son mari – son ex-mari, son presque ex-mari.

Il lui faudrait s'habituer à le dire, à se voir comme une femme qui avait un *ex* au lieu d'un *mari*. Mais elle en était capable. Lizzie avait raison. Ça arrivait tous les jours. Ça arrivait, et personne n'en mourait. Diana s'adossa contre un arbre, sentant la chaleur du soleil sur son visage et sur ses bras, tandis qu'elle et son mari commençaient timidement à s'organiser pour qu'il puisse voir son fils.

SYLVIE

« On se réveille ! lança Sylvie en frappant à la porte de Diana, puis à celle de Lizzie. Allez, les filles, debout ! »

Un grognement étouffé lui parvint de la chambre de Diana. Dans celle de sa sœur, aucun bruit. Sylvie frappa de nouveau et ouvrit la porte. Lizzie était couchée sur le côté, une touffe de cheveux blonds dépassant de la couette.

« Allez », dit-elle en ouvrant les rideaux et la fenêtre pour laisser l'air salé s'engouffrer dans la pièce.

Le ciel et l'océan n'étaient qu'une masse grise indistincte, et tous les arbres étaient nus.

« J'ai une idée. »

Lizzie lui jeta un coup d'œil de sous la couette.

« Une idée ?

— Oui. »

Sa fille bâilla en se frottant les yeux.

« Milo va à la pêche avec Tim, et comme tu es guérie, on va partir toutes les trois à l'aventure, avec ta sœur.

— Qu'est-ce qu'il y a entre Tim et toi ? » demanda Lizzie.

Sylvie ajusta les rideaux, tentant de gagner du temps. Tim était déjà venu dîner depuis l'arrivée des filles, apportant chaque fois des fleurs ou le dessert. Lizzie et Diana s'étaient montrées polies, bien que peu curieuses. Il fallait dire qu'elles semblaient assez préoccupées par leurs propres soucis, même si Sylvie n'avait pas eu droit aux détails – ni sur les problèmes de dos de Lizzie, ni sur le travail ou le mari de Diana. Deux semaines après être arrivée dans le Connecticut, Lizzie s'était enfermée dans sa chambre pour appeler son médecin à New York, celui qui l'avait mise au repos. Le lendemain, elle avait demandé à Sylvie de la conduire en ville. « J'ai un rendez-vous », avait-elle expliqué, avec la fierté de quelqu'un qui vient de trouver un billet de loterie gagnant. Sylvie, intriguée, lui avait proposé d'aller faire les magasins après, mais sa fille avait refusé, un sourire mystérieux aux lèvres.

Diana, elle, avait emmené Milo chez son père, le vendredi précédent. Ils étaient revenus le dimanche, pensifs et silencieux. Quand Sylvie leur avait demandé comment allait Gary et comment s'était déroulé le week-end, sa fille et son petit-fils s'étaient contentés de répondre que tout s'était bien passé et que tout allait bien.

« Allez, Lizzie, habille-toi. »

Sylvie lui arracha la couette.

« Tu sors avec Tim, oui ou non ? insista sa fille en se redressant.

— Nous sommes amis », répondit Sylvie, qui préférait s'en tenir à cette explication.

Elle sortit de sa poche le prospectus qu'elle avait pris à la bibliothèque de Fairview et le lui tendit.

« *Bouleversements : un témoignage sur l'âge mûr.* » Lizzie fit la grimace, sans que Sylvie comprenne exactement pourquoi.

« Je ne sais pas, fit Lizzie. Je crois que j'ai encore un peu mal au dos. »

Sylvie ravala sa frustration.

« Ça fait des semaines que tu restes allongée. J'ai l'impression de gérer un sanatorium.

— J'étais censée me reposer, protesta Lizzie.

— Tu es guérie, maintenant, non ? »

Lizzie acquiesça à contrecœur.

« Je suis sûre que l'air frais te ferait du bien. Et un peu d'exercice, aussi. »

Lizzie avait vraiment grossi, à force de manger du pop-corn et de passer son temps à flemmarder.

À cet instant, Diana entra en coup de vent dans la chambre, vêtue de sa tenue de course.

« Qu'est-ce qui se passe ?

— Maman veut nous emmener à une lecture, expliqua Lizzie en tendant le prospectus à sa sœur.

— Bouleversements ? Tu essaies de nous dire quelque chose ?

— Je pensais que ce serait intéressant, dit Sylvie d'un ton neutre, tandis que Diana commençait à lire des passages du prospectus.

— À quarante-deux ans, Drea Danziger avait tout pour être heureuse : un mari aimant, un fils charmant, une magnifique ferme à Litchfield. Et pourtant, quelque chose lui manquait. Elle ressentait comme un vide dans sa vie. »

Diana examina la photo de l'auteur.

« Je crois qu'elle avait faim, en fait.

— Fais voir, demanda Lizzie en gloussant.

— Sérieux, insista Diana en lui tendant le papier. Son vide aurait pu être comblé par un sandwich au corned-beef. »

Sylvie se retint de faire remarquer à Diana qu'un ou deux sandwichs ne lui feraient pas de mal non plus. À l'inverse de Lizzie, sa fille aînée avait beaucoup maigri.

« Ne dites pas n'importe quoi. Je suis sûre que cette femme a travaillé dur pour écrire ce livre.

— Arrête, je vais vomir, fit Lizzie en levant les yeux au ciel. Tu crois que ça va nous remonter le moral d'écouter cette bourgeoise nous raconter comment le yoga a résolu sa crise spirituelle ?

— C'est sûr…, marmonna Diana.

— Si vous m'expliquiez ce qui ne va pas… », commença Sylvie.

Diana la coupa aussitôt :

« Ça ne vous dit pas d'aller courir, plutôt ?

— Je me suis fait mal au dos, rappela Lizzie.

— Je suis vieille », renchérit Sylvie.

Diana réfléchit.

« On pourrait commencer doucement ? »

Aucune de ses filles ne s'était empressée de lui assurer qu'elle n'était pas vieille, que ses plus belles années étaient encore devant elle, mais Sylvie ne s'en formalisa pas. Peut-être qu'elle accompagnerait Diana lors de son prochain voyage vers la civilisation, histoire d'aller faire un tour chez le coiffeur.

« On pourrait trouver un cours de yoga ? » suggéra-t-elle.

Lizzie sauta du lit (Sylvie put constater que son dos était complètement guéri, et elle s'émerveilla de la faculté de récupération des jeunes).

« Et si on se baladait ? proposa Lizzie. On pourrait marcher sur la plage et pique-niquer. Je prendrais des photos. »

Elles regardèrent par la fenêtre d'un air dubitatif. Au même instant, comme par miracle, les nuages s'écartèrent et un rayon de lumière dorée fit scintiller la surface de l'eau. Un oiseau chanta, sur une note claire et haut perchée. Elles soupirèrent à l'unisson.

« Je m'occupe du pique-nique, lança Sylvie.

— Je vais te prêter un bon soutien-gorge », dit Diana à sa sœur.

Lizzie leva les yeux au ciel, mais la remercia quand même, et Sylvie partit acheter de quoi pique-niquer pour leur journée à la plage.

Une demi-heure plus tard, elles se retrouvaient devant la porte. Diana s'était fait une queue-de-cheval haute. Elle sentait la crème solaire et portait ses vêtements de sport à bandes réfléchissantes avec des parties respirantes fabriquées, leur dit-elle, en bambou recyclé. Sylvie se demandait comment c'était possible – pouvait-on réellement transformer des arbres en textiles ? –, mais elle décida de ne pas poser la question. Lizzie était fidèle à elle-même : légèrement ébouriffée, vêtue d'un pantalon de jogging bleu informe et d'un sweat à capuche orange, une écharpe en laine enroulée autour du cou et son appareil photo par-dessus. Sylvie avait mis sa tenue de marche habituelle – pantalon de yoga, baskets, et un T-shirt à manches longues qu'elle avait trouvé à Canyon Ranch quand elle y avait fêté son anniversaire avec Ceil.

Tim arriva à 10 h 30, en jean, chemise écossaise, chaussures de randonnée et gilet de pêche à poches multiples. Milo, qui portait le bob décoré d'hameçons que Sylvie lui avait acheté, prit la main de sa mère en voyant Tim approcher, mais il se précipita vers le pick-up dès qu'il aperçut le canoë à l'arrière.

« J'ai trouvé un gilet de sauvetage à sa taille, expliqua Tim. On sera de retour vers 17 heures. »

Sylvie enfila son sac à dos, dans lequel elle avait rangé le pique-nique, et entraîna ses filles vers les marches en bois branlantes qui descendaient à la plage.

Les dix premières minutes, elles se promenèrent en silence. Diana semblait montée sur ressorts dans ses baskets de luxe ; de toute évidence, elle attendait de pouvoir courir. Lizzie papillonnait à droite et à gauche, s'approchait de l'eau puis rejoignait la ligne de marée haute, en s'arrêtant pour ramasser des coquillages, des morceaux de verre de mer ou de bois flotté qu'elle fourrait dans la poche de son sweat, ou pour prendre des photos de l'eau et des mouettes qui tournoyaient dans le ciel. Sylvie marchait au milieu. Elle profitait de ce moment, du soleil d'automne au-dessus de sa tête, du sable sous ses chaussures, du bonheur d'être avec ses filles à l'abri des regards. Elles avaient tout le temps devant elles jusqu'au retour de Tim et de Milo, elles n'avaient aucune obligation, rien de prévu à part étendre leurs serviettes sur un coin de sable prometteur, pique-niquer… et parler. Aujourd'hui, Sylvie avait décidé d'aller au fond des choses. Elle découvrirait ce qui chagrinait ses filles, et elle trouverait un moyen de régler leurs problèmes. Elle marchait à une allure confortable, en se concentrant sur l'air qui emplissait ses poumons et le rythme de ses battements de cœur. Elle regardait la queue-de-cheval de Diana qui rebondissait devant elle, se retournait pour voir Lizzie flâner, tout en se retenant de poser la question : « Qu'est-ce qui ne va pas, les filles ? »

Diana finit par craquer.

« Ça vous dérange, si je cours un peu ?

— Vas-y, répondit Sylvie. Le repas sera prêt quand tu reviendras. »

Diana partit comme une flèche, ses baskets soulevant des minitornades de sable derrière elle. Sylvie et Lizzie avancèrent encore un peu avant d'étendre la couverture sur le sable doré. Lizzie s'assit en soupirant, Sylvie sortit le pique-nique de son sac. Le matin, elle s'était arrêtée dans une des petites boutiques de Fairview, le Village aux fromages. Elle était passée devant une dizaine de fois, impressionnée par son joli décor, ses murs blancs, sa porte bleue et ses rideaux à rayures blanches et jaunes. À l'intérieur, il y avait un parquet à larges lattes, des bouteilles de vinaigre et d'huile d'olive, des pots de confiture et de miel, et toutes sortes de fromages présentés derrière une vitrine.

« Qu'est-ce que je vous sers ? » avait demandé la vendeuse, qui portait un tablier à rayures assorti aux rideaux.

Sylvie avait choisi une tranche de gruyère, un morceau de brie crémeux et un fromage de chèvre parsemé de canneberges. Elle avait acheté une baguette, un pot de confiture de figues, trois pommes vertes, une demi-livre de mousse de canard et une barquette de framboises, ainsi qu'un paquet de caramels au beurre salé et des bretzels nappés de chocolat.

« Des boissons ? » avait demandé la fille à la caisse.

Sylvie avait ajouté une bouteille d'eau et une autre de limonade, avant de prendre des couteaux en plastique et des serviettes.

Lizzie se servit une limonade, qu'elle but en observant les tons bleus, verts et gris de l'océan.

« Alors, quoi de neuf ? » demanda Sylvie.

C'était une question ridicule, le genre qu'on pose pendant un cocktail, mais elle n'avait pas trouvé de meilleure entrée en matière.

« Pas grand-chose », répondit Lizzie.

Quelques mèches de cheveux s'étaient échappées de son bandeau et voletaient autour de ses joues roses. Elle passa les bras autour de ses genoux.

« Ton dos va mieux ?

— Ça va, dit Lizzie, le regard toujours perdu au loin.

— New York ne te manque pas trop ? Ton travail ? Tes amis ? »

Lizzie fit la grimace.

« Le boulot n'était pas franchement intéressant. Et ça fait des années que je n'ai pas d'amis. »

Sylvie sentit son cœur se serrer. Était-ce vrai ?

« Il y avait bien cette fille, Patricia…

— Patricia, c'était au lycée, la coupa Lizzie. Je ne lui ai pas parlé depuis des lustres.

— Oh, Lizzie.

— Mais je vous ai, vous, ajouta-t-elle en lui coulant un regard en biais. Toi, papa et Diana. Même si Diana ne veut pas vraiment de moi.

— Ta sœur t'aime, répliqua aussitôt Sylvie.

— Oh, arrête, marmonna Lizzie en manipulant son appareil photo. Pour elle, je ne suis qu'un souci de plus à gérer.

— Ce n'est pas vrai.

— Bien sûr que si. C'est ce que je suis, pour vous tous. Un souci. Je ne suis pas…, dit-elle avant d'inspirer profondément et d'ajouter : … responsable. »

Sylvie posa doucement la main sur le dos de sa fille.

« Je sais qu'avec ton père on n'a pas toujours été présents comme on aurait dû l'être. »

Lizzie leva son appareil photo et pointa l'objectif vers l'océan.

« Pose ça, dit Sylvie. Tu n'as pas besoin de te cacher.

— Des fois, c'est pratique de pouvoir se cacher derrière quelque chose, répondit-elle en appuyant sur le bouton. Comme tu l'as fait toute ta vie en restant derrière papa. »

Sylvie pesa soigneusement ses mots.

« Je me disais… à propos de ce qui s'est passé quand tu faisais du baby-sitting… »

Elle vit des fossettes apparaître sur les joues de Lizzie, derrière l'appareil photo.

« Tu crois encore que c'est ça qui a fait de moi une junkie ? Parce qu'un mec m'a forcée à lui tailler une pipe ?

— Eh bien, j'ai toujours pensé… Enfin, c'est après ça que… »

Sylvie se tut, rouge d'embarras. C'étaient les mots « tailler une pipe », mais aussi l'idée de s'être trompée à ce point. S'était-elle vraiment trompée ?

« Il n'y a pas eu que ça », dit Lizzie.

Elle reposa l'appareil photo et prit son verre de limonade.

« C'était dur pour moi à l'école. Tout le monde pensait que je serais comme Diana.

— Mais ce garçon…

— Ce n'était pas grave ! »

Lizzie se releva, le visage empourpré.

« Laisse-moi finir ! » s'exclama Sylvie en la retenant par la main.

Lizzie, qui n'avait pas l'habitude d'entendre sa mère hausser le ton, la dévisagea, les yeux écarquillés.

« Je pense qu'on n'a pas été à la hauteur, ton père et moi. Plus moi que lui, en fait. Peut-être seulement moi. Je voulais appeler la police. Je voulais porter plainte. J'aurais voulu que ce garçon aille en prison, dit-elle en se tordant les mains, avant d'avouer : J'ai laissé ton père me convaincre de ne pas le faire, et je crois qu'il ne s'est pas passé un jour sans que je le regrette.

— Je ne crois pas qu'ils envoient les gens en prison pour ce qu'il m'a fait, fit remarquer Lizzie en reprenant son appareil photo. Pas si la fille est d'accord. Et je l'étais, au moins au début. Il était mignon, tu te souviens ?

— Ça ne change rien !

— Pour moi, ça changeait quelque chose. Quand j'avais douze ans. »

Sylvie entendit le clic de l'obturateur.

« Alors comme ça, papa ne voulait pas prévenir la police, et toi tu voulais ?

— Oui. »

Sylvie se sentait coupable de trahir Richard, mais il était temps que Lizzie connaisse la vérité ; qu'elle sache qu'au moins un de ses parents avait voulu faire ce qu'il fallait, même si elle n'avait pas eu le cran d'aller jusqu'au bout.

« Je suis navrée, Lizzie. Je regrette de ne pas avoir insisté.

— C'est rien. »

Lizzie leva les yeux vers le ciel qui se dégageait.

« Crois-moi, j'ai bien d'autres soucis, maintenant.

— Lesquels ? demanda Sylvie. Tu peux m'en parler. Je suis disponible, à présent. On a le temps… »

Mais à cet instant elles aperçurent Diana qui revenait de son jogging, toute rouge, ses pieds foulant le sable, sa queue-de-cheval flottant derrière elle comme un étendard.

« Diana, le retour », marmonna Lizzie en prenant en photo sa sœur en train de courir.

DIANA

Depuis qu'elle avait discuté avec Lizzie et avec son avocat, Diana commençait à remonter la pente. Elle et Milo étaient retournés voir Gary. Il avait emmené son fils au musée des Sciences et au zoo pendant que Diana les attendait, errant de pièce en pièce dans la maison qui n'avait pas changé (ni été nettoyée, visiblement) depuis le matin où elle était partie. Elle avait pris quelques objets dans ses mains – la photo de mariage sur leur commode, la cruche en céramique peinte qu'elle avait achetée au Mexique aux vacances de printemps, le bouddha en fer qu'un ami de Gary leur avait offert en cadeau de mariage –, les avait soupesés, avant de les reposer.

Le matin, après un jogging plus raisonnable, elle montait se laver et s'habiller, puis elle aidait Milo à apprendre ses leçons, l'écoutait lire, lui faisait faire des exercices de maths, le regardait écrire des histoires et rédiger des cartes postales pour son père. L'après-midi, elle l'emmenait à la bibliothèque ou sur la place du village, où il avait sympathisé avec une petite fille bouclée coiffée de deux tresses blondes, qui lui apprenait à faire du hula-hoop avec le cerceau rose pailleté que sa mère accrochait au guidon de la poussette de la petite sœur.

Mais souvent, vers 16 ou 17 heures, Diana se retrouvait au lit, une tasse de thé à la camomille fumant sur la table de nuit, la couette remontée jusqu'au menton, la fenêtre entrouverte pour laisser entrer l'air vif et salé. Elle pensait à Doug. Est-ce qu'elle lui manquait ? Avait-il tourné la page ? Emmenait-il une autre fille au Khyber ou au parking pour lui faire ce qui lui avait tant plu ? Le reverrait-elle un jour ? Elle finissait par s'endormir jusqu'à la nuit tombée. Alors, quelqu'un venait la réveiller pour le dîner, qu'elle n'aidait jamais à préparer. Sylvie avait miraculeusement appris à cuisiner : elle concoctait des soupes, des ragoûts et du pain maison, des tourtes au poulet, des gratins et de la dinde rôtie. Milo aidait à mettre la table, Diana et Lizzie faisaient la vaisselle, nettoyaient les plans de travail et passaient la serpillière. On régresse, songeait Diana. Mais pouvait-on parler de régression quand sa sœur et elle découvraient une vie qu'elles n'avaient jamais connue, une enfance idyllique qu'elles n'avaient jamais vécue ?

D'habitude, c'était Lizzie qui venait frapper à sa porte en fin d'après-midi, mais, un vendredi, elle se réveilla au son de la voix rauque de Milo.

« Trick or treat ! »

Trick or treat ? Diana se redressa d'un bond dans son lit, le cœur battant à se rompre comme après l'une de ses courses épiques. Halloween ? Était-ce possible ? Elle avait bien remarqué quelques décorations dans les magasins et au village, et elle avait entendu la fillette aux cheveux bouclés annoncer à Milo qu'elle se déguiserait en joueur de football (sa mère, qui n'avait jamais rien dit de plus à Diana que « Bonjour » et « À bientôt », avait levé les yeux au ciel), mais Diana en avait déduit que la fête approchait, pas qu'elle était déjà là. Je suis la plus mauvaise mère de tous les temps, pensa-t-elle en repoussant la couette et en se préparant à affronter son fils. Je suis la plus mauvaise mère du monde. Elle avait trompé son mari, torpillé son mariage, arraché Milo à son école, à sa maison et à tout ce qui lui était familier pour le traîner dans le Connecticut, et voilà qu'elle oubliait une des soirées les plus importantes dans la vie d'un enfant. Le lui pardonnerait-il un jour ? Combien d'années de thérapie lui faudrait-il ?

« Milo, je suis… »

Elle s'apprêtait à dire « désolée », mais elle se tut quand elle vit son fils. Il était affublé – elle cligna des yeux, croyant rêver – d'une sphère noire et brillante qui allait de son cou à ses genoux, laissant ses bras et ses jambes libres, et qui semblait peler par endroits comme une orange. Dessous, il portait un pantalon et un sous-pull noirs.

« Je suis un Bakugan !

— Un quoi ?

— C'est un jouet, expliqua Lizzie, qui se tenait derrière lui. Il m'a dit que tous les enfants en avaient, à l'école. C'est une espèce de bille qui se déploie et se transforme en monstre.

— Ah. »

Diana observa son fils qui tournait fièrement sur lui-même.

« Trick or treat ! » répéta-t-il en lui lançant un seau en plastique en forme de citrouille.

Son cœur se serra.

« Oh, chéri, je n'ai pas de bonbons.

— Tiens », dit Lizzie.

Elle était coiffée d'un chapeau de sorcière et entièrement vêtue de noir – pull ample, longue jupe déchirée, collants à motifs et bottines. Elle tendit un paquet de bonbons au chocolat à Diana, qui, toujours sous le choc, en déposa deux dans le seau de Milo.

« Mon Dieu, murmura-t-elle tandis qu'il dévalait l'escalier pour aller montrer à Sylvie sa première prise de la soirée. J'ai complètement oublié... Je ne savais vraiment pas... »

Elle se laissa retomber sur son lit.

« Est-ce qu'il va pouvoir faire le tour du quartier, en plus ? »

La plupart des maisons de plage aux alentours étaient fermées pour l'hiver. Et Milo n'avait jamais aimé frapper chez des inconnus pour leur demander des bonbons. Depuis qu'il savait parler, il avait toujours voulu rester avec Diana, assis sur le perron, à distribuer les raisins et les bretzels qu'elle achetait. Ce qui, bien sûr, mettait Gary hors de lui – sans doute en partie parce que, du coup, il n'avait pas de bonbons à chiper à la maison.

« Où a-t-il eu ce déguisement ? demanda-t-elle.

— C'est moi qui l'ai fait. »

Diana dévisagea sa sœur.

« Toi ? Quand as-tu appris à coudre ?

— Il n'y avait pas grand-chose à coudre, répondit Lizzie en haussant les épaules. Ça tient surtout avec des Velcro. J'ai commandé ça sur Internet. »

Diana se frotta les yeux.

« Merci. Il aurait été vraiment déçu, si on avait oublié.

— T'inquiète », répondit Lizzie.

Elle ajusta son chapeau en examinant son reflet dans la fenêtre.

« Maman est en bas. Elle s'est déguisée, elle aussi. »

Diana regarda ses vêtements, son pantalon en velours, son pull à encolure bateau. Lizzie lui fit un grand sourire.

« Tu n'as qu'à dire que tu es une tueuse psychopathe. Elles s'habillent comme tout le monde. »

Au rez-de-chaussée, elles trouvèrent Milo perché sur la table de la cuisine, en train de boire de la soupe.

« Je lui ai dit de manger quelque chose avant qu'on aille en ville », expliqua Sylvie.

Leur mère portait une tenue que Diana lui avait vue un millier de fois : une jupe bleue très banale et très chère, une veste assortie, des collants et des talons hauts. Ses cheveux étaient ramenés derrière ses oreilles, des diamants étincelaient sur ses lobes, sa montre Tank brillait à son poignet… et elle affichait un sourire parfaitement poli et fade.

« Tu es déguisée en quoi ? demanda Diana.

— Je n'ai pas encore décidé. Elizabeth Edwards ou Silda Spitzer. Ou peut-être simplement en épouse d'homme politique lambda.

— Ça fait peur, murmura Lizzie.

— Le plus drôle, dit Sylvie en lissant sa jupe sur ses hanches, c'est que j'ai vraiment l'impression d'être déguisée. Comme si je l'avais été pendant toutes ces années. »

Elle tripota sa ceinture, puis soupira.

« Je crois que je vais aller me changer.

— Ne change pas trop », répliqua Lizzie.

C'était ce que Richard avait l'habitude de dire chaque fois que l'une d'elles annonçait son intention de se changer.

Tandis que Sylvie montait à l'étage, Milo posa bruyamment son bol et sa cuillère dans l'évier, puis se tourna vers sa mère.

« Tu es prête ?

— On va où ? demanda Diana.

— Sur la place du village, répondit Milo, comme si cela coulait de source. Ils organisent une fête avec de la musique et un spectacle de marionnettes. Lucy sera là. »

Lucy devait être la fillette au cerceau.

« Allez, allez, allez ! » s'écria Milo en dansant devant la porte comme s'il avait une envie pressante.

Diana se demanda s'il pouvait faire pipi avec son déguisement, s'il fallait lui dire d'aller aux toilettes avant de partir.

« Prêts ? » lança Sylvie, qui était redescendue, vêtue d'un pantalon de yoga et d'un sweet-shirt.

Avant que Diana ait eu le temps de suggérer à Milo de se laver les mains, d'aller aux toilettes ou de prendre un pull, ils étaient déjà dans la voiture et descendaient l'allée, en route vers la place du village. Là, comme promis, ils trouvèrent des commerçants (dont l'ami de sa mère, Tim Simmons) qui distribuaient des bonbons, des gâteaux et des verres de jus de pomme, et le quartette de jazz du lycée qui jouait un petit air de musique sur la scène. Des enfants déguisés, munis de lampes de poche et de seaux remplis de bonbons, se poursuivaient dans l'herbe, pendant que leurs parents buvaient du vin avec des sourires de conspirateurs, en cachant les bouteilles dans des sacs à main ou des sacs en papier. La mère de Lucy fit signe à Diana et à Lizzie de la rejoindre et leur offrit du vin rouge.

« Non merci, dit Lizzie.

— Ah, c'est vrai, vous n'avez pas d'enfants, répondit l'autre, un peu pompette. Vous n'avez pas besoin du petit remontant des mamans. »

Lizzie esquissa un sourire un peu gêné. Soudain, Diana la prit dans ses bras.

« Merci, lui dit-elle. Merci de ne pas avoir oublié.

— Y a pas de quoi », répondit Lizzie, avant de ramasser son chapeau de sorcière qui venait de tomber.

Elle a grandi, songea Diana avec un mélange de fierté et de tristesse. Car si Lizzie était adulte, si elle n'avait plus besoin de secours et d'attention, que deviendrait-elle, elle ? À quel point pouvait-elle perdre encore son identité, son rôle d'épouse et de grande sœur responsable, avant qu'elle ne sache plus qui elle était, avant qu'il ne reste plus rien ?

Tant pis, songea-t-elle. Peut-être pourrait-elle convaincre Lizzie de revenir à Philadelphie avec elle, après Thanksgiving. Gary avait déjà trouvé un appartement à louer, un trois pièces à quelques rues de chez eux. Elle pourrait vivre avec Lizzie dans la maison. Ensemble, elles s'occuperaient de Milo, Lizzie finirait par trouver un travail, bien sûr, et comme ça, tous les trois, ils se sentiraient moins seuls.

« Ça va ? demanda Lizzie.

— Ça va », répondit Diana.

Elle but une gorgée de vin en regardant son fils gravir une butte et se laisser rouler jusqu'en bas, son déguisement amassant des feuilles et de la terre au passage. Elle se dit qu'ils pourraient revenir ici chaque année, tous les quatre – Milo grandirait, Lizzie reprendrait peut-être des études, et sa mère retournerait peut-être avec son père… Ils reviendraient fêter Halloween sur la place du village, boiraient du vin et mangeraient des bonbons, enveloppés dans des pulls et des couvertures tandis que la lune se lèverait au-dessus de leurs têtes. Qui sait… Peut-être qu'un jour elle et son petit garçon iraient bien.

LIZZIE

La maison sur la colline, la maison qu'elle n'avait jamais aimée, se trouvait à cinq kilomètres du centre-ville de Fairview. La réunion des alcooliques anonymes se tenait au sous-sol d'une église catholique, à quelques mètres du cabinet du gynécologue. Lizzie partait chaque matin à 11 heures après avoir supervisé les leçons de Milo, et marchait d'un bon pas jusqu'en ville. Elle s'arrêtait au salon de thé pour prendre une boisson chaude et un scone, assistait à sa réunion à midi, passait chercher ce dont sa mère avait besoin – quelques provisions, un livre qu'elle avait réservé à la bibliothèque, des enveloppes ou des timbres – puis, selon qu'elle était chargée ou non, elle rentrait à pied ou attendait que sa mère ou Diana vienne la chercher. Un peu d'exercice, c'est bien, lui avait dit le médecin de Fairview. C'est même recommandé. Donc, cinq jours par semaine, elle marchait. Avec la musique dans les oreilles, elle ne pensait plus à la rondeur de son ventre sous ses T-shirts et ses pulls, ni au fait qu'elle serait bientôt obligée d'annoncer la nouvelle. Ses excuses – trop de féculents, trop de temps passé au lit – n'étaient déjà plus très plausibles.

Tous les matins, elle emportait son appareil et prenait des photos : un corbeau perché sur une ligne à haute tension, un groupe de filles riant devant la fontaine asséchée, une femme en train de bâiller tandis qu'elle se maquillait au volant de sa voiture, arrêtée au seul feu rouge de Fairview.

Un mardi matin, deux jours avant Thanksgiving, Lizzie sortit sous un beau ciel bleu avec ses sacs vides, son portefeuille, sa liste de courses et son iPod pour lui tenir compagnie. L'air était vif, si froid que son souffle formait des petits nuages devant elle. Elle enroula une écharpe en laine rouge autour de son cou et descendit l'allée. Elle venait de rejoindre la rue lorsqu'elle remarqua une voiture grise arrêtée un peu plus loin. Il y avait un homme derrière le volant… soudain, la portière s'ouvrit, comme si le type l'avait attendue. Lorsqu'il se tourna vers elle, Lizzie sentit son cœur s'emballer : c'était Jeff. Il portait une chemise blanche impeccable, un pantalon de toile et des lunettes de soleil argentées. Sous ses cheveux courts, ses oreilles étaient rouges de froid.

Elle plongea la main dans la poche de sa doudoune, frôlant la clé de la maison. L'idée lui traversa l'esprit de remonter l'allée en courant, mais à quoi bon ? S'il était venu jusqu'ici alors qu'elle n'avait jamais répondu à ses mails ni à ses appels, il n'hésiterait pas à la suivre jusqu'à la porte. Et elle ne pouvait pas vraiment le semer. Pas dans son état.

« Jeff, dit-elle en s'efforçant de rester calme.

— Bonjour, Lizzie. »

Sa voix était plutôt amicale, mais Lizzie ne voyait pas ses yeux derrière ses lunettes de soleil, seulement ses cheveux bien peignés et ses lèvres serrées. Elle se demanda s'il avait remarqué qu'elle avait grossi ; s'il se doutait de quelque chose, ou s'il se disait juste qu'elle s'empâtait.

« Qu'est-ce que tu fais là ?

— Tu es partie, répondit-il avec une pointe d'agacement, cette fois-ci. Ça fait des semaines que j'essaie de te joindre. Tu ne lis plus tes mails ? »

Comme Lizzie ne disait rien, il ajouta :

« J'aimerais qu'on parle. »

Elle recula d'un pas dans l'allée.

« Comment m'as-tu retrouvée ?

— J'ai appelé ton père. Ça n'a pas été facile de l'avoir en personne, mais je suis persévérant.

— Comment as-tu eu son numéro ? »

Jeff retira ses lunettes et les rangea dans sa poche.

« Tu m'as appelé, tu te souviens ? »

Comme il la regardait en plissant les yeux face au soleil, elle tenta de déchiffrer son expression. Était-il en colère ?

« Ton père m'a donné le numéro de téléphone d'ici, mais je me suis dit qu'il valait mieux venir directement.

— Et comment as-tu trouvé la maison ?

— Dans l'annuaire, à partir du numéro de téléphone. »

Il sourit enfin.

« Franchement, ce n'est pas très compliqué. »

Elle sourit à son tour, mal à l'aise, ne sachant pas vraiment comment réagir.

« Tu tombes plutôt mal. J'ai un rendez-vous. »

Elle faillit ajouter qu'il s'agissait d'une réunion des alcooliques anonymes, mais elle se ravisa.

« Tu veux que je te dépose ?

— Non, je préfère marcher.

— Alors je marche avec toi. On pourra peut-être déjeuner quelque part, après ton rendez-vous. »

Aller en ville avec Jeff Spencer était bien la dernière de ses envies, mais elle ne voyait pas comment refuser.

« OK », répondit-elle.

Elle avait besoin de manger, et il semblait croire qu'ils avaient besoin de parler ; déjeuner avec lui ne serait peut-être pas si terrible. Et puis elle ne risquait rien, surtout en public. Il n'allait pas se mettre à crier en plein restaurant – elle ne le pensait pas, en tout cas.

Ils se dirigèrent ensemble vers le centre-ville. Pendant quelques minutes, Lizzie savoura l'impression d'être la moitié d'un couple, comme cet été lorsqu'elle marchait à côté de lui dans la rue ou lui tenait la main au restaurant. Elle savait qu'ils donnaient une image parfaitement normale ; que personne, en les voyant, ne pouvait deviner que sa vie à elle n'avait pas du tout été ordinaire.

« Comment ça se passe, à l'Independence Hall ? » lui demanda-t-elle.

Il lui raconta que la semaine précédente un touriste japonais était resté coincé dans les toilettes et qu'ils avaient dû appeler les pompiers, et que la semaine d'avant des scouts avaient perdu l'un des leurs, jusqu'à ce qu'ils retrouvent le gamin sain et sauf, endormi sur un banc en face de la Betsy Ross House.

« Comment va Milo ? » s'enquit-il.

Elle lui répondit que Milo était là lui aussi, qu'elle lui avait fait faire des photos et même du frisbee. À plusieurs reprises, Jeff sembla sur le point de lui demander quelque chose, mais il n'en fit rien. Si bien que, hormis les moments où il parlait de ses cours et elle de ses photos, les seuls bruits qui troublaient l'air paisible de novembre étaient ceux de leurs pas sur la route et de leur respiration.

Lorsqu'ils s'arrêtèrent à l'unique feu du village, Jeff lui prit le bras. Son manteau était doux sous sa main. Elle se demanda s'il était en laine ou en cachemire, ou un autre tissu de ce genre. Elle eut soudain honte de sa garde-robe. Les sweats et la doudoune convenaient bien pour la jeune fille de dix-huit ans qu'elle avait été, mais peut-être pas pour une jeune femme de son âge – même si les superpositions permettaient de cacher son ventre. Elle songea qu'elle pouvait peut-être se passer de la réunion, pour une fois, et aller déjeuner avec lui, s'asseoir au chaud quelque part pour le regarder et l'écouter raconter ses histoires.

« Tu as envie de manger quelque chose en particulier ? lui demanda-t-il lorsqu'elle lui annonça que son rendez-vous pouvait attendre. Il y a un restaurant que tu aimes bien ? »

Elle le conduisit au Fairview Diner, qui servait de bons club sandwichs à la dinde et de délicieuses soupes maison.

La serveuse les installa dans un box. Jeff posa ses lunettes sur la table et accrocha sa veste et la doudoune de Lizzie au portemanteau. Sous la fausse lampe Tiffany suspendue au-dessus de la table, ils burent un verre d'eau glacée en étudiant les plats du jour.

« Alors, qu'est-ce que tu fais là ? demanda-t-elle enfin lorsqu'ils eurent passé leur commande – un sandwich à la dinde pour elle, un sandwich au fromage fondu et une soupe à la tomate pour lui.

— Je voulais te demander pardon. »

Elle le dévisagea, surprise.

« Pourquoi ?

— Je crois que j'ai mal réagi quand tu m'as parlé de ton… De ton problème. Je sais que ça ne se passe pas toujours comme pour ma mère. Il y en a qui s'en sortent. Je le sais. »

La serveuse lui apporta sa soupe. Jeff proposa à Lizzie d'y goûter, et lorsqu'elle refusa, il lui offrit les crackers qui allaient avec.

« Je suis désolé si je t'ai fait fuir.

— Ce n'est pas ça, répondit Lizzie. J'avais des soucis… avec mon père, et tout. Ma mère avait besoin de moi, ma sœur et mon neveu aussi. Ce n'est pas le meilleur moment pour… » Elle baissa la tête.

« … pour être avec quelqu'un, quoi. »

Jeff reposa sa cuillère à côté de son bol.

« Je n'ai pas arrêté de penser à toi. »

Lizzie le regarda, le cœur serré. Pendant ses années d'errance, elle avait eu des copains de défonce et des copains de baise, mais jamais de vrais amoureux. Elle ne savait pas comment s'y prendre avec un soupirant potentiel, *a fortiori* avec le père de son enfant. Elle tenta de se rappeler un film ou un feuilleton dans lequel une fille plaquait un garçon et tout se passait bien. Elle regrettait d'avoir passé toutes ces années dans son brouillard cotonneux. Si elle avait été attentive, elle aurait su comment gérer cette situation. Si elle avait été Diana, par exemple, qui était entrée dans l'âge adulte les yeux grands ouverts, elle aurait su comment l'éconduire.

« Écoute, tu es quelqu'un de bien… »

Bon début, se félicita-t-elle.

« … mais je n'ai vraiment pas le temps. Et puis tu vis à Philadelphie, et moi je suis dans le Connecticut… »

Excellent, songea-t-elle, jusqu'à ce que Jeff se mette à parler.

« Ce n'est pas si loin que ça. Et il y a le train. Et surtout j'aime te voir. »

Lizzie le dévisagea, muette.

« J'aimais bien être avec toi, continua Jeff. Tu ne trouves pas qu'on était bien ensemble, cet été ? »

Elle acquiesça presque malgré elle, puis sa serviette lui frôla le ventre, lui rappelant son secret. L'ennui, c'était qu'elle aimait bien le voir, elle aussi. Elle imaginait sans peine des soirées au coin du feu, blottis l'un contre l'autre, des sorties à la patinoire, ou au parc de Washington Square au printemps, quand les cornouillers et les cerisiers étaient lourds de fleurs parfumées. Elle imaginait sans peine son bébé avec un père, solide, droit et travailleur. Elle se força à chasser ces pensées, car cela n'arriverait jamais – pas à une fille comme elle.

« Je ne crois pas que ça marchera, dit-elle en fouillant dans ses souvenirs de sitcoms et de livres pour trouver une autre réplique. Je ne cherche pas de relation sérieuse, en ce moment. »

Il la dévisagea, impassible.

« Tu vois quelqu'un d'autre ? »

Lizzie éclata de rire. Quelqu'un d'autre ! Elle était bonne, celle-là ! Elle arracha deux serviettes au distributeur en métal et se mit à les plier du bout des doigts.

« Non, répondit-elle. Je ne vois personne d'autre.

— Alors c'est quoi, le problème ? »

Il ne semblait pas inquiet, juste curieux. Il avait un beau visage, ouvert et calme, et sa manière de se tenir, à la fois attentif et détendu, révélait une certaine patience. C'était peut-être ça qui l'avait attirée chez lui au début, ce soir d'été chez le glacier. Elle n'avait peut-être pas si mal choisi que ça.

Elle pianota sur la table, remua les pieds. Une phrase qu'elle avait entendue en cure lui revint à l'esprit : « Ce sont vos secrets qui vous rendent malade. » Les petits mensonges, les mensonges de courtoisie, passe encore. Mais dissimuler la vérité à propos d'une chose aussi importante ? Et puis, si elle gardait le bébé, il finirait par être au courant. Il était venu la chercher jusqu'ici : elle n'avait aucune chance de lui cacher un bébé.

Il la regardait intensément.

« Alors, qu'est-ce qu'il y a ? demanda-t-il une nouvelle fois.

— Je suis enceinte. »

Ses traits se décomposèrent, exactement comme lorsqu'elle lui avait dévoilé son passé. C'était presque drôle de voir ses yeux bleus s'agrandir derrière ses lunettes. Presque, mais pas complètement.

« Je sais, dit-elle tristement. Chaque fois qu'on se voit, tu as droit à une grande révélation. Toxico, enceinte. Tu dois te dire que la prochaine fois je vais t'annoncer qu'avant j'étais un mec. »

Jeff s'étouffa avec la gorgée d'eau qu'il venait de prendre.

« Ce n'est pas vrai, précisa-t-elle avec une pointe de fierté. Mais je le suis vraiment.

— Quoi, un mec ?

— Non, enceinte.

— Et c'est le mien ? Enfin, le nôtre ? »

Elle acquiesça, sans se vexer de ce que sa question sous-entendait. Jeff n'insista pas.

La serveuse leur apporta leurs sandwichs et demanda s'ils avaient besoin d'autre chose.

« Merci, ça ira », répondit Jeff.

Lorsqu'elle se fut éloignée, il ajouta à voix basse :

« Tu es sûre ? »

Lizzie fit signe que oui.

« Et tu vas mieux, maintenant ? Tu ne prends rien ?

— Juste des vitamines, dit-elle en retirant le cure-dents de son sandwich. Je ne te demande pas d'être présent. Mes parents…

— Et si j'ai envie d'être présent ? »

Il se pencha en avant, les mains à plat sur la table, et la regarda bien en face.

« Si tu es enceinte de mon enfant… »

Les mots « mon enfant » restèrent suspendus dans l'air qui sentait la frite et le café noir. Pendant un instant, le bourdonnement des conversations s'interrompit. Lizzie déglutit péniblement, prenant conscience, pour la première fois, de ce que les nausées, les saignements et les rendez-vous chez le médecin signifiaient exactement. Un bébé. Plus tard, un enfant.

« Je vais devenir papa. Ce n'est pas rien, tu ne crois pas ? »

Qui avait dit qu'il allait devenir papa ? se demanda-t-elle. Avait-il seulement son mot à dire ? Quelles étaient les règles dans ce domaine, et pourquoi, à son âge, ne les connaissait-elle pas ?

« Alors tu veux... »

Elle ne termina pas sa phrase, ne sachant pas ce qu'il voulait vraiment, ni quoi lui offrir, ni comment gérer cette situation.

« Tu prends soin de toi ? demanda Jeff. Tu as vu un médecin ? »

Elle acquiesça.

« Et qu'est-ce qu'il a dit ?

— Que j'ai autant de chances d'avoir un bébé en bonne santé que n'importe quelle autre femme », récita-t-elle.

Les mots résonnèrent en elle avec force. Comme n'importe quelle autre femme, elle pourrait s'inscrire à un cours de yoga prénatal, papoter avec les mamans qu'elle avait vues au parc ou au supermarché, sans que personne la regarde bizarrement. Son ventre, et plus tard, son bébé seraient les seuls passeports nécessaires. Elle cesserait d'être Lizzie la toxico, la fille du sénateur Woodruff, la petite sœur ou la raté. Elle serait juste une autre maman. Pas une très bonne maman, probablement. Avec ses antécédents, comment pouvait-elle se croire capable de s'occuper d'un bébé ?

« Qu'est-ce qu'il y a, alors ? demanda Jeff. C'est quoi, le problème ? »

Elle baissa les yeux sur la serviette en papier qu'elle venait de mettre en lambeaux, sur le sandwich auquel elle n'avait pas touché.

« Je n'ai jamais eu de petit copain », avoua-t-elle.

Bizarrement, c'était plus douloureux à admettre que le fait de s'être droguée ou d'être enceinte.

« Oui, mais tu n'as jamais eu de bébé non plus. »

Lizzie soupira.

« On peut se revoir ? demanda-t-il.

— Je ne sais pas. Je ne sais pas où je vais habiter, ni ce que je vais faire comme travail...

— On trouvera une solution. »

Il la regardait avec ses grands yeux bleus sérieux. « On s'appellera. Je viendrai te voir ici ou à New York, et tu pourras venir me voir à Philadelphie. On ira dîner. On ira au cinéma, peut-être. Voir des spectacles de Broadway. Tu aimes les spectacles de Broadway ?

— Les comédies musicales », répondit Lizzie.

Du moins, elle les avait aimées étant enfant. Pendant les longs week-ends de Thanksgiving, on l'avait emmenée voir *Dreamgirls*, *West Side Story* et *La Mélodie du bonheur.*

« On apprendra à se connaître. On verra si on s'entend bien, ce dont je suis certain. »

Il leva les mains au ciel.

« Honnêtement, l'idée qu'il y ait un gamin dans la nature, un gamin à moi, et que je n'aie aucun contact avec lui ni avec sa mère, que je ne le connaisse pas... »

Il inspira, puis la regarda droit dans les yeux.

« Je veux faire partie de la vie de cet enfant. Et je veux qu'on se donne une chance. »

Lizzie l'observa, regrettant une fois de plus de ne pas avoir eu une vie normale comme sa sœur. Car elle aurait été plus à même de déchiffrer les gens, de savoir si cet homme lui mentait ou s'il était sincère ; s'il voulait vraiment la connaître et devenir père, ou s'il avait des arrière-pensées comme l'argent, le père de Lizzie ou quelque chose de pire qu'elle n'imaginait même pas. Il voulait peut-être vendre son bébé sur le marché noir. Elle avait lu une histoire comme ça dans un livre qu'elle avait emprunté à la bibliothèque, dans le Minnesota. Sauf que les femmes enceintes étaient achetées par correspondance en Russie, attirées par la promesse d'une vie facile avec un riche mari américain. À la tête du trafic se trouvaient un avocat véreux et une ancienne enfant star psychotique ; le premier finissait par mourir, la seconde par raconter son histoire dans l'émission *Oprah.* Lizzie allait peut-être un peu loin.

« Tu crois que... »

Elle avala sa salive, sentant comme des ailes battre en elle, celles d'un petit oiseau enfermé dans un grenier : un sentiment d'espoir auquel elle n'était pas habituée.

« Tu crois qu'on serait de bons parents ? »

Jeff réfléchit.

« Je ne vois pas pourquoi on ne le serait pas. »

Il prit une cuillerée de soupe, puis une gorgée d'eau.

« Je crois aussi qu'on peut apprendre grâce aux erreurs des autres. Ma mère n'a pas été parfaite, et je sais que même si je fais des erreurs, ce ne seront pas les mêmes qu'elle. »

Apprendre grâce à ses erreurs. Voilà qui semblait intéressant. Cela voulait dire qu'elle pourrait presque être un génie.

« Mange quelque chose, lui conseilla Jeff en attaquant son sandwich. Tu as besoin de calories en plus, maintenant, non ? »

Ils déjeunèrent en silence, puis Jeff paya l'addition.

« J'ai quelques courses à faire, dit Lizzie.

— Je viens avec toi.

— Tu n'as pas de travail ?

— C'est Thanksgiving. J'ai pris ma semaine, répondit-il avec un petit sourire. Et même si je partais maintenant, il faut cinq heures de route pour rentrer à Philadelphie. Allez, Lizzie, ajouta-t-il en lui tendant la main. Je peux porter tes sacs. Laisse-moi au moins faire ça pour toi. »

Ils descendirent la rue jusqu'au supermarché Simmons, où Jeff suivit Lizzie tandis qu'elle remplissait son chariot. Pendant quelques instants, elle se prit à rêver que cela pourrait marcher, qu'ils pourraient être un couple normal, une mère et un père qui élèveraient leur enfant ensemble. C'était peu probable, songea-t-elle tout en prenant du beurre et du lait, mais c'était possible. Cela arrivait aux autres, pourquoi pas à elle ?

Jeff insista pour payer la note et tout porter jusqu'à la maison, à part un petit filet d'oignons.

« Alors, dit-il une fois dans l'allée. Est-ce que tu vas me présenter à tes parents ? »

Elle le dévisagea, passant les oignons d'une main à l'autre.

« Il n'y a que ma mère.

— Tu sais, ça fait partie du truc, aussi, quand on sort ensemble. Rencontrer les parents. »

Lizzie acquiesça, se disant qu'il était sans doute temps de faire confiance à son instinct. Et aux autres. Elle posa la main sur la poignée en cuivre et ouvrit toute grande la porte. À l'intérieur, le soleil dessinait des rectangles de lumière sur le parquet. Une odeur de pain chaud s'échappait de la cuisine.

« Ils ne savent pas pour le… »

Elle fit un geste vers son ventre. Jeff haussa les sourcils, mais il se contenta de répondre :

« OK. »

Lizzie lui prit la main.

« Entre. »

SYLVIE

Le matin de Thanksgiving, Sylvie inspecta la table, les mains sur les hanches. Les assiettes bleu et blanc et les verres en cristal étincelaient, les serviettes en lin crème, repassées la veille, étaient parfaites. Hormis le crépitement du feu dans le salon et le sifflement de la cafetière dans la cuisine, la maison était silencieuse. Diana, toujours d'une minceur inquiétante mais moins squelettique qu'en octobre, était partie courir sur la plage avec Milo. Lizzie et son jeune ami dormaient encore à l'étage. Sylvie avait donné une chambre à Jeff, mais elle le soupçonnait de se faufiler dans celle de Lizzie, la nuit venue.

Elle avait été stupéfaite lorsque, deux jours auparavant, Lizzie était revenue avec un beau jeune homme qui lui portait ses sacs de courses. Au début, elle s'était demandé si sa fille avait rencontré Jeff au supermarché. Lizzie lui avait déjà fait ce genre de coup.

« Je te présente Jeff, un ami de cet été », avait-elle dit, ce qui ne lui avait pas été d'une grande aide. « Cet été » pouvait aussi bien signifier Philadelphie que la cure de désintoxication. Sylvie avait observé le jeune homme – cheveux courts, lunettes, chemise bien repassée, beau visage et attitude chaleureuse. Philadelphie, avait-elle décidé. À moins qu'il n'ait suivi une cure, lui aussi, et que son allure soignée et ses bonnes manières ne visent qu'à cacher un passé trouble.

« Vous vous joindrez à nous pour Thanksgiving ? lui avait demandé Sylvie.

— Oh non, je ne voudrais pas m'imposer », avait-il répondu.

Mais en réalité il n'avait rien de prévu. Ses parents étaient divorcés ; sa mère fêtait Thanksgiving avec des amis au Nouveau-Mexique et son père avec la famille de sa nouvelle femme dans l'Arizona.

« Bon, si Lizzie est d'accord, avait-il fini par dire.

— Ce serait merveilleux », avait répondu Lizzie d'une voix étrange.

Debout devant l'évier, d'où elle voyait la pelouse qu'elle et ses filles avaient ratissée pendant le week-end, Sylvie se lava les mains en révisant son menu. Bien sûr, elle cuisinerait une dinde farcie. Lizzie, qui manifestait une attirance surprenante pour tout ce qui était à base de farine, préparerait un pain de maïs et un autre aux canneberges, des biscuits cheddar-babeurre et des Parker House Rolls. C'était un vrai miracle quand on savait que, quelques mois plus tôt, Sylvie lui aurait à peine confié le beurre à apporter sur la table. Elle prévoyait aussi des choux de Bruxelles glacés au vinaigre balsamique et un gratin de patates douces. Selma, qui devait arriver un peu plus tard dans la matinée, apporterait un assortiment de fromages et de pâtés, du poisson fumé et des petits canapés. Ceil et Larry, eux, viendraient avec du vin et du cidre, et Tim avec les desserts.

Lorsque Lizzie et Jeff apparurent dans l'escalier, lui tout habillé, elle en robe de chambre, Sylvie retira du four la strata aux saucisses et au cheddar qu'elle avait préparée la veille. Jeff mit la table et Lizzie servit le jus de fruits. Diana, toute rouge et en sueur, rentra de la plage, suivie de Milo avec son frisbee. Sylvie venait de s'asseoir lorsqu'une voiture noire crissa dans l'allée.

« Mamie ! » s'écria Lizzie.

À cet instant, avec ses yeux qui brillaient et ses joues rondes toutes roses, Sylvie crut voir la petite fille qu'elle avait été. Elle regarda par la fenêtre sa mère qui descendait de l'arrière de la voiture, enveloppée dans un vieux manteau de vison qui lui donnait l'air d'un petit ours botoxé.

« Seigneur, murmura-t-elle en voyant les mots PAVILLON DAVIDSON peints sur la portière.

— Quoi ? demanda Lizzie.

— C'est la voiture de sa résidence, expliqua Sylvie. Mamie est censée pouvoir l'utiliser dans un rayon de dix kilomètres. »

Diana esquissa un sourire. Lizzie éclata de rire en frappant dans ses mains.

« Excellent ! Mamie a détourné la voiture du Foyer hébraïque ! »

Selma fit quelques pas mal assurés sur l'allée de coquillages, glissa un billet dans la main du conducteur (cinq dollars, si Sylvie connaissait bien sa mère) et monta les marches du porche.

Milo courut lui ouvrir la porte. Selma lui tendit son manteau de vison, sous lequel elle portait un survêtement en velours noir et des chaussures orthopédiques, et se pencha pour l'embrasser sur le front, la seule partie de lui qui restât visible entre le bonnet de ski et le tas de fourrure.

« Mon arrière-petit-fils préféré ! » s'exclama-t-elle en lui tendant une sucette qu'elle avait sortie de son sac à main – Sylvie savait que sa banque les donnait gratuitement.

« Bonjour, Sylvie. »

Sa mère l'embrassa sur la joue, puis elle se tourna vers les filles, son regard s'attardant sur le ventre de Lizzie. Sylvie eut un pincement au cœur. Au fil des ans, Selma avait fait quelques remarques sur le poids de Lizzie, qui était, il fallait l'admettre, bien plus ronde qu'au début de l'été. Elle espérait que sa mère tiendrait sa langue. Quelques kilos en trop valaient mieux qu'un problème de drogue.

« Tiens, tiens », dit Selma.

Elle n'avait pas changé, avec son rouge à lèvres rouge vif et ses cheveux soigneusement bouclés, ses poches sous les yeux et ses rides qui lui striaient le visage.

« Regardez qui est là !

— Je suis juste de passage, expliqua Lizzie. Je me suis fait mal au dos et le médecin m'a arrêtée pendant quelque temps, mais maintenant, tout va bien. »

Elle prit Jeff par le bras.

« Je te présente mon ami Jeff Spencer, de Philadelphie. »

Selma haussa les sourcils – elle se les dessinait au crayon – tandis que Jeff lui tendait la main. De toute évidence, Lizzie aurait voulu ajouter quelque chose, comme : « Vraiment, je ne fais que passer, je vais bien », mais elle se contenta de proposer un café à Selma.

— Plutôt un bloody mary. Avec beaucoup de raifort.

— Maman », murmura Sylvie.

Sa mère posa son regard perçant sur elle.

« J'ai quatre-vingt-six ans, dit-elle, au cas où sa famille l'aurait oublié. Je ne travaille plus, grâce aux lois archaïques de l'État de New York qui m'ont obligée à prendre ma retraite. Si j'ai envie d'un peu de vodka dans mon jus de tomate, je crois que je l'ai bien mérité. »

Elle se tourna vers Lizzie.

« Sauf si cela te gêne.

— Non, non ! Ça ne me pose pas de problème.

— Avec beaucoup de raifort », répéta Selma.

Lizzie s'éclipsa dans la cuisine.

« Milo, finis ton petit déjeuner, demanda Diana. Ensuite, tu iras travailler ta lecture. »

Milo leva les yeux au ciel en poussant un soupir digne d'un nain partant à la mine de charbon. Puis il avala une tranche de pain grillé et monta l'escalier d'un pas traînant.

« Ce garçon aurait besoin d'un bon tonique, observa mamie Selma.

— Un tonique ? »

Diana essayait, en vain, de paraître amusée.

« Je crois que les toniques ont disparu en même temps que les cataplasmes à la moutarde. »

Le chauffeur de Selma avait fini d'apporter les valises et les sacs de chez Zabar's. Sylvie se glissa dehors pour lui donner deux billets de vingt dollars.

« Votre maman a un sacré caractère », observa l'homme.

Sans blague ! Quand elle retourna dans l'entrée, Selma était en train de fouiller dans un de ses sacs tout en continuant son interrogatoire.

« Ne me fais pas croire que tu es en vacances, disait-elle à Diana, qui enroulait la ficelle de son jogging autour de son index. Tu ne prends jamais de vacances. Surtout quand ton fils devrait être à l'école. Que fais-tu là ?

— Hum…, marmonna Diana.

— Plus fort ! demanda Selma, qui était équipée d'un audiophone et entendait très bien.

— Elle fait un break », intervint Sylvie, en espérant que cela mettrait fin à la conversation.

Peine perdue. Selma fixait Diana, attendant sa réponse. Celle-ci lâcha sa ficelle et laissa retomber ses mains le long de son corps.

« J'ai quitté mon mari.

— Bien. »

Selma ne paraissait ni surprise ni perturbée.

« Je n'ai jamais aimé son allure.

— Ah bon ? »

Diana semblait étonnée de l'apprendre.

Selma se remit à fouiller dans son sac et finit par en extraire une paire de lunettes accrochée à un cordon en perles de couleur vive.

« J'ai toujours pensé que c'était un gros bébé. Je t'assure, Diana, ce mariage a été très dur pour moi.

— Il va venir. Pour Thanksgiving.

— Dans ce cas, je garderai mes opinions pour moi. »

Selma passa le cordon de ses lunettes au-dessus de sa tête, prit son sac fourre-tout et entra d'un pas décidé dans la cuisine, où Lizzie versait une bonne cuillerée de raifort dans un verre rempli de jus de tomate, de glaçons, et sans doute de vodka.

« Alors tu divorces ? lança Selma par-dessus son épaule.

— Je crois que c'est l'idée, répondit Diana d'une petite voix.

— Et toi ? fit Selma en se tournant vers Sylvie. Mon ami David pourrait vous faire un prix de groupe.

— C'est très tentant, mais je ne suis pas sûre de ce que je veux », répondit Sylvie.

Elle coupa une part de strata et s'assit à table.

« En fait, il faut que je te dise quelque chose. »

Elle inspira profondément, avant d'ajouter :

« Je vois quelqu'un.

— Attends, intervint Diana, qui était en train de se servir un café. C'est Tim ? Toi et Tim, vous êtes ensemble ? Ensemble comme... ensemble ?

— Oui, répondit Sylvie, un peu gênée.

— Ensemble comme dans... sortir ensemble ? » demanda Lizzie.

Elle avait prononcé les mots comme s'il s'agissait d'un acte contre nature, comme si Sylvie et Tim s'épouillaient le crâne au lieu de partager un dîner, une soirée au cinéma ou – une seule fois – le même lit.

« Votre mère fait bien ce qu'elle veut, intervint Selma, avant d'ajouter plus bas : Je pensais qu'elle serait vaccinée contre les hommes pour un moment, mais c'est son choix. »

Elle s'assit en face de Sylvie avec sa boisson et une assiette, se servit de la strata et sortit le *New York Times* de son sac.

« Comment s'appelle-t-il ?

— Tim Simmons. Il sera là, ce soir.

— Le Timmy Simmons qui t'a agressée dans les dunes ? »

Sylvie serra les dents face au grand sourire de sa mère. Est-ce qu'on se moquerait d'elle toute sa vie parce que son mari l'avait trompée et qu'elle avait osé, à son âge, rechercher l'amour ?

« Il ne m'a pas agressée. On s'est embrassés. Et pourquoi tu nous regardais ?

— Parce que j'avais fini de lire *Peyton Place*, répondit Selma.

— Alors comme ça, c'était un amour de vacances ? demanda Diana. C'était ton petit copain ?

— Pas exactement.

— Allez, allez, ce garçon avait le béguin pour toi ! Il a sans doute le béguin pour toi depuis... »

Selma s'interrompit pour calculer le nombre d'années, avant de faire la grimace.

« Peu importe. Ça va me déprimer. »

Sylvie se concentra sur son petit déjeuner, en espérant que personne ne l'avait vue rougir.

« Hum, fit Lizzie, qui s'était assise sur le plan de travail et balançait les jambes, tandis que Jeff, debout à côté d'elle, mâchonnait une tranche de pain grillé.

— Qu'est-ce qu'il y a ? » dit Sylvie.

Lizzie se triturait les cheveux.

« C'est embêtant.

— Qu'est-ce qui est embêtant ? demanda Selma.

— Ben, en fait, j'ai invité papa, répondit Lizzie d'une toute petite voix.

— Pour Thanksgiving ? »

Sylvie n'aurait pas été moins choquée si sa fille l'avait giflée.

« Lizzie !

— Je pensais que ce serait une bonne surprise. Il me manque, et à toi aussi.

— Comment peux-tu savoir ce que je ressens ? » demanda Sylvie brusquement. Surtout quand je ne le sais pas moi-même, songea-t-elle.

Lizzie la regardait en fronçant les sourcils.

« Comment peut-il ne pas te manquer ? Vous êtes mariés depuis si longtemps… Enfin, comment as-tu pu imaginer passer Thanksgiving sans lui ?

— Je m'en sors très bien toute seule », répondit-elle froidement.

Lizzie rougit, son menton tremblota.

« Eh bien, il me manque, à moi. »

Alors invite-le chez toi, pensa Sylvie, surprise par sa propre réaction.

« Il est effondré, continua Lizzie. Et je pensais que Tim était juste un vieux copain. »

Sylvie termina son assiette sans rien dire. D'après ce qu'elle avait lu dans les journaux, Richard n'était pas du tout effondré. Sa carrière connaissait même une petite renaissance. Il avait défendu un projet de loi – quelque chose en rapport avec les taxes sur les boissons non alcoolisées – qui avait reçu un écho favorable dans le *Times*. Il avait répondu un « sans commentaires » laconique à la question du journaliste sur son mariage. Joelle Stabinow, contactée à son cabinet d'avocats à Washington, s'était contentée de dire que le sénateur Woodruff était « quelqu'un de bien et un bon ami ». Richard avait continué à appeler Sylvie tous les matins et tous les soirs, mais elle n'avait jamais répondu. Tempérant sa colère face au culot de Lizzie, elle tenta de réfléchir aux questions pratiques. Comment supporterait-elle Richard dans sa cuisine, dans sa maison ? Aurait-il envie de passer la nuit ici ? Comptait-il dormir avec elle ?

« Papa est grand, dit Diana en enlevant son sweat pour le nouer autour de sa taille. Il sait se débrouiller tout seul.

— Non, Diana ! s'exclama Lizzie. Tu aurais dû le voir. La maison était dans un état épouvantable, et il s'est assis deux fois sur son ordinateur quand j'étais là-bas. Il sait à peine ouvrir sa messagerie.

— Pas étonnant, observa Selma sans lever les yeux de la rubrique bridge du *New York Times*. Tu t'entoures de femmes qui font tout pour toi – le ménage, organiser tes campagnes, attendre ton omelette…

— Maman, murmura Sylvie.

— … alors pourquoi apprendre à te débrouiller seul ? Mon œil, qu'il est effondré !

— Je lui ai dit d'apporter le dessert, précisa Lizzie.

— J'ai dit la même chose à Tim, répliqua Sylvie en se tordant les mains.

— Milo et moi, on ne mange pas de sucre », rappela Diana, avant de se lever pour débarrasser son verre.

Selma se mit à ricaner.

« Alors, tu regrettes de ne pas fêter Thanksgiving chez moi ? » demanda-t-elle à Sylvie.

Debout devant l'évier, celle-ci ne sut pas quoi répondre.

À 18 heures, la dinde que Sylvie avait farcie avec de la chair à saucisse et de la sauge et arrosée depuis le matin avait pris une belle couleur brun doré. Diana avait préparé un chutney sans sucre aux canneberges et à l'orange, qui brillait comme un tas de rubis dans un vieux plat en cristal. Les petits pains de Lizzie refroidissaient sur le plan de travail, près de la purée de patates douces gratinée aux chamallows. Selma n'aida pas en cuisine, mais elle disposa un magnifique plateau de fromages, de toasts et de crackers sur le buffet de la salle à manger, avec les bouteilles de vin qu'elle avait rapportées de New York. Sylvie venait de mettre les fouets du batteur et le bol en métal dans le congélateur, pour la crème fouettée qu'elle avait prévu de servir avec les tartes, lorsqu'on sonna à la porte. Tim se tenait sur le perron sous un ciel qui sombrait déjà dans le crépuscule, un sourire timide aux lèvres, en pantalon de toile et pull vert en laine, chargé de deux boîtes de gâteaux.

Sylvie s'essuya les mains sur son tablier avant de l'embrasser.

« Il faut que je te dise quelque chose, chuchota-t-elle, sentant la fraîcheur de sa joue contre la sienne.

— Qu'est-ce qui se passe ? » demanda-t-il en la suivant dans la cuisine et en posant les boîtes sur le plan de travail.

Sylvie souleva la feuille d'aluminium pour jeter un coup d'œil à la dinde qui, selon la recette, devait reposer avant d'être découpée. Elle aurait aimé pouvoir se reposer, elle aussi, s'asseoir au chaud quelque part, à l'abri des regards, et mijoter dans son jus.

« Mon mari va venir. Je ne le savais pas, c'est Lizzie qui l'a invité sans m'en parler. »

Elle leva les yeux vers Tim, craignant de le voir froncer les sourcils ou, pire, refermer sa veste, ramasser ses gâteaux et lui dire qu'il était venu pour manger la dinde, pas pour assister à une scène.

« Ça peut être intéressant, dit-il calmement.

— Intéressant ? répéta-t-elle.

— Est-ce qu'il est au courant… pour nous ? » demanda-t-il en haussant les sourcils.

Elle secoua la tête.

« Richard et moi… »

Avait-elle déjà prononcé son prénom devant Tim ? Il lui avait demandé une fois ce qu'elle ressentait par rapport à son mari, et elle avait répondu, plus sèchement qu'elle ne le souhaitait : « Je n'ai pas envie d'en parler. Je ne suis pas encore prête. » Ils en étaient restés là.

« Je n'ai pas parlé à Richard depuis que je suis ici », finit-elle par dire.

Elle prit une poignée de couverts dans le lave-vaisselle.

« Nous sommes des adultes. Je suis sûr que tout va bien se passer », répondit Tim avec douceur.

Il alla au salon saluer les filles et la mère de Sylvie. À cet instant, la sonnette retentit de nouveau. C'était Ceil, chaussée de bottes fourrées et emmitouflée dans une doudoune, les bras chargés de bouteilles. Larry se tenait derrière elle, tout sourire, comme il l'était souvent en présence de sa femme – à croire qu'il n'en revenait toujours pas d'avoir épousé une telle perle. Sylvie serra son amie dans ses bras.

« Je suis si contente que vous soyez là ! Richard va venir, chuchota-t-elle en prenant le manteau de Ceil et en l'entraînant vers la cuisine, tandis que Larry allait dire bonjour aux filles.

— Il va venir ? répéta Ceil.

— Lizzie l'a invité sans m'en parler. »

Les yeux de Ceil s'agrandirent de surprise.

« Tu l'as giflée ? Tu as réagi comment ?

— Je ne l'ai pas giflée… et honnêtement, je ne sais pas.

— Bon, dis-moi ce que je peux faire. Le frapper, faire son lit en portefeuille, empoisonner sa nourriture… Oh, c'est Tim, là-bas ? »

Ceil jeta un coup d'œil dans le salon, piqua un bout de farce dans le plat et regarda Tim d'un air approbateur.

« Mmm. Mignon. »

Elle goûta la farce, avant de se tourner vers Sylvie.

« C'est toi qui as fait ça ? C'est délicieux. Tu sors avec lui, ou quoi ?

— Tim est… »

Sylvie se tut, ne sachant pas vraiment ce que Tim était exactement.

« C'est moi qui ai fait la farce. J'ai presque tout fait. »

Ceil avait l'air impressionnée – par le charme de Tim ou par les prouesses culinaires de son amie, Sylvie n'aurait su le dire. Ceil chipa un autre bout de farce.

« Il faut que tu me dises comment je dois me comporter. Est-ce qu'on le déteste, ou est-ce qu'on penche plutôt vers le pardon ?

— Franchement, je n'en sais rien. »

Ceil s'essuya les mains, avant d'observer son amie.

« Tu as bonne mine. »

Sylvie toucha ses cheveux, qui étaient plus longs qu'ils ne l'avaient jamais été depuis qu'elle était mariée. Puis elle retourna bien vite à ses choux de Bruxelles qui attendaient d'être glacés, au beurrier qui attendait d'être lavé, à des problèmes qu'elle était capable de résoudre.

Elle vérifia qu'il y avait suffisamment de plats et de couverts de service pour tout ce qu'elle avait cuisiné. Milo avait fabriqué des marque-places, rédigés à la main de son écriture laborieuse et collés sur les citrouilles miniatures qu'il avait achetées avec sa mère dans une ferme, à quelques kilomètres de la ville. Sylvie était placée en tête de table avec Selma d'un côté et Tim de l'autre ; Richard était à l'autre bout, sans citrouille pour marquer sa place. Garde tes distances, pensa Sylvie, tout en passant l'index sur le verre à vin de son mari. Mais voulait-elle vraiment qu'il garde ses distances ou qu'il la prenne dans ses bras comme au bon vieux temps ? Voulait-elle que les choses redeviennent comme elles l'étaient avant Joelle ? Était-ce possible et en avait-elle envie ?

Elle redressa une fourchette, jeta un dernier coup d'œil à sa table.

« Tout va bien ? demanda Selma, sa canne dans une main et une assiette remplie de raisin et de fromage dans l'autre.

— Tout va bien », répondit Sylvie.

Tim lui pressa gentiment l'épaule, avant de suivre Selma au salon.

« Maman, tu te souviens de Tim ?

— Comment aurais-je pu oublier ? »

Sylvie retourna à la cuisine. Lizzie disposait une serviette en tissu imprimé au fond d'une corbeille en osier pour les petits pains, et Diana remplissait une carafe d'eau glacée. Au salon, Selma faisait circuler les plateaux apéritifs – olives fourrées au fromage, pâté aux truffes, grappes de raisin et pâte de coing, crackers au sésame et tranches de baguette aux raisins secs –, tout en discutant avec Tim. Ceil se tenait devant le feu. En voyant Sylvie approcher, elle lui tendit un verre de vin.

« Bois ça, lui murmura-t-elle. Tu vas en avoir besoin. »

Elle lança un coup d'œil vers la porte.

« Il arrive quand, le chef ?

— Je ne sais pas », chuchota Sylvie. Je ne sais pas et je m'en fous, eut-elle envie de dire, mais c'était faux. Elle ne s'en foutait pas du tout, oh non ! Elle était aussi nerveuse qu'une collégienne avant son premier rendez-vous. Elle se demanda ce qu'il penserait d'elle, s'il essaierait de l'embrasser ; puis elle se ressaisit, s'interdit de rêver à lui. Il l'avait trompée, blessée. Et surtout, ses filles avaient besoin de leur mère, peut-être plus qu'il n'avait jamais eu besoin d'elle… et toutes les trois, avec Milo, elles s'en étaient très bien sorties sans lui.

Cela n'empêcha pas son cœur de bondir lorsque la sonnette retentit.

« Vas-y, chuchota-t-elle à Ceil.

— Non, c'est toi ! »

Plaquant un sourire aimable sur son visage, Sylvie ouvrit la porte, mais c'était juste Gary, avec un bouquet de fleurs coincé sous le bras et un gros paquet dans les mains.

« Bonjour, Sylvie. »

Il lui tendit les fleurs et lui fit une bise.

« Bonsoir, Diana », dit-il à sa femme.

Ils se regardèrent d'un air malheureux, jusqu'à ce que Milo se précipite dans les jambes de son père en criant : « Papa ! »

Le carton contenait une console de jeux, que Tim, Gary et Milo tentèrent de brancher à la vieille télé de la maison pendant les quarante-cinq minutes qui suivirent.

Après avoir passé une heure à grignoter, redisposer les choses sur la table et écouter Selma médire sur le candidat à la présidence de la Cour suprême, Sylvie décida qu'elle en avait assez d'attendre. Que le « chef » soit là ou non, ses invités avaient faim et sa dinde refroidissait.

« On peut passer à table », lança-t-elle à la cantonade.

Tim découpa la viande, séparant adroitement les pilons des cuisses, tout en expliquant à Milo qu'un couteau bien aiguisé était primordial pour ce genre de travail. Diana et Lizzie apportèrent les plats d'accompagnement, Milo servit du jus de fruits pour Lizzie et pour lui, et du vin à tous les autres.

« On fait une prière ? » demanda Lizzie.

Elle avait coiffé ses beaux cheveux blonds en tresses élaborées qui faisaient le tour de sa tête comme une couronne, et elle n'avait pas bu une seule goutte de vin. Chez Selma, ils prononçaient toujours une petite prière de remerciement pour le repas et la communion. Sylvie inclina la tête, mais Lizzie parla la première :

« Merci, Seigneur, de nous avoir réunis ici, tous ensemble et en bonne santé. Bénis ce repas, et bénis chacun de nous. »

Sylvie sentit ses yeux s'emplir de larmes. Malgré tout ce qui était arrivé, sa Lizzie semblait enfin aller bien. C'était un vrai miracle. Milo avait l'air ravi que son père soit là. Diana, mal à l'aise, sur ses gardes, était pâle et figée, trop mince dans sa robe-pull ; mais, jusque-là, elle et Gary avaient réussi à rester courtois. Sylvie jeta un coup d'œil vers la porte, puis détourna le regard tandis que Tim soulevait le plat de dinde.

« Qui veut des choux de Bruxelles ? demanda Ceil.

— Je déteste les choux de Bruxelles, grommela Milo.

— On ne parle pas comme ça », le gronda Diana.

Sylvie venait de se servir un petit pain et de la viande quand Selma se tourna vers Jeff.

« J'espère que vous avez prévu de vous marier avant que le bébé arrive.

— Mamie ! souffla Lizzie.

— Le bébé ? demanda Milo, perplexe. Quel bébé ? »

Sylvie regarda sa fille, et son ventre en particulier, que Lizzie, à bien y réfléchir, avait caché sous des sweats et des pulls, et qui semblait effectivement plus rond qu'avant. Mais Lizzie était plus ronde de partout, avec tout ce qu'elle avait mangé, les casse-croûte dans la journée et les sandwichs en pleine nuit… même si elle ne semblait jamais avoir faim le matin, se contentant de boire un thé à la camomille. Était-ce vrai ? Était-ce cela que Lizzie avait failli lui dire, ce fameux après-midi sur la plage ?

« Tu es enceinte ? murmura-t-elle.

— Pour l'amour du ciel, Sylvie, dit sa mère d'un ton sec. Son médecin l'a arrêtée !

— Elle s'était fait mal au dos », répliqua Sylvie, qui n'y croyait toujours pas et qui n'arrivait pas à croire qu'elle ne l'ait pas deviné.

Encore une chose à ajouter sur la liste de tout ce qu'elle avait raté avec Lizzie, tout ce qu'elle n'avait pas remarqué, les pas qu'elle n'avait pas franchis. Était-elle suivie par un médecin ? Pouvait-elle avoir un bébé en bonne santé après tout ce qu'elle avait fait ?

« Tu es vraiment naïve, ma pauvre fille », ajouta Selma.

Sylvie regarda autour de la table. Diana paraissait aussi surprise qu'elle. Jeff tripotait ses lunettes, à la fois gêné et fier. Milo semblait déconcerté, Tim avait l'air perplexe, et Gary, fidèle à lui-même, se mouchait dans un mouchoir tout froissé qu'il avait sorti de sa poche, l'air plus ou moins indifférent.

« Alors je dois vous féliciter, tous les deux ? demanda Diana à sa sœur.

— Je n'ai pas envie d'en parler. »

Lizzie triturait une mèche de ses cheveux.

« Mange, lui ordonna Selma, avant de s'intéresser à sa propre assiette, qu'elle avait remplie de dinde, de jus et de purée de patates douces. Tu as besoin de calories pour le bébé.

— Il est où, le bébé ? demanda Milo.

— Dans mon ventre, dit doucement Lizzie.

— Comment il est entré ? » demanda-t-il, très sérieux.

Diana se redressa sur sa chaise.

« Milo, quand un homme et une femme s'aiment très fort, et, normalement, quand ils sont mariés…

— Allez, marmonna Lizzie. C'est parti pour le jugement !

— L'homme donne à la femme une petite graine…

— Comme une graine de potiron ? demanda Milo.

— Il la plante dans le ventre de la femme, et ça donne un bébé.

— Et comment il fait pour sortir ? »

Selma se mit à ricaner. Ceil, pliée en deux, émit un petit bruit étranglé en s'essuyant les yeux. Sylvie lança à sa mère un regard sévère que celle-ci ignora, bien entendu.

« Je te trouverai un livre avec des images, dit Diana. Mais tu n'as pas besoin de te préoccuper de ça avant d'être beaucoup, beaucoup plus vieux. »

Lizzie attrapa un des biscuits qu'elle avait préparés.

« On peut passer à quelqu'un d'autre, maintenant ?

— Absolument ! approuva Selma en pointant son index noueux sur Diana. Alors, ma chérie, quoi de neuf ? »

Gary, qui venait d'enfourner une énorme bouchée de dinde, commença à s'étouffer. Milo lui tapa dans le dos.

« Vous divorcez, tous les deux ? demanda Selma.

— Mamie ! souffla Lizzie en lançant un regard vers Milo.

— Eh bien quoi ? Le divorce, ce n'est pas si tragique. Ce qui est tragique, c'est de rester ensemble alors qu'on est malheureux, de donner une mauvaise image de l'amour à ses enfants. Le divorce n'a jamais tué personne.

— Et Sunny von Bülow ? intervint Ceil.

— Ils n'ont jamais divorcé », répliqua Selma.

Sylvie lui décocha un regard noir, et sa mère baissa un peu la voix :

« Claus a juste essayé de la tuer. Vous voyez, s'ils avaient divorcé, ils s'en seraient mieux sortis, l'un comme l'autre. »

Au même instant, la sonnette retentit. Diana se laissa aller en arrière sur sa chaise. Gary, qui avait enfin arrêté de tousser, la regarda d'un air triste et énamouré.

« Quelqu'un veut quelque chose ? » demanda Jeff, qui regrettait sans doute de ne pas être allé dans l'Arizona.

Sylvie alla ouvrir. Richard était sur le seuil, bien rasé et bien coiffé, en veste sport et cravate, une boîte de gâteau à la main ; Richard, grand et imposant, familier et cher. Elle sentit l'atmosphère changer comme chaque fois qu'il se trouvait près d'elle, comme si chaque cellule de son corps s'était déplacée légèrement pour se rapprocher de lui. Il lui fallut faire appel à toute sa volonté pour ne pas s'appuyer contre lui ni lui prendre la main. Elle avait envie de se jeter dans ses bras, de fermer les yeux, de lui dire : « Faisons la paix. » Au lieu de cela, elle le salua et se laissa embrasser sur la joue.

En le conduisant à la cuisine, elle sentit qu'il la regardait. Elle se demanda ce qu'il voyait, ce qu'il pensait. À la place de son tailleur et de ses talons hauts habituels, elle avait choisi un pantalon fluide en cachemire et un haut en coton à col boule, des chaussettes en laine et une des paires de sabots brodés de Lizzie. Ses cheveux, qu'elle ne teignait plus, étaient retenus par un bandeau de velours rouge. Pour seul bijou, elle portait un bracelet large en or qu'elle avait acheté au marché de l'artisanat avec Tim, deux semaines plus tôt, sur la place du village. Ses ongles coupés court n'étaient pas vernis, et ses bagues de fiançailles et de mariage se trouvaient sans doute là où elle les avait laissées à New York, dans sa boîte à bijoux.

Richard la caressa du regard, puis il se redressa et déclara d'un ton solennel :

« Sylvie, je ne sais pas comment te remercier de m'avoir laissé venir. Tu m'as manqué… plus que je ne saurais le dire. »

Il lui donna le gâteau. Sylvie nota sans grande surprise que la boîte venait de chez Simmons.

« J'espère que ce sera bon, dit-il. Je me suis arrêté au supermarché, en ville. »

Sans un mot, elle posa le gâteau sur le plan de travail, près des deux autres boîtes de chez Simmons que Tim avait apportées. Tout son corps tremblait. Elle espérait que ça ne se voyait pas.

« Tu es très belle. »

Il tendit la main pour lui toucher les cheveux, mais la laissa retomber avec un sourire contrit.

« J'ai encore le droit de le dire ? Ça sent bon, dis donc. Ça me change. Où est-ce que tu as acheté les plats ?

— On a cuisiné, répondit-elle. Les filles et moi. »

Il resta muet de surprise. Elle se retourna le plus tranquillement possible et le conduisit à la salle à manger. Tout le monde leva les yeux vers lui, tout le monde sauf Gary, qui regardait son assiette. Tim se leva.

« Sénateur, dit-il. Tim Simmons, un vieil ami de Sylvie. »

Richard sembla étonné de trouver un étranger autour de la table, mais son instinct d'homme politique reprit vite le dessus. Il lui tendit la main.

« Richard Woodruff. Enchanté de faire votre connaissance. Vous êtes originaire de Fairview ? »

Lorsqu'il eut fini de s'intéresser à Tim, il s'avança vers ses filles.

« Lizzie, dit-il d'une voix chaude en la serrant dans ses bras. Tu vas bien ?

— Ça va, répondit-elle en rougissant – elle était enceinte, ça ne faisait aucun doute.

— Et Diana ! Regardez-moi ça ! »

Diana esquissa un sourire. Elle aussi avait changé : sans maquillage, les cheveux détachés et ondulés, en leggings et robe-pull, elle se tenait très droite, évitant soigneusement de croiser le regard de Gary. Sylvie se demanda si Richard, avec son intuition, détecterait la tension entre sa fille et son gendre, la grossesse de Lizzie et sa relation avec Jeff. Mais il semblait surtout s'intéresser au repas.

« C'est toi qui as fait tout ça ? demanda-t-il. Vraiment ?

— Ma fille est une femme formidable, dit Selma. Elle sait faire plein de choses. S'habiller, cuisiner une dinde… »

Richard adressa un sourire enjôleur à sa belle-mère.

« Selma. C'est bon de voir que tout n'a pas changé. »

Il embrassa Diana, serra la main de Gary, fit une bise à Milo et salua Jeff, avant de s'asseoir à sa place.

« Bon ! J'espère que vous m'avez gardé une cuisse ! »

Je n'arrive pas à y croire, songea Sylvie en s'asseyant, tandis que Richard remplissait son assiette et commençait à parler avec Tim du gouverneur du Connecticut qui avait trempé dans une affaire de pots-de-vin. Ses pensées se bousculaient. Lizzie, enceinte ! Son mari et son… et Tim, dans la même pièce ! Elle porta à ses lèvres une fourchette de chutney aux canneberges, mais la reposa sans y avoir goûté, sachant qu'elle était bien trop tendue pour pouvoir avaler quoi que ce soit.

« Alors, lança Richard en regardant autour de la table. Quoi de neuf ? »

Lizzie fut la première à rire. Selma la suivit, gloussant bruyamment. Diana réussit à sourire. Même Gary eut l'air amusé face à l'expression perplexe de Richard.

« Quoi ? demanda celui-ci, alors que le rire gagnait toute la table. J'ai loupé quelque chose ? »

Ce fut Milo, l'air grave, qui finit par parler :

« Tata Lizzie a un bébé dans son ventre à cause de... »

Il tendit le doigt vers Jeff, ayant oublié son prénom.

« ... de lui.

— Jeff », précisa l'intéressé en faisant un petit signe gêné, puis en prenant la main de Lizzie.

Un bon point pour toi, songea Sylvie.

« Papa et maman ont des problèmes d'adultes, mais mamie Selma dit que le divorce n'a jamais tué personne.

— C'est vrai, murmura Richard, l'air abasourdi, avant de lancer un regard inquiet à Diana. C'est tout ?

— J'ai gardé le meilleur pour la fin ! On a une Wii ! Tu te rends compte ? »

Sylvie se détendit en voyant le visage de Milo s'illuminer d'un grand sourire. Elle avait eu peur qu'il ne se mette à raconter sa sortie de pêche avec le bon ami de mamie.

« Je croyais que je n'en aurais jamais. Maman est contre.

— Je n'ai rien contre les Wii, je veux juste que tu ne passes pas trop de temps devant un écran », précisa Diana en lui ébouriffant les cheveux (elle lui avait fait quitter son bonnet avant de passer à table).

« Mais mon papa m'en a acheté une et il l'a installée avec Tim et maintenant, j'ai un jeu de bowling, un jeu de tennis et un jeu de golf... »

Il se tourna vers son père, l'air soudain inquiet.

« On va la ramener à Philadelphie, hein ? Elle ne va pas rester ici ?

— Si ta mamie ne veut pas la garder..., répondit Gary.

— Je te la laisse », dit Sylvie.

Milo sauta de joie.

« Super ! Génial ! Qui veut de la tarte ? »

Une fois le dîner terminé et la table débarrassée, Sylvie sortit sur la terrasse et s'assit sur la balancelle, serrant son gilet autour d'elle et respirant l'air glacial de la nuit. Ses invités étaient encore à table, en train de finir le café et le dessert.

Elle s'attendait à pleurer – elle avait été au bord des larmes pendant tout le repas –, mais maintenant qu'elle était dehors dans le froid, elle se sentait calme, voire confiante. Quelles que soient les tempêtes à venir, quoi qu'il arrive, qu'elle reste avec Richard ou non, elle était capable de s'occuper de ses filles et d'elle-même. Son séjour à la plage lui avait appris cela.

Elle pensait que Richard la rejoindrait – Richard ou Tim –, mais ce fut Diana qui apparut sur la véranda, avec un bonnet de laine, des gants rouges en polaire, une couverture sur les épaules et une autre dans les bras. Elle tendit celle-ci à Sylvie et s'assit à côté d'elle sur la balancelle.

Sylvie tourna la tête et vit une chose qu'elle n'avait pas vue depuis des années : sa fille, de profil, en train de pleurer. À quand remontait la dernière fois ? Elle se souvint finalement d'un match de volley pendant lequel Diana n'avait pas réussi à bloquer un smash. Elle avait passé des heures à sangloter sur son lit. Elle avait douze ans, à l'époque. Peut-être treize.

« Qu'est-ce qui ne va pas ? demanda-t-elle. C'est Gary ?

— Qu'est-ce qui ne va pas ? répéta Diana d'une voix étranglée. Rien ne va ! J'ai failli tuer une petite fille. Je me suis trompée dans le dosage de son médicament, et si l'une des infirmières ne s'en était pas rendu compte, elle serait morte. C'est arrivé parce que j'étais distraite. J'étais amoureuse de quelqu'un d'autre, avoua-t-elle en s'essuyant les yeux. Mais il ne veut pas de moi.

— Oh, Diana… »

Sylvie était stupéfaite. Jamais elle n'aurait pensé que cela puisse arriver à sa fille aînée. Des problèmes dans son travail et… une liaison ? Elle qui était d'ordinaire si carrée, si moralisatrice !

« Je me sentais seule, reprit Diana en chassant nerveusement les larmes qui coulaient sur ses joues. Je sais que ça n'excuse rien, mais c'est vrai. Je me sentais très, très seule. »

Sylvie avait envie de la consoler, de la réconforter, mais Diana n'avait jamais aimé le contact physique... Elle posa une main hésitante sur son bras. Diana se mit à pleurer, le visage enfoui dans ses mains. Sylvie resta à côté d'elle sans savoir quoi dire, tentant de dissocier sa propre expérience de l'infidélité de ce que Diana avait fait, et de comprendre ce qui en avait été à l'origine. Sylvie avait une vie de couple heureuse lorsque son mari l'avait trompée. Diana, quant à elle... Diana avait-elle jamais été heureuse avec Gary ?

Les sanglots de sa fille s'espaçaient. Il fallait qu'elle dise quelque chose.

« Parfois, commença-t-elle, quand on traverse une terrible épreuve, on croit qu'on n'y survivra pas. Et en fait, on en ressort meilleur. »

Malgré la voix étouffée de Diana, Sylvie entendit distinctement chacun de ses mots :

« C'est ce que tu as dit à papa ? »

Sylvie ne répondit pas. Ce qu'elle venait de dire à Diana pouvait être aussi vrai que tout ce qu'elle avait crié, hurlé à Richard lorsqu'elle avait découvert qu'il l'avait trahie. Ces choses arrivent, Dieu sait qu'elles arrivent, et parfois les couples parviennent à les surmonter. Et Sylvie était meilleure, maintenant ; meilleure qu'avant.

« Je suis un monstre, dit Diana en sanglotant.

— Oh, que non ! »

Elle lui tendit les bras et Diana s'effondra contre elle. Sylvie soutint sa fille pendant qu'elle pleurait, lui caressa le dos en lui murmurant des paroles de réconfort : « Ne t'inquiète pas, ça va aller, je t'aime et ton père t'aime aussi. »

Diana finit par se redresser et s'essuyer le visage.

« Je n'ai jamais voulu divorcer. Jamais. C'est l'une des raisons pour lesquelles j'ai choisi Gary, au départ. Tu sais, je n'étais pas... »

Elle s'interrompit, le regard perdu dans la nuit.

« J'ai décidé de l'épouser parce que je voyais... Tu aimais tellement papa, et je pensais... »

Sylvie attendit, redoutant le jugement de sa fille.

« Tu t'es tellement sacrifiée. Toutes les décisions que tu as prises, tu les as prises en pensant à lui – à ce qu'il voulait, à ce dont il avait besoin, à ce qui était mieux pour son image. Je ne voulais pas de ça. Je voulais un mariage entre personnes égales, pas entre une personne qui compte et une autre qui ne compte pas. »

Elle regarda sa mère.

« Je suis désolée de te dire ça comme ça.

— Non », répondit Sylvie.

Ça faisait mal de l'admettre, mais c'était vrai.

« Tu as raison. »

Diana eut un rire amer.

« Regarde-moi, maintenant. Je me croyais maligne, à arranger mon propre mariage. Je n'ai rien vu venir.

— Et cet autre homme, tu es amoureuse de lui ?

— Il est… Je ne sais pas. Peut-être que j'aurais pu l'être. De lui ou de quelqu'un comme lui, si je m'étais laissé cette chance. »

Elle se redressa et secoua la tête comme pour se ressaisir.

« Le plus important, c'est Milo. Je vais changer certaines choses. Je veux un travail différent. Je veux lever le pied. Être avec lui à la maison plus souvent. Je veux… oh, je ne sais pas ce que je veux. Juste que les choses soient différentes, j'imagine.

— Et tu vivras où ? lui demanda Sylvie. Tu resteras dans la maison ?

— Pour l'instant, en tout cas. Gary a trouvé un appartement. Je me disais que je pourrais proposer à Lizzie de revenir habiter avec nous, un moment. Elle pourra voir Jeff et m'aider avec Milo. »

Sylvie acquiesça. Cette partie-là de l'histoire – ses deux filles ensemble – lui semblait excellente.

« Et toi ? demanda Diana.

— Comment ça, moi ?

— Tu vas revenir à New York ?

— Je ne sais pas. »

Elle se retourna pour regarder par la fenêtre de la salle à manger. Son mari était toujours assis, une assiette devant lui et une bouteille de bière à côté. Il tenait sa fourchette en équilibre entre ses longs doigts, et semblait en pleine conversation avec Jeff, Tim et Gary. Ils doivent parler politique, se dit-elle avec un mélange d'amour et de dégoût. La politique, toujours.

Diana se pencha pour l'embrasser sur la joue.

« Je vais voir ce que fait Milo. »

Elle retourna rapidement à l'intérieur, enveloppée comme une momie dans sa couverture.

Sylvie attendit, immobile. Quelques instants plus tard, la balancelle grinça. C'était Selma, emmitouflée dans son manteau de vison. Sa canne à quatre pieds refléta la lumière de la lune lorsqu'elle s'assit en grognant.

« Qu'est-ce qui se passe dans ta famille, au juste ? Pas facile de suivre, avec vous ! Lizzie est enceinte, Diana a quitté Gary mais il est ici, et toi, tu as ton mari et ton amant autour de la même table. Ah, et vous avez une Wii, même si je n'ai aucune idée de ce que c'est.

— C'est assez bien résumé. Pauvre Diana, murmura Sylvie, car même si Lizzie était enceinte, c'était Diana qui l'inquiétait.

— Diana va s'en sortir, répondit brusquement Selma. En fait, Diana risque même d'être plus heureuse qu'elle ne l'a été jusque-là.

— Elle a l'impression d'avoir échoué. »

Sylvie n'avait pas besoin de préciser à sa mère, qui connaissait Diana depuis sa venue au monde, que sa fille aînée n'avait jamais échoué – ni à l'école, ni dans son travail, ni en tant que mère, et certainement pas en tant qu'épouse.

« En Chinois, les mots "crise" et "opportunité" s'écrivent de la même manière », déclara Selma.

Sylvie poussa un soupir tandis qu'à leurs pieds le vent faisait rugir les vagues. Étant petite, elle avait entendu cette phrase plus d'une fois ; peut-être même plus d'une fois par jour. Aujourd'hui, elle la comprenait mieux que jamais. Diana allait traverser une période difficile, le temps de réorganiser complètement sa vie. Mais sans doute finirait-elle par être plus heureuse. Sylvie l'imagina levant le pied, vivant à un rythme moins effréné, vendant sa voiture de luxe, laissant son maquillage dans le tiroir de la coiffeuse et ses cheveux revenir à leur couleur naturelle, un joli châtain clair.

« Et toi ? Toi et Richard ? »

Sylvie poussa sur ses pieds pour mettre la balancelle en mouvement.

« Je ne te jugerai pas », ajouta Selma.

C'était une autre des phrases préférées de sa mère. Elle la disait surtout en plaisantant, car comment une juge pourrait-elle ne pas juger ? « Je ne te jugerai pas », avait-elle dit quand Sylvie lui avait annoncé qu'elle quittait son travail pour rester à la maison avec ses filles puis, des années plus tard, qu'elle n'avait pas l'intention de retravailler un jour. Selma avait tenu sa promesse : elle n'avait jamais fait de réflexions. Pourtant, à travers ses haussements de sourcils, ses yeux levés au ciel et sa façon de pincer les lèvres en faisant « Mm, mm », Sylvie avait perçu le jugement – négatif – qui émanait de tous les pores de sa mère.

« Je l'aime », répondit-elle, le visage tourné vers la mer.

C'était ce qu'elle avait ressenti en voyant Richard entrer avec son gâteau à la main. Malgré le mal qu'il lui avait fait, elle l'aimait, et elle l'aurait aimé même s'ils n'avaient pas eu trente-deux ans de mariage, deux filles et toute une histoire entre eux. C'était peut-être une question d'alchimie, et c'était sans doute pathétique, mais elle l'aimait, et elle était presque certaine qu'elle l'aimerait toujours ; que, quoi qu'il arrive, son premier sentiment, le plus sincère, serait celui qu'elle avait éprouvé lorsque, jeune mariée, elle le voyait descendre l'escalier du métro tous les matins : C'est mon mari. Le mien.

« Je sais bien que tu l'aimes, dit Selma. Mais est-ce que tu peux lui pardonner ? Est-ce que tu peux lui faire confiance ?

— Je ne sais pas. »

Sylvie avait l'impression d'être coupée en deux : l'amour et la loyauté la tiraient d'un côté, la honte et la trahison l'entraînaient de l'autre. Et puis il y avait Tim Simmons, si doux et si bon. Que faire de Tim ?

« Laisse-moi te dire une chose, reprit Selma. Quoi que tu fasses, cela ne regarde que toi. Toi et lui. Ne prends pas de décision en fonction de ce que les gens pourraient dire. »

Sylvie acquiesça, tout en lissant la couverture autour de ses jambes.

« Les gens veulent que tu te comportes de telle manière, que tu fasses tel choix, parce que ça les conforte dans leur vision du monde. Les féministes voudront que tu le quittes. Elles sont encore furax que Hillary n'ait pas laissé tomber Bill. Les grenouilles de bénitier voudront que tu restes, parce que j'imagine que c'est ce que Jésus attend d'une femme, et depuis que Jenny Sanford a demandé le divorce, ils n'ont plus personne à mettre sur leur piédestal. Ceil aura son opinion, Lizzie aussi, Diana aussi. Mais il faut que tu fasses ce qui est bon pour toi.

— Et Richard ?

— Lui aussi, je suppose. Mais je suis ta mère, donc c'est toi qui me préoccupes. Je veux que tu fasses ce qui est bon pour toi. »

Qu'est-ce qui est bon pour moi ? se demanda-t-elle. Qu'est-ce qui lui correspondrait le mieux, la porterait pendant les années qui lui restaient à vivre ?

« Je veux être avec Richard », dit-elle.

Selma ne sembla pas surprise.

« Mais les choses devront être différentes. Je ne veux plus être l'épouse que j'étais avant. Je ne veux plus de ce genre de mariage.

— Et Richard, est-ce qu'il voudrait d'un mariage différent ? D'une femme différente ?

— Je ne sais pas. »

Elle se faisait peut-être des idées, mais elle avait l'impression que Richard voulait qu'elle revienne ; qu'il se sentait un peu perdu sans elle, et peut-être un peu seul, aussi. Et tellement coupable qu'il était prêt à accepter toutes les conditions qu'elle aurait envie de lui imposer. Elle pourrait lui dire, par exemple, qu'elle ne ferait plus d'apparitions publiques. C'était trop de pression d'avoir à se tenir à ses côtés et à se soumettre au regard du monde, à celui des commères de Boca Raton et d'ailleurs qui trouveraient toujours à redire sur son visage, ses vêtements et son corps. Plus de meetings, plus de pique-niques, plus de défilés. Plus de collectes de fonds, plus d'heures perdues avec des bourgeoises tirées à quatre épingles qui la considéraient uniquement comme le divertissement de l'après-midi, faisaient des commentaires à voix basse sur le prix de ses vêtements et sur son coiffeur. Elle passerait une partie de son temps ici, dans le Connecticut, au bord de l'océan, avec Richard, s'il arrivait à se libérer un jour ou deux par semaine. Ceil la rejoindrait pour un long week-end et elles continueraient leurs leçons de cuisine. L'été venu, elle se baladerait sur la plage, s'achèterait peut-être un kayak. Avec Ceil, ou avec les filles et leurs enfants, elle louerait un bateau pour aller pêcher du poisson et le cuisiner au barbecue. Elle organiserait des fêtes pour toute la famille, même Jan, la cousine folle ; elle décorerait et peindrait la maison, elle en ferait un lieu où tout le monde serait le bienvenu, où chacun aurait un lit et une place à table.

« Et l'autre gars ? Le fils Simmons ? »

Sylvie soupira.

« Je ne sais pas. »

C'était peut-être une meilleure solution. Tim était solide, stable, et elle sentait qu'elle pourrait apprendre à l'aimer, qu'ils pourraient être heureux ensemble. Elle avait la certitude qu'il ne la tromperait jamais comme Richard l'avait fait. Elle devinait aussi qu'elle ne l'aimerait jamais comme elle aimait Richard… mais il existait peut-être d'autres formes d'amour, plus saines.

Selma se mit à rire.

« Quelle histoire ! En tout cas, je ne me suis pas ennuyée.

— C'est déjà ça », répondit Sylvie, avant de regarder à nouveau par la fenêtre.

Tim débarrassait la table ; Richard, toujours assis, discutait avec Ceil et Larry, qui s'étaient resservis de la tarte. Selma ramassa sa canne et retourna à l'intérieur.

Sylvie resta sur la balancelle pendant quelques minutes, à écouter le murmure des conversations à travers la fenêtre. Puis elle rentra à son tour dans la chaleur de la maison. Richard était dans l'entrée, en train d'enfiler son manteau. Quelqu'un – Tim, sans doute – avait emballé tous les restes, et Richard repartait avec un Tupperware de dinde, de farce et de chutney aux canneberges. Sylvie dut se retenir d'arranger son écharpe, de lui demander s'il avait pensé à prendre son bonnet et ses gants, de lui dire d'écouter les conditions de circulation lorsqu'il approcherait de la ville. Elle se contenta de le regarder boutonner son manteau.

« Merci d'être venu. Ça m'a fait plaisir de te voir.

— Je peux t'appeler ? demanda-t-il. Enfin, je sais que je peux t'appeler. Mais est-ce que tu décrocheras ? Je t'aime, ajouta-t-il avant qu'elle ait eu le temps de répondre. Je n'ai jamais cessé de t'aimer, j'aime les filles, et je veux qu'on... Je veux qu'on soit une famille, Sylvie », conclut-il d'une voix rauque.

C'était ce qu'elle voulait aussi. Mais selon ses propres conditions, ou du moins selon des conditions qu'ils choisiraient ensemble, pas qu'il imposerait tout seul. Elle voulait une chance de réparer ce qui avait été brisé. Elle voulait changer sa vie.

« Oui, je t'appellerai », répondit-elle en le raccompagnant à la porte.

Après un moment de gêne et d'hésitation, elle l'embrassa rapidement sur les lèvres et lui dit au revoir.

À l'intérieur, sa mère buvait un café à la table de la cuisine. Larry jouait à un jeu vidéo. Tim remplissait le lave-vaisselle pendant que Ceil feuilletait l'un des magazines *Gourmet* de Sylvie. Gary était déjà parti, lui dit Ceil.

Sylvie indiqua à ses amis la chambre qu'elle leur avait préparée – elle avait sorti des serviettes propres, le matin –, les embrassa et leur souhaita bonne nuit.

Elle trouva sa fille cadette couchée sur le côté dans son lit. Seule une touffe de cheveux blonds dépassait de la couette moelleuse. Sylvie se pencha pour déposer un baiser sur sa joue.

« Mon bébé, murmura-t-elle.

— Ton bébé va avoir un bébé, dit Lizzie, le visage tourné vers le mur. Je pourrais passer à une émission sur les filles mères.

— Non, tu auras le même âge que ma mère quand elle m'a eue.

— Avec un diplôme de droit en moins. Et pas de mari.

— Il n'y a pas une seule bonne façon de vivre sa vie, répliqua Sylvie. On fait comme on peut. Et je serai toujours là pour t'aider.

— Merci », fit Lizzie du fond de sa couette.

Sylvie l'embrassa une dernière fois et traversa le couloir sur la pointe des pieds.

Diana était assise en tailleur sur son lit ; Milo, dans son pyjama Batman, était appuyé contre elle. À en croire les traces sur ses joues et la crème fouettée au coin de sa bouche, il avait pleuré… et mangé de la tarte.

« Papa me manque, gémit-il. Pourquoi il est parti ? Je voulais qu'il reste.

— Oh, chéri… »

Diana lança un regard désespéré à Sylvie, qui les rejoignit sur le lit.

« Tu veux l'appeler pour lui dire encore bonne nuit ? »

Elle pensa aussitôt qu'elle aurait dû demander l'avis de Diana avant de faire cette suggestion, mais sa fille, l'air soulagé, alla chercher son téléphone et le tendit à son fils, qui réussit à sourire faiblement.

« Tu connais le numéro ? » demanda Diana.

Milo acquiesça et appuya sur les touches, un petit bout de langue au coin des lèvres. Diana chuchota un « Merci » à Sylvie, qui s'éclipsa dans le couloir.

Entre les chambres, en haut de l'escalier, il y avait un recoin avec un fauteuil en toile bleu clair et une petite table sur laquelle étaient posés une lampe et un téléphone. À l'époque où Sylvie était adolescente, c'était l'emplacement du seul « téléphone du haut » (celui du bas se trouvait dans la cuisine), et c'était là qu'on s'installait pour appeler la famille à New York, ou bien pour organiser la soirée ou la journée du lendemain avec les amis de Fairview. C'est là que Sylvie s'assit ce soir-là, jusqu'à ce que le murmure de Milo s'estompe, qu'elle entende la voix douce et apaisante de Diana et que la lumière s'éteigne. Sa mère monta se coucher, Tim vint lui dire au revoir, Jeff passa devant elle avec un Alka-Seltzer et un verre d'eau, lui murmura : « Bonne nuit » d'un air penaud, puis disparut dans la chambre de Lizzie. Autour d'elle, la maison devint silencieuse, et la dernière bûche, dans la cheminée, s'écroula dans une pluie de braises et de cendres. Elle attendit, sur le qui-vive mais sereine, comme elle le faisait lorsqu'elle était jeune maman et qu'elle s'asseyait dans un rocking-chair à côté du berceau de Diana, puis de Lizzie, touchant leur ventre pour s'assurer qu'elles respiraient encore, regardant leurs yeux rouler sous leurs paupières pendant qu'elles rêvaient. « Viens te coucher », lui disait Richard, à moitié endormi, mais elle lui répondait qu'elle était bien là où elle était. Elle somnolait dans son fauteuil et se réveillait dès qu'elles commençaient à remuer, leur chantonnait des berceuses et les prenait quand elles lui tendaient les bras. Elle leur disait qu'elle les aimerait toujours, qu'elle serait toujours là pour elles, qu'il n'arriverait rien tant qu'elle serait là.

LIZZIE

« Rappelle-moi pourquoi on fait ça, demanda Diana tandis qu'elles quittaient le périphérique en direction de Georgetown.

— Parce qu'on a envie de voir », répondit Lizzie depuis la banquette arrière.

La semaine précédente, elle s'était résolue à acheter quelques vrais jeans de grossesse pour compléter ses jupes et pantalons à cordon. Machinalement, elle souleva sa tunique et se gratta le ventre – il la démangeait tout le temps, ce qui mettait le pauvre Jeff dans tous ses états. Il avait passé des heures sur Internet à lire des articles sur la grossesse, et il insistait pour faire écouter de la musique classique tous les soirs au bébé après avoir posé un casque sur le ventre de Lizzie. Lorsqu'elle lui avait dit qu'elle avait des démangeaisons, il avait fait des recherches et découvert que c'était le symptôme d'une maladie du foie extrêmement rare que les femmes enceintes pouvaient attraper. Elle lui avait fait remarquer que c'était aussi le symptôme d'un phénomène extrêmement fréquent, les vergetures, mais cela n'empêchait pas Jeff de s'inquiéter chaque fois qu'il la voyait se gratter.

« Ça coûte une fortune, se plaignit Diana en tendant ses clés de voiture et un billet de vingt dollars au gardien d'un parking. Tu es sûre qu'on est au bon endroit ? »

Lizzie s'extirpa de la voiture et sortit un plan de son sac à main. Elle avait apporté des cartes, des articles de journaux et des photos de Google Earth, et elle était certaine – quasi certaine – qu'elles se trouvaient au bon endroit. Elle entraîna sa sœur deux rues plus loin, tourna à droite et s'arrêta devant une petite maison en bardeaux, jaune, avec des volets verts. Elle regarda la photo, puis la maison, située dans une jolie rue étroite et bordée d'arbres où s'alignaient de petites habitations similaires, toutes peintes dans les tons jaune et crème.

« C'est là », déclara-t-elle.

Elles observèrent les alentours en silence. Diana était encore trop maigre, fine comme un mannequin. Elle ressemblait à une espionne avec son jean moulant rentré dans ses bottes à talons hauts et son manteau de cuir noir serré avec une ceinture. Ses yeux étaient cachés derrière des lunettes de soleil. Elle avait enfoncé un chapeau de fourrure sur ses cheveux, qu'elle avait fait couper à son retour à Philadelphie. Lizzie les avait toujours connus longs ; à présent, ils lui frôlaient à peine les clavicules, et elle portait une frange. « Tu as l'air d'avoir vingt-cinq ans », lui avait-elle dit, et sa sœur avait souri tristement en répondant : « Mais je ne les ai pas. »

« Qu'est-ce qu'on fait ? » demanda Diana.

Lizzie réfléchit.

« On pourrait aller se chercher un café.

— Un déca, lui rappela Diana.

— Et de quoi grignoter, peut-être. Et puis on attendra. »

Diana haussa les épaules et alla s'asseoir sur un banc en bois, en face de la maison dont Lizzie avait imprimé les photos. Lizzie la rejoignit.

« Alors c'est quoi, le plan ?

— Tu me laisses parler, répondit Diana. Je vais lui demander pourquoi, pour commencer. »

Lizzie acquiesça. « Pourquoi », c'était une bonne question, peut-être même la seule à poser. Mais la fille aurait-elle une réponse ?

Elle en avait discuté avec Jeff, la veille, alors qu'ils remontaient de la cave les morceaux de l'ancien berceau de Milo pour les poser sur des journaux dans le salon de Diana (Gary avait emporté le canapé et la télé dans son appart de célibataire). Pour sa part, Lizzie n'avait rien à dire à cette femme.

Elle n'était même pas sûre d'être capable de lui parler. Tout ce qu'elle voulait, c'était la voir.

« Tu ne crois pas que tu changeras d'avis quand tu la verras ? lui avait demandé Jeff, tout en remuant la peinture rose qu'ils avaient choisie ce matin-là au magasin de bricolage.

— C'est possible », avait répondu Lizzie.

Jeff avait acquiescé gentiment, avant de prendre son pinceau. Ils avaient prévu de monter le berceau repeint au deuxième étage, où Lizzie vivrait avec le bébé après sa naissance au printemps. C'était leur projet, pour l'instant... et Diana avait remplacé le lit simple par un lit double pour que Jeff puisse habiter là lui aussi. Sans en être certaine, Lizzie pensait que c'était ce qu'ils voulaient tous les deux : rester ensemble avec le bébé, chez Diana, chez Jeff ou dans un appartement qu'ils auraient choisi, elle et lui.

Elle entendit Diana soupirer à côté d'elle, sur le banc. Sa sœur pensait sûrement à Milo. Le samedi, il était avec son père, et même si Diana savourait ce moment de liberté, même si elle appréciait de pouvoir aller courir, voir un film ou faire une sieste, elle pensait toujours à son fils, s'inquiétait pour lui, se demandait si tout se passait bien, et regrettait peut-être même que Gary et elle ne soient plus ensemble.

« Regarde ! » souffla Diana en montrant la porte de la maison d'un geste du menton.

Une femme un peu petite, un peu rondelette, un bonnet en polaire rouge enfoncé sur ses cheveux bruns frisés, venait d'apparaître sur le seuil, chargée d'un sac à main et d'une mallette. Elle ferma la porte, glissa ses clés dans sa poche et s'éloigna.

« Waouh, fit Lizzie.

— Elle est mieux qu'à la télé », observa Diana, qui était devenue moins prompte à critiquer, ces dernières semaines.

Lizzie regarda la femme tourner au coin de la rue. La fameuse Joelle Stabinow, sans qui rien ne serait arrivé. Sans Joelle, Lizzie n'aurait jamais invité Jeff dans son lit et ne serait jamais tombée enceinte, et Diana n'aurait peut-être jamais quitté Gary. Ou peut-être que tout serait arrivé quand même. Peut-être que c'était le destin, la grande roue du karma qui tournait à l'infini, celle dont sa vieille amie Patricia lui parlait quand elle était défoncée et qu'elles tombaient sur une rediffusion de *Je ne savais pas que j'étais enceinte.*

« Hé ! » Lizzie sursauta. Diana s'était levée et avançait d'un air décidé vers Joelle et son bonnet rouge. « Hé, attendez ! » cria-t-elle. Lizzie quitta le banc en grognant et rattrapa sa sœur.

Joelle s'était retournée, le visage rond et pâle, amical et ouvert. Elle avait l'air totalement ordinaire, le genre de fille à côté de qui Lizzie aurait pu s'asseoir en cours de psycho ou dans le métro. Lizzie avait le même bonnet en polaire à Philadelphie, sauf que le sien était orange.

« Oui ? » demanda poliment Joelle.

Pendant un moment, Diana ne dit rien. Le silence se prolongea. Alors que l'expression de Joelle passait de la politesse à la perplexité, puis à l'inquiétude, Diana retira ses lunettes de soleil.

« Vous nous reconnaissez ? » demanda-t-elle.

Joelle les dévisagea, étonnée. Puis elle rougit.

« Oui », répondit-elle dans un souffle.

Elle se redressa et ajusta la bretelle de son sac à main sur son épaule.

« Oui, je sais qui vous êtes.

— Alors qui ? insista Diana, tel un professeur sévère poussant un élève timide à parler.

— Vous êtes Diana. Et vous, Elizabeth.

— Lizzie », précisa celle-ci machinalement.

Diana lui lança un regard noir qui signifiait clairement : « On n'est pas là pour se faire une copine. » Lizzie haussa les épaules. C'était plus fort qu'elle. Personne ne l'appelait Elizabeth, à part quand elle se faisait engueuler.

« Vous voulez qu'on aille quelque part ? » proposa Joelle.

Lizzie admirait son courage : à sa place, elle aurait prétendu ne pas les connaître et serait partie le plus vite possible (c'est-à-dire pas très vite, ces temps-ci), à la recherche d'une station de métro ou d'un policier.

Elle interrogea sa sœur du regard. Diana fit un bref signe de tête.

« Il y a un salon de thé un peu plus loin », dit Joelle.

Tu y allais avec notre père ? eut envie de lui demander Lizzie, mais elle se retint, tout comme elle s'empêcha de toucher à son appareil photo, même si elle brûlait d'immortaliser le visage rond et rouge de Joelle.

Quelques instants plus tard, elles s'assirent toutes les trois autour d'une table ronde, au fond d'un salon de thé bondé.

« Je vous offre quelque chose ? » demanda Joelle.

Lizzie crut entendre sa mère, qui avait le chic pour jouer à l'hôtesse et mettre les gens à l'aise.

« Rien, répondit Diana.

— Je veux bien un thé à la camomille », dit Lizzie.

Une fois de plus, sa sœur la fusilla du regard, comme si prendre un thé avec cette femme – qui, en vrai, ressemblait de plus en plus à quelqu'un que Lizzie aurait bien voulu connaître – signifiait qu'elle approuvait ce qu'elle avait fait.

Joelle se leva pour aller chercher les boissons.

« Tu peux arrêter de te comporter comme si c'était un rendez-vous galant ? » chuchota Diana.

Lizzie se mordit la lèvre. Penchée sur son téléphone, elle envoya un texto à Jeff pour lui dire où elles se trouvaient.

« Donc, c'est toi qui poses les questions ? » demanda-t-elle à sa sœur.

Diana acquiesça froidement et resta silencieuse jusqu'à ce que Joelle revienne avec le thé de Lizzie et quelque chose pour elle, en plus d'un gâteau à la cannelle et d'un croissant.

« Si jamais vous avez faim », expliqua-t-elle en posant tout sur la table.

Elle ouvrit son manteau et enleva son bonnet, libérant ses boucles autour de son visage.

« Alors, dit-elle – là, elle ressemblait plus au père de Lizzie qu'à sa mère. Qu'est-ce que je peux faire pour vous ? »

Vous pouvez vous excuser, songea Lizzie.

« Évidemment, je suis désolée, si c'est ce que vous voulez entendre, ajouta-t-elle comme si elle avait lu dans les pensées de Lizzie. Je me suis sentie coupable…

— Ça ne vous a pas empêchée d'écarter les cuisses », répliqua Diana d'une voix cassante.

Joelle tressaillit et rougit encore, mais elle acquiesça.

« C'est vrai. Vous avez raison. Je… »

Elle baissa la tête, si bien qu'elle s'adressait plus aux gâteaux qu'à elles.

« Je suis tombée amoureuse de lui. Et je me sentais seule. »

Diana poussa un soupir. En observant sa sœur, qui avait le regard perdu au loin, Lizzie comprit qu'elle avait dû se sentir seule, elle aussi, avant qu'elle rencontre le type au badge.

« C'était mal, continua Joelle. Je n'avais jamais fait ce genre de chose. Je ne suis pas comme ça. »

Lizzie avait des dizaines de questions à lui poser – était-ce son père qui l'avait séduite, ou le contraire ? Est-ce qu'il l'avait aimée ? Comment avait-il rompu ? Comment allait-elle maintenant, sans Richard ? Mais Joelle se remit à parler :

« Vous savez, votre père est très fier de vous. »

Diana eut un rire amer.

« Vous parliez de ça au lit ? Des filles de votre petit copain ? »

Joelle rougit encore plus, mais elle ne baissa pas les yeux.

« Il n'était pas fier de ce qu'il faisait, mais il était fier de vous deux.

— Fier de Diana, précisa Lizzie.

— Oui, mais de vous aussi, Lizzie, insista Joelle. Il m'a dit que vous aviez une façon unique de voir le monde. Il ne sait pas d'où ça vient – selon lui, il n'a pas le sens artistique, personne ne l'a dans sa famille –, mais votre manière de regarder les choses lui donne l'impression de les voir pour la première fois. »

Lizzie se laissa aller en arrière sur sa chaise, agréablement surprise. Son manteau s'ouvrit. Joelle écarquilla les yeux, mais elle ne fit aucun commentaire.

« Je crois qu'on peut s'arrêter là », déclara Diana en se levant.

Joelle fit de même.

« Je suis désolée, répéta-t-elle. Et si cela peut vous consoler, je savais que notre histoire ne durerait pas. Votre père aime votre mère. Je crois que j'étais juste… »

Elle eut un charmant sourire.

« Vous savez. Comme une voiture de sport, ou un truc dans le genre.

— Ou un truc dans le genre », répéta Diana.

Lizzie vit que sa sœur s'efforçait de garder un ton moqueur et cassant, mais qu'elle n'y arrivait pas tout à fait… et qu'elle avait envie de sourire malgré elle.

« J'aurais aimé… »

Joelle ne termina pas sa phrase. Lizzie lui prit la main et la lui serra.

« Portez-vous bien », dit-elle.

Elle le pensait vraiment. Elle ne ressentait plus aucune rancune ni aucune colère envers cette femme. Celle-ci avait fait une erreur, voilà tout. Lizzie en avait fait tellement elle-même qu'elle était mal placée pour la juger. Joelle lui sourit avec gratitude. Elle enfonça son bonnet sur sa tête, ramassa sa mallette sous sa chaise et leur fit un petit signe penaud avant de se hâter vers la sortie.

Diana la regarda partir, puis elle remit ses lunettes de soleil. Sur le chemin du retour, Lizzie dut trottiner derrière elle tant elle marchait vite.

« Je trouve que ça s'est bien passé, dit-elle, un peu essoufflée. Pas toi ?

— Aussi bien qu'on pouvait s'y attendre, répondit Diana en tendant son ticket au gardien du parking.

— Je pense qu'on aurait pu être amies. Dans d'autres circonstances, s'empressa-t-elle d'ajouter en voyant le visage de sa sœur s'assombrir. Dans une autre vie. »

Elle jeta un coup d'œil vers Diana, avant de dire :

« Tu sais, tu fais peur. »

Pour la première fois de la matinée, Diana sourit.

« Ça lui servira de leçon.

— Oh, arrête. »

Le gardien leur avança la voiture, et Lizzie s'installa du côté passager.

« Elle n'a pas l'air si mal.

— Peut-être pas. »

Diana mit son clignotant, regarda à droite et à gauche, puis s'engagea dans la rue qui les ramènerait à la maison.

SYLVIE

Et voilà, elle se retrouvait à la case départ, dans une voiture lancée sur l'autoroute en direction d'une aire de repos qui diffuserait des informations. Sauf que cette fois-ci l'aire se situait dans le Connecticut et que Sylvie était au volant, capitaine de son propre destin, maîtresse de son avenir. Cette fois-ci, elle n'était pas seule – Tim Simmons était assis à côté d'elle, avec un petit sac de voyage sur les genoux. C'était le mois de février, le ciel était tout blanc, on annonçait des rafales pour l'après-midi et quinze centimètres de neige dans la nuit. Et cette fois-ci les nouvelles ne seraient peut-être pas mauvaises.

« Tu veux que je conduise ? demanda Tim.

— Ça va », répondit Sylvie.

Elle devait le déposer à New Haven – le groupe a cappella d'Ollie donnait un concert à Yale. Ollie raccompagnerait ensuite son père à Fairview, où il passerait le week-end.

Tandis que le paysage défilait devant elle, Sylvie ne pensait pas à l'homme assis à ses côtés dans la voiture, mais à celui qu'elle s'apprêtait à voir. Après quelques semaines de gêne, elle et Tim avaient décidé, au cours d'une brève et pénible conversation, de rester amis. « Tu l'aimes encore », lui avait dit Tim, et Sylvie avait reconnu avec regret que c'était vrai. Richard Woodruff lui avait brisé le cœur, mais, malgré tout, elle l'aimait encore.

Le cœur serré, les mains crispées sur le volant, elle dépassa la sortie du centre commercial où Richard et elle s'arrêtaient en allant dans le Connecticut, quand les filles étaient petites. À l'intérieur, il y avait un train miniature qui coûtait vingt-cinq cents le tour. Sylvie avait des photos de Lizzie et de Diana sur ce manège, chaque été, depuis l'année où elles avaient été assez grandes pour monter toutes seules dans les petits wagons de bois jusqu'à celle de leurs six ou sept ans où elles n'y tenaient presque plus. Par la suite, ils avaient continué à s'arrêter là pour déjeuner et aller aux toilettes. En se rendant à l'espace repas, où Richard achetait des milk-shakes, ils passaient devant le train et les filles disaient toujours : « Vous vous rappelez, quand on était petites ? »

Lorsque Sylvie avait décidé qu'elle était prête à revoir Richard et à lui parler en tête à tête, elle avait d'abord pensé à ce centre commercial, avant de se rendre compte qu'il lui serait trop douloureux de retrouver son mari dans un lieu où ils avaient jadis été une famille, là où, qui plus est, était née une des blagues les plus anciennes de son mariage : « Je vous emmène dans l'espace, annonçait Richard en tenant Diana par la main et en soulevant Lizzie dans ses bras. Dans l'espace repas ! » Diana levait les yeux au ciel pour bien montrer au monde qu'elle trouvait ses parents nuls, mais Lizzie riait chaque fois. « L'espace repas ! » répétait-elle en gloussant et en agitant les poings.

« On pourrait se donner rendez-vous sur une aire d'autoroute, avait proposé Sylvie.

— Une aire d'autoroute ? »

De toute évidence, Richard ne s'attendait pas à cela, mais, après une petite recherche sur son ordinateur portable, dont il avait apparemment appris à se servir pendant l'absence de Sylvie, il avait repéré une aire sur la route de Merritt Parkway, à mi-chemin entre New York et Fairview. Ils étaient convenus de s'y retrouver à midi.

Un panier de pique-nique attendait sur la banquette arrière. La veille, après avoir feuilleté ses recettes, Sylvie avait appelé Ceil pour lui parler du ragoût de bœuf. « Saupoudre la viande de farine, lui avait indiqué son amie. Assaisonne-la avec du sel et du poivre, fais-la roussir dans l'huile, retire-la de la casserole. Fais dorer des oignons et de l'ail, mouille avec le bouillon de bœuf. Porte à ébullition. Ajoute des carottes et des pommes de terre, de la purée de tomates et du concentré de tomates, une feuille de laurier, un fond de vin rouge ("Ça correspond à quoi, un fond ?" avait-elle demandé, et Ceil avait répondu : "Pour moi, c'est ce qui reste dans la bouteille et que je n'ai pas prévu de boire"). Laisse mijoter à feu doux (maintenant, Sylvie savait ce que cela voulait dire). Tu ne peux pas le rater », avait promis Ceil, et Sylvie avait pensé à toutes les choses que l'on pouvait rater, en se demandant si son mariage en faisait partie.

Ce matin-là, elle avait réchauffé le ragoût et en avait transvasé une portion généreuse dans une Thermos isolante. Elle avait également prévu du pain croustillant, des radis, du beurre et du sel. Dans le garde-manger, elle avait trouvé une glacière en plastique – celle que l'oncle John utilisait sans doute pour transporter sa bière à la plage tous les après-midi. Elle y avait mis de la glace, une bouteille de bière au potiron et une autre de thé glacé. Elle avait rempli une deuxième Thermos de café, emballé les gâteaux secs qu'elle avait préparés, avant de prendre l'autoroute pour rejoindre... son mari ? L'homme dont elle était séparée ? Son presque ex-mari ? Pour rejoindre Richard, se dit-elle. Pour l'instant, c'était suffisant.

« C'est là », dit Tim en indiquant la sortie.

Sylvie ralentit et suivit les indications du GPS à travers le dédale de rues inconnues, jusqu'à ce qu'ils trouvent le carrefour où Ollie, emmitouflé dans une veste en polaire, les attendait en agitant les bras. Sylvie donna à Tim un sachet de gâteaux secs.

« Tu es sûre que ça va aller ? lui demanda-t-il en la serrant contre lui un peu plus longtemps qu'on ne le fait normalement entre amis. Tu ne te sens pas trop nerveuse ?

— Bien sûr que je suis nerveuse, répondit-elle, les genoux flageolants et la peau moite. Mais ça ira, je crois.

— N'hésite pas à m'appeler, si tu as besoin de moi, dit-il en sortant son téléphone. Je serai juste là. »

Elle acquiesça, l'embrassa une dernière fois et s'installa de nouveau au volant.

À 11 heures, elle arriva sur l'aire d'autoroute avec une heure d'avance. Depuis l'époque où elle attendait les trains ou les avions de Richard, elle gardait toujours un livre dans son sac à main. Elle pourrait se servir un café, grignoter un quignon de pain, laisser le chauffage et lire jusqu'à ce que Richard arrive. Mais il était déjà là, debout à côté d'une voiture qu'elle ne connaissait pas, des lunettes de soleil sur le nez et une casquette sur la tête.

Elle l'observa un moment. Il portait un jean raide qui semblait tout droit sorti de son carton, une chemise écossaise aussi neuve que le pantalon, et des bottes de trappeur en caoutchouc, bordées de fourrure. Sylvie ne put s'empêcher de sourire en imaginant comme il avait dû transpirer des pieds dans la voiture, parce qu'elle savait avec certitude, après plus de trente ans passés avec lui, qu'il portait de vieilles chaussettes en laine dans ses bottes. En grandissant à Harrisburg, Richard avait connu sa part d'hivers rigoureux, mais les tempêtes de neige de la Nouvelle-Angleterre le terrifiaient. Il s'était équipé comme s'il partait en chariot bâché, comme si la météo annonçait du blizzard au lieu de quelques centimètres de neige, comme si des ours risquaient de surgir sur la route et de charger sa BMW. Elle était prête à parier qu'il avait de quoi grignoter sur le siège passager – du fromage en bâtons et du bœuf séché, des denrées non périssables qui seraient restées intactes si une bombe avait été larguée sur sa voiture en chemin, ou s'il avait fait le Passage du Milieu dans la cale d'un bateau d'esclaves, au lieu d'un trajet de deux heures et demie dans une berline de luxe sur des routes goudronnées, avec des supermarchés et des stations-service tous les cinq kilomètres.

Elle rangea son livre dans son sac et ouvrit sa portière. Ses mains ne tremblaient pas.

« Bonjour, Richard », dit-elle d'une voix calme.

Il se retourna brusquement et faillit trébucher dans ses bottes neuves. Sylvie repensa si vivement à leur première rencontre, lorsqu'il avait glissé sur une plaque de verglas, qu'elle en eut les larmes aux yeux. Oh, Richard, pensa-t-elle, son cœur débordant d'émotions contradictoires : la colère, toujours, et une honte cuisante, mais derrière, une affection inébranlable. Et de l'amour.

« Oh, Syl ! s'écria son mari. Tu m'as fait peur ! »

Elle sourit et alla chercher leur repas. Il faisait froid, le soleil perçait à peine à travers les nuages, mais il ne neigeait pas encore et l'air frais était agréable après le trajet en voiture. Elle portait un pull, une doudoune et une écharpe, et avec son équipement, Richard aurait pu rester dehors en pleine tempête.

« On s'installe à une table ? » proposa-t-elle.

Une étroite bande de gazon s'étendait entre le parking et les bois. Sur une des places, un vieux monsieur essayait de convaincre son bulldog de remonter dans la voiture. (« Allez, Brutus ! J'ai du foie haché ! ») Seule une des six tables de pique-nique était occupée : une maman, qui tenait sur ses genoux un bébé emmitouflé dans une combinaison, mangeait une moitié de sandwich d'une main, tandis que son mari versait du gel désinfectant sur les paumes de deux petits garçons.

Sylvie servit le ragoût dans les bols qu'elle avait apportés, pendant que Richard ouvrait la bouteille de bière et remplissait deux verres. Elle crut qu'il allait porter un toast, mais il se contenta de déplier sa serviette sur ses genoux.

« C'est toi qui as fait ça ? demanda-t-il en reniflant d'un air appréciateur le bol qu'elle lui tendait. Je n'arrive pas à me faire à l'idée que tu cuisines.

— J'ai changé », répondit-elle.

Elle pensait qu'elle n'aurait pas faim, mais le ragoût sentait vraiment bon, et elle n'avait pas beaucoup déjeuné le matin.

Pendant quelques minutes, ils mangèrent en silence. Sur le parking, le vieil homme avait renoncé à convaincre son chien. Il se pencha en grognant et hissa l'animal sur la banquette arrière. (« Tu m'exaspères, Brutus », soupira-t-il avant de s'installer au volant et de partir.) À la table d'à côté, un des petits garçons se plaignait qu'il détestait le beurre de cacahuète. Ils avaient toujours des sandwichs au beurre de cacahuète, alors qu'il en voulait au jambon et au fromage, pourquoi il n'y en avait jamais ? « Parce que la vie, ça craint, et en plus on finit par mourir », lui répondit le père, et la mère fronça les sourcils : « Franchement, Jamie, c'est comme ça qu'on parle à un enfant de cinq ans ? » Le père se tassa sur son banc, puis il marmonna en aparté, assez fort pour que Sylvie et Richard puissent l'entendre : « Moi aussi, je préfère les sandwichs au jambon et au fromage. »

Richard coupa un morceau de pain qu'il tartina de beurre.

« Je suis content que tu m'aies appelé. Je voulais te dire quelque chose. »

Il prit le temps de mâcher et d'avaler sa bouchée avant de continuer.

« J'ai réfléchi, et… je crois que je vais démissionner. Faire une pause jusqu'aux prochaines élections. Monter une organisation caritative, ou en rejoindre une. Faire quelque chose de bien. »

Il lui sourit – ce vieux sourire charmant qui semblait dire : Je fais mon chemin, tu peux venir avec moi.

« Qu'est-ce que tu en penses ? »

Sylvie savait ce qu'elle avait envie de lui répondre : il lui manquait, elle voulait qu'ils tentent le coup, elle voulait refaire partie d'une famille. Mais, avant cela, il fallait qu'elle soit sûre qu'il en avait envie lui aussi.

Depuis Thanksgiving, Richard l'avait appelée tous les soirs. Ils avaient parlé longuement, pas seulement de politique mais de tout : un morceau de musique qu'il avait entendu, un article qu'elle avait lu sur une exposition, des sorties qu'ils avaient faites ou envie de faire. La conversation déviait souvent sur leurs filles. « Tu as vu Lizzie ? Elle est grosse comme une baleine », disait-il. « Richard ! » le grondait Sylvie, mais elle aussi était impressionnée par la façon dont sa fille s'était épanouie. La dernière fois qu'elle était allée à Philadelphie, Lizzie, en pantalon cargo de grossesse, faisait le tri dans un sac de vêtements pour bébé qu'elle avait déniché dans un magasin d'occasions. Jeff et elle lui avaient raconté qu'ils suivaient des cours de préparation à la naissance basés sur la méthode Bradley. « Pas de médicaments », avait expliqué Lizzie, et Diana, qui était en train de faire à manger dans la cuisine, avait levé les yeux au ciel en chuchotant à Sylvie :

« Je parie qu'elle réclamera une péridurale avant même qu'il ait fini de garer la voiture. »

Lizzie avait trouvé un travail à mi-temps comme assistante d'un photographe de mariage. Elle commençait à se faire connaître grâce à ses photos originales en noir et blanc, prises à des moments inattendus – une mariée léchant de la crème sur son doigt pendant que son mari payait le traiteur, une petite demoiselle d'honneur endormie dans les bras de son grand-père. Gary avait trouvé un appartement à quelques rues de la maison et voyait Milo presque tous les soirs. Diana était retournée travailler à l'hôpital. Elle avait réduit ses gardes à deux par semaine, et participait à un programme d'aide aux mères dont les enfants étaient nés dépendants. « Je pensais que tu ne croyais pas à la dépendance », lui avait fait remarquer Sylvie. Diana avait souri tristement. « J'ai changé d'avis », avait-elle répondu.

Sylvie racontait à Richard ses week-ends avec les filles, et il lui parlait des moments qu'il passait avec elles, ainsi que de sa vie à Washington et à New York. Jamais il ne lui posa de questions sur Tim ; Sylvie ne jugea pas nécessaire d'aborder le sujet.

En face d'elle, Richard essuya sa cuillère dans sa serviette et la posa sur la table.

« J'ai beaucoup pensé à toi, dit-il en lui caressant la joue. Tu es très belle. »

Gênée, elle chassa le compliment d'un geste de la main. Elle avait changé, voilà tout : elle s'était laissé pousser les cheveux et avait arrêté de les teindre et de les lisser. Elle avait pris du poids, mais pas autant qu'elle le pensait – les balades sur la plage et les trajets à pied au supermarché devaient compenser tous les petits plats qu'elle cuisinait. Ses joues étaient roses : habituellement, elle masquait ses couleurs avec du fond de teint, mais elle ne s'était pas maquillée depuis son arrivée à Fairview et n'avait pas eu envie de s'y mettre ce matin-là. Elle se demanda ce que Richard voyait réellement lorsqu'il la regardait. Elle se sentait différente, mais cela ne voulait pas dire qu'elle l'était… et Richard avait-il vraiment fait attention à elle, ces dernières années ?

« Est-ce que tu veux qu'on réessaie ? demanda-t-il en lui prenant les mains. Est-ce que c'est pour ça que tu voulais me voir ? » Comme elle ne répondait pas, il reprit : « Ou alors… »

Il eut un petit rire contrit.

« Je ne sais pas comment parler de ça avec ma femme. C'est sérieux, avec l'autre type ? Tu voulais m'annoncer la mauvaise nouvelle en personne, c'est ça ?

— Nous sommes amis, répondit-elle. C'est tout. »

Richard lui serra les mains.

« Je ne veux pas te perdre. »

Elle s'écarta de la table, libérant ses mains pour les croiser sur ses genoux.

« Tu aurais peut-être dû y penser avant de…

— Je sais, l'interrompit-il. Bon sang, Sylvie, tu ne crois pas que je le sais ? »

À la table voisine, la mère, le père et les deux garçons se retournèrent pour les regarder. Richard baissa la voix.

« Tu ne crois pas que je reviendrais en arrière, si je le pouvais ? »

Elle réfléchit un instant.

« Je ne sais pas. Je ne sais pas pourquoi tu as fait ça au départ, donc je ne sais pas si tu regrettes. Je suis sûre que tu regrettes les conséquences, mais quant à l'acte lui-même…

— Arrête de parler comme une avocate », la coupa-t-il.

Il n'y avait aucune irritation dans sa voix. Juste une grande fatigue.

« Et il se trouve que je le regrette. L'acte en lui-même.

— C'est vrai ? demanda-t-elle d'un ton léger. Elle avait l'air assez mignonne, pourtant, sur les photos.

— Sans entrer dans les détails, je peux te dire que Benjamin Franklin avait raison quand il parlait des charmes des femmes mûres.

— Alors pourquoi ? »

La légèreté et la bonne humeur avaient disparu de sa voix. Pourquoi ? Avait-il seulement une réponse ?

Il soupira en se passant la main sur la tête, un geste qu'elle l'avait vu faire des milliers de fois quand il était agacé ou fatigué, ou lorsqu'il cherchait à gagner du temps.

« Je crois que j'ai été flatté, surtout. Flatté qu'une jeune femme s'intéresse à moi. »

Il baissa les yeux.

« Pour tout te dire, elle me faisait un peu penser à toi. Du coup, je me suis senti plus jeune.

— Est-ce que ça en valait la peine, alors ? demanda-t-elle.

— Bien sûr que non, répondit Richard en fermant les yeux. Je t'ai perdue, j'ai perdu le respect des filles, j'ai perdu ma réputation, j'ai perdu tout ce que j'avais travaillé à construire depuis mes douze ans, quand j'ai décidé que je voulais être président.

— Tu avais onze ans », lui rappela-t-elle.

Elle s'était remise à trembler, choquée de voir comme elle reprenait aisément le rôle de gardienne des souvenirs de leur mariage, des anecdotes, des blagues et des photos de vacances, telle une conservatrice de l'histoire familiale.

« Oui, mais j'avais douze ans quand j'ai compris que je ne serais pas président. Et si j'avais su que faire partie du gouvernement demanderait autant de travail… »

Comme il baissait la tête, Sylvie remarqua qu'il avait plus de cheveux blancs et que la tonsure qui le désespérait tant s'était élargie. Les hommes politiques travaillent jusqu'à ce qu'ils s'effondrent. Ils se présentent aux élections, même pour la fonction de président, au-delà de quatre-vingts ans, et ils restent en poste jusqu'à ce qu'on les traîne hors de la scène publique (parfois après qu'ils se sont écroulés dessus). Dans le monde des gens normaux, beaucoup d'hommes de l'âge de Richard étaient déjà à la retraite.

« J'ai merdé, dit-il.

— Oui, approuva Sylvie. Tu as merdé. »

Tout en disant cela, elle ressentit le profond lien qui les unissait, comme s'ils jouaient dans la même équipe, comme si elle voulait ce qui était le mieux pour lui et lui le mieux pour elle.

« C'était stupide.

— Oui, stupide.

— Quand je pense à ce que j'ai gâché, ça me rend malade. Malade et triste. »

Elle acquiesça. Elle savait de quoi il parlait. « J'imagine que tu ne pourras plus jamais me faire confiance, mais... »

Il se frotta de nouveau la tête.

« Est-ce que tu veux rentrer à la maison ? »

Sylvie attendit avant de lui donner la réponse à laquelle elle était arrivée en chemin.

« Je ne crois pas que je pourrai revenir à New York. Pas tout de suite. Et pour tout te dire, je me sens chez moi dans le Connecticut. »

Il acquiesça, comme si cela ne le surprenait pas.

« Est-ce que je peux faire quelque chose pour que tu changes d'avis ? On peut voir un conseiller conjugal, si tu penses que ça peut nous aider. »

Sylvie ne s'imaginait pas assise avec Richard en face d'un inconnu, en train de lui raconter leur vie privée.

« S'il y a autre chose... un moyen de te convaincre que je regrette vraiment... »

Il la regarda dans les yeux, la tête légèrement penchée. Un vrai politicien, comme toujours, songea-t-elle, à la fois amusée et écœurée. Et pourtant, c'était son Richard. Il avait dû aller chez le coiffeur la semaine précédente. Il avait un cil collé sur le haut de la pommette. Elle le lui enleva du bout du doigt.

« Fais un vœu », dit-il.

Les yeux fermés, elle souffla sur le cil en pensant : Je veux retrouver ma famille.

« Mes cils te manquent ? » demanda Richard.

Elle sourit. Richard avait toujours été fier de ses cils, qui étaient tellement longs et épais que c'en était injuste (Lizzie en avait hérité, pas Diana). Une fois, à l'époque où ils commençaient à sortir ensemble, Richard s'était déguisé en Elvis Presley pour une fête de Halloween, et Sylvie avait insisté pour lui mettre du mascara. « Tu es trop jolie », avait-elle dit (elle n'en était pas à son premier verre de vin). Richard s'était regardé dans la glace, tournant la tête d'un côté et de l'autre en battant des cils comme une jeune fille. « Bien sûr que je suis jolie », avait-il répondu en lissant sa mèche brillante, qu'elle l'avait aidé à façonner.

Sylvie replia sa serviette et la rangea. Pendant le trajet, elle avait déjà réfléchi à ce qu'elle voulait lui dire.

« Je ne suis pas sûre de ce que je veux, pour l'instant. Ça me fait du bien d'être seule.

— Est-ce que je pourrai venir te voir, là-bas ? Tu me manques... Personne d'autre ne rit à mes blagues.

— Même pas Joe Eido ? » demanda-t-elle, même si elle comprenait ce qu'il voulait dire.

Ce n'était pas juste une question de blagues. Après toutes les années qu'ils avaient passées ensemble, ils partageaient le même dialecte, la langue du mariage, faite de codes, d'abréviations et de mimiques communes. Quoi qu'il ait fait, quel que soit l'homme qu'il était devenu, Richard savait ce qu'elle préférait sur ses pizzas et où elle aimait être embrassée. Elle se demanda s'il se doutait que c'étaient là ses meilleurs souvenirs. Elle ne gardait pas une image impérissable de leur mariage, et certainement pas de celui de Diana, qui avait été célébré en grande pompe et avait coûté la peau des fesses, avec la mariée, corsetée dans sa robe à trois mille dollars, qui pestait dans les toilettes parce que son futur mari avait pris cinq kilos depuis le dernier essayage du smoking et qu'il pouvait à peine refermer sa ceinture. Elle ne pensait pas non plus à la soirée électorale de la première victoire de Richard, ni à celle de l'investiture, à Washington, où elle avait porté la bible pendant qu'il tenait les filles par la main. Ses moments préférés étaient ceux qu'elle avait passés avec lui le soir, chez eux, lorsque, installés sur le canapé avec une tasse de thé et une bouteille de bière, ils regardaient la télé, lisaient ou parlaient de ce qu'ils avaient fait dans la journée, de ce qu'ils feraient dans la semaine et pendant le week-end.

Ça se passerait donc comme ça, songea-t-elle. Ils se parleraient. C'était un début. Épuisée par l'émotion, elle rangea les restes du repas, glissa la vaisselle sale dans un sac en plastique, puis sortit le dessert et la Thermos de café. Richard leur en servit une tasse à chacun.

« C'est vraiment bon », dit-il en goûtant un gâteau.

Son mari, assis en face d'elle sous le ciel gris ardoise, tout transpirant dans sa chemise écossaise, son caleçon long et ses chaussettes en laine, ressemblait à un homme qui vient d'enfiler un sac à dos très lourd et qui ne rêve que de s'en débarrasser. Il avait l'air ridicule… et pourtant, quelque part, elle n'avait qu'une envie : le prendre dans ses bras, attirer sa tête contre sa poitrine et lui dire qu'il pouvait se reposer, que tout était pardonné. Mais elle garderait toujours cette petite graine glacée dans son cœur, cet endroit, dans son esprit, où les premières images qu'elle avait vues sur CNN ne cesseraient de repasser en boucle comme dans un cauchemar. Elle était différente, à présent. La femme qu'elle était devenue ne trouverait plus d'excuses à Richard, ne lui pardonnerait plus d'emblée, ne placerait plus ses désirs avant tout le reste.

« Alors ? lui demanda-t-il. Qu'est-ce que tu en dis ? On recommence, toi et moi ?

— Grande question, répondit-elle.

— Prends ton temps. Promets-moi juste de me laisser une chance. »

Une fois de plus, il lui prit les mains, et elle entrelaça ses doigts aux siens, bien serrés. Elle n'avait pas envie de le lâcher. Il était son mari, elle l'aimait, et ils pourraient surmonter le reste. Elle aurait sa nouvelle vie et il aurait la sienne, mais ils seraient ensemble – c'était tout ce qu'elle voulait, tout ce qui lui importait.

« Je sais que je ne le mérite pas, mais…, dit-il avant d'inspirer profondément et d'ajouter d'une voix rauque : … mais je voudrais essayer de réparer mes erreurs. »

Elle acquiesça, tout en imaginant à quoi les années à venir pourraient ressembler. Une fois qu'il aurait quitté le Sénat, peut-être qu'il la rejoindrait dans le Connecticut. Peut-être qu'elle prendrait des cours de cuisine, ou de kayak, ou de pêche. Elle serait la mère qu'elle n'avait pas été quand ses filles étaient petites, elle ferait en sorte d'être là pour Milo et l'enfant à naître de Lizzie. Elle s'occuperait d'elle, et pas seulement de Richard… et peut-être qu'il apprendrait à prendre soin d'elle.

Ils restèrent assis face à face à la table de pique-nique, mari et femme. Les voitures remplies de voyageurs filaient sur la route non loin d'eux.

« Regarde ! » s'exclama Richard, alors qu'une petite chose légère se posait sur le café de Sylvie.

La neige se mit à tomber, fondant sur ses joues tandis que Richard, tout sourire, tendait le doigt vers le ciel.

Remerciements

Ce livre a commencé à prendre vie il y a dix ans, alors que personne n'avait encore entendu parler de Silda Spitzer, d'Elizabeth Edwards, de Dina Matos McGreevy et du sénateur Larry « Wide Stance » Craig.

Au printemps 2000, je n'étais qu'une humble journaliste avec un manuscrit et un rêve, à la recherche d'un agent. Je n'oublierai jamais le jour où j'ai répondu au téléphone et entendu une toute petite voix qui me disait : « J'ai adoré votre livre ! Il m'a vraiment parlé ! » (Je me souviens très bien d'avoir pensé : Et qu'est-ce qu'il a dit ?)

Ce livre est devenu *Alors, heureuse ?*, et l'agent qui l'avait adoré s'appelait Joanna Pulcini. Toutes les deux, nous avons coupé, taillé, corrigé, remanié le texte pendant des mois, avant qu'elle parte faire la tournée des éditeurs. Elle les invitait à boire un verre ou à déjeuner, et elle leur disait de sa petite voix : « J'ai trois mots pour vous ! Good in bed ! » Elle refusait d'en dire plus, ou même de leur préciser s'il s'agissait d'une fiction ou d'un guide pratique illustré.

En mai 2000, Joanna m'a fait rencontrer les éditeurs intéressés. Ils étaient tous charmants, mais il y en a une qui s'est démarquée : celle qui nous a dit qu'elle avait raté sa station de métro tellement elle était absorbée dans sa lecture, celle qui avait persuadé toute son équipe marketing et publicité de lire le manuscrit dans le week-end, celle qui percevait avec le plus de clarté le genre de livres que j'allais écrire par la suite.

Cette éditrice s'appelait Greer Hendricks, et elle a publié *Alors, heureuse ?* au printemps 2001. Le livre a bien marché en format broché et les ventes ont décollé en format poche… Une équipe était née.

J'ai la chance de travailler avec Greer et Joanna depuis dix ans, sept romans et un recueil de nouvelles, et je ne suis pas sûre que beaucoup d'auteurs aient le privilège de collaborer avec des femmes aussi dévouées, intelligentes, amusantes, travailleuses, visionnaires et adorables. J'espère que nous continuerons à travailler ensemble pendant de nombreuses années – et de nombreux livres.

D'autres femmes que j'ai la chance d'avoir dans ma vie d'auteur : Judith Curr chez Atria et Carolyn Reidy chez Simon & Schuster, qui ont cru en moi dès le début, ainsi que Meghan Burnett, mon assistante incroyablement débonnaire et hilarante, qui se montre d'une gentillesse et d'une diligence à toute épreuve et ne bronche pas quand, par exemple, je lui demande de chercher les paroles des vingt-deux chapitres de « Trapped in the Closet » de R. Kelly, puis de les chanter. Je remercie également la fabuleuse Terri Gottlieb, qui s'occupe de mes filles et sans qui je ne pourrais pas écrire.

Mes amitiés et ma reconnaissance à mes premiers lecteurs attentifs et généreux : Curtis Sittenfeld, Elizabeth LaBan et Bill Syken.

Il n'y a pas meilleure partenaire dans tout New York que Marcy Engelman, agent publicitaire de génie, pour faire du sport et dîner au restaurant. Je suis, de loin, la personne la moins connue et la moins importante de celles avec qui elle travaille, mais elle ne me le fait jamais sentir. Je l'adore, ainsi que Dana Gidney Fetaya, une Marcy en herbe, et Emily Gambir.

Je remercie l'assistante de Joanna, Alexandra Chang, celle de Greer, l'imperturbable Sarah Cantin, Nancy Inglis, la crème des correctrices, qui sait qu'après tous ces livres je ne sais toujours pas écrire *T-shirt* ni comment faire les points de suspension sur mon ordinateur.

Je remercie tous ceux qui travaillent sur mes livres chez Atria : Chris Lloreda, Natalie White, Lisa Keim, Jessica

Purcell, Lisa Sciambra, Craig Dean, Rachel Bostic, et Jeanne Lee, qui a beaucoup plus de goût que moi, et qui sait mieux choisir les couvertures qui marchent.

Toute ma reconnaissance et mon affection aux gens de Simon & Schuster UK : Suzanne Baboneau, Julie Wright, Ian Chapman, Jessica Leeke et Nigel Stoneman, qui m'a accueillie à Londres et à Dublin comme il l'aurait fait avec Jackie Collins.

Un coucou spécial à Jessica Bartolo et son équipe de Greater Talent Network, qui m'ont organisé des one-woman-shows pour que je puisse quitter la maison dans des vêtements d'adulte, passer la nuit dans des hôtels sympas et raconter des histoires sur ma maman homosexuelle.

Merci à ma famille, comme toujours, pour l'amour, le soutien et l'inspiration : à mon mari, premier lecteur et compagnon de voyage, Adam ; à mes filles, Lucy et Phoebe ; à ma mère, Frances Frumin Weiner, et sa compagne, Clair Kaplan ; à ma sœur Molly et mes frères Jake et Joe. Enfin, merci à tous mes amis, près de moi et loin de moi, sur Facebook et sur Twitter, de me faire rire, de m'aider à me sentir entourée, et de lire les histoires que j'écris.

Composé par Nord Compo Multimédia
7, rue de Fives, 59650 Villeneuve-d'Ascq

FSC
www.fsc.org
MIXTE
Issu de sources responsables
FSC® C003309

Cet ouvrage a été imprimé en France par

CPI
BUSSIÈRE

à Saint-Amand-Montrond (Cher)
en janvier 2012

N° d'édition : 5076 – N° d'impression : 114291/1
Dépôt légal : février 2012